붉은 달의 비 ⓒ류도하 / Cierra ⓟ예원북스
LINE GOLD

붉은 달의 비

초판 1쇄 찍은 날 | 2016년 10월 27일
초판 1쇄 펴낸 날 | 2016년 11월 15일

지은이 | 류도하
펴낸이 | 예경원

편집 | 유경화 · 안유진

펴낸곳 | 예원북스
등록번호 | 제396-2012-000132호
등록일자 | 2012. 7. 25
YRN | 제1-0166호

주소 | 경기도 고양시 일산동구 호수로 646-24 위너스 21-Ⅱ 206A호 (우) 10401
전화 | 031-819-9431 팩스 | 031-817-9432
http://cafe.naver.com/yewonromance
E-mail | yewonbooks@naver.com

ISBN 979-11-5845-252-0 04810
ISBN 979-11-5845-251-3 (세트)

※ 이 도서의 국립중앙도서관 출판시도서목록(CIP)은 서지정보유통지원시스템 홈페이지(http://seoji.nl.go.kr)와 국가자료공동목록시스템(http://www.nl.go.kr/kolisnet)에서 이용하실 수 있습니다.

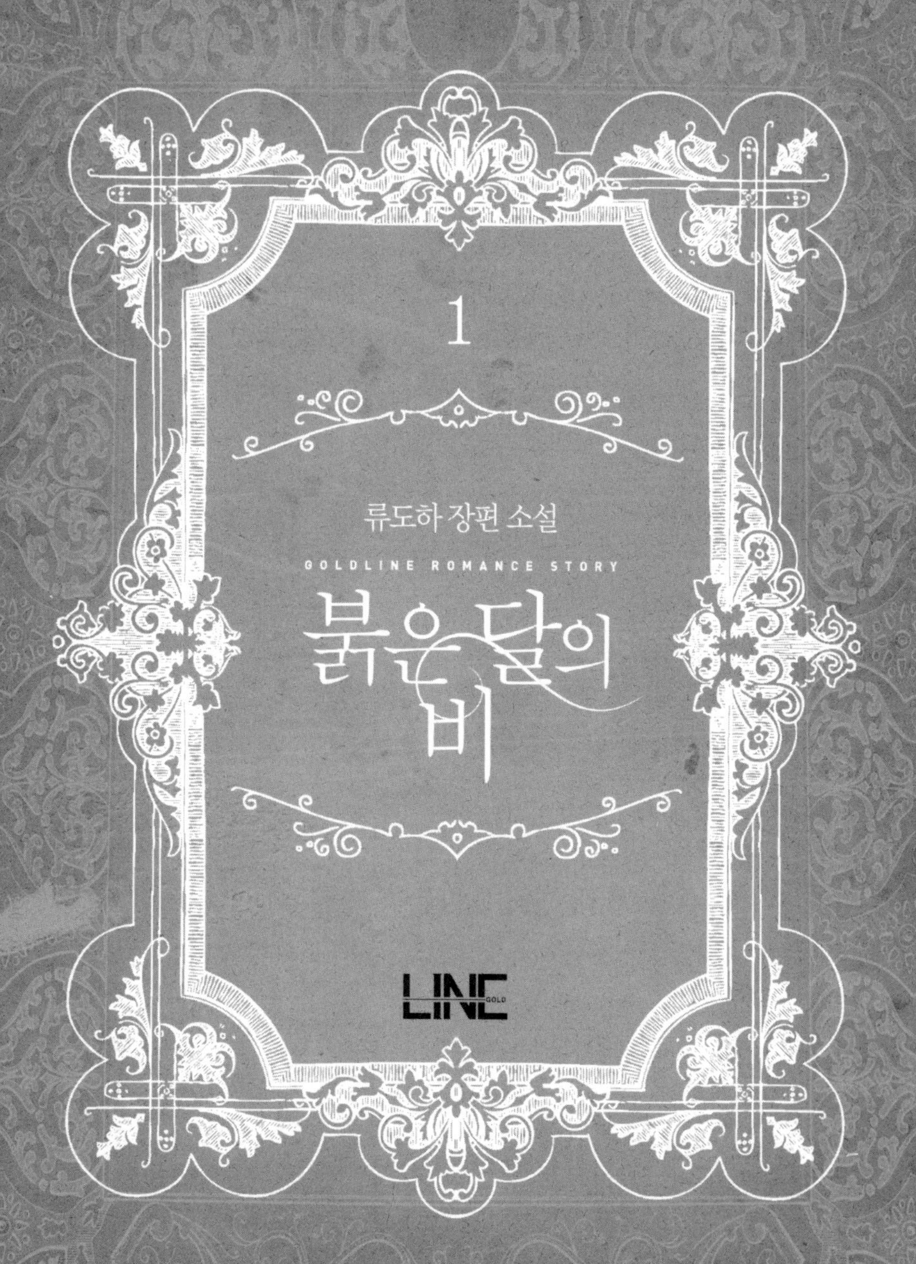
1
류도하 장편 소설
GOLDLINE ROMANCE STORY
붉은 달의 비
LINE GOLD

❖ 目次 ❖

제 1 장

축제의 서막

펑— 퍼엉—

밤하늘에 피어나는 꽃은 한낮의 꽃 못지않게 화려함을 뽐냈다.

"와아—!"

불꽃이 피는 찰나의 순간마다 사람들의 감탄 어린 함성이 한목소리로 울려 퍼졌다.

제화국이 건국된 지 백 년째 되는 날. 또한 전쟁이 끝난 지도 이십 년이 지났다.

화평한 세상에서 하늘을 우러러보는 백성들은, 이 순간 이 땅 위에 설 수 있음을 축복이라 여기며 벅찬 기분을 느끼고 있었다.

축제의 흥분으로 들썩이는 인파의 물결이 한창 요동칠 때였다.

부유한 평민의 차림을 한, 부녀지간으로 보이는 사내와 어린 소녀가 서로의 손을 잡고 힘겹게 인파를 헤치며 지나갔다.

너무나 평범한 아버지의 얼굴과 달리 소녀의 얼굴은 매우 귀엽게 생겼다. 햇볕에 녹아내릴 듯한 눈처럼 하얀 피부와 붓으로 그린 듯한 짙고 유려한 눈매, 그리고 그 안에 가득 찬 검은 눈동자가 마치 인형 같았다.

한데, 열 살 남짓한 그 어리고 귀여운 얼굴에는 축제의 감흥도, 불꽃에 대한 호기심도 전혀 비치지 않았다.

아버지의 손에 이끌려 가는 소녀는 정확히 앞을 바라보며 일정한 속도로 걷고 있었다. 그러다 딱 한 번, 유난히 커다란 불꽃이 굉음을 내며 밤하늘 전체를 밝힌 순간 무심코 고개를 들었다.

소녀의 까만 눈동자로 수억 개의 별똥별 같은 빛이 쏟아져 내렸다.

두근.

가슴을 울리는 소리에 소녀의 무표정한 얼굴이 허물어졌다. 환희와 감격이 소녀의 얼굴에 떠올랐다.

"어딜 보느냐?"

차갑고 낮게 파고드는 거친 음성에 소녀는 다시 굳은 얼굴로 앞을 바라봐야 했다. 소녀가 잡고 있는 손은 차갑고 위협적이며 절대적이었기 때문이다.

"이 정도면 되겠군."

사내가 멈춰 서자 소녀도 멈췄다.

사내는 소녀의 손을 놓고 무릎을 세우고 앉아 소녀와 눈을 맞추었다.

"난 여기서 기다리마."

소녀는 고개를 끄덕여 보였다.

"받아라."

사내는 보통의 아버지와 다름없이 다정한 미소를 지으며 소녀에게 당과를 건넸다. 그것은 누가 봐도 이상하지 않을 그림이었다. 한데 당과를 받아 든 소녀의 표정은 전혀 기쁜 듯 보이지 않았다.

"웃어야지."

사내가 눈이 보이지 않을 정도로 활짝 미소 지으며 다그치자 그제야 소녀가 그 미소를 따라 했다.

"가거라."

만면에 미소를 머금은 채 소녀는 홀로 앞으로 걸어나갔다.

아까부터 줄곧 눈을 떼지 않았던, 저 앞쪽의 조그마한 뒤통수를 쫓아서.

'내가 죽여야 하는 아이.'

소녀는 호위무사와 함께 있는 사내아이에게서 눈을 떼지 않았다.

많은 것을 갖고 태어났으며 유복하게 자랐지만 열여섯에 단명하게 될 소년. 소녀가 아는 것은 단지 그것뿐이었다.

피융—! 따다다닥.

"오오—!"

하늘 위로 쏘아져 간 불꽃이 여기저기서 작은 봉우리를 터트리더니, 검은 하늘을 형형색색으로 수놓았다. 비록 짧지만 사람들의 눈동자에 오래 각인될 아름다운 빛무리였다.

소녀는 안 되는 줄 알면서 또다시 하늘을 올려다보고 있었다.

두근. 두근.

하지만 소녀는 조금 전처럼 환희에 찬 표정이 아니었다. 아름다운 불꽃을 바라보는 소녀의 얼굴은 일그러져 있었다. 마치 울음을 참는 듯이.

으슥한 골목 안에서 어둠에 몸을 숨긴 젊은 무사가 떠들썩한 난전 쪽을 힐끗거렸다. 채 약관도 되지 못한 앳된 얼굴이었으나 검을 잡은 지는 오래되었는지 몸에서 풍기는 기도가 예사롭지 않았다.

"이상하다. 분명히 누가 따라오는 것 같았는데……."

그러자 그의 옆에 서 있던 소년의 손이 불쑥 그의 옷깃을 당기며 불렀다.

"영춘아."

"무슨 하실 말씀이라도……?"

무사 양영춘은 의아하다는 듯 돌아보며 물었다. 그의 어린 주인은 지독히도 말수가 없고 아이답지 않아서 먼저 저를 부르는 일이 적었기 때문이다.

"……불안하면 그냥 돌아가자."

올해 열여섯.

질풍노도와 폭풍성장기를 겪고 있는 소년의 얼굴은 놀랍도록 고왔다.

날마다 무예를 익혀 몸은 단단하게 자라나고 있지만 어찌 된 일인지 얼굴만은 아직 곱상했다. 새하얀 뺨은 꼬집어주고 싶을 만큼 사랑스러웠고 영민한 검은 눈동자는 맑고 순수해 보였다.

선하고 정직한 인상이야 두말할 것 없지만 소년의 아버지는 소년의 그런 모습을 별로 탐탁지 않게 여겼다.

비단 소년의 얼굴이 너무 사내답지 않아서가 아니었다. 적어도 사내라면 호탕하고 기개 넘치고 허세도 부릴 줄 알아야 하는데, 소년의 과묵함은 자칫 소심하고 내성적으로 보일 수도 있기 때문이다.

"아닙니다. 제가 예민했던 모양입니다. 더 이상 시선이 느껴지지 않습니다. 그리고 또, 제가 있는데 무슨 걱정이십니까."

영춘이 다정한 얼굴로 소년에게 안심하라는 듯 말했다.

높은 담에 둘러싸여 공부에만 매진하던 소년이 오늘을 얼마나 손꼽아 왔는지는 영춘은 잘 알고 있었다. 남들이 하는 것. 남들이 먹는 것. 남들이 즐기는 것. 소년이 그것들을 얼마나 동경하는지 말이다.

물론 소년은 그리 말한 적이 없었다.

하지만 그 나이 또래라면 으레 그렇다고 영춘은 믿고 있었다.

"더 볼 것도 없는 것 같으니, 그만 돌아가자."

소년의 목소리는 건조했다.

"볼 게 없다니요. 저기 보십시오. 저기 가면 맛있는 당과도 있고, 꼬치도 팝니다. 그게 얼마나 별미인지, 아마 돌아가면 계속 생각나서 나가자고 조르실 걸요?"

양영춘은 허리를 숙여 애기 때부터 함께해 온 제 어린 주인과 눈높이를 맞추고 부드럽게 어르고 달래기 시작했다. 마치 귀여운 동생을 바라보는 듯한 따스한 눈빛으로.

소년은 그윽한 눈으로 그를 마주 보았다. 그리고 무거웠던 입술이 열렸다.

"나를…… 업신여기지 마라."

예상치 못한 서늘하고 낮은 음성은 영춘을 얼어붙게 만들었다.

"그, 그게 아니라……."

우습게 여겼다. 귀엽게 보았다. 그것을 부정할 수가 없었다.

제 눈에는 아직도 아장아장 걷던 주인의 모습이 선하니 말이다.

"또 한 번 그런 눈으로 나를 보면 그 눈을 뽑아버릴 것이다."

아무 일도 아닌 듯이, 눈알을 뽑는 일쯤이야 머리카락 두어 개 뽑는 일인 듯이, 소년은 담담한 음성으로 말했다.

소년은 말수가 적었다.

그러나 할 말은 했다. 말할 필요가 없을 때만 안 한 것뿐.

그러기에 소년이 한 말은 모두 진심이었다. 아무리 귀여운 입술에서 나온 말이라 해도, 그냥 흘려들을 수 없었다. 소년의 아버지가 소년이 소심한 줄 아는 것은 그야말로 착각이었다.

"네! 명심하겠습니다!"

영춘은 소년이 커가는 모습을 오래오래 보고 싶었다. 그러려면 눈이 꼭 필요했다.

"그, 그럼 그만 돌아갈까요? 그냥 가긴 좀 아쉽긴 한데……."

소년의 눈빛이 또다시 서늘해졌다.

영춘은 소년에게 많은 것을 경험하게 해주고 싶었다. 그것은 소년의 아버지도 원하는 일이었다.

하지만 제 어린 주인은 한번 마음먹으면 되돌리는 일이 별로 없었다.

영춘이 입맛을 다시며 안타까워할 때였다.

"저…… 이거 먹을래요?"

갑자기 등 뒤에서 들려온 맑고 어린 목소리에 두 사람이 동시에 고개를 돌렸다.

"……!"

소년보다 훨씬 어려 보이는 계집이 어둡고 구석진 곳에 서 있는 두 사람을 똑바로 바라보고 있었다.

여아의 입고 있는 옷을 보니 적당히 있는 집에서 귀하게 키운 여식 같았다. 동그랗게 뜬 눈은 몇 년 후면 시원시원하고 아름다운 눈이 될 것 같았고, 오뚝한 코와 도톰한 입술, 투명한 피부에 사과처럼 물든 뺨과 둥근 이마가 참으로 어여쁘고 선해 보였다.

"예쁜 오빠한테 주고 싶어서요."

수줍은 듯, 그러나 맹랑하게 말하는 소녀의 조그맣고 보드라운 손이 당과를 내밀었다. 한 점 터럭도 보이지 않는 말간 눈동자로 소년을 사랑스럽게 바라보며.

양영춘의 입가에 절로 부드러운 미소가 걸렸다. 참으로 착하고 귀여운 아이였다.

"그건 네 것이잖니."

"괜찮아요. 전 아까 먹었어요."

목소리마저 맑고 또랑또랑한 아이였다. 크면 여러 사내들을 울릴 듯했다.

영춘은 제 주인을 쳐다보았다. 아무리 어려도 예쁘고 잘난 것은 안다. 무뚝뚝한 어린 주인의 눈에도 이 여아가 어여쁠 것이니, 그 표정을 기대했다.

그러나 영춘은 흠칫했다.

소년의 얼굴은 딱딱하게 굳어 있었다.

"난…… 예쁘지 않다."

영춘은 실망했고, 여아는 당혹스러워했다.

"어……. 어……. 그, 그럼…… 안, 예쁜 오빠?"

"……."

침묵의 시간이 흐르는 동안 영춘은 소년 소녀의 사이에서 눈치를 살폈다.

"……예쁘다에 집착하지 마."

소년은 사내가 되어가는 중이었다. 할 말은 하는 소년은 예쁘다는 말에 민감하게 반응했다.

영춘은 눈빛이 날카로워진 소년을 이해했다. 그러나 울 것 같은 소녀의 표정도 이해했다.

"아무것도 모르는 아이라 잘생겼다는 것을 표현할 줄 몰라 그렇습니다. 이해하시고 이 당과 받아주십시오. 어린 백성의 마음이 어여쁘지 않사옵니까?"

"태자인 나더러 어린 백성의 것을 등쳐 먹으란 말이냐?"

"……!"

소녀는 크게 놀라 제가 잘못 들은 게 아닌가 싶었다.

'태자……?'

하지만 이 나라에서 전하라고 불릴 사람이 많지 않다는 것, 또 이곳 황성에서는 한 사람밖에 없다는 것을 소녀도 잘 알고 있었다. 비록 위엄과 품위가 흐르는 말투라기보다 오히려 입이 험한 것 같았지만, 태자를 사칭하는 간 큰 이들이 있을 것 같지도 않았다.

"헉! 전하. 그 말씀을 하시면 어쩌십니까! 누가 듣겠습니다!"

"그러거나 말거나."

두 사람의 이야기를 들으며 태자라는 것을 확신한 소녀의 얼굴은 사색이 되었다. 소녀는 어리지만 평범한 교육을 받고 자라지 않았고 지금 이것이 얼마나 큰일인지 소름 끼치게 잘 알고 있었다.

소녀의 어깨가 흠칫하는 것을 보고 영춘이 부드럽게 다가갔다.

"쉿. 너에게만 알려주는 것이다. 놀라지 말고, 어른들께도 말하면 안 돼. 알았지?"

소녀는 침을 꿀꺽 삼키며 고개를 끄덕였다.

그러나 속마음은 달랐다.

'내가 태자 전하를 시해한다고? 내가?'

순진한 얼굴로 마냥 동경하는 눈빛을 반짝이고 있지만 소녀는 지금 까무러칠 것 같았다.

'날…… 속인 거야. 날…… 죽이려고…….'

소녀는 자신이 쓰고 버릴 패라는 걸 깨달았다. 태자를 죽이고 이곳을 빠져나갈 수 있을 리가 없으니까.

사실 태자가 아니라 해도 소녀는 이 예쁜 소년을 죽이고 싶지 않았다.

예쁘다는 말은 소녀가 이들을 속이기 위해서만 했던 말이 아니었다. 이렇게 착하게 생긴 소년을 죽이고 싶지 않았다.

왜 죽여야 하냐고 물었을 때, 저를 데려온 교관은 소년의 아버지가 악인이라 죽여야 한다고 했다.

'거짓말.'

소녀의 첫 살인에 죄책감을 덜어주려 한 배려였다면 차라리 나았다.

'내가 더 필요 없는 거야. 내가 쓸모없는 거지.'

쓸모없고 싶었다. 사람을 죽여야 한다니, 끔찍했다. 그래서 소녀는 그 해 들어온 아이 다섯 중 가장 떨어진다 해서 '오문' 이라는 이름을 받았다.

그런 저를 가장 먼저 살수행에 내보낼 때 이상하다고 느끼긴 했었다.

"전하. 어서 받으십시오. 아이가 무안해하지 않사옵니까?"

영춘의 목소리에 어린 소녀 오문은 상념에서 깨어났다.

태자는 떨떠름한 표정으로 소녀의 손에 있는 당과로 손을 뻗었다.

작고 보드라운 두 손이 스쳤다.

태자는 계집아이의 손이 의외로 차갑다고 느꼈지만, 그 짧은 생각은 당과의 달콤한 향기 때문에 금세 흩어져 버렸다. 단걸 좋아하지 않는데, 이상하게도 끌리는 향이었다.

"영춘아."

"네."

고맙단 말 한마디 없었지만 그래도 태자는 사례만큼은 잊지 않았다.

영춘은 태자의 뜻을 알아듣고 제 품속을 뒤져 주머니 하나를 꺼냈다.

"……!"

한눈에 봐도 묵직해 보이는 주머니에 오문의 눈이 동그래졌다.

태자는 손이 컸다. 원하든 원치 않든 어린 백성에게서 당과를 받았고, 그 이상의 사례를 주지 않으면 자존심이 상할 것이다.

"자, 이 주머니 받거라."

영춘이 그 주머니를 그대로 아이에게 건네자, 오문은 난색을 표하며 손사래를 치고 뒤로 물러났다.

"아, 아니에요. 그거 그렇게 비싼 게 아니라서……."

"네가 좋은 일을 했기에 주는 것이지, 당과 값이 아니다. 받아도 된다."

"좋은…… 일……."

"그래. 참 착하구나. 너도 먹고 싶은 걸 참고 있었을 텐데, 기특하기도 하지."

"아, 아뇨. 저, 전 그렇게……."

영춘의 칭찬에 오문의 얼굴이 묘하게 일그러졌다. 그러나 영춘은 그것을 알아차리지 못했다.

퍼엉—

때마침 어둠을 태우는 불꽃이 절정에 다다랐고, 그 소리에 저도 모르게 골목 밖을 힐끗 보았던 것이다.

"불꽃이 정말 멋지지 않니? 이런 기회가 흔치 않으니, 너도 어서 가서 구경하렴."

"그게…… 정말 그런 게……."

당황한 오문이 뒤로 물러나자 영춘은 기어이 소녀의 손에 돈주머니를 쥐여 주었다.

"받아라."

오문은 얼떨결에 주머니를 받아 드는 듯했지만 안색이 점점 창백해졌다.

"거참. 괜찮대도. 가지고 가서 더 맛있는 거 사 먹고 지금처럼 착하게 커야 한다. 알겠지?"

영춘은 소녀의 머리를 쓰다듬으며 가라고 했지만 소녀는 움직이지 않았다. 대신 손에 든 주머니와 당과를 든 태자를 번갈아 보며 안절부절못하는 듯 보였다.

"혹 부모님께서 오해하실까 봐 그러는 거라면 내가 가서 말을 해주마.

같이 가자."

오문은 영춘의 말이 들리지 않았다.

'이게 좋은 일이라고?'

펑펑 터지는 불꽃이 오문의 얼굴에 수십 가지 색의 그림자를 드리웠다.

두근. 두근.

오문의 머릿속에도, 가슴에도 불꽃이 튀었다.

그동안 잊고 있던 자애로운 음성이 속삭였다.

「사람을 죽이는 건 나쁜 짓이 아니라, 결코 해선 안 될 일이야. 절대, 절대로…….」

그 속삭임을 밀치고 차갑고 거친 음성이 단호하게 말했다.

「사람을 죽이는 것은 기술이 필요하지만, 표적을 없애는 데는 단 한 번 닿을 수 있는 거리만 있으면 된다.」

「아가. 여기서 도망쳐야 해. 아무도 죽이지 말고 도망쳐야 해.」

「오문. 살생부에 오른 것은 사람이 아니라 표적이다. 표적과의 접촉은 단 한 번. 그 이상 다가가면 실패다.」

단 한 번의 접촉.

당과를 건네기만 하고 돌아섰으면 됐다. 그럼 잡히지 않고도 태자를 죽일 수 있었을지도 모른다. 저는 버려지는 존재가 아니었던 건지도 모른다.

한데, 그럴 수 있었을까?

뭔지 모르겠지만 무언가 양쪽에서 저를 잡아당기는 듯한 기분이었다. 머리가 깨질 듯 아팠다. 어머니의 당부가 떠오르고 연이어 뭔가 떠오를 듯하다가 다시 가라앉곤 했다.

오문의 머릿속은 복잡하게 빙빙 돌다가 어느새 하얘져 버렸다. 손바닥을 누르는 주머니의 무게가 점점 더 무거워지고 있었다.

그러는 사이 오만한 표정을 짓던 태자가 당과를 향해 입을 벌렸다.

오문은 시커멓게 번들거리는 당과가 태자의 입속으로 들어가는 광경에 커다란 눈을 더욱 크게 떴다.

태자의 입술이 당과를 베어 물기 직전이었다.

'난 몰라. 이제 다 끝났어!'

오문은 제 자신에게 그렇게 말하며 갑자기 눈을 희번덕 뜨고 소년에게 달려들었다.

타악—

"……!"

"헉!"

오문은 무척 날랬다. 도둑고양이처럼 펄쩍 달려들어 잽싸게 당과를 뺏어서는 어느새 사람들 속으로 달아나 보이지도 않는 것이다.

"……."

부지불식간에 당과를 빼앗긴 태자는 당과를 베어 물려던 그 입모양 그대로 굳어버리고 말았다.

영춘도 너무 황당해서 소녀가 사라진 방향을 쳐다보다 뒤늦게 묘한 찬사를 보냈다.

"와…… 빠르기도 하지!"

하지만 아직도 굳어 있는 태자를 돌아보다 흠칫하고 말았다.

"아, 아직 어, 어린아이라서…… 생각해 보니 아까웠나 봅니다."

태자는 인상 한 번 찌푸리지 않고 그냥 소녀가 사라진 곳을 가만히 쳐다보고 있었다.

그 모습을 본 영춘은 태자의 심기가 불편하다고 지레짐작하고 말을 바꾸었다.

"자, 잡아와야겠지요? 감히 태자 전하를 조롱하고 도망치다니! 반드시 잡아 크게 혼을 내겠습니다."

영춘이 입 밖으로 꺼낸 말 덕분에 태자는 자신이 조롱당했다는 것을 확신했다. 가만있던 태자가 눈동자만 옆으로 굴려 영춘을 바라보았다. 그 모습이 섬뜩했다.

"저, 저는 전하의 호위무사이니, 떨어지면 안 되겠지요? 그럼, 전하. 이만 환궁하실까요?"

영춘은 더 이상 태자를 자극하지 말고 돌아가는 것이 낫다 여겼다.

태자는 말하기도 귀찮다는 듯이 한 걸음 앞으로 나섰다.

그런데!

골목길을 벗어나려던 태자는 등 뒤에서 들린 요란하고도 날카로운 소리에 멈칫했다.

뒤를 돌아보니, 커다랗고 비쩍 마른 쥐 한 마리가 괴로운 듯 몸부림치며 죽어가고 있었다. 그리고 그 쥐 앞에는 갉아 먹다 만 당과 한 알이 굴러 다녔다. 방금 소녀가 낚아채 간 꼬치에서 떨어진 듯했다.

"잡아…… 와."

"예?"

아직 이를 보지 못한 영춘이 뒤돌아보았다. 순해 보이던 영춘의 눈동자가 벌어졌다.

"이, 이……! 감히 누구에게 독을!"

반드시 그 아이를 잡아 배후를 족치고 말겠다는 분노에 찬 의지가 허리에 찬 검을 꽉 쥐게 만들 때였다.

"알아서 오는군."

태자의 말에도 영춘은 놀라지 않았다. 그 역시 조여오는 살기를 느꼈기 때문이다.

불꽃놀이를 구경 왔던 평범한 백성들.

그들 중 몇몇이 골목을 향해 평범하게 이야기를 나누며 걸어왔다. 그러나 점점 귀신에 홀린 것처럼 눈빛이 달라지며 골목을 향해 고개가 돌아갔다. 태자가 있는 곳으로 모이기 시작한 그들의 표정은 한결같이 차갑고 무서울 정도로 침착했다.

스릉.

영춘이 칼을 뽑았다.

"전하. 이제야 제가 밥만 축내는 놈이 아니라는 걸 보여 드릴 수 있게 되었나이다."

유쾌한 상황이 아닌데도 불구하고 영춘은 즐거워 보였다.

당과를 뺏어 달아난 오문은 정신없이 달렸다. 눈앞에 빼곡히 들어선 사람들의 다리 사이를 비집고 피해가는 동안 단정하게 꾸몄던 머리카락이 엉망으로 헝클어졌지만, 그런 것을 신경 쓸 여유 따위가 없었다. 최대한 빨리 여기서 벗어나야 했다.

"헉, 헉! 하아……!"

그렇게 마냥 숨을 헐떡이며 달려가던 오문은 제 앞을 가로막은 검은 인영에 놀라 튀어 오르듯 움찔 멈춰 섰다.

"……!"

"오문. 이 어리석은 것."

"헉! 헉!"

숨이 턱까지 차오른 오문은 불과 한 식경 전에 제 손을 잡고 함께 온 사내 앞에서 주춤거렸다.

"일을 어렵게 만드는구나."

사내는 그 후 별다른 말은 하지 않고 오문이 입을 떼길 기다려 주었다.

오문은 더 이상 뒤로 물러나지 않고, 호흡을 가라앉혔다. 그리고 그가 가르쳐 준 평온한 미소로 그를 마주 보았다.

펑. 펑—

"와아—!"

하늘에는 여전히 펑펑 아름다운 불꽃이 피고 지고 있었다. 색색의 등불이 검은 땅을 물들이고, 그 땅을 거니는 사람의 물결 역시 알록달록 빛이 났다. 난전에는 늦도록 고소한 기름 냄새가 풍기고 주루를 찾는 객들의 흥취는 좀처럼 가라앉지 않는, 그런 시끄러운 밤이었다.

한데, 오문은 이제야 그 번잡스러운 것을 보고 듣고 느낄 수 있었다.

'어머니.'

바글바글하게 모여든 사람의 냄새는 한동안 잊고 있던 어머니의 냄새를, 그녀의 손길을 떠올리게 했다.

'저 아무도 죽이지 않았습니다.'

어머니의 죽음, 그 직후였을 것이다. 뚜렷이 기억나지는 않지만 그때부터인 듯했다. 저를 둘러싼 세상이 차가운 암흑에 가려져 그전의 기억도 감정도 좀처럼 떠올릴 수 없었다.

그건 오문으로서도 잘 이해가 되지 않는 부분이었다. 왜냐면 자신은 한 번 본 것은 잘 잊지 않을 만큼 기억력이 좋았기 때문에 불과 한두 해 전의 일이 기억나지 않는다는 것은 상당히 이상했다. 그러던 것이 오늘 그 어둠의 장막 한 부분이 껍질이 깨지듯이 '투둑' 하고 떨어져 나갔다.

겨우 그것뿐이었으나 오문은 그것만으로도 벅차오르는 환희에 전율을 느끼며 쌕쌕 숨을 몰아쉬었다.

'어머니 말씀대로 했습니다. 그러니 책임지셔야 합니다.'

하지만 죽은 어머니가 오문을 도와주긴 힘들 듯했다. 사내는 오문에게 한 걸음씩 다가오고 있었다.

오문은 피하지도 않고 미소도 지우지 않았다.

「아가. 넌 꼭 여기서 도망쳐야 해. 사람이 사람을 죽여선 안 되는 법이야. 이 예쁜 손에 피를 적셔선 안 돼.」

「살생부에 오른 사람이 나쁜 사람이면?」

「얼마나 나빠야 죽여도 되는 사람인지 알 수 있겠니?」

「그건 모르겠어요.」

「그래. 몰라야 해. 사람이 죽여도 되는 건 인두겁을 쓴 짐승밖에 없단다.」

그렇게 말씀하시는 어머니의 얼굴은 오문이 한 번도 본 적이 없는 차갑고 어두우며 소름 끼칠 만큼 무서운 표정이었다.

'인두겁을 쓴 짐승.'

오문은 저를 향해 다가오는 자를 속으로 그렇게 불렀다. 얼마 전까지는 저를 가르쳐 주고 이끌어주는 교관님이었으나 그때도 딱히 사제 간의 정을 느끼는 그런 사이는 아니었다. 애초에 귀문의 사람들은 그런 감정이 없는 자들이다.

"하나도 어렵지 않은 일을 네가 망쳐 놓았다."

"호위무사 때문입니다."

"변명이다."

"호위무사가 저를 붙잡았기 때문입니다."

"그런 말이 통할 것 같으냐?"

오문은 아직도 당과를 손에 꽉 쥐고 또박또박 대답하고 있었다.

그것을 힐끗 본 사내는 오문이 마지막 발악을 하려는가, 의심하며 한 발 뒤로 물러났다. 꼬치 끝이 날카로워 보였고 아무리 어린애라도 살수로 길러진 아이를 우습게 볼 수 없었다.

그런데 오문이 힘없이 툭, 당과를 땅에 떨어트렸다.

"……!"

"당과는 싫습니다."

"……."

오문의 얼굴에 서서히 미소가 걸혔다. 눈물 어린 눈동자로 사내를 올려다보는 오문은 겁에 질린 가여운 아이일 뿐이었다.

"독은…… 싫습니다."

하지만 사내는 동정심이 무엇인지 모르는 자였고, 자신이 가르친 어린 살수를 믿지도 않았다.

오문은 그를 향해 손을 내밀었다. 아무것도 없는 깨끗한 손바닥은 오문이 그에게 보일 수 있는 유일한 복종과 충성의 표시였다.

"칼로 한 번에 죽여주세요. 독은 무섭습니다."

사내는 피를 좋아했다.

멱을 따고 뜨겁게 솟아오르는 피를 즐긴 탓에 늘 마무리가 깔끔하지 못했다. 그 때문에 삼급 살수밖에 되지 못하고 급기야 아이들이나 가르치는 처지로 전락했다.

의뢰를 받지 못한 사내는 살인에 목말랐다. 오문의 하얀 손과 얼굴에 붉은 피가 점점이 떨어지는 것이 보고 싶어졌다.

하지만 여기선 안 된다.

사내는 오문의 손을 잡아주었다. 올 때처럼 자연스러운 부녀의 모습이 되었다.

오문은 그의 뜻을 알아차렸는지, 손을 꽉 힘주어 잡으며 걸어나갔다.

"……!"

사내는 손바닥을 옥죄는 느낌에 조금 놀란 듯했다.

그러자 오문이 서서히 손에 힘을 뺐다.

어찌 된 일인지 사내 역시 오문의 손을 놓아주었다. 그 직후 오문이 다시 웃는 낯으로 중얼거렸다.

"호위무사 때문입니다."

그러고는 뒤를 돌아 폴짝 천진난만한 동작으로 뛰어 떨어트린 당과를 다시 주웠다.

"의뢰금을 주는 바람에……."

사내의 눈에 경악과 분노가 어렸다.

"……!"

"그래서 표적이 바뀌었습니다. 인두겁을 쓴 짐승으로."

급기야 사내는 부들부들 떨기 시작했다.

"표적과의 접촉은 단 한 번."

충혈된 눈으로 사내는 떨리는 제 손을 바라보았다.

오문과 잡았던 손에 손톱자국이 파여 있었다. 아주 작은 상처지만 주변이 벌써 검푸르게 부풀어 오르고, 실핏줄이 거미줄처럼 상처를 중심으로 부풀어 나가고 있었다.

"이번엔 실패하지 않았습니다."

사내는 손을 뻗었다.

오문을 잡아야 한다. 저 괘씸한 년을 잡아 죽여야 한다.

한데 몸이 말을 듣지 않았다. 입술을 달싹이는데 핏물만 새어 나올 뿐 목소리가 나오지 않았다.

오문은 그에게 다가갔다. 그러고는 뻗은 그의 손을 스치며 지나갔다.

아무 사이도 아닌 것처럼 그가 피를 토하며 쓰러져 바닥을 뒹굴어도 돌아보지 않았다.

오문은 당과를 들고 엄마를 찾아 헤매는 보통의 아이와 다를 바 없어 보였다. 그러나 온 신경을 오감에 집중했다.

곧 다른 살수들이 나타날 것이다. 난전을 벗어나기 전에 자취를 감추어야 제 행적을 영원히 감출 수 있을 듯했다.

'생각하자. 생각해야 해.'

다른 살수들이 생각지 못하는 도주로가 필요했다. 그들은 저보다 훨씬 경험이 많고 전문적인 살수들이었다. 제 발자국과 흔적을 추적해 따라오는 것쯤은 아무것도 아닐 것이다.

"……!"

문득 소매 속에 넣어둔 주머니의 무게가 느껴졌다. 얼른 꺼내 열어 보니, 꽤 많은 은전이 들어 있었다.

'그들은 내가 이렇게 많은 돈을 갖고 있는 것을 몰라.'

오문은 주변을 휘둘러보며 수십 수백 명의 사람들이 떠드는 소리에 귀를 기울였다.

하잘것없는 이야기들, 그리고 사람이 죽었다는 외침과 비명, 그것을 모르는 사람들의 들뜬 목소리. 그 안에서 오문은 제가 필요한 말소리를 재빨리 걸러냈다.

"대홍로 댁 손녀 애기씨는 오늘 생일 한번 거하게 치르네."

"그러게 말이야. 무슨 복이야. 그 좋은 가문에 금지옥엽으로 태어난 것도 모자라 이런 날 생일을 맞으시고."

"그거야 우리 생각이지. 하필 축제날이 생일이라고 열 살 난 계집애 서운할까 봐 놀이패까지 불러다가……."

여기까지면 충분했다.

'저거면 되겠다.'

초조하던 가슴이 순식간에 진정됐다. 열 살 난 아이라고 믿기 힘든 빠른 판단력과 냉철함이었다.

오문은 조금 전에 봐둔 바퀴 달린 가마 앞으로 다가갔다.

수레도 가마도 아닌, 우스꽝스러운 가마는 사방이 막혀 있어서 밀애를 즐기는 젊고 부유한 남녀들에게 인기가 높았다.

"저…… 이보게."

"응?"

가마꾼은 제게 하대를 하는 어린 여아의 모습을 스윽 훑어보았다. 어린아이고 머리가 헝클어졌지만 적당히 있는 집 자식에 신분도 낮지 않은 듯했다.

"무슨 일로……."

"나를 집에 좀 데려다줬으면 하는데."

"예? 집이요?"

"실은…… 내 할아버지가 대홍로 되시는 분이시네."

"헉! 대, 대홍로 댁 아씨라고요?"

"오늘이 내 생일인데, 바깥 구경을 하러 몰래 빠져나왔다가 길을 잃었네."

가마꾼은 화들짝 놀란 얼굴로 외쳤다.

"어이쿠! 왜 그러셨습니까. 큰일 나시려고! 대인께서 아시면 얼마나 걱정하고 계시겠습니까!"

그는 오문의 말을 의심하지 않았다. 오문의 걱정스러운 표정과 말투가 너무도 천연덕스러웠다.

"나는 놀이패보다 장터 구경을 하고 싶어서……. 한데 이제 다리도 아프고 졸려서 돌아가고 싶어."

"얼른 가셔야지요! 이렇게 돌아다니다가 나쁜 사람들이라도 만나면 큰 일 나십니다."

가마꾼은 속으로 횡재했다 여겼다. 대홍로라는 높은 관직과 그 댁의 으리으리한 저택만 떠올랐다. 이 아이를 데려다주면 분명 두둑한 사례비를 받을 수 있을 것 같았다.

"그래서 말인데, 여기, 이 돈이면 가마를 빌릴 수 있겠는가? 날 좀 데려다주면 좋겠는데."

"어, 얼마나 되는지……."

아이에게 직접 받는 것보다 대홍로 댁에 사례를 받는 편이 더 좋을 듯해 가마꾼은 뒷말을 줄였다.

오문은 가마꾼에게 주머니 안을 열어 보이며 물었다.

"이거면 되겠는가?"

"헉!"

가마꾼이 원했던 액수보다 더 많은 돈이었다. 그는 저도 모르게 고개를 아래위로 끄덕였다.

"그럼요. 그럼요! 돈이 문제입니까. 당연히 모셔다 드려야지요."

그러면서도 가마꾼은 손을 벌렸다.

오문은 가마꾼의 손에 은전을 반만 꺼내 주며 당부했다.

"내가 몰래 밖에 나왔다는 걸 사람들이 알면 할아버지께서 무척 화를 내실 거야. 내가 집에 도착하면 나머지를 줄 테니, 이 일은 비밀로 해야 하네."

열 살 아이치고는 치밀했다.

가마꾼은 잘난 집안이라 자식 또한 그런가 보다, 대수롭지 않게 생각하며 오문을 가마에 태웠다.

"걱정 마십시오! 아가씨께 누가 되는 일이 없도록 입을 다물고 살겠습니다."

가마가 난전을 벗어나자마자 오문은 저를 찾는 살수들의 오싹한 살기를 느꼈다.

'헉!'

입을 틀어막고 딸꾹질이 날 것 같은 것을 참으며 살기가 흩어지길 숨죽여 기다렸다. 아무것도 모르는 가마꾼이 콧노래를 흥얼거리는데, 오문은 그 흥얼거림이 멎을까 봐 두려웠다. 그것은 그의 죽음을 의미했고, 오문의 죽음을 예견하는 것과 같았기 때문이다.

'아직이야……. 아직…… 아직도 있어. 조금만……. 조금만 더…….'

오문은 덜컹거리는 바퀴의 움직임에 몸을 맡기고 호흡을 가다듬었다.

그렇게 얼마나 지났을까.

간혹 펑펑, 하고 폭죽 소리가 나긴 했지만 소리는 많이 멀어졌고, 살기도 느껴지지 않았다.

'됐다!'

오문은 그제야 한시름을 놓고 제 손을 바라보았다.

뾰족하게 갈린 손톱 밑에 아직 당과가 묻어 있었다. 손톱 밑에 작은 상처라도 있었다면 저 역시 죽었을 것이다. 게다가 이런 수법이 또 통할 리는 없었다.

'그러니까 절대 그들과 마주치지 말아야 해.'

앞으로 어찌 될지 모르겠지만 지금 이 고비는 넘겼다.

그러고 보니 결국 표적에게서 목숨 값을 받아 온 셈이었다.

'태자 전하…… 무사했으면 좋겠다.'

살길을 찾고 보니 태자가 걱정이 되었다. 제가 죽이지 못했지만 의뢰가 남아 있으니 앞으로도 살수가 찾아갈 것이다.

귀문은 살생부에 오른 사람을 절대 놓아주지 않았다.

'무섭긴 했지만 나쁜 사람 같지 않았어. 그 호위무사도 그렇고.'

하지만 지금은 남 걱정을 하고 있을 만큼 한가한 때가 아니었다.

"다 왔습니다."

오문은 가마에서 내려 으리으리한 대저택의 문 앞에 섰다.

가마꾼은 돈을 전부 받았음에도 오문이 무사히 들어가는 것을 지켜보겠다는 듯 서 있었다.

"몰래 들어가야 할 것 같아. 나 좀 도와주게."

"예?"

"들키면 야단맞을 테니까. 담을 넘어야겠네."

"아!"

가마꾼은 알겠다는 듯 담 아래에 엎드렸다.

"고맙네."

그의 등을 밟고 오문은 담을 넘었다. 잔치가 한창인 대홍로 댁의 집 안으로.

난전에 모인 사람들은 해가 뜰 때까지 집으로 들어갈 생각이 없어 보였다. 사람이 많이 모인 만큼 사고가 있었다. 싸움도 나고, 칼부림도 나고, 어미는 아이를 잃어버리고, 피를 토하고 죽은 이도 있었다. 그런데도 축제의 열기는 식지 않았다. 불의의 사고를 당한 사람들은 자신들이 아니니까.

난전에서 조금 떨어진 황궁으로 향한 언덕길에도 큰 사고가 생겼다.

"하악. 하악……!"

"괜찮으냐?"

"예. 아무렇지도 않습니다!"

아무렇지 않다고 한 영춘은 사실 아무렇지 않은 게 아니었다.

영춘이 흘린 피가 물웅덩이처럼 땅에 고인 것을 보고 표정 없던 태자의 얼굴이 무섭게 굳어갔다.

그러나 분풀이할 대상들은 이미 영춘의 칼부림에 난도질당한 뒤였다. 자객들의 기도가 대단하긴 했지만 설마 이 정도로 실력이 뛰어날 줄 몰랐다.

밥값을 하겠다던 영춘은 사실 백 년에 한 번 날까 말까 한 검의 기재였다. 그뿐인가! 어릴 때부터 황군의 무예를 닦은 발군의 실력자 아닌가. 그런 영춘을 이 지경으로 만들었다는 것만 보아도 보통 놈들 같지 않았다.

잠시 그들의 정체를 추측해 보던 두 사람이 동시에 흠칫했다.

"……!"

평범한 장사치로 보이는 다섯 사람이 저 언덕 아래에서 다가오고 있었다. 그러나 불꽃놀이를 구경하던 그 인파 속에서 나타났던 자객들처럼 장사치들의 표정도 조금씩 달라졌다. 죽여도, 죽여도, 또 다른 자객들이 나타났다.

"씨발!"

영춘이 태자 앞임을 잊고 욕설을 지껄였다. 곧 황궁에서 사람을 보내줄 텐데, 그때까지 버틸 수 있을지 걱정이었다.

그러거나 말거나 태자가 영춘의 검을 쥐고 일어났다.

"전하!"

태자가 영춘을 돌아보며 씨익, 전에 없이 환한 미소를 지어 보이며 냉소적인 어조로 말했다.

"전하고 나발이고 살고 봐야지."

그 말에 놀란 영춘은 침을 꼴깍 삼키며 긴장된 목소리로 말했다.

“그 욕 비스무레한 건…… 누구한테 배우신 겁니까.”

태자가 고개를 갸우뚱하더니 대답했다.

“폐하?”

“하아……. 제가 얼마나 전하를 곱게 키우고 싶었는지 모르실 겁니다! 환궁하면 언동을 조심해 주십사, 폐하께 한 말씀 청해 올려야겠습니다.”

자객들에게 걸어가던 태자가 눈에서 불을 번뜩이며 돌아섰다.

“네놈 입이야말로 단속해라!”

“헉!”

태자의 발이 영춘의 얼굴로 날아왔다.

퍼억—

영춘과 태자는 목숨이 경각에 달린 와중에도 평소처럼 투덕거렸다.

그 모습을 본 자객들의 눈이 가늘어졌다.

‘허세인가, 실력인가?’

그러나 태자의 발길질에 다 죽어가는 호위와 어린 태자가 자신들을 벗어날 수 있을 것 같지 않았다.

다시 눈을 부릅뜨고 그들에게 다가갈 때였다.

피이잉—

“……!”

아직도 축제가 한창인 난전 쪽에서 폭죽과는 다른, 길고 붉은 신호탄이 하늘을 찢고 올라갔다.

우드득.

태자가 손을 뒤로 꺾었다.

그 소리에 밤하늘을 바라보던 살수들의 시선이 다시 태자를 향했다.

태자는 그들을 비웃으며 말했다.

“어딜 봐? 지원군이 오기 전에 끝내줄 테니까 한눈팔지 마.”

대흥로 댁 뒤뜰에 있던 오문도 그 낯선 소리를 듣고 하늘로 고개를 돌렸다.

"뭘 봐! 너 이름이 뭐냐니까! 왜 딴 짓이야!"

"아……. 오문."

다그치는 앙칼진 소리에 그만 정신이 흐트러져 버린 오문이 저도 모르게 이름을 발설했다.

제화국 최고의 살수집단이라는 귀문에서 얻은 치욕스러운 이름을, 앞으로 정체를 숨기고 살아야만 하는데, 그만 그 이름이 튀어나가고 말았다.

"오문? 무슨 이름이 그래? 다섯 번째로 태어났어?"

이미 엎질러진 물. 오문은 고개를 끄덕였다. 어차피 그냥 대충 지은 이름 같으니 세상에 오문이란 이름이 여럿 있을 것 같았다.

"나이는?"

오문은 도복을 입은 네 명의 소년 소녀와 한 명의 뚱뚱한 사내에게 둘러싸여 심문을 당하는 중이었다.

"열 살이요."

"어? 나랑 동갑이네!"

활달하게 생긴 마른 여아가 손뼉까지 치며 반겼다.

"스읍! 화, 너는 가만있어!"

아까부터 저를 가장 수상쩍게 생각하는 호리호리하고 성숙한 소녀가 화라 불린 아이를 혼냈다.

"뭐! 언니가 뭔데! 아까부터 자꾸 우리는 말도 못 하게 해!"

"요게! 혼나고 싶어? 까불지 마라."

"우리 기예단에 들어오고 싶다잖아. 기껏 찾아왔는데 그냥 받아주면 되잖아."

"넌 아무리 어려도 그렇지. 머리가 안 돌아가니? 아니, 왜 우리 기예단에 오고 싶대. 그게 있을 수 있는 일이야? 넌 여기가 좋냐? 우리가 명성이 있어, 돈이 있어? 어? 하루 벌어 하루 먹고살기도 힘들어 죽겠는데, 입을 늘리자고?"

대홍로 댁 잔치에 불려 온 백골기예단은 자신들을 찾아왔다는 아이의 말을 황당하게 여겼다.

"커흠. 상아! 내 아직 너희들이 어려서 내 성명절기를 전수해 주지 못한 것뿐이지, 우리 백골기예단의 명성이 그리 낮지는 않다."

뚱뚱한 단주 광두가 신빙성 없는 말을 늘어놓자, 상이라 불린 소녀가 코웃음을 쳤다.

"살이나 빼세요. 우리 몰래 혼자 뭘 그렇게 처드시는 거야."

"뭐, 뭐야? 이건 살이 아니고 내 내공이 단전에 쌓여……."

광두의 헛소리가 듣기 싫었던 가장 나이 많은 소년이 큰 소리로 그의 말을 막았다.

"자, 자, 그만들 합시다. 오늘은 수입도 좋은데 싸우지들 말자고요. 상아 너도 그만하고. 단주님도 재 어쩔 건지나 결정해요. 참고로 저는 받아 주자는 쪽에 한 표."

"나는 금이 형 말에 무조건 찬성!"

소심하게 눈치를 보던 통통한 소년이 기회를 놓칠세라 재빨리 말했다.

"첨이 너는 왜 여태 가만있다가 찬성인데?"

"얘 예쁘잖아. 헤."

"하! 그럼 우리는 안 예쁘니!"

"첨이 오라버니. 나는! 난 안 예뻐?"

두 소녀가 동시에 발끈하자 당황한 첨이 쩔쩔맸다.

"아, 아니. 예쁜데. 다 예쁜데……."

"그런데!"

"그런데 왜 또 예쁜 애가 필요해!"

"그래도…… 예쁘니까……."

"뭐?"

두 소녀가 납득하지 못하는 와중에 첫째 금이 고개를 끄덕였다.

"음. 예쁘면 좋지."

"하!"

그 소란 속에서 오문은 눈을 깜빡이며 결정권을 가진 광두를 바라보며 말했다.

"저 밥은 조금만 먹을게요."

"……."

모두들 그 말에 갑자기 약속이나 한 듯 입을 다물었다. 숙연하면서도 서글픈 분위기가 감돌았다.

여태 반대하던 상이 갑자기 오문을 와락 끌어안았다.

"어휴! 이 불쌍한 게! 너 어디서 눈칫밥만 먹고 산 거지? 그렇지?"

"밥을 왜 조금만 먹어! 많이 먹어! 많이!"

"굶으면 다 같이 굶는 거지. 누군 안 먹이고 그런 거, 우리는 절대 없다!"

부모 없이 자란 아이들의 설움이 서로를 이해하게 만들었다.

오문은 나이에 비해 성숙한 상의 가슴에 얼굴을 파묻고 제가 한 번도 겪어보지 못한 묘한 기분을 느끼는 중이었다.

'숨 막혀.'

이렇게 오문은 떠돌이 백골기예단의 일원이 되었다.

◈

"실패했습니다."

어두운 밤에도 흐트러짐 없이 붓을 움직이던 중년 사내가 그 말을 듣고는 손을 멈칫했다.

중년인의 앞에서 고개를 조아린 자는 등불이 일렁이는 것을 보고 중년인의 불쾌한 기분을 느낄 수 있었다.

"그리고…… 놓쳤습니다."

"놓치다니?"

중년인은 붓을 내려놓고 울림이 있는 묵직한 음성으로 물었다.

놓쳤다는 건 중년인의 입장에서는 매우 묘한 의미였기 때문이다. 이미 실패했다는 것만으로 충분히 알 수 있는데, 사족을 붙일 이유가 없었다.

"표적은 돌아갔습니다. 한데…… 오문이…… 사라졌다 합니다."

"사라졌다?"

중년인의 눈썹이 꿈틀거렸다.

"예. 감쪽같이……."

중년인은 의자에 등을 기대며 잠시 깊은 숨을 내쉬었다.

"찾아라."

"예."

"찾아서 반드시 그 아이를 죽여야 한다."

"예!"

본래는 그 자리에서 태자와 함께 죽었어야 할 아이다.

태자를 죽였으니 그 자리에서 잡혀가 궁에서 능지처참을 당하든 독을 먹고 자결하든, 죽었어야 할 아이.

"목숨이 질긴 아이야."

귀문의 문주인 자신이 직접 거두었으나 처음부터 죽이기 위해 거둔 아이였다.

'괜히 살려두었던가.'

주혜령. 미쳐 버린 그 계집이 품에 안고 놓지 않던 아이. 주혜령의 눈빛을 빼다 박은 듯 닮은 아이. 그 아이를 잘 키워서 살수가 된 것을 보여주고 싶었건만 주혜령은 스스로 목숨을 끊어버렸다.

끝까지 저를 외면한 독한 계집.

「날 선택했다면 이런 비참한 꼴은 당하지 않았을 게 아니냐.」

「내가 당신을 선택한 순간부터가 이보다 더 비참하고 비극적일 텐데, 무슨 후회를 하란 말인가!」

미친년.

가끔 정신이 들면 미쳤을 때보다 더 미친 소리를 해대며 발광했다. 그러다 벽에 머리를 박고 죽어버렸다. 곱던 얼굴이 박살이 나 피범벅이 되었는데도 주혜령의 딸년은 이를 보고 울지도 슬퍼하지도 않았다.

'그때 울었다면 죽여 버렸을 것을.'

귀문의 아이라면 그래야 했다. 제대로 세뇌되었구나, 그리 생각했었다.

'독한 년. 전부 거짓이었단 말인가!'

제 어미를 닮아 독한 것일까? 어린년에게 속았다니 더욱 속이 끓어올랐다.

사실 죽일 기회는 많았다. 주혜령이 보는 눈앞에서 아이를 죽일 수도 있었다. 죽이지 않은 것뿐이다. 죽이려고 마음먹으면 지금이라도 금방 찾아서 죽일 수 있는 아이다.

한데 뭔가 석연치 않다. 어딘가 초조하다. 한번 어긋난 계획은 삐걱대기 십상이라서일까?

'아니다. 그 어린 계집이 무슨 수로 귀문을 벗어날 수 있겠는가. 괜한 생각이다.'

문주는 고개를 저었다.

내일 밤이 되기 전에 귀문의 살생부에서 오문의 이름이 지워질 것이다. 사람의 목숨을 관장하는 것이 자신이니까.

제가 정한 운명의 순리대로 그렇게 움직일 것이다.

태자는 벌써 일 년째 제대로 잠을 잘 수 없었다.

그날, 축제에서 벌어진 자신의 암살 시도로부터 일 년이 지났다. 한데 그 배후를 알아내긴커녕, 궁 안에서까지 빈번히 살수들에게 시달리고 있었다.

황제 역시 진노했다.

"내 아들의 피를 말려 죽이려는 게다!"

정체를 알 수 없는 자들이 실패할 것을 뻔히 알면서도 끊이지 않고 자객들을 보내고 있었다.

자객들의 정체는 알고 있었다.

귀문.

제화국이 건국되기 전부터 존재한 사악한 집단. 사람을 죽이고 돈을 받는 거대 살수 조직.

하나, 귀문의 본거지가 밝혀진 적은 단 한 번도 없었다. 귀문의 도움을 받고자 하는 간절한 자들 앞에 귀문은 스스로 나타나 의뢰를 받아갔다.

즉, 그들이 태자를 노린다면 의뢰인이 있다는 얘기였다.
귀문을 잡는 것보다 의뢰인을 찾아내는 것이 더 좋은 해결책이었기에 황제는 세상 전부를 의심하기 시작했다. 충신도 간신도, 황제는 모두를 적으로 보고 아무도 믿지 않게 되었다.
황제는 점점 괴팍해져 가고 태자는 심신이 위태로우니, 황궁 안은 숨쉬기조차 힘든, 무겁고 두려운 공기가 흐르고 있었다.
밤이 되면 황궁은 그 불안감과 함께 스산함마저 느껴졌다.
그런데 이 깊은 밤, 태자는 모두의 눈을 속이고 홀로 어딘가로 들어갔다. 제화국의 안녕을 빌고 태조와 선황제들을 기리는 사당이었다.
사당 안에 걸린 역대 황제들의 화상은 마치 신과 같이 과장된 모습으로 그려져 경외심이 들게 했다.
태자는 그 화상들이 동시에 자신을 바라보는 듯한 착각이 일었으나 겁을 먹지는 않았다. 소문대로 퀭한 눈과 야윈 얼굴이 위태로움을 자아냈으나 주눅이 들거나 피폐해 보이지는 않았다.
끼익. 탁.
갑자기 사당의 문이 닫혔다.
그 소리에 뒤를 돌아보니 언제 들어왔는지 사당을 관리하는 이가 쩔쩔매며 허리를 숙였다.
"저, 전하! 전하께서 계신 줄 모르고……. 여긴 어쩐 일이시옵니까."
"……."
태자는 뒷짐을 진 채 말없이 그에게 걸어갔다.
"전하. 필요하신 것이라도 있으시온지요?"
태자는 관리의 세 걸음 앞에서 멈췄다.
"날…… 찔러라."
"……!"

태자의 말에 관리는 부들부들 떨며 입을 크게 벌렸다.

"여기."

태자는 자신의 옷을 풀어헤쳐 제 왼쪽 가슴팍을 보여주었다.

그 경악할 만한 모습에 관리의 부들거림이 조금씩 멈췄다. 그리고 그의 표정이 변하기 시작했다. 차가운 눈빛과 섬뜩할 만큼 표정 없는 얼굴로.

"볼 때마다 신기한 얼굴이야."

태자의 말이 끝나기 무섭게 관리는 세 손가락을 독수리의 발톱처럼 구부려 태자의 가슴팍을 찔렀다.

그의 가슴에서 피가 흘러나왔다.

그러나 심장을 뽑을 것 같던 관리는 그 이상 태자의 살 속에 손가락을 박아 넣지 못했다.

갑자기 문을 뚫고 튀어나온 검이 그의 등과 배를 통과해 시뻘건 피를 뚝뚝 흘리고 있었다.

"끄으…… 윽."

관리로 위장한 살수는 고통스러워했으나 죽는 것이 그렇게 원통해 보이지는 않았다.

태자가 중얼거렸다.

"너무 많아. 꼭 벌레를 잡아 죽이는 기분이야."

스릉.

"커억!"

검이 다시 뒤로 뽑혀져 나가고 살수의 몸이 바닥으로 쿵 떨어졌다.

그와 동시에 문이 벌컥 열리고 피에 젖은 검을 든 영춘이 안으로 들어왔다.

"전하!"

영춘은 가슴에서 피를 흘리는 태자의 모습에 사색이 되었다.
"안 죽는다."
"그, 그래도! 전하, 이건……! 태의, 태의! 태의를 부르거라!"
이미 영춘이 칼을 빼 들고 사당으로 들어오는 것을 여러 명이 보았다.
궁은 한바탕 난리가 났다.

태자의 말대로 태자는 죽지 않았다.
하지만 위독했다.
태자가 위독하다는 소문이 사방으로 퍼져 나갔다.
얼마 살지 못한다더라.
황제께서 태자의 곁을 한시도 떠나지 못한다더라.
태자의 몸이 허약할 대로 허약해져 목숨만 건졌을 뿐 사람 구실은 글렀다더라.
온갖 소문이 나돌았지만 누구도 정확히 알지 못한 채, 한 달이라는 시간이 흘렀다.
황제는 침통한 표정으로 대전으로 나섰다.
"폐하! 태자 전하의 환우로 근심이 얼마나 크시옵니까. 만백성이 함께 슬퍼하며, 태자 전하께서 일어나시기를 간절히 바라옵고 있사옵니다."
"알고 있다."
"……."
황제의 대답은 대신들의 말을 묵살하겠다는 의지가 담겨 있었다.
모두들 알아서 눈치껏 입을 다물자, 황제가 한참 만에야 모두를 경악케 하는 천명을 꺼냈다.
"태자는 긴 요양이 필요하다."
"……."

"목숨을 부지한 것만으로도 다행한 일. 더 이상 태자를 궁에 두고 끔찍한 일을 당하게 할 수 없다."

"하, 하오나……."

누군가 용기 있게 말을 꺼냈으나 황제가 집어 던진 집기에 머리를 맞고 밖으로 끌려 나갔다.

그 뒤로 다시 조용해지자 황제는 매우 비통하다는 듯 말했다.

"요양을 보낼 것이다. 그 아이의 어미가 살던 곳으로."

"……!"

조금 전 전례를 보았기에 이번에는 누구도 나서지 않았다.

"해서, 그 아이를 폐위할 것이다. 당분간 이 제화국에는 태자가 없다."

어마어마한 일을 독단으로 처리해 버리고 대신들에게 통보만 했음에도 황제의 말에는 일말의 미안함이 보이지 않았다.

"폐하!"

대신들은 일제히 한목소리로 많은 감정을 담고 황제를 불렀다.

제 2 장

지켜야 할 것

한여름 한낮의 더위는 끔찍했지만 오문은 바람이 없는 날을 좋아했다.

바람이 없는 날은 줄타기가 좋았다. 오문은 힘차게 발을 굴러 줄을 밟고 뛰어오르며 신나게 하늘을 날았다.

몸에 딱 달라붙는 도복 때문에 이제 열두 살이 된 오문도 제법 소녀의 태가 났다. 엉덩이를 가린 도복 뒷자락의 붉은 천은 그녀가 뛰어오를 때마다 붉은 종달새 꼬리처럼 쫑긋 펼쳐졌다. 넓은 소맷자락을 펼치며 가볍게 날아오르는 그 모습은 정말로 작고 귀여운 새처럼 보였다.

"오오!"

사람들은 오문이 아슬아슬한 곡예를 선보일 때마다 환호해 주었다.

줄에서 튕겨 올라간 오문은 공중에서 허리를 꺾어 뒤로 한 바퀴 돌았다.

"……!"

그 찰나의 순간, 줄을 밟고 착지하려던 오문의 발이 엉켰다.

"……!"

"아잇!"

"악!"

여기저기서 사람들의 안타깝고 다급한 비명이 들렸다.

오문은 땅에 머리가 가까워지자 재빨리 몸을 비틀었고 발목에 줄이 감겼다. 추락하던 몸은 줄이 풀리는 반동과 함께 위로 튕겨 올라갔다.

"오오!"

구경꾼들의 비명이 환성으로 바뀌었다.

오문은 곡예와 같은 기술을 선보이며 활짝 웃어 보였지만, 실상 속은 그리 태연하지 못했다. 하마터면 그대로 땅에 머리를 부딪칠 뻔했던 것이다.

'으아. 혼나겠다!'

단주 광두가 도끼눈을 하고 저를 노려보고 있는 게 보였다.

달무리가 진 밤하늘 위로 오문이 튀어 올랐다. 그녀의 작은 얼굴이 몇 번이나 달과 겹쳐졌다. 밤이 깊었는데도 오문은 저녁도 못 먹고 줄타기 연습에 매달렸다. 광두가 천 번이나 하라고 시켰기 때문이다.

"오문아. 그만하고 그냥 자자."

오문의 줄타기를 감시하던 첨은 아까부터 계속 통통한 얼굴에 흐르는 땀을 닦으며 들어가자 졸라댔다. 첨이 생각에는 광두가 홧김에 천 번이라고 지껄였지만 별 의미 없을 것 같았기 때문이다. 광두한테는 백이나 천이나 그냥 많은 숫자일 뿐이리라.

"오라버니 먼저 들어가."

오문은 힘들었지만 꾀를 부리고 싶지 않았다. 사람 죽이는 걸 연습할 때보다 줄타기를 연습하는 게 백 배, 천 배, 만 배는 즐거웠다. 그래서 더 잘하고 싶었다. 더 높이 더 오래 하늘을 나는 기분을 느끼고 싶었다. 낮에처럼 또 실수하고 싶지 않았다.

"후……."

소매로 땀을 닦던 오문 역시 덥기는 더웠는지, 도복 밑의 바짓단을 접어 올렸다. 그러자 오문의 발목에 감겨 있던 가죽끈이 드러났다. 가죽끈은 본래 목걸이였는지, 칭칭 동여맨 줄 가운데 어른 엄지손톱만 한 반쪽짜리 옥패가 매달려 있었다. 옥으로 된 그 반달 장식은 자신을 봐달라는 듯이 은은한 빛을 내고 있었다.

"어? 이건 뭐야?"

첨이 홀린 듯이 빛을 보고 다가가자 오문이 대수롭지 않게 말했다.

"아. 어머니 거야."

"이거 증표 같은데?"

"증표? 무슨 증표?"

"사랑하는 사람한테 주는 증표. 반쪽이잖아. 다시 만나자는 약속으로 주고받는 거 말야. 어머니가 아버지한테 받으셨나 본데?"

오문의 사연을 자세히는 모르지만 어머니의 정신이 온전치 못해, 일찍 자결하셨다는 이야기는 다들 알고 있었다.

"흠……."

"그나저나 이 옥 비싸 보인다. 어머니가 아주 좋은 가문의 공자님이랑 정분났었나 보다. 히힛."

오문은 아버지 얘기를 한 번도 들은 적이 없었다.

아니, 들었을지도 모르지만 지금 자신이 기억하는 게 얼마 되지 않았다. 현재 기억 속에서는 오문이 어머니를 인식하기 전부터 이미 그녀는 미쳐 있었고, 그런 그녀는 늘 철창 안에서 멍한 눈으로 중얼중얼거리곤 했었다. 잠깐잠깐 정신이 돌아오면 머리를 쓰다듬어 주며 사람을 죽이지 말라고만 했을 뿐, 다른 이야기는 들어본 적이 없었다.

새삼스러운 눈길로 옥패를 다시 살펴본 오문이 중얼거렸다.

"날개 달린 짐승."

"응?"

"옥패 문양 말이야. 이게 무슨 의미가 있을까?"

"그게…… 의미라기보다 아마 가문을 상징하는 그런 게 아닐까? 증표로 준 거니까. 높으신 분들은 다 그런 거 갖고 있잖아. 우리가 지금 함께하지 못해도 너는 우리 가문의 사람이다, 이런 거. 캬! 딱 들어맞는구나!"

"가문이라……."

"헉! 잠깐! 그럼 너 혹시, 알고 보면 엄청 부잣집 명문가 아가씨거나 그런 거 아닐까!"

첨은 지금까지 제가 주절거려 놓고서 그 사실은 뒤늦게 깨달은 듯했다.

그러나 오문은 대수롭지 않다 못해 감흥 없이 말했다.

"그런 것치고는 옥패가 너무 작아. 쪼잔하잖아."

"어……. 음……. 그, 그런가?"

첨은 가끔 오문의 정신세계를 이해하기 힘들었다. 출생에 거대한 비밀이 숨겨져 있을지도 모르는 판국에 지나치게 냉정한 평가를 내리고 있지 않나.

뭐라 할 말이 없어진 첨이 머리만 긁적이는 동안 오문도 제 나름 출생에 대해 진지하게 생각해 보는 중이었다.

'한번 찾아나 볼까?'

그러나 그런 생각이 들자마자 고개를 저었다. 옥패에 대해 알아보려면 귀족 가문들을 들쑤시고 다녀야 하는데 그러기가 쉽지 않으니 말이다.

게다가 오문은 그 생각을 더 할 수가 없었다.

"오문! 첨아! 어서 도망쳐!"

"……!"

다급한 목소리가 짧은 정적을 깨트려 두 사람이 동시에 고개를 돌리게 만들었다. 그리고 오문과 첨 둘 다 소스라치게 놀라고 말았다. 기예단의 첫째 금이 머리에 피를 흘리며 뛰어왔기 때문이다.

"형!"

"오라버니!"

"도, 도망쳐! 어서!"

"형, 무슨 일이야? 피가 나잖아!"

"이럴 시간 없다고! 어서 뛰어!"

금이 첨의 멱살을 잡다시피 하고 끌고 나가자 사태의 심각성을 느낀 두 사람도 더 묻지 않고 도망치기 시작했다.

그러나 그런 금의 노력에도 불구하고 더 이상 도망칠 수가 없게 되었다.

"헉!"

험상궂고 덩치 큰 사내들이 갑자기 그들 앞에 나타나 막아섰다. 화들짝 놀라 뒤로 물러서는 순간 등 뒤에서도 한패로 보이는 자들이 달려오고 있는 게 아닌가.

"혀, 형……!"

"오라버니, 이게 어찌 된 일이야?"

"젠장! 광두가 언젠가 사고 칠 줄 알았다!"

"뭐?"

자초지종을 모르는 오문이 의아해하는데 달려온 사내들 중 가장 덩치 큰 자가 금의 뒷목을 잡아채더니 땅바닥으로 내던져 버렸다.

"윽!"

"이 쥐새끼 같은 놈이 어딜 도망쳐!"
"헉! 형!"
"오라버니! 왜들 이러십니까!"
"시끄러, 이것들아! 입 닥치고 얌전히 따라와!"
"악! 따라갈 테니 이거 좀 놓으십시오!"
사내들은 오문의 간절한 외침을 무시하고 짐승을 끌고 가듯 질질 끌고 어디론가 데려갔다.

백골기예단의 모두는 버려진 듯한 낡은 광에 내던져지고 꽁꽁 묶인 채 무릎이 꿇렸다.
"이 미친놈! 그러고도 당신이 우리 보호자야? 어떻게 그럴 수 있어!"
악에 받친 상의 앙칼진 목소리가 촉촉하게 젖어 있었다.
광두는 고개를 푹 숙이고 아무 말도 못 했다.
"이제 노름 안 한다며! 다시는 안 한다며! 그동안 우리랑 같이 번 돈 다 날려놓고 아직도 정신 못 차렸어? 이제 어쩔 거야! 이제 돈도 없는데 어쩔 거야!"
상의 울분은 모두의 마음이었다. 금은 너무 분노해서 광두를 노려보기만 하고 아무 말도 안 했다. 첨과 화는 무서워서 훌쩍거리느라 말을 못 했다.
그리고 오문은 저희를 끌고 온 무지막지하고 우락부락한 사내들을 살펴보았다. 귀문의 살수들에 비하면 아무것도 아닌 자들이라 별로 겁이 나지 않았다.
쾅—!
"시끄러워! 입 안 다물어?"
덩치 하나가 커다란 몽둥이를 땅에 내리찍으며 겁을 주자, 다들 입을 다물고 어깨를 움츠리며 오돌오돌 떨었다.

상은 입술을 깨물고 뚝뚝, 억울한 눈물을 흘렸다. 아무래도 지금까지 흐름상으로 미루어보아 오늘의 희생양은 제가 될 것 같았기 때문이다.

그리고 그녀의 생각이 맞아떨어졌다.

"야, 광두! 어서 하나 골라! 시간 없어!"

"……."

"아이 씨팔! 어느 년 줄 거냐고!"

광두는 계집 하나를 팔아서 노름빚을 갚으라는 그들의 말에 죽고 싶은 기분밖에 들지 않았다.

저 아이들을 거두면서 저는 새로운 삶을 살기로 다짐했었다. 인간답게, 따뜻한 정을 나누며 사는 그런 인간들답게…….

하지만 예전과 달리 너무나 긴장감 없는 삶이 때로 자신을 무기력하게 만들었고, 그 때문에 노름에 손을 댄 것이 사달이었다. 비록 실수하긴 했지만 아이들에게만큼은 진심을 다해 자식처럼 키웠다. 한데 누구를 보내야 한단 말인가.

"그냥……. 그냥 제가 노비가 되면……. 저 아직 막일할 힘은 있……."

"이 빌어먹을 새끼가 뭐라고 씨부렁거리는 거야! 누가 너 같은 걸 비싼 돈 주고 노비로 사?"

광두는 다시 고개를 숙였고, 상은 깊은 한숨을 내쉬며 자포자기했다.

저밖에 갈 사람이 없다. 어린 화와, 오문을 보낼 수가 없었다. 마음만 다잡으면 기루에 팔려가도 견딜 수 있을 것 같았다.

생각을 정리한 상은 이제 눈물도 흘리지 않고 말했다.

"제가 갈게요."

"언니!"

화가 울먹이며 상을 불렀다.

“저 이제 열일곱이에요. 저 데려가세요. 어린애들 말고.”

사내들은 당찬 상의 말에 씨익 웃으며 만족한 듯 쑥덕거렸다.

화와 상은 서로를 부둥켜안으며 울부짖었고, 첨과 금은 광두를 죽일 듯이 노려보며 분한 듯 주먹을 쥐었다.

그때였다. 여태 울지도 않고 가만히 있던 오문이 나섰다.

“저기요, 저는 어때요?”

“……!”

기예단 사람들은 턱이 빠질 듯 입을 벌렸고, 사내들은 흥미로운 듯 오문을 바라보았다.

“기예단에 상 언니가 없으면 안 돼요. 저는 아직 기예단에서 별로 쓸모가 없어요. 그러니까 절 데려가세요.”

“오문!”

“무슨 소리를 하는 거니!”

기예단 사람들이 오문을 말렸다.

하지만 오문은 고집을 꺾지 않았다. 그동안 기예단에서 보살펴 준 덕에 살 수 있었으니 은혜를 갚고 싶었다. 기예단 사람들은 모르지만 오문은 늘 그들을 속이고 있는 것이 미안했다.

오문이 기예단에 들어간 그다음 날, 성문에 태자 시해범들의 목이 걸리고, 배후를 찾는다고 온 나라가 떠들썩했었다.

그날 소식을 들은 오문은 가슴이 철렁했었다.

살수들에게서는 벗어났지만, 저는 엄연히 태자 시해범이었다. 미수로 끝나긴 했어도 붙잡힌다면 배후를 밝히라며 고문은 물론 잔인하게 죽임을 당할 게 분명했다.

온몸에 소름이 돋았다.

무서웠던 태자의 무표정한 얼굴도 떠올랐다. 그가 제 얼굴을 똑바로 보며, 저 아이가 맞다, 손가락질하는 장면을 상상하면 심장이 쿵 하고, 머리가 아찔해졌다. 자신이 잡힌다면 저를 숨겨준 기예단도 큰 벌을 면하기 힘들 테니, 항상 그것이 마음에 걸렸었다.

얼마 전, 태자가 결국 폐위되어 황성을 떠나면서 태자 시해범을 찾는 일은 한풀 꺾였지만 방심할 순 없는 노릇이니, 제가 떠나는 것이 옳았다.

"오문아! 넌 안 돼! 넌 너무 어려!"

"언니도 어려요."

저와 다섯 살 차이 나는 상 역시 아직 여인이라 하기에는 어렸다.

"오문아……."

게다가 네 사람은 떨어지면 안 될 것 같았다. 오문은 웃으며 말했다.

"'금.상.첨.화' 잖아요. 넷이 같이 있어야 금상첨화지."

저야 이방인이지만 서로가 얼마나 우애가 깊은지, 보고 있으면 흐뭇했다. 서로를 죽이지 못해 안달이던 귀문의 아이들과 달리.

"제가 갈게요. 전 괜찮아요. 밥만 먹을 수 있으면 돼요."

오문은 올 때처럼 청승맞은 소리를 지껄여 모두를 울렸다.

붉은 황무지, 흙먼지만 날리는 황폐한 땅에 천막들이 즐비했다.

제화국 서부, 서강의 진지였다.

이 보잘것없는 땅이 뭐라고, 제화국은 오랫동안 이 땅의 경계를 지키려고 싸워왔다.

두 해 전, 전쟁이 끝났다고 축제까지 벌였지만, 사실 서부와 북부의 사정은 늘 똑같았다.

제화국의 양 날개. 부리인 황성을 향해 뻗어 있는 서부와 북부.

제화국의 황성은 날개를 불러들이기 좋은 위치였으나 양쪽 날개가 동시에 공격해 오면 도망칠 곳이 없는 고립된 곳이기도 했다.

호전적이었던 태조는 일부러 그런 곳에 수도를 세웠다. 도망치지 말고 싸워라' 라는 깊은 뜻이었다.

지금의 황제는 그 뜻을 잘 이어받았으나, 약은 데도 있었다.

황제는 양 날개에 가장 강한 군사를 보냈다. 북부 북천 땅은 황실의 일원인 단왕에게 내렸고, 서부 서강은 악명 높은 무위와 성정을 자랑하는 구자서를 태수로 보냈다.

그들이 척박한 땅에 자신들을 처박아놓은 황제에게 불만을 품고 힘을 합친다면 황성은 매우 위태로운 지경에 처할 것이 자명했다.

하지만 황제는 그런 일이 절대 일어나지 않을 거란 걸 알고 있었다.

단왕과 구자서는 절대 어울릴 수 없는, 서로 물어뜯을 궁리만 하는 원수지간이기 때문이다. 그 탓에 그들끼리 싸워 내전이 일어날 수는 있지만, 그렇다 하더라도 황성을 지나지 않으면 힘들었다.

게다가 북천과 서강이 접경한 곳은 이민족들의 잦은 도발로 늘 전쟁이 끊이지 않는 곳이라 섣불리 자리를 비울 수 없기도 했다.

"무호!"

"예?"

서강의 용맹한 사자로 불리는 이십팔 세의 젊은 장수, 천호장 장우가 지나가는 젊은 병사를 불렀다.

그런데 병사는 매우 건방지게도 왜 불렀냐는 듯 대답하며 돌아섰다.

장우의 뒤를 따라오던 열 명의 백부장이 무호를 잡아먹을 듯이 노려보았다.

"이 새끼, 너 뭐 하는 새끼야!"

장우는 한마디로 빡 치는 기분이었다.

천호장인 장우 밑에는 약 천 명에 달하는 부하 장졸들이 있었다. 그런데 지금 이름이 불린 병사는 들어온 지 채 육 개월도 안 된 신입에다 고작 열여덟 살밖에 안 된 놈이었다. 그런 놈이 육 개월째 거만한 태도를 고수하고 있는 것이다.

몇 번이나 빵이 치게 하고 욕을 퍼부어 봐도 소용없었다. 젊고, 심지어 지나치게 아름다운 이 병사는 늘 고인 물처럼 담담하고, 어떤 일에도 자기 자신을 잊지 않고, 한결같이 거만해서 상관들의 울화통을 터트리고 있었다.

"질문의 의도를 모르겠습니다."

"불렀으면 똑바로 대답하란 말이다!"

천호장 장우가 무호의 정강이를 걷어차며 불같이 소리쳤지만 무호는 맞은 일이 없다는 듯 꼿꼿하게 서서 말했다.

"십병대 소속 병사 무호. 부르셨습니까?"

똑바로 대답했지만, 틀린 것도 없지만, 어째서 목소리에 창자가 끊어질 듯한 군기가 느껴지지 않는가? 어째서 말꼬리가 왜 불렀냐는 듯 올라가는가?

"너 이 새끼! 어젯밤에 집합하라는 말 들었어, 못 들었어! 어디 있다가 뻔뻔하게 지금 기어 나와!"

그랬다. 지금 말투 따위가 중요한 게 아니었다. 중요한 건, 어제 장우의 부대원들 모두가 야간 훈련을 했는데, 무호만 보이지 않았던 것이다. 그러다가 이제 밤샘 훈련을 끝내고 돌아가는 길에 뻔뻔하게 걸어오는 무호를 마주친 것이다.

어찌 속이 터지지 않을까!

가뜩이나 장우가 지휘하는 금의대는 평민부대가 아니라 출세를 위해 입대한 귀족 자제들이 대부분이었다. 게다가 잘난 집안에서 문제를 일으키고 쫓겨나다시피 온 놈들도 많아 단속하기 골치 아픈데, 그중 무호 이녀석이 최강의 고문관이었다. 이름도 듣도 보도 못한 그저 그런 지방 출신 자제가 이렇게 눈에 튀는 행동을 하는 건 이놈이 처음이었다.

그는 오는 날부터 눈에 띄었다.

시커멓고 지저분한 사내들 틈에서 희고 곱상한 무호의 등장은 그야말로 충격적인 사건이었다. 전장이 아니라 그저 장터를 걷다가 마주쳤다 해도 눈이 번쩍 뜨이는 미공자였기 때문이다.

아마 어릴 때부터 그 고운 얼굴 덕에 남들이 치켜세우고 떠받들었을 것이다. 그 때문에 거만해진 것이 분명했다.

"왜 말을 못해! 어디서 뭘 하다가 이제야 기어 나오냐고!"

무호의 직속상관인 백부장이 죽여 버리고 싶은 심정으로 소리쳤다. 밤새 무호 한 놈 때문에 저희 십병대가 얼마나 뺑이 쳐야 했는데, 저는 저리 말끔한 얼굴로 나온단 말인가.

모두의 사나운 이목이 집중된 가운데 무호의 입술이 천천히 열렸다.

"밤새 후장을 지키느라 바빴습니다만?"

"……!"

모두가 뜨악한 표정으로 땅에 못이 박힌 듯 얼어붙었지만, 무호는 제 알 바 아니라는 듯이 가던 길을 돌아갔다.

그러나 뒤돌아선 무호의 얼굴에는 분노와 살의의 빛이 역력했다.

'씨발! 미친 영감탱이!'

무호는 하루에도 몇 번씩 저를 이리로 보낸 아버지를 욕했다.

전부 그에게서 배운 욕이라 더 거침없었다.

'요양을 보내달랬지, 입대를 시켜달랬소! 돌아가면 봅시다. 반란이라도 일으키고 말 테니!'

장졸들은 미처 못 봤지만 무호는 피 묻은 주먹을 더 꽉 쥐며 분노로 부들부들 떨었다.

육 개월 전, 황제와 독대하던 그날의 대화를 떠올리면서.

"이런 미친놈을 보았나!"

퍽!

황제는 붕대를 칭칭 감고 앉아 있는 태자의 머리통을 휘갈겼다. 둘밖에 없는 방이라 아들을 패는 데 위엄이고 체면이고 필요 없었다.

"네놈 대가리에는 대체 뭐가 들은 게야! 네 그 무모함 때문에 하마터면 죽을 뻔했다! 제정신이냐? 어디 감히 그런 짓을 해!"

태자가 스스로 살수를 꼬여 내 제 몸을 상처 입혔으니, 황제의 불같은 화는 충분히 이해할 만했다.

"생각이 있어 그리했습니다."

"지랄! 생각 같은 소리 하고 자빠졌네!"

빠악!

황제에게 두 대나, 그것도 머리가 울릴 정도로 얻어맞고 약간 기분이 상했지만, 그래도 태자는 담담하고 단정하게 품위를 잃지 않고 말했다.

"저를 폐위시켜 주십시오."

"……."

황제는 한 대 더 때리려던 손으로 귀를 후벼팠다.

그 모습을 보고 무호는 더욱 명확한 어조로 다시 한 번 말했다.

"저를 폐위시켜 주십시오."

황제는 제 귀가 잘못된 게 아니라는 걸 알았다.

"뭐라?"

"태자는 살아난 것만으로 기적이라, 여생을 조용히 보낼 수 있도록 요양을 보낸다 하시옵소서."

"……."

"외가에 가 있는 게 좋겠습니다."

"……."

"나중에 황제 자리가 나면 다시 불러 주십시오. 그때도 태자가 없으면 제가 하겠습니다."

말없이 부들부들 떨던 황제는 결국 폭발하고 말았다.

"이런 개 같은 놈을 봤나!"

황제는 태자의 상처가 다시 터질 때까지 두들겨 팼다. 그러고도 분이 덜 풀린 황제가 소리쳤다.

"외가에서 요양? 지랄 맞은 소리가 쏙 들어가게 해주마!"

무호는 그 소리를 들으며 기절했다.

다시 깨어났을 때 저는 어느새 아무도 몰래 가마에 태워져 서강으로 향하고 있었다. 이름을 받긴 했으나 거의 불려본 적이 없는 아명, 무호라는 이름으로.

가짜 태자가 외가로 떠난다는 소식을 들은 것은 그로부터 한 달 뒤였다.

'보아하니, 황위를 내려놓을 때까지 날 여기 가둘 심산이시군. 내 그리는 못 하지!'

무호는 자신의 아버지가 이곳의 실정이 어떤지 잘 모른다는 것은 알고 있었다. 이왕 사람들의 이목을 속이는 거, 외가보다 군대가 안전하고, 군에서는 많은 것을 배울 수 있다 여겼을 것이다. 또한 자신을 금의대에 보낸 것만 보아도 살리기 위함임을 알 수 있었다.

금의대는 다른 부대에 비해 힘든 일을 하지 않고 전투도 거의 나가지 않았다. 나간다 하더라도 생존율이 십 할인 하나마나한 전투밖에 없으니 말이다.

그러나 그렇다고 해서 앙심이 사그라질 만큼 제가 이곳에서 겪은 일들이 가볍지 않았다.

겉으로 보기에 무호는 달라진 게 없어 보일지도 모른다. 늘 그렇듯 표정이 잘 드러나지 않은데다가 말수가 적었기 때문이다. 하지만 무호의 가슴속에는 분노와 원한의 소용돌이가 휘몰아치고 있었다.

무호에게 이곳은 무간지옥이나 다름없었다. 귀하게 자랐으나, 먹고 자고 씻는 원초적인 불편함 정도는 차츰 적응되고 있었다. 아니, 그것은 적응이라기보다 어쩔 수 없는 일이라 생각하고 포기하고 있었다.

그러나 불편함을 넘어선 불쾌함과 역겨움, 포기할 수 없기에 적응할 수 없는 것이 있었으니, 바로 사내들의 뜨거운 정욕이었다.

무호를 향한 사내들의 그 욕망은 나날이 더 심해져 갔다. 덕분에 무호는 이곳에 오고부터 단 하루도 편히 잠들지 못했고, 한순간도 끈적끈적한 시선으로부터 자유롭지 못했다.

가뜩이나 여럿이서 자는 더럽고 좁은 침상에서 잠이 깊이 들지 않는데, 양쪽 귓가에 들어붙는 뜨겁고 찐득한 사내들의 숨결에 구역질이 났다. 심지어 제 몸을 더듬던 누군가의 손을 반대로 꺾어서 부러트린 일도 몇 번이나 있었다.

유독 무호의 부대에서 한밤중에 손목이 부러지는 사고가 많이 일어난 것이 그 때문이었다.

비역질이 하고 싶어 몸이 달아 오른 놈들이 많은 것은 이해했다. 무호가 화가 나는 것은 하고 싶은 놈들끼리 붙어먹지 왜 제게 이러는가 하는 것이다.

얼마나 더 싫은 티를 내주어야 하는가!

제가 씻을 때마다 제 몸을 훔쳐보는 놈들의 눈알을 파줘야 하는가. 밤

마다 더듬는 손을 부러트릴 게 아니라 잘라놔야 하는가. 식사할 때마다 제 앞에서 보란 듯 날름거리는 혀를 뽑아야 하는가.

어떻게 해야 이 미칠 듯한 상황에서 벗어날 수 있는가?

답은 의외로 간단히 찾을 수 있었다.

"그러니까. 전날 당한 일 말고도 이런 일이 자주 있었다?"

"전날, 당한 바 없습니다. 그전에도 당한 적은 없습니다."

어제 일로 천호장 장우 앞에 다시 끌려온 무호는 그간의 일을 상세히 고할 수밖에 없었다.

입에도 담기 싫은 더럽고 치욕스러운 일을 소상히 아뢰게 된 것은 전날 저를 범하려던 다른 부대 소속의 병사들이 죽기 직전에 발견되었기 때문이다.

이곳에 끌려와 심문을 당하면서도 무호는 그놈들을 죽이지 못한 것이 아직도 안타까웠다.

"아니. 당했다는 것은 네…… 순결, 아니…… 씨발! 대충 알아들어!"

장우 역시 이 더러운 일을 입에 올리고 싶지 않았다. 그는 당황하고 있었고, 또한 분노하고 있었다.

아무리 건방지고 무도한 녀석이라 해도 제 부하이고, 또한 신병인만큼 돌봐주어야 할 녀석인데, 이런 일을 당하게 방치하고 있었다니! 아무것도 모르고 있던 스스로에게 너무 화가 났다.

"정확히 표현해 주십시오. 건드렸다 정도면 될 것 같습니다."

장우는 뒷골이 당겼지만 꾹 참았다. 어쨌거나 지금 녀석은 피해자로 제 앞에 와 있는 것이다. 그리고 또 하나 녀석은 기특한 구석이 있었다.

장장 육 개월 가까이 이런 추행에 시달린 놈치고 스스로를 너무 잘 지켜 왔다. 적어도 어느 정도 거만해도 될 만큼, 나약한 녀석은 아니라는 뜻이었다.

"후우—! 좋다. 놈들이 널 건드렸다는 증좌만 있다면 태수께 아뢰어 군법으로 다스리겠다. 여태껏 널 건드린 놈들도 전부 색출해 질서를 바로잡는다 약속하마."

"증좌가 없으면? 제 말을 어찌 믿으십니까?"

장우는 또 한 번 한숨을 푹 쉬었다.

개념이 없는 놈인 줄 알았더니, 그 반대였다. 그렇게 괴롭힘을 당해도 참고 있었던 이유가 이것이었던 것이다. 그의 말대로 증좌 없이 몰아갔다간 그가 다 죄를 뒤집어쓸 것이다. 하지만 장우는 그의 말을 믿어야 했다. 그는 제 부하이기 때문이다. 제 부하를 믿지 않으면 함께 전투에 나가지 못한다.

"내가 알아서 한다. 그놈들 사지를 뒤틀어서라도 자백을 받겠다."

건방진 신입은 고맙다는 말을 씹어 먹었다. 대신 헛소리를 지껄였다.

"여기서 나가려면 어떻게 해야 합니까?"

"탈영하면 죽는다."

장우는 나직하게 윽박질렀다.

"정정당당하게 여기서 나가는 법을 알려주십시오."

"염려 마라. 앞으로 또 이런 일은 없을 것이다."

"있건 없건 나가고 싶습니다."

"그러니까 네 말은 집에 돌아가고 싶다, 이건가? 왜? 집에서 쫓겨났나?"

어느 정도 지위가 오르면 금의대 출신의 장수들은 집에서 손을 써서 불러들인다. 그래서 장우는 뻔뻔하고 거만한 무호가 벗어나고자 발버둥치는 모습이 통쾌하게 느껴졌다.

"예."

“사고를 쳐보든가. 집에서도 사고 치고 쫓겨났을 테니, 여기서도 사고를 쳐. 군법으로 죽도록 패줄 테니까. 기어서 집에 가든지.”

“제 발로 걸어나가려면 어찌해야 합니까?”

“명예롭게 나가고 싶다? 어렵군. 뭐, 대장군쯤 되고 나서 희망근무처를 넣어보는 방법도 있긴 하지.”

거짓말이었다. 대장군이 되면 더 빠져나가기 힘들었다.

태수께서 제 밑에 있던 대장군을 전근시킬 리가 없으니까. 황제가 직접 대장군을 불러들이기 전에는 나가기 힘들 것이다.

아무렴 어떨까. 어차피 이 천둥벌거숭이 같은 놈이 대장군이 될 리는 없지 않나.

“대장군이 되려면 얼마나 큰 공을 세우면 됩니까?”

오문은 백골기예단 사람들과 눈물 어린 이별을 했다.

광두는 어린 오문을 팔았다는 죄책감에 휩싸여 두 번 다시 노름을 하지 않겠노라 약조했고, 금은 나중에라도 돈을 벌어 오문을 데려가겠다고 다짐했다.

하지만 오문은 웃으면서 그들과 헤어졌다. 되도록 두 번 다시 만나지 않길 바라며.

그렇게 오문이 노비로 팔려 온 곳은 사유보라는 한 권세가의 대저택이었다.

처음 그곳에 들어왔을 때 오문은 당연히 잡일을 하는 노비로 이곳에 온 줄 알았다. 이런 데 숨어서 노비로 지내면 적어도 태자 시해범으로 들키거나, 귀문의 눈에 들어갈 일은 없을 것 같아 잘됐다고 생각했다.

천한 노비면 어떤가. 무슨 일을 하면서 살아도 사람 죽이는 일보다는 낫지.

오문은 그렇게 생각했…… 었다.

어째서인지 저는 깨끗이 씻겨져, 고운 옷을 입고 커다란 전각에 보내졌다.

이때만 해도 오문은 제가 이 댁 부인이나 아가씨를 모시게 될 줄 알았다. 힘든 잡일보다 몸은 덜 힘들겠지만 윗분들 비위 맞추기 힘들겠다, 그런 생각만 했다. 한데, 방 안으로 들어가 인사를 올린 후 주인의 대답을 듣는 순간, 그 생각은 와르르 무너졌다.

"예쁜 아가구나."

"……!"

예순은 되어 보이는 사유보라는 제 주인이 옷도 입지 않고 두툼한 살집을 부끄럼 없이 내보인 채 침상에 앉아 있었던 것이다. 마치, 저를 기다리고 있었다는 듯이.

"어서, 어서 이리 올라오너라."

오문은 충격으로 몸이 굳어버렸다. 저는 끔찍하게도 그냥 노비가 아니라 동녀로 팔려온 것이었다.

생식 능력이 다한 늙은이를 회춘시킬 목적으로 잠자리 시중을 드는 동녀.

"어허. 안 오고 뭐 해. 어서!"

사유보는 두툼한 뱃살에 늘어진 목과 달리 삐쩍 마른 팔을 들어 오문에게 손짓했다.

오문은 도저히 앞으로 발이 나가지지 않았다. 그래서 뒤를 돌아 문을 열었다.

"……!"

문 앞에는 이 댁의 호위무사로 보이는 무사들이 막고 서서 저를 잡아먹을 듯 노려보았다.

"어서 들어가!"

"시, 싫어요!"

"이년이!"

"꺄악!"

무사는 오문을 번쩍 들어 올렸다.

"이거 놔주세요! 나가게 해주세요!"

크게 소리쳤지만 무사는 인정사정없이 오문을 침상 위로 던져 버렸다.

"대인. 밖에서 문을 잠그겠습니다."

"그리하거라. 요 애기가 아주 건강하구나. 펄떡펄떡거리는 것이 아주 맘에 든다. 좋은 물건을 구해왔어."

"하면 이만."

오문을 물건 취급한 사유보는 얼른 나가라는 손짓으로 무사를 내보냈다.

오문은 침상 구석으로 가서 눈을 꼭 감았다. 세상에 이런 일이 있다는 것을 풍문으로 듣긴 했지만 본인의 일이 되고 보니 세상이 끝난 것처럼 절망적이었다.

'죽어도 싫어! 진짜 싫어!'

사람을 죽이는 것만큼 싫은 일이 있을 줄 오문이 어떻게 알았겠는가.

"아가. 이리 온. 어서. 착하지? 내 말만 잘 들으면 넌 이 집에서 호강하면서 살 게다. 갖고 싶은 것, 먹고 싶은 것, 다 누리고 살 수 있다."

사유보는 거칠고 탁한 음성으로 오문을 부르며 어르고 타일렀다.

"전 갖고 싶은 것도, 딱히 먹고 싶은 것도 없습니다. 절 보내주십시오. 저를 사고 지불하신 금액만큼 열심히 일해서 갚겠습니다. 보내주십시오,

어르신. 부탁드립니다."

오문은 인자한 할아버지 같은 사유보의 음성에 소름이 돋았지만 그래도 일말의 기대를 담아 간절하게 말했다.

"아가. 그리 욕심이 없다니, 참으로 착한 아이구나. 하면 이리하자."

"……?"

"네가 아무것도 원하지 않는다니, 별수 없지 않느냐."

"어르신……."

오문은 가슴을 쓸어내리며 안도했다. 다행히 사유보는 색을 밝히긴 했지만 말이 통하는 자였다.

하나, 이어지는 사유보의 싸늘한 목소리에 오문은 다시금 절망을 느꼈다.

"네가 말을 듣지 않으면 어찌 되는지를 알려줘야지."

"헉!"

그는 어디서 그런 힘이 솟아났는지 오문의 팔을 잡아당겨 침상에 눕히고 옷을 벗기기 시작했다.

"싫어! 싫어! 이거 놔!"

오문은 격렬하게 반항했다.

"가만있지 못해!"

철썩.

"악!"

믿을 수 없게도 사유보는 어린 오문의 뺨을 있는 힘껏 때렸다.

뺨이 시뻘겋게 부어오르고 욱신거리는 아픔이 덮쳐 오자, 지금까지 몸부림치던 오문이 정지했다.

"꼭 매를 들어야 하지!"

오문은 쌕쌕거리며 가쁜 숨을 내쉬었다. 오문의 가슴이 크게 오르락내리락거리자, 사유보는 오문의 옷을 벗기는 데만 집중했다. 그래서 그는 오문의 눈이 차갑게 가라앉는 것을 보지 못했다.

"내 몸에 손대지 마."

"……!"

어린 소녀의 목소리에서 소름 끼치게 무거운 음성이 흘러나왔다.

"죽여 버리기 전에."

사유보는 하려던 것을 멈추고 한참이나 오문을 바라보며 얼어붙었다. 그러나 곧 어린 아이의 말에 위협당한 자신에게 화가 나고 부끄러워 오문의 뺨을 한 대 더 내리쳤다.

철썩—!

"이년이 귀엽다 했더니 어디서! 천한 것이 안아주면 고마운 줄 모르는구나! 네년이야말로 죽고 싶지 않으면 얌전히 구는 게 좋을 것이다!"

오문은 입술에서 흐르는 피를 핥았다.

「아가, 얼마나 나빠야 죽여도 되는 사람인지 알 수 있겠니?」

'이런 추잡한 늙은이는 죽여도 되지 않을까요?'

어머니의 목소리가 들리지 않았다. 오문은 '그럼 죽여도 되는 건가?'라는 생각을 떠올렸다.

사유보가 오문의 저고리를 풀어헤치는 순간이었다.

오문은 탐욕스러운 노인의 눈빛이 더럽고 무서운 짐승으로 보였다.

'죽여도 돼!'

누군가 그렇게 외치는 것 같았다.

"헉!"

오문은 팔을 뻗어 고사리 같은 손으로 사유보의 목을 움켜쥐었다.

"커억!"

어리지만 살수교육을 받은 아이의 손은 정확하게 사혈을 짚어 상대가 힘을 쓸 수 없게 했다. 사유보가 사력을 다해 양손으로 오문의 작은 손을 붙잡고 떼어 내려 했지만 오문이 그의 양물을 걷어차 버리자 그마저도 할 수 없게 되어버렸다.

"으윽……. 끄어어……."

그는 소리도 크게 낼 수 없었다.

오문의 남은 한 손이 그의 입마저 틀어막았기 때문이다.

오문은 진심으로 이자의 목숨 줄을 끊어내고 싶었다. 아직 힘이 없지만 오문은 어디를 잡아 비틀면 사람이 죽는지 정확히 알고 있었다.

하지만 이상하게 더 이상 손에 힘을 줄 수가 없었다.

오문은 갈등했다.

이자는 살수들과 달랐다. 나쁘고 추잡한 늙은이는 맞지만, 많은 사람들을 괴롭혀 왔을 테지만, 자신이 그의 목숨을 심판할 권리는 없지 않나. 나쁘다고 사람을 죽이면 저는 살수들과 다를 바 없는 사람이지 않나.

'어머니. 얼마나 나쁜 사람이어야 죽여도 되는지, 전 아직도 잘 모르겠습니다.'

살벌하던 오문의 눈빛이 차츰 평범한 아이의 눈빛으로 돌아왔다.

결국 오문은 손에서 힘을 풀고 노인을 놓아주었다. 차라리 여기서 도망치다 맞아 죽는 게 나았다. 살수가 되지 않으려고 도망친 거니까. 그게 옳았다.

"커윽! 컥! 헉! 헉! 켁켁! 어윽!"

사유보는 숨이 넘어가는 소리로 괴로워하다가 다 죽어가는 소리로 밖을 향해 소리쳤다.

"누, 누구……! 커읍. 누구 없…… 허윽. 누구 없느냐!"

그 소리에 밖에서 놀란 듯 무인들이 뛰어 들어왔다.
"대인! 무슨 일이십니까!"
"저, 저, 켁켁!"
"대인! 괜찮으십니까? 어찌 된 일입니까!"
"저, 저년이…… 저년이 날!"
"예?"
"하아. 하아……. 저년 끌고 가서…… 고분고분하게 만들어! 제대로 버릇을 가르쳐서 데려오란 말이다!"
"예, 예! 대인!"
오문은 끌려 나가면서 제 주인을 불쌍한 눈으로 쳐다보았다.
"저, 저년이!"
이렇게까지 해서 색욕을 즐기고자 하는 늙은이의 모습이 추하다는 듯이.
사유보는 오문이 나가고 나자 겹겹이 늘어진 자신의 목을 쓰다듬으며 한차례 몸을 떨었다. 목을 조르던 계집의 눈빛이 지워지지 않았다.

저택의 후미진 곳 어딘가 낡은 창고로 끌려온 오문은 무사들에게 둘러싸여 온갖 협박을 당했다.
무사들은 어린 오문에게 손을 쓴다는 게 영 탐탁지 않아 되도록 말로 회유하려 했으나, 오문이 끝까지 고집을 부리자 무섭게 윽박지르기 시작했다.
그래도 오문은 죽어도 못 한다, 내보내 달라 했다.
결국 오문은 축 늘어질 때까지 화난 무사들의 매질을 견뎌야 했다.
오문의 정신이 혼미해질 때쯤 무사들이 손을 거두며 말했다.
"우리라고 이러고 싶어서 이러는 줄 알아? 나도 집에 가면 너만 한 딸년이 있어. 그러니까 우리 이제 그만하자. 가서 그냥 그 영감 비위만 살짝 맞춰줘. 없이 산 게 뭐 그리 콧대가 높아?"

무사는 안쓰러움과 짜증과 자기 합리화로 마음이 복잡했는지, 한마디를 하면서도 여러 번 말투가 바뀌었다.

"그래도…… 싫어요."

"하! 이 맹랑한 것 좀 보게. 이거 울지도 않아. 독한 거야, 모자란 거야?"

다른 무사들도 오문을 보고 질린다는 듯이 말했다.

"너, 사 대인이 어떤 사람인지 네가 몰라서 그러는 거야. 저분이 돈만 많은 사람이 아니라, 형님께서 대사농이라는 큰 관직에 있으시다고. 그러니까 잘 보여서 나쁠 게 없단 말이다. 응? 혹시 아냐? 몇 년 잘 버티면 첩실이라도 될지?"

"그딴 거 안 하고 싶어요."

"세상에 하고 싶은 일만 하고 살 수 있는 줄 알아? 황제도 그렇게는 못 해."

"그래도 그분들은…… 적어도 이런 꼴을 당하는 게 당연한 분들은 아니지요."

오문은 자신이 천한 사람이기 때문에 나쁜 일도 강요당하면 해야 한다는 사실을 받아들일 수 없었다.

하지만 무사들은 오문이 아직 어려서 세상물정을 모른다고 생각하며 비아냥거렸다.

"그래. 그럼, 계집이니까 커서 황후라도 되어보든가. 그럼 네 맘대로 하고 살아도 이런 꼴은 안 당하겠다. 응?"

"이거 아직 정신 차리려면 멀었으니까 놔두고 나가지. 며칠 굶어보면 뭐든 할 거라고 빌 거다."

그렇게 그들은 낄낄거리며 나가 버렸다.

'이렇게밖에 못 살 거라면 그냥 죽고 말지.'

오문은 절대로 저들이 원하는 대로 해주지 않겠다 마음먹었다.

귀문의 문주는 날마다 태자에 관한 보고를 받고 있었다.

태자가 위중한 상처를 입고 요양을 떠나며 폐위되었다 했지만, 그것을 다 믿기가 어려웠다. 어째서 태자가 그 밤중에 호위도 대동하지 않고 혼자 움직였는지가 내내 마음에 걸렸기 때문이다.

게다가 당장에 태자를 폐위시킨 황제의 결단 역시 의심스러웠다. 아직 태자가 죽은 것도 아닌데 명목상이나마 태자의 자리를 남겨두는 것이 옳지 않나. 마치 이제 이 아이는 더 이상 태자가 아니니 괴롭히지 말라고 저희들에게 하는 말 같았다.

지금 태자를 대신할 만한 황손은 사실상 북천 땅에 있는 단왕의 아들, 단유천밖에 없었다. 그 아이가 황실 직계에 가장 가까웠고, 단왕의 힘과 권력을 누를 만한 다른 인물이 없기 때문이다.

그러나 황제는 새로운 태자에 대한 일언반구조차 없었다.

'이러다가 멀쩡한 태자를 다시 불러들여 몸이 좋아졌으니 다시 태자로 올리겠다 하려는 속셈인가?'

궁에 심어놓은 살수와 세작들의 보고는 틀림없었다.

태자의 호위 양영춘이 외가로 떠나는 태자의 행렬을 함께했고, 지금도 줄곧 그곳에서 한시도 떨어지지 않고 태자를 호위하고 있다 했다.

궁 안의 사정도 마찬가지였다. 태자가 궁 안 어디에 숨어 있을지 모른다고 생각했는데, 그런 낌새가 전혀 없다고 했다. 깊은 자상을 입고 피를 너무 흘린 탓에 의식이 온전치 못한 것이니, 태의와 탕약이 수시로 드나들어야 하는데 그렇지 않은 것이다.

애초에 다친 것부터가 거짓이 아닐까 했으나, 그건 아니었다. 그날 피를 흘리며 쓰러지는 태자를 본 이가 한둘이 아니지 않나.

'분명 외가에 있는 태자가 그 태자가 맞을 것이다. 한데, 진짜 죽을 지경인지, 반병신이 된 지경인지는 확인을 해봐야 할 것인데.'

문주는 매우 신중한 사람이었다.

그는 직접 살수행을 했던 젊은 시절에도 한 번도 실수하지 않았다. 지금도 태자의 외가로 보낸 살수들이 육 개월 간 태자가 맞는 듯하다 보고를 하고 있으나, 확신하지 못하고 있었다. 이제는 결단을 내려야 할 시기였기에 서성이고 있을 때였다.

"아버님."

문주의 아들, 이제 약관이 된 청년은 매우 사내다운 기개가 넘쳤다. 문주는 아들의 그런 모습을 볼 때마다 흐뭇했으나, 짐짓 엄하게 대했다.

"무슨 일이냐?"

"산호의 일로 의논드릴 게 있어 왔습니다."

"앉거라."

문주는 아들이 무슨 이야기를 할지 알고 있었다.

"황제께서 태자가 죽기 전에 혼인을 시키라 하면 어찌하나 걱정입니다. 차라리 그전에 저희 쪽에서 먼저 산호가 병이 나았다 하고 차일피일 혼인을 미루는 것이 어떨까 해서 말입니다."

"유천아."

놀랍게도 문주는 자신의 아들을 유천이라고 불렀다. 북천 땅을 다스리는 단왕의 아들, 왕세자 단유천.

"예. 아버님."

"너는 장차, 단왕부뿐만 아니라 제화국을 다스려야 할 큰 인물이 될 것이다. 그런 네가 어찌 사사로이 어린 계집의 거취를 신경 쓴단 말이냐."

문주의 말은 누군가 듣는다면 경악할 말이 한두 개가 아니었다. 제화국의 황제에게 역심을 품고 있음은 물론, 그 자신이 단왕임을 드러내고 있었기 때문이다.

귀문의 문주는 세상에 드러난 적이 없었다. 어쩌면 황제보다 더 큰 권력과 재물을 가졌을 거라고 사람들은 수군거리곤 했다. 그것이 아예 틀린 말은 아니었던 것이다.

단왕의 또 다른 정체가 바로 귀문의 문주였기 때문이다.

"하오나, 산호는 그런 놈에게 주기 아까운 아이입니다."

"나 역시 산호를 내 친딸과 같이 돌봐왔다. 하나, 황제에 오를 네가 사사로운 감정으로 일을 그르쳐서는 안 돼. 그 아이는 쓰고 버리기 위해 데려온 아이야."

산호는 단왕부에서 맡아주고 있는 태자의 정혼녀였다. 그 아이는 황제의 형제나 다름없는 막역지우, 추밀사 은도명의 여식이었다.

앞날이 창창했던 은도명은 황제의 밀명을 받고 북천 땅으로 내려갔다가, 어느 날 밤, 원인 모를 화재로 사망하고 말았다.

그의 부인을 비롯한 가솔들 역시 화마에 타 죽었으나, 갓난아이였던 은도명의 여식만 구사일생으로 살았다.

태어날 때부터 태자의 정혼녀로 황제께서 친히 점찍은 아이였다.

황제는 전장을 함께 누빈 벗에 대한 그의 애정과 의리로 그 아이를 아꼈다.

게다가 은도명이 자신의 밀명 때문에 죽은 걸지도 모른다는 슬픔과 죄책감으로 그 아이는 반드시 태자비가 될 것이라 만인 앞에 천명했다.

그런 귀한 아이를 단왕부에 맡긴 것은 은도명의 또 다른 벗인 단왕이 그 아이를 구해왔기 때문이었다.

'내가 구했지. 주혜령, 그 미친년과 함께.'

주혜령과 산호. 그 둘을 떠올리던 단왕의 입가가 묘하게 비틀렸다.

황제가 아끼던 보물들을 제가 다 불태웠다. 은도명도, 은도명의 가솔들과 집도. 그리고 은도명이 사랑해 마지않던 주혜령과 딸년은 제가 망가트렸다. 저를 선택해 주지 않은 주혜령은 그런 꼴을 당해도 싸다.

'문제는 산호, 그 아이다.'

단왕의 표정이 변하는 것을 보고 단유천이 조심스레 입을 열었다.

"산호는 어차피 대역이었습니다. 태자를 암살하기로 한 날부터 대역의 존재가 필요 없게 된 것 아니겠습니까?"

가짜 산호는 그저 황제의 눈을 속이기 위해 마련한 아이였을 뿐인데, 이러다가는 정말 태자와 혼인을 하게 될 듯했다.

단왕은 상관없지만 단유천은 산호를 주기 아까워하고 있었다.

진짜 주혜령의 딸, 진짜 산호였던 오문이 태자를 죽여줬다면 지금쯤 이런 고민을 하지 않아도 되었을 것이다.

오문, 그 아이를 떠올리니 단왕은 또 머리가 지끈거렸다.

서강의 진지는 본래도 평화롭다 하긴 힘들었으나, 요즘처럼 하루하루 마음을 졸일 정도로 위태롭지는 않았다. 특별히 이민족들의 도발이 많아졌거나, 이민족들의 세가 강해진 것은 아니었다.

그런데도 살얼음을 걷는 듯 진지에 위기가 감도는 것은 다 한 사람 때문이었다.

금의대의 망나니. 최근에는 금의대의 개망나니로 승격된 신입 병사 한 명이 하루가 멀다 하고 커다란 사고를 일으켰다.

"무호 이 새끼는 또 어디로 간 것이냐!"

"모, 모르겠습니다."

천호장 장우의 불같은 화에 무호의 직속상관인 백부장이 사색이 되었다.

무호는 훈련을 빠지지 않았다. 누구보다도 열심히 임했다. 규칙도 잘 지켰다. 함부로 진지를 이탈하지도 않았다. 거만한 태도는 고수했지만 아슬아슬한 범위에서 봐줄 수 있는 정도였다. 동료들과 어울리지도 않았지만 동료들과 주먹다짐을 하는 일도 없었다. 이렇게만 보면 조금 특이하지만 조용한 놈이었다.

사건의 시작은 무호가 장우에게 심문을 받던 그날 이후부터였다.

「대장군이 되려면 얼마나 큰 공을 세우면 됩니까?」

그 질문에 답을 해준 것이 문제였을까.

「큰 공? 어린놈이 권력 욕심은! 정 되고 싶거든 영웅 놀이라도 해보든가?」

반쯤 농담으로 한 말이었다.

그런데 이놈이 조원들과 함께 정찰만 나갔다 하면 문제를 일으켰다. 맨 처음엔 그저 우연히 그리되었다 생각했다.

가벼운 정찰을 보냈더니, 피칠갑이 되어서 돌아왔다. 그리고 오랫동안 싸워왔던 요야족 족장이 피떡이 되어 기절한 채, 무호의 손에 질질 끌려오고 있었다.

「우연히 마주쳤습니다.」

우연히? 우연히 요야족의 병사도 아니고 족장을 마주칠 수 있나?

「심심해서 사냥이라도 나왔나 보죠.」

그 통명스러운 대답에 함께 갔던 조원들의 얼굴이 해쓱해져 있었다.

조장을 추궁해 보니, 소피가 마렵다며 사라졌던 무호가 몇 시진 만에 족장의 머리카락을 움켜쥐고 족장을 땅에 질질 끌며 나타났다는 것이다.

무호를 찾느라 다들 진이 빠진 데다가 그 태연한 모습에 완전히 정색한 듯했다.

어쨌거나 요야족의 족장이라면 매우 강하고 잔인한 놈이라 우연이라 해도 큰 공이었다.

무호는 신입 주제에 조장이 되었다.

그리고 얼마 후, 새로운 요야족의 족장이 된 아들이 무호의 정찰조를 공격했다.

무호는 그 아들도 적당히 두들겨 패서 데려왔다.

역시나 조원들에게 경위를 물어보니, 자신들은 요야족의 공격을 보지 못했다고 했다. 무호 혼자 소피를 보러 갔다가 공격당했다고 했다. 하지만 믿을 수밖에 없었다.

무호는 백부장이 됐다.

그러나 며칠 사이에 두 명의 족장을 잃은 요야족이 미쳐 날뛰었다.

서강은 척박한 땅이지만 제화국의 백성들이 아예 없는 것은 아니었다. 요야족은 자신들의 땅에 함부로 들어와 족장을 납치했다며 서강의 백성들을 잡아갔다. 그러고는 원흉인 무호와 바꾸자고 제안해 왔다.

「정찰을 하라 했지! 남의 땅에 들어가 납치를 하고 오라고 했더냐!」

장우가 펄쩍 뛰며 그간의 거짓말을 추궁하자, 무호는 일말의 죄책감도 없는 투로 말했다.

「걔들 땅인 줄 몰랐습니다.」

모를 수가 없었다! 남의 진지에 들어가지 않았다면 무호의 인상착의를 어찌 그리 잘 알고 화상까지 그려 보낸단 말인가. 화상을 들이밀었더니 무호는 매우 불쾌하다는 듯 말했다.

「저 아닙니다. 사람 잘못 봤습니다.」

「이, 이 미친놈아!」

태수께 직접 끌고 가면 이놈을 보내기 전에 경을 칠 것 같아 제 선에서 해결하고자 했는데, 놈은 끝까지 오리발을 내밀었다.

그러고서는 한다는 말이.

「한데, 누구더러 오라 마라 명령이랍니까?」

「뭐, 뭐? 하면, 그놈들더러 우리 땅에 들어와서 네놈 모시고 가라 그리 할까? 네놈 머리에는 뭐가 들어찬 게냐!」

「제가 간다 해도 백성들을 돌려줄 거란 보장이 없습니다.」

「그러니 말이다! 어쩌자고 이런 짓을 벌여!」

「일단은 그들이 원하는 대로 저를 묶어 보내주십시오.」

「정말로 혼자 죽으러 가겠다는 게냐?」

「오란다고 가는 것이 맘에 들진 않습니다만, 다녀오겠습니다.」

「다녀오긴, 어딜 다녀와! 장렬하게 희생할 바에야 그냥 여기서 내 손에 죽고 가! 한 번에 죽여줄 테니!」

「백성들과 저를 교환하는 자리를 만들어주십시오. 백성들을 무사히 돌려받는 것이 더 중요합니다.」

그 말이 맞다. 위험하긴 하지만 방법이 없다.

황제께서는 백성들을 보호하는 것이, 국경을 지키는 것보다 더 중요하다 여기신다. 제 부하지만 단독 행동을 한 것은 죄였고, 죗값을 치를 수밖에 없다고 생각했다.

「후……. 태수께 말해보겠다.」

요야족은 복수를 원했고 이를 받아들였다. 태수 역시 백성들을 돌려받지 못할지도 모르니 그 방법이 낫다 했다.

그리고 마침내 그날이 왔다.

장우는 아직 어린 제 부하를 이렇게 잃는 것이 가슴 아파, 떠나는 순간 무호의 어깨를 툭툭 쳐주었다.

그런데 무호가 갑자기 제게 소곤거렸다.

「활을 쏠 준비를 해주십시오.」

「……?」

장우가 그 말을 다 이해하기 전에 무호는 포박된 채 말에 태워져 흉흉한 요야족에게로 넘겨졌다.

피폐해진 백성들은 줄줄이 엮어져 무호의 곁을 지나 진지로 들어왔다.

그런데 그 순간, 요야족으로 넘어간 무호의 말이 펄쩍 뛰며 요야족의 병사를 짓밟았다. 무호는 말에서 굴러떨어지는 순간 곡예를 펼치듯 한 바퀴 돌아 착지했고, 무슨 수를 썼는지 포박을 풀고 옆에 있는 병사의 칼을 뽑아 휘둘러 두 사람이나 베어버렸다.

순식간에 세 명의 병사를 잃은 데다가 아직도 미쳐 날뛰는 말과 무호 때문에 요야족은 전열도 갖추지 못하고 혼란에 빠졌다.

그러나 그들이 겨우 전열을 갖추었을 때는 장우도 무호의 말을 이해하고 화살을 쏘고 있었다. 화살이 날아올 것을 예감한 무호는 적의 몸을 방패삼으며 유유히 빠져나갔다.

그 전투로 요야족은 큰 피해를 입었고, 서강의 망나니와 다시는 마주치고 싶어 하지 않았다.

무호는 다시 조장으로 강등당했다. 그가 세운 공이 크지만, 해선 안 될 일을 너무 많이 했기에.

그러나 그 미친놈은 아직도 그 미친 짓을 멈추지 않고 있었다.

제 3 장
전장의 꽃, 들판의 잡초

광 속에 갇혀 있던 오문은 꿈속에서 고소한 냄새를 맡았다.

'아……. 맛있는 냄새. 배고파.'

잠들었다기에는 혼절에 가까운 상태여서 오문의 의식은 고소한 냄새에 이끌려 오고 있었다.

파르르 떨리던 눈꺼풀이 힘겹게 들어 올려졌다.

"……!"

오문은 꿈을 꾸는 것 같았다.

눈앞에 김이 모락모락 나는 따뜻한 죽 그릇이 놓여 있었다. 그리고 누군가의 발이 보였다. 눈을 살짝 들어 보니, 저를 끌고 왔던 우두머리 무사였다. 수염이 거뭇거뭇한 무사의 입술이 열리더니 퉁명스러운 목소리가 들렸다.

"먹어라. 살긴 살아야 하니까. 그러다 죽어."

"……!"

죽는다는 말이 심장을 후벼파는 것 같았다. 오문은 어디서 그런 힘이 나는지 벌떡 일어나 앉았다.

"허. 아직 죽을 때가 안 됐었네."

그 모습에 무사가 투덜거렸지만 오문은 못 들은 척 죽 그릇을 들고 삼키듯이 먹었다.

"맛있냐?"

오문은 고개를 끄덕였다. 정말 맛있었다. 배가 고파서가 아니라, 정말 맛있었다. 좋은 쌀과, 기름진 육수로 정성껏 만들어낸 맛이었다.

"그거 먹고 기운 나면 다시 들어가. 배가 채워지고 나면 너도 생각이 바뀔 거야."

무사는 그렇게 말했지만 오문은 생각이 달랐다.

'기운 차리면 도망갈 겁니다.'

그날 밤. 무사의 말대로 오문은 다시 불려가 목욕통에 담가졌다.

오문의 멍든 몸을 씻겨주는 계집종들이 연신 투덜거리며 나무랐다.

"어휴. 어린 게 독하지. 사 대인께 잘못 보이면 넌 정말 죽은 목숨이야. 지금 귀여워해 주실 때 말 잘 들어."

"그래. 이렇게 평생 고된 일만 하면서 살 바에야 차라리 너처럼 곱게 태어나서 몸이나 편했으면 좋겠다."

풍채가 좋다 못해 늘어진 뱃살은 그의 탐욕의 결과였던 것이다.

오문은 어리지만 영특했고, 줄곧 생사를 넘나드는 삶을 살아왔다. 때문에 사리분별에 밝았다. 사유보 같은 혐오스럽고 탐욕스러운 자의 동녀로, 또는 애첩이 되어 더러운 재물을 누리고 산다면 편하기는커녕, 끔찍할 것만 같았다.

계집종들은 대답 없는 오문을 무시하고 재잘재잘 다른 이야기로 넘어갔다.

"그나저나 태자 전하께서 이번에 또 발작을 일으키셨다면서?"

"태자는 무슨. 이제 그냥 언제 죽을지 모르는 황자님이시지."

"얘는! 무슨 말을 그렇게 하니! 하아. 미인박명이라더니, 정말 그런가 봐. 안타까워 죽겠다니까."

오문은 태자 얘기만 나오면 찔끔 놀랐다. 예전부터 미소년으로 유명했던 태자에 대한 이야기는 종종 여인들에게 회자되곤 했고, 얼마 전 폐위 당했음에도 아직 태자라고 불러주는 사람들이 많았다.

제화국의 유일한 적통 황자이며, 영특하고 재주가 많은 데다 그 인물이 매우 출중하다 알려진 분이었다. 그런 태자가 살수에게 화를 당해 폐위되고 긴 시간 병석에서 고통받고 있다니, 많은 이들이 가여워했다.

오문 역시 그의 소식을 듣고 안타까웠기 때문에 여전히 그를 태자로 불렀다.

'그때 차라리 내가 죽여 드리는 게 나았을까?'

그의 괴롭고 비참한 삶이 꼭 자신 때문인 것만 같아서 오문은 잠시 제 처지를 잊고 그와의 첫 만남을 떠올렸다.

'좀 까칠하긴 했지만 좋은 분 같았는데…….'

오문은 무심코 제 손을 바라보았다. 당과를 건네줄 때 스치던 따뜻한 손길이 아직도 손끝에 남아 있는 듯했다.

서강의 진영은 새벽부터 어수선했다.

아침부터 보이지 않는 무호에 대해 아는 이가 없었다. 당연히 알아야 할 백부장이란 자가 모르겠다 하니, 천호장 장우의 화가 머리끝까지 치솟았다.

"네놈이 모르면 어쩌란 말이냐!"

백부장에게 죄가 있다면 무호 같은 놈을 부하로 둔 죄밖에 없었다. 천호장인 자신도 다루지 못하는 놈을 백부장이 어찌 다스릴 수 있겠는가. 하지만 장우는 화풀이할 상대가 필요했기 때문에 백부장을 잡을 수밖에 없었다.

그 앞에서 쩔쩔매던 백부장이 기어 들어가는 소리로 말했다.

"시, 실은…… 말입니다."

"실은? 뭔가 있구나! 이놈! 어서 이실직고 하지 못할까!"

장우의 다그침을 이기지 못한 백부장이 참담한 표정으로 실토하기 시작했다.

"그, 그게 말입니다. 어, 어젯밤에 약속이 있다면서 잠깐만 다녀온다기에……."

"뭐? 약속? 네놈이 제정신인 게냐? 사방천지 다 똑같은 친막과 모래밭에 군병들만 모여 있는데, 어디서 누구랑 만날 약속을 잡는단 말이냐! 그 말을 듣고도 그래, 다녀와라, 그런 소리가 나오더냐!"

이번에는 단순한 화풀이가 아니라 정말로 가슴속에서 불길이 화륵 일었다.

전장 한복판에서 벗이랑 술이나 한잔하고 오겠다는 듯, 가벼운 걸음으로 나가는 부하를 왜 잡지 못하느냔 말이다!

백부장은 울 것 같은 얼굴로 말했다.

"그, 그게……. 어쩔 수가 없었습니다."

"제 부하 단속도 제대로 못 해놓고, 어쩔 수가 없었다니!"

"글쎄, 무호 그놈이…… 협박을……."

"협박? 무슨 협박?"

"자, 잘못했습니다!"

울상이 된 백부장이 털썩 무릎을 꿇으며 그간의 일을 털어놓았다.

백부장은 무호를 처음 보는 순간부터 그에게 반해, 줄곧 구애를 해왔다. 물론 저는 신체 건강한 사내로, 계집을 좋아하는 정상적인 사내였다고 강조하는 것을 잊지 않았다. 마치 무호가 저를 홀리기라도 했다는 듯 거듭 자신의 억울함을 호소했다.

“이 미친 새끼가!”

장우는 쌍욕을 하며 발길질을 했지만, 사실 군에서는 빈번하게 일어나는 일이었다.

더군다나 이렇게 삭막한 모래바람이 이는 곳에서 무호처럼 젊고 고운 사내가 신병으로 들어오면 멀쩡하던 사내들의 눈이 계집을 본 것처럼 돌아가기 마련이었다.

그런데 무호의 경우는 좀 심했다.

태생을 알 수 없음에도 태생적인 어떤, 근접할 수 없는 고귀함과 신비로운 아름다움. 거기에다 꼿꼿하고 강인한 심지와 입만 열면 거친 욕설을 뱉는 반전의 모습이 외로움에 지친 뭇 사내들의 마음을 쿵쿵 울리는 것이다. 그것은 정욕과는 조금 다른 순수하고도 치명적인 것이었다.

그로인해 어떤 이들은 그런 무호를 추종하고, 또 어떤 이들은 더럽히고 싶은 충동이 느껴지는 모양이었다. 지난번 무호를 겁탈하려 했던 무리는 후자였고, 백부장의 경우는 전자였다.

자신을 힐끗거리는 것도 기분 나빠하는 무호가 백부장의 끈질긴 구애를 그냥 넘어간 것부터가 이상했다. 아무래도 이럴 때를 위해 백부장의 구애를 사납게 뿌리치지 않고 여지를 남겼음이 분명했다.

‘여우같은 새끼!’

백부장이 잘한 것은 아니지만 사람 마음을 이용해 먹는 무호 그놈의 교묘하고 영악한 면모가 더 짜증나는 것이다.

장우는 일단 그놈이 어디서 뭘 하는지 잡은 후에 뒷일을 생각하기로 했다.

"일단 난 태수께 이 일을 알리러 가야 하니, 네놈들은 지금 당장 국경과 인접한 인근 지대를 샅샅이 뒤져라. 또 보나 마나 망나니짓을 하고 있을 게 뻔하니! 더 큰 일을 벌이기 전에 당장 찾아와!"

장우의 불길한 예감은 바로 맞아떨어졌다. 국경과 인접한 여러 적들 가운데 가장 강하며, 부족장이 아닌 왕이 지배하는 작은 나라. 마라한 국, 그곳에서 사신이 왔다. 바로, 고작 조장밖에 되지 못한 무호의 일로.

태수 앞에 선 장우는 고개도 들지 못하고 쩔쩔맸다.

서강의 태수 구자서는 노년기에 접어들었음에도 다부지고 넓은 어깨가 마치 커다란 바위산 같았다. 그런 구자서가 장우에게는 눈길 한 번 주지 않고 사신이 읽어 내리는 서찰을 담담히 듣고 있었다.

"……그런 연유로 복귀에 시간이 조금 걸릴 듯하니, 너무 기다리지는 마십시오."

서찰을 읽어갈수록 사신의 표정도 굳어갔다. 아니, 사신은 입술도 굳어가는지, 목소리가 갈수록 작아지고 느려졌다. 그러다가 마지막 줄을 읽을 때는 차라리 후련하다는 듯 냅다 해치우려는 기색이 역력했다.

"그러니까……."

여태 입을 꾹 다물고 있던 태수 구자서가 손가락을 두들기며 입을 뗐다. 장우는 마른침을 꼴깍 넘기며, 칼이 떨어지길 기다리는 마음으로 이어지는 태수의 말을 기다렸다.

"조장밖에 안 되는 무호라는 신병 놈이, 적진 한가운데로 소풍 가듯 들어가 마라한의 왕과 장기를 두고 있다, 내가 그리 들은 것이 맞는가?"

태수의 질문은 딱히 누구를 향해 있지 않았지만 장우는 제게 묻는 말임을 직감했다.

"예, 예! 저도 그리 들었습니다!"

다른 천호장들이 장우를 안쓰럽게 쳐다보고 있는 반면, 대장군은 장우를 씹어 먹을 것처럼 노려보고 있었다.

장우는 그의 심정을 백분 이해했다. 태수의 화가 제게 미치는 것이 아니라 대장군에게 미칠 것이고, 대장군의 화는 제게 미칠 것이 뻔한 이치.

장우는 이가 갈렸다. 무호 그놈을 그냥 풀어놓는 게 아니었다. 조장은 무슨! 태수께 그놈이 얼마나 흉악한 놈인지 상세히 아뢰어 상을 내리지 말라 했어야 했다. 가만이나 있으면 모를까, 사사건건 사고를 치니 공을 세운들 소용이 없지 않나.

"아니, 그게 다가 아니지. 장기 내기라고 했지? 무엇을 걸었느냐?"

이번엔 확실히 사신에게 물은 것이었다.

사신도 분위기를 읽지 못할 만큼 어수룩하지는 않았다. 아니, 그것보다 이런 말을 전하러 올 때는 죽을 각오를 하고 오지 않았겠나. 그는 떨리는 목소리로 더듬거리며 말했다.

"그, 그것은…… 미리 알면 모두의 건강에 이롭지 않을 듯하다며 전하지 말라 했습니다."

사신의 대답에 태수는 씨익 이를 드러내며 미소를 지어 보였다.

"내 건강까지 챙겨주다니, 아주 기특한 놈일세. 안 그런가?"

태수가 대장군의 동의를 구하자 대장군은 태수 대신 시뻘게진 얼굴로 사신에게 호통쳤다.

"네 이놈! 감히 우리를 조롱하는 게냐! 어서 썩 털어놓지 못할까!"

"절대 말하지 말라고 하셔서……."

"시끄럽다! 새파란 조장 놈이 태수님 위에 있단 말이냐! 어서 말해!"

사신은 대장군의 험상궂은 얼굴에 위압감을 느끼고 더듬더듬 입을 열기 시작했다.

"저……. 그게, 그러니까…… 내기로 건 것이…… 따, 따, 땅입니다."

"뭣이! 땅?"

대장군의 놀란 외침을 들으며 장우는 정신이 아찔해졌다.

그와 반대로 태수의 음성은 여전히 침착했다.

"방금 땅이라 했느냐?"

"예……. 서로 국경 인근한 지역의 땅을 걸었습니다."

"그러니까, 한 나라의 왕과 한 나라의 일개 군졸이 각 나라의 땅을 걸고 장기를 두고 있다, 이 말이냐?"

"그, 그렇습니다……."

탁자를 두들기던 태수의 손가락이 주먹 안으로 말려 들어갔다.

"나는, 결코 그러한 것을 허락한 적이 없다."

태수의 음성은 높낮이가 없었으나 그의 분노를 짐작할 수 있을 만큼 강렬했다.

"그, 그게……. 마라한의 왕께서 허락을 하셨…… 으헉!"

빛이 번쩍하는가 싶더니 대장군의 칼이 사신의 목에 닿았다.

"그깟 내기 장기로 땅따먹기를 하고 있다 이 말이냐!"

대장군의 분노가 사신의 입을 다물게 했다. 그러자 태수가 천천히 몸을 일으키며 말했다.

"가서 전하거라. 내기에서 지면 무호 그놈의 손끝부터 자근자근 밟아주겠노라고. 또한, 무슨 짓을 해서든 빼앗긴 땅은 반드시 다시 찾을 것이니 땅을 탐내지 말라, 네놈의 왕에게 전하라."

태수의 마지막 경고는 사신이 똑바로 서 있기 힘들 만큼 엄중했다. 대장군의 살기 어린 눈빛보다도 더.

"……라고 전하라고 했습니다."

사신은 죽을상을 하고 서강 태수 구자서의 말을 전했다. 그가 그렇게 죽을상을 하고 있는 것은 장기에 몰두한 두 사람이 제 말을 귀담아듣지 않는 것 같아서였다. 그렇다고 왕 앞에서 묻지도 않은 말을 다시 반복할 수도 없고, 나중에 못 들었다 하면 어쩌나 그것도 걱정이라 이러지도 저러지도 못하고 있는 것이었다.

불쌍한 사신을 그렇게 내버려 두고 마라한의 왕은 '탁' 하고 큰 소리로 장기알을 놓으며 외쳤다.

"이런, 내가 자네 차를 먹었군! 차가 없이 어찌 전쟁을 치를까?"

마라한의 왕은 매우 호탕한 성격이었다. 그는 내기를 좋아하고 내기에서 이기는 것은 더욱 좋아했다. 그런 그에게 약 반년 전부터 서강의 병사가 마라한의 국경을 넘어 왕의 침소까지 들어와 장기를 두자 청해왔다.

왕은 허술한 궁경의 경비를 탓하는 것보다, 서강의 병사 무호의 제안에 솔깃해하며 무호가 장기를 두러 넘어올 수 있도록 늘 길을 터주었다.

처음 내기는 무호의 손이나 목 같은 신체 일부였다. 무호는 간신히 왕을 이겨왔고, 왕은 다음번에는 꼭 이기겠다 자신해 왔다. 그러던 것이 언제부턴가 무호가 발길을 뚝 끊어버렸다. 마라한의 왕은 무호와 내기 장기를 두고 싶어 애가 탔다. 이런 호적수를 만나기란 쉽지 않았던 데다가 한 번도 이기지 못했기 때문이다.

그래서 어젯밤 그는 서강의 진지에 몰래 서찰을 들려 사람을 보내 무호를 이 자리로 초대했다. 오지 않으면 어쩌나 불안했는데 무호는 순순히 따라왔다.

"자네한테 남은 건 상과 마밖에 없으니, 그것참 고민되겠군."

"상과 마, 그것이면 충분합니다."

무호는 상대의 조롱에도 흔들림 없이 마를 움직였다.

장기판에는 어느새 무호의 마가 왕의 지척까지 다가와 있었다. 이를 본 마라한의 왕은 당황했지만 이내 상을 움직여 무호의 마까지 잡았다.

"이런! 상과 마로 충분하다더니 상만으로 괜찮은가? 상은 아직 멀리 있고. 언제 왕을 취할 것인가? 하하하! 이번에는 내가 이긴 듯하네!"

마라한의 왕이 호통하게 웃어 젖혔다. 장기 하나로 땅을 얻게 된 즐거움인지, 호적수를 만나 승리를 거머쥔 순수한 기쁨인지는 알기 힘들지만 그는 무척 크게 웃었다.

그러나 무호는 그 웃음에도 전혀 당황하거나 절망하는 기색이 아니었다. 장기판을 오만하게 내려다보던 무호의 손이 움직였다.

"이렇게 취하면 됩니다."

달칵. 유난히 크게 들린 소리가 왕의 웃음을 멈추게 했다. 왕의 시선은 무호가 장기판에 놓고 간 장기 알에 꽂혔다. 그의 눈이 경악으로 점점 벌어졌다.

"병……! 아니, 언제! 분명히 다 잡았다고 생각했는데!"

작고 보잘 것 없는 졸병이 기세등등하게 전진했다. 그 바로 앞에는 왕이 있었다. 차를 잡으러 간 사인(士人)은 아직 복귀하지 못했다. 무호의 입매가 비틀렸다.

"병은 수가 많고, 왕께서는 제 차와 포, 마를 잡는 것만 신경 쓰시느라 병은 안중에도 없었지요."

"그, 그럴 수가! 병 따위에게 왕이 잡히다니!"

마라한의 왕은 패배의 순간을 인정하고 싶지 않았다. 이번엔 제가 이길 수 있을 것이라 틀림없이 확신했다. 다 이긴 판이지 않나!

아니, 생각해 보니 무호 저놈이 저를 가지고 논 것이다. 이길 수 있을 것처럼 작은 승리에 도취하게 해놓고 이렇게 뒤통수를 친 것이다.

"으아아!"

그는 병이 왕을 잡기 전에 벌떡 일어나 장기판을 엎어버렸다.

"이따위 약은 수작에 넘어갈 듯싶으냐!"

씩씩거리는 마라한의 왕 앞에서 무호는 마치 이럴 줄 알았다는 듯이 당황하지 않고 천천히 일어났다.

그러더니 갑자기 왕의 품으로 파고들어 그의 복부에 주먹을 꽂았다.

퍼억!

"……!"

순식간에 일어난 일이었다.

누구도 곱상하게 생긴 무호에게서 그런 힘과 빠른 몸놀림이 나올 거라 예상 못했다. 국경을 제집처럼 넘나든 놈이라면 경계해야 마땅한데도, 그의 외모가 장기나 둘 줄 아는 유약한 서생처럼 보였기 때문이다.

"끄어……억."

"……!"

왕의 숨넘어가는 소리와 함께 장졸들이 화들짝 놀라 칼을 빼 들고 소리쳤다.

"전하!"

"전하! 네 이놈!"

그러나 무호는 그들의 칼이 저를 베기 전에 왕의 목에 팔을 걸고 돌아섰다. 조금만 더 다가오면 목을 꺾어버리겠다는 듯이.

"전하, 괜찮으시옵니까! 이놈! 어서 전하를 놓아드리지 못할까!"

"이 무슨 미친 짓이냐! 네놈이 이런 짓을 벌이고도 살아 나갈 수 있을 것 같으냐!"

흉흉한 살기 속에서 무호는 태연하게 웃으며 왕의 귓가에 속삭였다.

"장군입니다."

전쟁이 한창인 서강과 달리 제화국의 본토는 평화로운 일상의 연속이었다. 저마다 크고 작은 사연을 갖고 소란스럽게 살아가고 있지만 그것이야말로 평범한 삶이라고 할 수 있었다.

황성에서 조금 떨어진 한 마을도 어느 때와 다름없는 하루가 시작되고 있었다. 특히 요식업에 종사하는 이들은 새벽부터 부지런을 떨며 활기찬 아침을 맞이하고 있었다.

『원조미각.』

삼 대째 이어온 이 객점은 이 마을 최고의 맛집이라 할 수 있었다. 뜨끈한 국물 요리와 각종 찜 요리가 일품인 데다가, 대를 이어 온 단골손님들 덕분에 늘 북적거렸고, 그 명성만큼이나 주방에도 사람이 많았다.

주방 한가운데서 오문은 얼굴에 흘러내리는 땀을 소매로 닦으면서도 콧노래를 부르며 열심히 일하고 있었다. 머리카락이 흘러내리지 않게 이마를 질끈 동여매고, 허름하지만 깨끗한 소년의 옷을 입고 불 앞을 떠나지 않은 채, 국자를 젓고 또 저었다.

적절할 때 고기 뼈를 빼고 또 새로운 고기 뼈를 넣어줘야 누린내가 나지 않고도 깊은 육수가 우러나온다. 뿐만 아니라 늘 손님이 끊이지 않는 이런 유명한 식당에서는 육수가 부족하지 않게 끊임없이 끓여내야 했다.

오문의 팔 두 개를 합친 것보다 더 두껍고 큰 고기 뼈를 젓다 보면 힘들 만도 한데도 오문은 즐거웠다.

'난 요리가 천직인가 보다.'

줄을 타고 단검을 던지고 봉술을 배우고 가끔 쌍검을 휘두르며 춤을 추기도 했지만, 완성된 음식을 누군가가 맛있게 먹는 모습을 보는 것만큼 짜릿하지 않았다.

사유보, 그 늙은이의 집에서 도망친 후 오문은 백골기예단에 있을 때보다 더 즐거운 일을 하고 있었다.

더불어 그 지옥 같은 광 속에서 저를 꺼내 준 누군가에게 감사하고 있었다. 아마도 제게 죽을 갖다 준 그 턱수염이 까끌한 무사였을 것이다.

몇 번째인지, 셀 수도 없이 잠자리를 거부한 어느 날이었다.

밤새 끙끙 앓으며 이렇게 가다가는 죽겠다 싶을 때 삐걱거리며 문이 열렸다. 사람도 보이지 않았다. 그냥 문만 덜컹덜컹 부딪치고 있었다.

지금 나가지 않으면 죽는다는 생각밖에 들지 않았다.

만신창이가 된 몸이지만, 오문은 낑낑거리며 담을 넘었다. 그리고 곧장 산으로 올라갔다.

귀문의 아이들이 가장 먼저 배우는 것이 추적술과 은신술 같은 살아남는 법이었다. 산에는 약초가 널려 있었고, 오문은 약초와 독초에 관해 웬만한 의원들보다 더 많이 배웠다.

짐승들이 버리고 간 구덩이 같은 곳에 숨어, 며칠을 약초와 먹을 수 있는 열매나 뿌리 같은 것만 뜯어 먹으며 버텼다. 성치 않은 몸이었지만 어느 정도 운신이 힘들지 않게 되었을 때 오문은 마을로 나와 약초를 팔았다. 그리고 얼마 안 되는 그 돈으로 옷부터 바꿔 입었다.

계집의 몸으로는 여러 가지로 살아가기 힘들다는 것을 깨달았던 것이다.

'도망치는 데도 도움이 될 거야.'

그렇게 사방을 헤매던 오문은 객점에서 나는 진한 육수 냄새에 끌려 저도 모르게 안으로 들어왔다.

'먹고 싶다.'

며칠 동안 풀만 먹은 데다가, 쓰디쓴 약초 맛이 혀를 마비시킬 정도였다. 배도 고픈데 기름진 냄새에 침이 고여 참을 수가 없었다.

안으로 들어간 오문은 주인의 다리에 매달려서 밥만 먹여주면 뭐든 하겠다고 애원했다.

"흠……. 이거야 원, 사내자식인지, 계집인지……."

"사, 사내아이입니다!"

오문은 나중에 들킬지도 모르는 거짓말을 하느라 조금 긴장했다. 그래서인지 또다시 실수를 하고 말았다.

"이름은?"

"오문입니다!"

아니, 어쩌면 그건 실수가 아닐지도 몰랐다.

이상하게 누가 이름만 물으면 오문이라는 말이 저절로 튀어나가는데, 아무래도 귀문에서 나가지 못하게 어릴 때부터 단단히 세뇌를 시킨 것 같았다. 어쩔 수 없었다. 그저 귀문이 저를 찾지 않기를 바랄 수밖에.

"밥만 먹여주면 뭐든 하겠다고?"

"예, 예! 열심히 다 하겠습니다."

오문은 저를 미심쩍은 눈초리로 쳐다보던 주인의 눈에 들기 위해 빠릿하고 영리하게 굴었다. 그 결과, 두 해 만에 주방에서 육수를 끓이는 영광스러운 자리에 오를 수 있게 되었다.

이제 기예단을 떠나온 지도 사 년이나 지났고, 오문의 나이 이제 열여섯이었다. 남장을 한 탓인지, 사람들은 오문을 제 나이보다 어리게 보았다. 거기다가 사내아이가 계집애처럼 곱상하니 여기저기서 많이 귀여워해 주고, 어린 게 열심히 일한다며 기특해하기도 했다.

오문은 그럴 때마다 아이처럼 천진난만한 웃음을 지어 보이며 약간은 수줍은 듯 행동했다. 저도 제 그런 행동이 가식인지 진심인지 알기 힘들었지만, 어쨌거나 지금의 삶에 만족하고 있었다.

육수를 맛보던 오문은 날마다 새롭게 감탄했다.

'맛있잖아!'

오문은 부쩍 식탐이 늘었다. 사유보, 그 늙은이 집에서 걸핏하면 광에 갇혀서 매를 맞고 굶어서인지 맛있는 음식을 먹을 때가 제일 행복했다.

'살아 있길 잘했다.'

오문은 부쩍 삶의 욕구도 늘었다.

더군다나 최근, 이 일을 하길 잘했다는 생각이 들고 있었다. 객점에서 일을 하다 보면 대가 댁의 잔치에 불려 다닐 일이 많은데, 그때 슬쩍 제 목걸이에 관해 알아볼 수 있었기 때문이다.

"오문아! 대강 끝냈으면 얼른 나와! 준비할 게 많다."

"아, 네!"

숙수(주방장)가 부르는 소리에 오문은 부리나케 달려 나갔다.

'내일은 현위 댁에 잔치가 있다고 했지.'

잔치 준비를 위해 미리 준비해야 할 식재료들이 있었다. 오문은 숙수의 뒤를 따라 장터로 나갔다.

"현위 댁 안주인님께서는 닭을 드시면 큰일 나는 병이 있으시다니 육수도 닭은 안 돼."

"네!"

숙수가 알려주는 것을 하나도 놓치지 않으려고 귀담아들으며 양손 가득 짐을 들고 갈 때였다. 장사치 서너 명이 하는 이야기가 귀에 들어왔다.

"그 얘기 들었어? 서강에서 또 부족 하나를 흡수했다며?"

"또 그분이라던데? 무신 무호라는 젊은 장수."

"에라이, 이 사람아. 그 스물둘 먹은 귀한 공자님이 무슨 무신이야. 다

소문이 과장된 거지. 생각 좀 해봐. 금의대에 제대로 된 장졸들이 있긴 한가? 허구한 날 밥이나 축내고 집안 자랑하는 놈들만 수두룩한데."

"조금 의심스럽긴 하지. 서강에 신병으로 온 지 겨우 사 년밖에 안 됐다는데."

"우리한테나 무신이지, 거기선 서강의 개망나니라는 소문도 있더라. 사람이 영 제멋대로라고도 하고."

"그럼 또 어때? 귀신같이 빠르고, 세상에 무서운 것도 없는 듯이 달려들면 적군들이 눈 깜빡할 새 다 쓰러진다더라고. 그런 사람이 적인 것보다 낫지."

"소문이 믿을 만한가가 문제지. 정말 그렇다면야 뭐 둘도 없이 반가운 일이지."

오문은 최근 장에 나올 때마다 무호라는 장수의 이야기를 자주 들었다.

장에서뿐만 아니라, 식당에서도 심심찮게 회자가 되곤 했다.

"하기사. 요새 젊은 장수들 중에 그만한 인재가 없긴 해."

"아니야. 한 명 더 있잖아. 단왕부에 그 왕세자."

"단유천 전하?"

"그래. 그분! 그분도 이번에 동부 쪽 토벌에 나갔다가 살아 있는 건 풀 한 포기까지 죄다 태워 버렸다는구먼."

"에이. 그건 너무 잔인한 거 아니야? 우리 같은 죄 없는 백성들은 괜히 전쟁에 휘말려 새끼들까지 다 죽어버린 거잖아."

"그래도 뭐, 후환을 남기지 않는 방법이긴 하잖아. 나라를 위해서는 어쩔 수 없었겠지."

오문은 단왕의 세자인 단유천에 대한 소문도 들었다. 그는 단왕의 왕세자지만 젊은 패기와 그만한 실력을 갖춘 기개 높은 사내라고 했다. 게

다가 제화국에 아직도 태자가 없는 것은 황제가 황실의 핏줄인 단왕의 적자를 태자로 점찍어놓았기 때문이라는 이야기도 돌았다.

그래서인가, 일면 잔인한 데가 있는 단유천은 큰일을 해결하는 데 단호하다는 이유로 높이 평가받고 있었다.

'난 싫어. 난 전에 그 태자 전하가 더 좋아.'

엄청 날카롭고 오만했지만, 백성들 건 빼어먹지 않겠다는 고고한 자존심과 개념이 마음에 들었다. 그런 분이라면 남의 나라 땅을 치러 가서 전부 죽이고 오진 않을 것 같았다.

'사람 목숨이 벌레 목숨도 아니고…….'

아직도 병석에서 허약해진 몸을 추스르지 못하고 있다는 태자를 생각하면 마음이 무거워졌다. 오문이 저도 모르게 탄식하듯 한숨을 내뱉을 때였다.

뜨끔.

"……!"

싸늘하고 따가운 무언가가 척추에 닿는 느낌이었다.

'살기다!'

오문은 기억하고 있었다. 온 사방 천지에 살기가 가득하던 땅굴 속을.

'귀문이 날 찾으러 왔어!'

홱 하고 고개를 돌린 순간 오문은 확신할 수 있었다. 방금 저와 눈이 마주쳤던 사람이 감쪽같이 사라져 버렸기 때문이다.

식은땀이 흘렀다. 몇 년이나 잠잠하던 귀문의 살수가 갑자기 저를 다시 찾기 시작했다. 감쪽같이 저를 감추며, 심지어 이번엔 남장까지 하고 살아왔는데 어떻게 찾아낸 것인가? 아니, 귀문에서 도망친 날들로부터 줄곧 저를 찾아다녔다면 참으로 집요하고도 무서운 자들이었다.

'여기 있으면 안 돼!'

저 혼자 죽는 그런 문제가 아니었다. 원조미각에서 숙식을 하는 사람은 저 말고도 많았다. 그들에게까지 화가 미칠까 두려웠다. 조금 전까지 단유천과 태자의 일을 안타까워하던 오문의 평화로움이 산산조각 났다.

"뭐 하고 있어? 안 따라오고?"

야단치는 숙수 뒤를 빠르게 뒤쫓아가면서 오문은 호흡이 가빠졌다.

'이상해. 눈이 마주치기 전에 날 죽일 수도 있었을 텐데?'

사람이 많은 곳일수록 몰래 사람을 죽이기 좋았다. 그것도 저 같은 어린애에게는 목에 독침 하나만 슬쩍 찔러 넣어도 될 일이다.

'뭔가 있어. 설마? 날 데려가려는 건가?'

그건 더 끔찍했다. 배신의 대가로 벌을 받는다면 편한 죽음을 기대할 수 없었다.

'일단 이곳에 더 머물 수는 없게 됐구나. 도망쳐야 해. 날 아는 사람이 아무도 없는 곳으로 가야 해.'

다급해진 오문은 입술을 깨물고 두려움에 날뛰는 심장을 달래려고 애썼다.

밤의 정적이 찾아 들자, 오문은 살금살금 이불 밖으로 나왔다.

'그동안 감사했습니다. 모두들.'

정든 사람들에게 제대로 인사조차 하지 못한 오문은 아쉬운 마음을 품을 여유조차 없었다. 평소 뜀박질에는 자신이 있었기에 들킬 각오를 하고라도 마을을 벗어날 때까지 전력 질주했다.

'따라오고 있어!'

역시나 자신의 예상이 맞았다. 살수들은 오문이 혼자가 되길 기다렸다는 듯이 따라붙고 있었다.

살수는 셋이었다. 세 사람의 살기는 점점 짙어져 나중에는 아예 노골적으로 자신들을 드러내고 있었다. 순순히 잡혀 죽어주는 게 피차 편할 거라는 위협 같았다.

'죽더라도 지금은 아니야.'

오문은 처음 도망칠 때보다도 더 살고 싶었다. 삶의 즐거움을 깨달은 건지도 모른다. 무엇보다 옥패에 대해 알아보고 다니면서부터 목표가 생겨 버렸다. 최근 대가댁들을 다니면서 옥패에 대해 몇 가지 사실들을 알아냈다.

이 반쪽자리 옥패의 옥이 보통 옥이 아니라 매우 귀하고 값진 야광옥이며, 문양 또한 아주 정교하다는 것이다. 웬만한 가문에서는 증표를 이렇게까지 귀한 것으로 만들진 않을 거라 했다. 명문세가의 것일 가능성이 매우 크니, 그런 댁들만 찾아본다면 몇 년 안에 알아낼 수 있을 것도 같았다.

'살아서 한 번은 보고 싶다. 아버지가 어떤 사람인지. 내가 누구의 자식인지. 왜 어머니가 그렇게 됐는지. 난 왜 귀문에 들어가 있었는지.'

한 번 궁금함이 일자, 꼭 알고 싶어졌다. 그래서 오문은 지금 여기서 개죽음을 당하고 싶지 않았다.

'무슨 수를 써서라도 살 거야.'

정신없이 뛰던 오문은 전에부터 봐둔 깊은 산속으로 살수들을 유인했다. 몸이 작고 가벼운 오문은 산에서 뛰는 것이 오히려 유리했다. 하지만 살수들 역시 고된 훈련과 실전으로 단련된 자들이라, 오문과의 격차가 크게 벌어지지 않았다.

'다 왔다!'

오문은 깎아지른 듯한 깊고 깊은 절벽 앞에서 일부러 당황한 듯한 모습을 보이며 멈춰 섰다.

계곡과 계곡 사이를 잇는 긴 다리와 깊은 계곡을 비추는 달빛은 고즈

넉한 밤의 절경을 이루고 있었으나, 오문은 이 풍경에 속지 않았다.

계곡의 너비가 넓은 만큼 다리는 매우 길었다. 지금은 밤이라 잘 보이지 않지만 낮에 본다면 금방이라도 무너질 듯 위태로운 다리였다. 동아줄로 연결된 널빤지가 너덜너덜했고, 동아줄 역시 썩은 것처럼 보였다. 방치된 지 오래되고 위험해서 아무도 사용하지 않는 폐쇄된 다리였다.

마침내 살수들이 오문과 서로의 얼굴을 확인할 수 있을 만큼 가까이 다가왔다.

오문은 겁에 질린 듯이 다리를 향해 뒷걸음질 쳤다.

다리를 밟자, 삐걱거리는 소리가 났고 살수들도 다리가 튼튼하지 않다는 것 정도는 알 수 있었다 .그러나 오문처럼 폐쇄된 다리임은 모르고 오문이 물러난 만큼 다가오며 말했다.

"괜히 피곤하게 하지 말고 거기 있거라."

그들의 우두머리로 보이는 이가 오문에게 말을 걸었다.

"전 바보가 아닙니다. 차라리 여기서 떨어져 죽는 게 나아요."

그러면서 오문은 몸을 돌려 다리 위를 달리기 시작했다. 삐걱삐걱 불길하고 불안한 소리가 계곡에 크게 울려 퍼졌다.

'조금만 더 버텨라.'

살수들은 오문이 아무렇지 않게 다리 위를 달리는 것을 보고 저희들끼리 고개를 끄덕인 후 역시 다리 위로 몸을 날렸다.

오문은 몸이 가볍지만 살수 셋은 아무리 말랐다 해도 건장한 사내들이었다. 살수들이 밟은 널빤지가 '콰직' 소리를 내며 부서지기 시작했다.

"……!"

발밑이 무너져 내리자 놀란 살수들이 더 빨리 달리기 시작했다.

오문이 저희들을 이리로 유인한 것을 눈치챈 살수는 눈에 독기를 품고 오문의 등을 향해 비수를 날렸다.

콰직.

"……!"

하나, 그 순간 살수는 무너지는 발판을 피하지 못하고 아래로 떨어졌다. 비수 역시 오문을 스쳐 지나갔다. 떨어지는 살수는 너무나 급작스러운 상황이라 비명도 지르지 못했고 그의 몸은 깊은 어둠 속으로 사라져 버렸다.

남은 두 명의 살수는 일단 다리를 건넌 후에 오문을 잡는 것이 유리하다는 것을 깨달았다. 지금은 다리를 건너는 데만 집중해야 했다.

하지만 오문이 그렇게 두지 않았다. 갑자기 다리 한가운데에서 멈춘 오문이 동아줄 난간 위로 올라간 것이다.

"무, 무슨 짓이냐!"

당황한 살수들이 소리쳤다. 오문이 발로 반동을 주며 다리를 흔들어 댔기 때문이다.

"이 미친!"

두 명의 살수는 밟으면 부서지는 발판 위에서 균형을 잡지 못해 더 위태로운 상황이 되었다.

물론 오문이라고 좋은 상황은 아니었다. 나무보다는 덜하지만 동아줄도 썩어가고 있긴 마찬가지였다. 언제 끊어질지 모르는 줄 위에서 누가 더 오래 버티나가 관건이었다.

'제발, 제발…… 버텨줘.'

게다가 줄타기를 배웠다지만 높이가 현저히 달랐다. 오문은 자신이 할 수 있는 최선의 선택을 했을 뿐이고, 아래를 내려다보지 않으려고 애쓰고 있었다.

"으으악!"

곧 한 살수가 비틀거리다가 썩은 판자를 밟고 떨어지고 말았다. 어찌나 깊은 계곡인지, 비명 소리가 한참이나 이어졌다. 나머지 한 명은 그 소리에 놀라 얼른 줄을 잡았다. 온몸으로 줄에 매달려 버티는 것밖에 도리가 없었다. 한데 그의 눈에 오문이 줄을 타고 걷는 것이 보였다. 신묘한 재주를 보고 있자니 이가 갈렸다.

"가게 둘 것 같으냐!"

"헉!"

그는 오문을 떨어트릴 작정으로 마구 줄을 흔들어 댔다. 죽을 때 죽더라도 오문만은 확실히 처리하려는 듯했다. 삐걱삐걱 기분 나쁜 소리는 다리의 운명이 얼마 남지 않았다고 말해주는 것 같았다.

오문 역시 다리가 떨리고 더는 버티지 못할 것 같았다. 줄을 밟고 있는 발바닥이 찌르르 울렸다.

'안 돼!'

아슬아슬한 순간 결국 발이 줄에서 미끄러졌다. 몸이 추락하는 것은 발끝에서부터 머리까지 오싹한 느낌이었다. 허공으로 쑥 떨어지자 발끝이 저릿하고 머리털이 쭈뼛거리고 손끝에서 힘이 빠졌다.

'잡아야 해!'

뭐든 붙잡기 위해 오문은 필사적으로 떨리는 손을 뻗었다. 아래로 떨어지던 오문의 손가락에 무언가 걸렸다.

'잡아! 잡아!'

생사가 갈리는 건 찰나의 순간이었다.

"읏! 하아아……!"

폐부에서 흘러나온 숨소리가 크게 떨렸다. 줄을 잡고 있는 제 손을 보고도 꿈처럼 느껴졌다. 이렇게 매달린 것이 천운이라 느껴질 만큼.

만약 이 줄을 잡지 못했더라면?

아찔했다. 허공에서 가위질 치는 발이 더욱 손의 힘을 빠지게 했다.

'놓으면 안 돼. 절대.'

오문은 꽉 붙잡고 있던 주먹을 돌려 줄을 손목에 감았다. 그 바람에 손목이 끊어질 듯 조여왔지만 그래도 공포심이 한결 나아졌다. 한 번 죽을 고비를 넘겼고 추락하는 기분을 경험했으니, 두 번 느끼고 싶지 않았다.

"애쓰지 마라."

"……!"

오문은 화들짝 놀라 위를 바라보았다.

줄을 붙잡고 간신히 버티던 살수가 제가 붙잡고 있는 줄로 건너온 것이다. 그가 단검을 빼 들었다. 칼끝이 향한 곳은 오문의 손목이었다. 그는 칼끝으로 오문이 감고 있던 가죽끈을 건드렸다.

"그냥 놓지 못하겠거든, 내가 잘라주마."

오문은 그가 제 손목을 자르려나 보다 생각했지, 가죽끈을 건드리고 있는 것을 이상하게 여길 경황이 없었다. 또한 그런 것보다 훨씬 궁금한 게 있었다.

"왜……."

"……?"

"왜 귀문이 날 못 죽여서 안달인지, 말해줄 수 있습니까? 나 같은 거 하나 숨어 지낸다고 귀문에 위협이 가는 것도 아니잖습니까?"

살수는 무표정한 얼굴로 말했다.

"그거야 네가…… 헉!"

투둑.

"……!"

오문은 그의 말을 다 듣지 못했다. 그의 무게까지 함께 실린 탓인지, 썩은 동아줄이 기어이 끊어지기 시작한 것이다.

툭. 투툭!

"으, 으악!"

발밑의 줄이 툭 끊어져 버린 탓에 살수는 허공에서 허우적거리며 떨어지고 있었다.

휘릭—

"헉!"

그리고 오문은 채찍처럼 절벽을 후려치려는 동아줄에 손목이 감긴 상황이었다. 절벽으로 가차 없이 부딪쳐 가는 제 몸을 눈 뜨고 보고 있기란 괴로운 일이었다. 다가올 거대한 아픔에 대비해 눈을 감고 몸을 옆으로 웅크렸다.

빠악—!

"아윽!"

어마어마한 충격에 온몸이 부서지는 듯했다. 그러나 출렁거리는 줄은 한 번으로 끝내지 않고 제 몸을 튕겨낸 후 다시 부딪히게 만들었다.

뻐억.

어딘가 부러진 것 같았고, 순간 머릿속이 새까맣게 되어 정신을 잃을 뻔했다. 오문은 동아줄을 세게 거머쥐며 제 정신도 붙들었다. 이대로 매달린 채 기절해 버린다면 이 동아줄 역시 끊어지게 될 것이다.

"으으……."

매달려 있다 보니 아픈 몸을 웅크리지도 못하고 줄에 감긴 손목은 곧 끊어질 것처럼 시퍼레져 있었다. 그래도 살아 있으니 아픈 걸 아는 거라고, 오문은 자신이 타고 올라가야 할 까마득한 절벽을 올려다보며 스스로를 위로했다.

◈

몇 해 전, 장기 한 판으로 땅따먹기에 성공해 마라한의 땅을 얻은 무호는 태수의 명으로 독방에 갇혔다. 폐하로부터 징계가 내려지길 기다리는 동안만이었고, 그 이후에는 어떤 벌을 받게 될지 앞을 내다볼 수 없는 상황이었다. 제멋대로 진영을 벗어난 일은 공을 세웠다 해도 용서받기 힘든 일이었으며, 공이 크다 한들 폐하와 백성의 땅을 놓고 땅따먹기 하듯 장기 내기를 둔 것은 크나큰 죄였다.

물론 병사들에게는 이러한 무호의 행동이 그의 고귀한 외모와 더불어 더욱 경외시되고 있었다. 그래서 그를 벌하지 않았으면 하는 것이 병사들의 중론이었다,

그러거나 말거나, 무호는 홀로 독방 안에서 체력단련을 하거나, 저를 추종하는 놈들이 가져다준 서책을 읽으며 간식을 먹곤 했다. 제게 이득이 되는 것을 굳이 마다할 이유는 없지 않나. 안타까워하는 병사들의 마음은 헤아릴 생각도 없었던 무호는 혼자인 것이 꽤 편한 데다가, 땀내 나고 더러운 사내놈들과 흙 위를 구르며 훈련하지 않아서 더 좋았다.

한편, 황제는 무호가 제 아들이라는 것은 숨긴 채, 태수의 보고에 이렇게 답을 보냈다.

『근래 보기 드문 배포를 가진 젊은이가 아닌가. 결과적으로는 마라한, 그 간사하고 오만한 놈의 땅을 얻고 제화국의 젊은 기개가 이 정도다 알리게 되지 않았나.』

답신을 읽은 태수 구자서는 차마 입 밖으로 말하지는 못하고 속으로 이렇게 외쳤다.

'간사하고 오만하기로 따지자면 무호 그놈이 더 문제이옵니다! 제화국의 군기가 이토록 무너졌다, 제화국의 미친 장졸 하나가 곧 나라를 말아

먹을 것이다, 이민족들 사이에 그런 소문이 자자하옵니다!'

젊은 객기로 어찌어찌 운이 좋아 땅도 찾고 살아남았으나, 무호는 자신이 군병이라는 자각이 없는 놈이었다. 통솔이 되지 않고, 제멋대로 영웅 놀이를 일삼으며 국경을 넘나들고 지도자를 조롱하거나 납치하는 놈이었다. 언젠가 큰일을 치르고 말 놈이 아닌가!

황제의 친서는 뒤로 갈수록 구자서의 속을 뒤집어놓았다.

『사실 그동안 서강의 전선이 좀 심심한 감이 없지 않았지. 그런 놈도 있어야 새로운 자극이 될 테고, 그놈 덕분에 최근 서강에서 올라온 결과물이 아주 흐뭇하군.』

즉, 그동안 무능력한 태수로 인해 지지부진하던 전투 양상이 무호 덕분에 승기를 잡은 듯해 재미가 있다는 말씀 아니신가.

『군기라는 것이 꼭 억압한다고 될 일인가. 적당히 자리 하나를 주고 책임감을 가르치면 될 일 아닌가. 그래야 병사들도 그 용기를 따를 걸세.』

태수 구자서는 차마 황제의 친필 서한을 구겨 버릴 수 없어 부들부들 떨고만 있었다.

'용기가 아니라 무모함만 배울 것이옵니다! 군법보다 결과를 우위에 둔다니, 군법은 개똥보다 못한 것이옵니까!'

그는 긴 한숨을 쉬며 마음을 추슬렀다. 그러고는 까마득히 낮은 직급과 어리기까지 한 무호를 독대했다.

"네가 아주 큰 공을 세웠다며 폐하께서 너의 기백과 용기를 크게 칭찬하셨다."

"그럴 리가요."

무호의 짧고 퉁명스러운 대답은 그가 마치 태수의 직위와 동급인 듯한 어감이었다. 물론 무호는 순전히 황제에 대한 반감에 뱉은 말이었으나, 이를 모르는 태수는 도무지 화를 참을 수가 없었다.

"너는 죽는 게 두렵지 않느냐? 내가 누구인 줄 몰라?"

"태수 되시는 걸 모르면 죽어야 합니까?"

"이…… 이! 이 건방진 놈! 네놈이 공을 좀 세웠기로서니, 군법의 지엄함을 무시하는 게냐! 네놈이 정녕 매를 맞아 봐야 위아래를 구분할 수 있겠느냐!"

무호는 흥분한 태수 앞에서도 기분 나쁠 정도로 태연했다.

"군법의 지엄함이라. 군법 위에 황제 폐하께서 있지 않으십니까? 그분의 말씀을 먼저 듣고 싶습니다만."

"뭐, 뭐, 뭣이라?"

태수 구자서는 본래 침착하고 냉정한 사람이었다. 이렇게 어린 병사는 고사하고 적군 앞에서조차 단 한 번도 무너져 본 적이 없었다. 그런 그의 얼굴이 붉으락푸르락했다.

일단 폐하의 명을 먼저 전달해야 한다. 황제 폐하까지 거론된 이상 여기서 무호 놈을 벌할 수는 없는 노릇이었다. 원통했지만 태수는 무호를 혼내 주면서 폐하의 명을 따를 좋은 수를 갖고 있었다.

"그래. 네놈 말이 맞구나. 내 잠시 네놈의 버릇없는 말투에 화가 좀 났다만, 네놈은 황제께서 직접 상을 주라 한 놈인데, 내 벌을 줄 뻔했구나."

무호는 앞의 말은 듣지 않은 사람처럼 말했다.

"상을 주라 했단 말입니까?"

무언가가 또 한 번 뒤통수를 빡 하고 치는 듯한 느낌이 지나갔으나 구자서는 인내하며 말했다.

"그래. 네놈의 무모함을 황제께서는 요즘 젊은이들답지 않은 용맹한 패기로 보인다 하시며 널 승차시키라 하시는구나. 네 뜻을 마음껏 펼쳐 너의 용맹함을 모두가 본받을 수 있도록 널 잘 이끌어 제화국의 인재로 만들어달라 하셨다."

태수는 황제가 보낸 서신의 내용을 말만 조금 바꾸어 전달했다. 사실상 같은 내용이지만 의도한 바가 있었기 때문이다.

"그래서 제 계급이 어찌 된다는 겁니까?"

태수가 기대했던 반응도, 답도 아니었다. 하지만 이제 이 버릇없고 개념 없는 미친놈을 완전히 보내 버릴 수가 있기에 태수는 스윽 미소를 지어 보였다.

"무슨 관직을 내리라는 말씀은 없으셨다."

"하면, 이왕이면 대장군을 주십시오."

"……대장군은…… 자리가 없다."

태수의 목소리가 부들부들 떨리고 있었다. 대장군이 옆에 있었다면 그 무쇠 같은 주먹으로 무호의 안면을 뭉개 버렸을 것이다.

"아쉽지만 그럼, 좌장군이나 우장군을 주십시오."

"네놈 입에 오르내리는 자리가 애들 당과처럼 줬다 뺏을 수 있는 그런 호락호락한 자리인 줄 아느냐?"

"황제 폐하께서는 통이 큰 분이시니 그 정도 자리는 유념해 두셨을 것입니다."

"네가…… 폐하에 대해 잘 아는 듯이 말하는구나."

이제 태수는 주먹까지 쥐며 폭발 직전이 되었다.

"기본 아닙니까. 태수쯤 되시는 분이 폐하의 성정을 그리도 모르십니까."

결국 태수는 손에 잡히는 것을 집어 던지며 소리쳤다.

"닥쳐라!"

무호는 털 듯이 가볍게 어깨를 뒤로 물려 날아오는 무언가를 넘겨 버렸다. 그리고 닥치라는 태수의 명을 충실히 이행해 아무 말도 하지 않았다.

"네 말대로 너는 폐하의 성심을 헤아려 큰 공을 세웠으니, 나는 너를 벌할 수 없으며, 폐하께서 원하시는 큰 관직을 내릴 것이다."

"……."

엄숙하게 말했으나 무호는 더 해보라는 듯 침묵했다. 잠깐 배알이 뒤틀리긴 했으나 태수는 마지막 인내심을 짜냈다.

"좌장군, 우장군과 직급이 같은 새로운 관직을 내리겠다. 너는 이제부터 중장군이다. 중장군이 해야 할 일은 언제나 선두에 서서 적의 진지를 공격하는 일. 네가 그전에 해왔던 일과 별반 다르지 않으니, 잘되지 않았느냐?"

무호는 피식 웃으며 대답했다.

"고삐를 풀어줄 테니 나가서 죽든지, 공을 세우든지 하라? 좋은 계책이십니다."

"이……! 네놈은 어찌 그리 사사건건!"

"아니라고는 못 하십니다. 물론 저 역시 만족합니다. 좋은 계책이십니다. 하면, 중장군의 휘하 군사들은 어찌 배치하실 것입니까? 되도록 자원하는 병사들로 채우고 싶습니다. 한 명만 빼고."

"자원? 데려가고 싶은 한 명은 또 누구냐?"

"천호장 장우. 조금 전까지 제 상관이었던 자, 제가 갖겠습니다."

주면 좋겠다도 아니다. 갖겠다고 통보한다. 태수는 저도 모르게 무호의 말에 휘둘려 당연히 무호의 말을 따라야 할 것만 같아, 난감한 기색이 역력했다. 도대체 무슨 심보인가. 당최 이건 사심 섞인 인사라고밖에 볼 수 없지 않나.

"왜, 왜 하필 네 상관을……!"

예의상, 도의적으로 보통 빠른 진급을 하게 되면 상관이었던 자의 바로 위에 서려 하지 않는다. 이것은 다분히 노리고 하는 인사였다.

"제 상관이니, 저와 가장 친합니다."

"……."

"제가 낯가림이 있습니다."

갈수록 말 같잖은 소리를 해대니, 태수는 이제 너무 지쳐서 안타깝게도 천호장 장우를 구해줄 심력이 남아 있지 않았다. 더는 무호와 한마디도 나누고 싶지 않았기 때문이다.

장우는 태수가 눈여겨보던 젊은 인재 중 하나였으나, 까마득한 후배를 상관으로 모시게 된 굴욕뿐만 아니라 언제 죽을지 모르는 위태로운 중장단으로 들어가게 되었다.

태수는 마음속으로 장우를 떠나보냈다.

'하아……. 이것도 네 운이다. 살아만 돌아오면 너를 대장군으로 만들어주마.'

그렇게 무호는 스물두 살, 최연소로 중장군이라는 높은 직급에 오르며 서강의 무신이자, 서강의 개망나니로 등극하게 되었던 것이다.

그로부터 또 두 해가 지났다.

무호는 스물넷의 나이에도 여전히 미장부였으나, 체격도 많이 달라지고 얼굴의 골격도 조금 더 사내다워졌다. 단순히 세월의 흐름이 만들어준 모습이 아니었다. 햇볕에 조금 그을렸을 뿐이지만, 겨우 두 해 전보다 더욱 위엄 있고 범접할 수 없는 분위기를 풍기고 있었다. 짧은 시간 동안 전장을 수없이 넘나든 서강의 사신이자, 제 부하를 단 한 명도 잃지 않은 믿음직한 무신의 몸, 그 자체였다.

천호장 장우는 그런 무호의 모습을 바라보며 고개를 절레절레 저었다.

'하아……. 겉만 멀쩡해서 무슨 소용일까! 속은 여전히 멀쩡하지 않으니.'

무호는 지금 형벌장에서 그 구릿빛 상체를 드러내고 팔이 위로 들린 채 묶여 있었다. 중장군이라는 높은 직위에도 불구하고 태형을 언도받은 것은 치욕스럽고 분한 일이었다.

그러나 장우가 보기에는 이곳에 모인 누구도 무호의 그런 모습을 보기 괴로워하는 자가 없을 것이다. 그렇다고 무호가 벌을 받는 모습을 통쾌해 한다는 건 아니었다.

"하아……."

누군가의 탄식 어린 한숨이 이곳에 모인 모두의 마음과 같을 것이다.

조각같이 아름다운 근육. 양팔이 들어 올려 묶여 있음에도 턱을 치켜든 오만한 표정. 심지어 나른한 듯한 눈빛까지. 지금 무호의 모습은 같은 사내들이 보아도 뇌쇄적이었다. 저들이 그토록 보고 싶어 했던 무호의 흐트러진 모습이 곧 공개적으로 보여질 것이다.

찰싹—

장우는 제 옆에서 얼굴을 붉히고 있는 백부장의 뺨을 힘껏 때려주었다.

"악! 왜, 왜 이러십니까?"

"반대쪽도 대라. 그래야 네놈 얼굴이 어쩌다 붉어졌는지 모를 것 아니냐!"

장우의 호통에 백부장은 더욱 얼굴을 붉히며 더듬거렸다.

"뭐, 저만 그런 것도 아니고요……. 그리고 이건 안타까운 마음에 구해 드리지 못하는 제 마음이 이렇게 붉게 나타난 것뿐입니다!"

"개소리!"

장우는 진심 모두가 미쳐 가고 있는 듯한 이곳에서 탈출하고 싶었다.

처음 중장군이 된 무호가 저를 부하로 삼겠다 했을 때는 얼굴에 핏기가 싹 가시고 표정 관리가 되지 않을 정도였다. 하지만 제멋대로인 부하를 두고 노심초사하느니 차라리 상관으로 두고 마지못해 따르는 편이 제 앞길에 이로울 듯했다. 금의대의 장졸들 중 가장 가문이 한미한 탓에 어차피 빠른 출세를 바란 적도 없어서 포기가 빨랐는지 모른다.

그렇게 두 해를 지나는 동안 장우는 무호에 대한 평가를 바꾸었다.

'대단하다. 참으로 대단해. 하나, 군에 몸담을 수 있는 자가 아니야. 누구 위에 군림하는 것밖에 못할 자다.'

무호는 생각 외로 제 부하들을 핍박하지 않고 할 일만 하고 할 말만 했다. 물론 익숙하다는 듯 장우의 시중을 받을 때는 새로운 괴롭힘인가 생각해 보았지만 집에서 귀하게 컸나 보다 하고 말았다.

전투에 임하면 또 어떤가. 무호는 강자에게 강하고 약사에게 악했다.

그것은 장우가 그리던 진정한 무인의 모습이라 무호가 검을 휘두르고 천하를 호령하는 그 순간만큼은 저도 가슴이 뛰곤 했다. 하지만, 그렇다고 해서 장우는 여기 병사들처럼 무호에게 동경의 눈빛이나 그 이상을 보낼 수 없었다.

'난 조용히 살고 싶습니다.'

무호와 함께하는 동안 하루도 편한 날 없이 너무나 피곤했기 때문이다.

제 4 장

위험한 손님

태수가 등장하자, 묘하게 일렁이던 분위기가 순식간에 가라앉았다. 태수는 갑주까지 갖춰 입고 매우 위엄 있는 걸음걸이로 걸어와 상석에 앉았다.

이를 본 백부장이 천호에게 작은 목소리로 투덜거렸다.

"하아……. 아니, 왜 태수께서는 새삼 이러시는 겁니까?"

"새삼? 진작 이렇게 되었어야 할 일이다."

"그러니까요. 여태 그냥 넘어가 주셨으면 그냥 넘어가야지 말입니다. 벌을 주실 것이면 진작 벌을 주셔서 다시는 못하게 경고를 하실 일이지, 왜 오늘따라 이러시는지. 뭐 기분 나쁜 일이라도 있으신 겁니까?"

장우는 백부장의 얼굴을 한심한 듯 쳐다보았다.

"네놈은 태수께서 베풀어주신 관용을 허락으로 알고 있었더냐? 하면, 그것이 중장군께만 허락한 특권밖에 더 되겠느냐?"

"그렇지만 포로들을 풀어준 대가로 더 많은 땅을 얻었습니다. 포로에 대한 예우가 좋아 제화국에 남겠다는 포로도 늘고 있지 않습니까."

"누가 그걸 모르느냐! 그것을 어찌 태수께 고하지도 않고 독단으로 처리해!"

"그야…… 뭐, 원래 그런 분이시니까요."

그랬다. 참으로 무호다웠다.

본래 태수는 포로들의 일부를 죽여 본보기로 삼아 이민족에게 항복을 요구할 셈이었다.

무호는 이를 반대했다. 포로 몇 명을 죽인다 해서 겁을 먹긴커녕, 상대의 분노만 살 것이라는 것이 무호의 뜻이었다.

두 사람은 팽팽하게 맞섰다.

사실 무호의 말도 틀린 것이 아니었다. 포로라 해도 힘없는 백성들에 불과한데, 그들을 죽여 원망을 살 이유는 없지 않나. 하나 늘 무호 때문에 속이 뒤집어졌던 태수가 이것만큼은 자신의 권한이라 여겼는지 고집을 부렸다.

그러다 결국 무호가 이렇게 사고를 치고 만 것이다. 또 혼자 국경을 넘어, 천호장인 제게도 알리지 않고 독단으로 처리하고 와버렸다. 태수 몰래 포로를 풀어주다니, 미치지 않았다면 죽고 싶은 자나 할 짓이었다.

태수는 이제 끝을 보고 싶으신 것 같았다. 죽으라고 내보낸 전장에서 살아 돌아와 공과 죄를 함께 지고 온 덕에 병사들의 사기를 떨어트릴까 봐 관용을 베풀어주지 않았던가. 상석에서 눈을 부릅뜬 태수의 표정엔 결코 용서할 뜻이 없어 보였다.

"네놈의 죄가 무엇인지 알겠느냐?"

태수의 단호한 음성은 넓은 병영에 모인 수천의 군사들의 귀에 똑똑히 박혔다.

"예."

"……!"

모두가 놀랐다. 무호가 순순히 그렇다고 대답한 것은 매우 의외였기에 태수조차 일순 할 말을 놓치고 말았다.

"그, 그래? 죄를 아는 놈이 왜 그런 짓을 벌였느냐! 병사들의 귀감이 되어야 할 장수가 어찌 이런 짓을 벌일 수 있어!"

"그러게 말입니다. 저는 아무래도 군에 어울리지 않는 놈이니, 매를 치시거든 내쫓아주십시오."

"뭐, 뭐, 뭐라? 내쫓다니! 싹싹 빌어도 모자랄 판에, 나가게 해달라니! 네놈 머리통은 정말 어찌 된 게 그 모양이야!"

사실 태수도 무호가 싫지 않았다. 싫었다면 진작 죽였을 것이다. 황제께서 아끼시는 것도 있지만 무엇보다 목숨을 아끼지 않는 무호의 무모함이 좋았다. 그것을 바로 쓴다면 제화국 최고의 장수가 될 인재였다.

그는 그런 자를 길들여 제 사람으로 만들고 싶었다.

그동안 그만큼 봐주었으면 무호 역시 제게 미안한 마음을 품거나, 한층 가깝게 여기고 있으리라 생각했다. 지금쯤 크게 벌을 한 번 주고, 잘 다독인 뒤에 제 부하로서 다듬어보려 했건만, 나가겠다 한다.

"제 머리통은 군에 어울리는 머리통이 아니라 그렇습니다."

"이 망나니 같은 놈! 널 벌준다 해서 내게 이러는 것이냐! 그동안 그만큼 널 봐주었거늘, 어찌 이번 한 번 벌을 주는 것도 못 참는단 말이냐!"

무호는 인상을 찌푸렸다. 가만 들어보니 태수가 제게 사심이 있는 듯 원망하는 투로 들리지 않나.

"봐주신 것이었습니까. 전 그래도 되는 줄 알았습니다."

담백한 무호의 대답에 태수는 얼굴이 시뻘게졌다. 공개적으로 무호를 편애한 꼴이 되지 않았나. 그래서 그는 괜히 소리를 버럭버럭 지르며 자신의 권위를 내세웠다.

"너는 네 허락 없이는 죽지도 못하며, 내가 내리는 벌을 피할 수도 없으며, 네 맘대로 이곳을 나가지도 못한다! 그것을 정녕 모르겠느냐!"

무호는 그것을 다르게 받아들였다.

"저에 대한 집착이 그 정도이신 줄은 몰랐습니다."

"무슨 헛소리냐! 그런 게 아니다!"

태수는 무호와 단 몇 마디를 나누는 동안 벌써 말려들고 있었다.

"아무튼, 일단 빨리 끝내주십시오. 옷을 벗고 있자니 좀 쌀쌀합니다."

이른 봄. 겨우 얼음이 녹은 아주 이른 봄이니 무호의 말은 틀리지 않았다. 다만 추위를 걱정할 상황이 아니라는 것이 모두를 핼쑥하게 만들었을 뿐이다.

침묵이 맴돌자 무호도 조금 머쓱했을까.

"제가 추위에 약한 편입니다."

변명처럼 말을 붙여 더욱 사람들을 침묵하게 만들었다.

하지만 태수는 할 말이 있었다.

"오냐! 뜨거운 맛을 보여주마. 그때도 춥다는 소리가 나오는지 어디 한번 보자꾸나! 뭣들 하느냐! 저놈을 매우 치지 않고!"

"예? 저, 정말 하시렵니까?"

매를 든 병사들은 매우 꺼림칙한 표정이었다.

"이놈들이! 태수인 내 말이 말 같지 않아?"

"예, 아니, 그 예가 아니라, 예! 치, 치겠습니다!"

태수가 눈을 부릅뜨고 무언의 압박을 가하자, 병사들은 마지못해 매를 들어 어깨 위로 크게 휘둘렀다. 두꺼운 채찍과도 같은, 길고 낭창낭창한 굵은 매가 무호의 등 위로 금방이라도 떨어질 것만 같았다.

"태자 전하!"

"……!"

아주 멀리서 들린 작은 외침이 모두를 멈칫하게 했다. 일제히 고개가 돌아가는데, 소리는 한 번 더 들렸다.

"태자 전하!"

아까보다 조금 더 가까워진 목소리였다. 적어도 높은 목책으로 둘러싸인 병영 안에서 들린 소리는 아닌 듯했다.

"지금, 내가 잘못 들었느냐? 분명……."

태수의 말에 대장군이 고개를 숙이며 대답했다.

"분명 태자 전하라고, 그리 들었습니다."

"그렇지? 태자를 왜 여기서 찾아? 아니, 그리고 제화국에 지금 태자가 어디 있나?"

"그러게 말입니다. 미친놈인 모양입니다. 너희 둘! 누가 한 소린지, 가서 찾아오너라!"

"예, 예!"

병사들이 병영 밖으로 나가는 동안에도 목이 터져라 태자를 찾는 소리가 계속 들렸다.

"너희들은 그만 멍청히 서 있고 어서 형을 집행하라!"

"예, 예!"

대장군이 엄중히 질책하자, 병사들은 다시 매를 고쳐 잡았다. 그리고 그것을 내리치려 할 때 어딘가 달라진 무호의 분위기에 압도당해 멈칫했다. 무호는 조금 전보다 더 곧게 허리를 세우고 섰고, 풍기는 분위기가 달라져 있었다. 좀 더 거만해졌달까.

그런 무호가 고개를 삐딱하게 올려 태수를 바라보았다.

"내 생각엔 그만두는 게 나을 듯한데."

"중장군! 네놈이 이제 와서 또 무슨 헛소리를 지껄이려고! 왜, 막상 매를 맞으려니 겁이 나는 게냐?"

대장군이 펄쩍 뛰자 무호가 나른한 음성으로 말했다.

"태수와 대장군, 그대들을 위해 말해주는 것이오. 그만하는 게 신상에 좋을 듯해."

갑자기 무호의 말투가 아랫사람을 대하듯 달라졌다. 그런데도 그것이 꼬박꼬박 존대를 하던 때보다 더 어울리는 데다가 듣는 이가 그다지 기분이 나쁘지 않았다.

태수는 그것이 이상했다. 오싹할 만큼 뭔가 안절부절못하는 그런 기분이 들었다.

"태, 태수님. 저놈이 지금……!"

대장군은 태수만큼 노련하지 못해, 감이 좋지 않음에도 화를 내고 있었다.

"태자 전하!"

마침 목책 가까이 다급한 말발굽 소리와 함께 또다시 그 목소리가 들렸다.

무호는 웅성거리는 사람들이 모두 들을 수 있도록 똑똑히 말했다.

"그만하지? 날 데리러 온 모양인데?"

완벽한 하대.

태수의 표정이 하얗게 질렸다. 설마 그럴 리는 없겠지만, 설마 하면서도 태수는 불길한 생각이 맞아떨어질 것만 같은 기분이었다.

"태자 전하!"

"허억!"

"헉!"

갑자기 그 목소리와 함께 목책 위로 말 한 마리가 껑충 뛰어 넘어왔다.

타악.

묘기를 부리는 듯한 기마술에 깜짝 놀란 병사들이 말에 채이지 않으려고 우왕좌왕 소리를 지르며 길을 비켜주었다.

"전하! 저 영춘입니다!"

말안장에 꽂힌 황가의 깃발이 보란 듯 나부꼈다.

황제는 늘 표정이 좋지 않았다. 늘 어딘가 심기 불편한 사람처럼 입을 굳게 다물고 눈동자를 살짝 치켜뜬 채로 사람을 대했다.

그런 황제의 앞에서 누구도 감히 제 할 말을 다 하지 못했다. 태자가 죽어가는 지난 시간 동안 그러한 괴팍함은 더욱 심해졌다. 그래서 오늘 황제의 활짝 웃는 용안은 신하들을 매우 두렵게 만들고 있었다. 더군다나, 어제 태자였던 황자가 외가에서 결국 목숨을 잃었으니, 지금 황제의 웃는 모습은 무시무시한 광기로 보일 수밖에 없었다.

그러나 누군가는 말을 해야만 했다. 승상은 가장 높은 자리에 앉은 신하로서 목숨을 걸고 말을 꺼냈다.

"폐하……. 황자 전하께서 승하하신 일은 참으로……."

"참으로?"

황제는 기다렸다는 듯 반문했다.

"참으로…… 마, 망극하오나……."

"다 죽어가는 놈을 기어이 찾아와 목숨을 끊고 갔다. 그 극악무도한 살수 놈들과 원흉을 찾아 찢어 죽이지 못하면 네놈들부터 그리 만들 것이다. 하하하!"

"……!"

핏발 선 눈으로 웃으면서 하는 말이 어찌나 잔인한지 광기가 넘쳤다.

"폐, 폐하……!"

신하들은 이제 황제가 완전히 총기를 잃었구나 절망했다.

제멋대로이며 괴팍하긴 하지만 황제는 공명정대하면서도 강인하며 합리적인 분이었다. 제화국은 지금의 황제로 인해 이만큼 살게 되었다고 말해도 과언이 아닐 만큼.

그러나 하나밖에 없는 태자를 스스로 폐위하는 아픔과, 그렇게나마 보호하려 했던 아들을 잃은 괴로움이 황제를 광폭하게 만들고 있었다.

신하들은 그것이 황제의 욕심 때문일지도 모른다고 생각했다.

태자를 폐위했다면 어서 새로운 태자를 옹립해야 하거늘, 황제는 황자를 포기하지 못한 것처럼 태자 후보들을 전부 거절해 왔다. 야욕에 불타 태자를 시해하려 했던 무리들이 보기에는 황자는 여전히 제거해야 할 대상이었으리라. 황자의 죽음이 황제의 미련 때문에 벌어진 참사임은 분명했다.

"자, 그럼 누가 황자를 죽였을 것 같은가? 모두 어서 나가 살수를 찾아야지, 왜 여기서 모여 있나?"

"폐하! 우, 우선은 국장을 준비하시어 황자 전하를 편히 보내 드리는 것이……."

"국장이라니? 살수의 흔적을 찾기 전에는 황자의 시신을 덮을 수 없다! 황자의 억울함을 달래주기 전에는 결코 국장을 치를 수 없단 말이다!"

"하오나, 이미 황자 전하의 시신은 조사를……."

"닥쳐라! 좀 더! 좀 더! 조사를 하란 말이다! 누구냐? 누가 내 아들을 죽인 것이냐! 경들이 내게 태자로 올리라 한 그 단왕부의 아들새끼더냐! 그 놈이 기다려도 태자가 되지 못해 설친 것이냐!"

"폐하! 어찌 그런 말씀을 하시옵니까!"

"왜! 네놈들이 같이 도모했던가!"

"폐하! 폐하 어찌 신들이 그런 짓을……. 통촉하여 주시옵소서!"

"통촉하여 주시옵소서, 폐하!"

단왕부의 왕세자, 단유천은 누가 보아도 태자의 자리에 어울릴 만한 인물이었다. 실제로 그는 그런 야심도 있어 보였다. 하나, 황실의 핏줄을 이어받은 단유천은 굳이 죽어가는 황자를 시해하지 않아도 태자가 될 것이었다. 단유천이 굳이 누군가를 시해해야 한다면 다른 후보들이지, 황자는 아닐 것이다. 때문에 아무도 단왕부를 의심하고 있지는 않았다.

"크크크크! 크하하하하!"

갑자기 황제가 다시 웃기 시작했다.

대신들은 웃다가 버럭했다가 다시 웃는 황제를 똑바로 보기가 겁나고 참담했다.

"크하하! 이것 참. 이리되었다면 큰일이 아닌가."

"……?"

대신들은 서로를 마주보며 눈치를 살폈다. 황제의 말뜻을 이해하지 못해, 선불리 대꾸를 해줄 수가 없었기 때문이다.

"예? 폐하. 그것이 무슨 말씀이시온지……?"

"내가 이리 미쳐 날뛰면 아주 큰일이었을 거라 이 말일세. 어떤가, 승상? 울고 싶지 않았나?"

"그, 그게……."

"늙으면 눈물이 많아진다더니, 그렇지도 않나 보군."

미적지근한 승상의 반응이 불만스러웠는지 황제는 잠시 뚱한 표정을 짓다가, 차분하게 목소리를 가다듬고 위엄 어린 음성으로 말했다.

"어흠! 그대들에게 아주 기쁜 소식을 하나 알려줄까 하네."

"……."

황자가 죽은 이 마당에 기쁜 소식이라니, 모두 뭐라 대답해야 할지 망극하고 어리둥절했다. 황제께서 평소와 같은 모습으로 급변한 것 또한 광기로밖에 보이지 않았다.

"내 아들이 죽어 모두에게 큰 심려를 끼칠 뻔했네. 한데, 그리되지 않았으니 어찌 기쁜 일 아닌가. 나는 내 아들 무호, 그 아이를 다시 태자로 올릴 것일세."

"……."

이번에도 역시 누구도 말을 올릴 수 없었다. 황제는 미쳤다. 참으로 미쳤다! 입을 열었다간 그런 말이 튀어 나갈 것 같았다. 황자의 죽음 자체를 인정하지 않고 계시다니 승상은 참담함에 눈까지 질끈 감았다.

한데 몇몇 신하가 황제의 말씀을 곱씹다가 고개를 갸우뚱했다.

'내 아들 무호?'

무호라니, 어디서 들어본 이름이었다. 가만 생각해 보니, 그 이름이 태자의 아명이었던 것도 같다. 아명으로 불린 시기가 너무 짧아 기억하는 이가 드물지만 그랬던 것 같다.

그리고 그 이름이 또 누구와 같았다.

"서강의 사신, 무신 무호?"

누군가 혼잣말처럼 중얼거렸다. 조용한 가운데 대전에 울려 퍼진 목소리는 모두의 이목을 집중시켰다.

황제는 삐딱한 고개로 피식 웃으며 말했다.

"그래, 그래. 내 아들 무호. 그놈을 이제 다시 궁으로 불러들여야겠네. 그간 서강에서 세운 공이 혁혁하니, 이제 다시 태자가 된다 해도 누구 하나 반대하지 않겠지? 안 그런가? 태자가 죽었다는 것보다는 괜찮은 결말 아닌가?"

대신들은 황제의 말을 바로 이해하지 못했다. 황제가 너무 미쳐서 뭔가 착각하고 계신 게 아닌가 하는 생각만 들 뿐이었다.

그러자 황제가 '쯧쯧' 혀를 차며 말했다.

"이 사람들 좀 보게. 황제 말을 안 믿는가? 내 아직 노망들 때도 아니며 미친 것도 아니니 그 굳은 얼굴들 좀 펴시게."

"폐, 폐하. 신들은 그저 갑자기 무슨 일이 일어난 것인지……. 그 중장군 무호란 분이 참으로 태자 전하란 말씀이시옵니까?"

승상의 조심스러운 질문에 황제는 밖을 내다보며 말했다.

"영춘아!"

그러자 문이 드륵 열리며 영춘이 어깨에 잔뜩 힘을 주고 들어왔다.

"예. 폐하! 영춘, 들었나이다!"

"너 얼른 가서, 태자 좀 데려오너라. 이 사람들이 영 믿질 않아."

"예! 폐하! 잠도 자지 않고 달려, 단숨에 모시고 올 것이옵니다!"

올해 스물여덟이 된 영춘의 검은 눈동자에 감격 어린 눈물이 어렸다.

그로부터 석 달 후.

중장군 무호, 서강의 사신 무호, 태자이자 무신이라 불리는 무호의 입성에 제화국이 기쁨과 놀라움에 들썩였다.

무호는 천호장 장우를 비롯한 중장단의 부하들을 모두 이끌고 화려하게 입성했다. 모두 시커먼 갑주로 무장하고 말을 탔을 뿐이었으나 백성들 눈에는 그들이 금빛 갑주를 입고 후광을 발하며 날개 달린 말을 타고 온 듯 보였다.

장우는 환호하는 백성들 사이를 걸으며 어안이 벙벙했다. 제가 이렇게 줄을 잘 서서 출세하게 될 줄 어찌 알았을까? 태자의 직속 부하라니 머리가 아찔했다.

'그냥…… 조용히 살고 싶었다!'

장우는 욕심 없고 야망도 없는, 그저 적당히 녹을 받아먹으며 순탄하게 사는 게 꿈이었다.

'태자고 나발이고 그래 봐야 무호지!'

개망나니 밑에서 평생 마음 졸이며 살아야 한다니, 울고 싶은 심정이었다.

"하하. 장우 형님은 영 적응이 안 되시나 봅니다! 표정이 완전히 굳으셨습니다."

절 언제 봤다고 살갑게 형님이라 부르는 영춘이라는 놈 역시 태자와 가까운 사이로 보이니 정상은 아닌 듯했다.

"장군…… 아니, 전하. 저희는 이제 어찌 되는 것이옵니까? 중장단으로 입궁하고는 있지만 황성에서 중장단이 필요한 것인지……."

"필요 없지. 너희들은 그냥 내 직속 친위대가 될 것이다."

"……!"

역시 예상했던 대로였다. 장우는 벌써 서강의 흙먼지가 그리워져 아련한 눈으로 생각에 잠겼다.

그런데 그 말을 들은 영춘이 오히려 다급하게 물었다.

"전하! 그럼 저는 어찌 됩니까? 저는 무슨 직책을 맡아야 하옵니까? 천호장 형님이 친위대장이 되면, 늘 전하를 지켜 드렸던 이 영춘은 어찌 되는 것이옵니까?"

"넌 그냥 하던 대로 유모 노릇이나 똑바로 하거라."

"헉! 제가 왜 전하의 유모입니까! 저는 태자 전하의 호위무사였나이다!"

조금 시끄러워졌지만 태자 일행은 용맹하고 멋진 기개를 뽐내며 황궁의 문을 통과했다.

그들의 노고를 치하하며 태자의 무사입궁을 환대하는 큰 연회도 있었다. 연회 중에 대신들은 감쪽같이 태자를 살려낸 황제의 지모를 칭송했다. 술에 취한 중장단의 부하들도 맞장구를 치며 저희들의 장군이 태자 전하일 줄은 몰랐노라 황제의 지략에 감탄했다.

황제의 유일한 아드님, 황제를 꼭 빼닮은 황태자를 제외하고는.

깊은 밤, 시끄러운 연회가 끝나고 모두가 잠이 들었으나 황제의 침전에는 불이 환했다. 황제와 태자, 두 부자가 참으로 오랜만에 마주 앉았다.

"또 어딜 가란 말씀이십니까?"

비스듬히 팔을 기대고 앉아서인지, 태자를 만난 기쁨인지, 황제의 입술은 오늘따라 더욱 삐뚜름해 보였다.

"네 태자비, 산호. 그 아이를 데리러 가라."

그러나 태자 무호는 부황의 그런 표정을 개의치 않았다.

"그 아이는 뭣하러 여태 기다렸답니까?"

"태자비로 내정된 아이다."

"하면, 황자로 내쳐졌을 때 그 약조도 깨졌어야지요."

"외가에 있는 네 곁에 있겠다는 서찰이 왔었다. 기특한 아이지."

"하면 그냥 저더러 오라 하십시오. 누구더러 오라 말랍니까?"

"오라 했더니, 갑자기 병이 났다는구나."

"하면 나아서 오라 하십시오."

"시간이 걸린다니 어쩌겠느냐? 네 혼인을 더 미룰 수도 없고, 네가 죽어갈 때 오겠다 한 아이니, 너도 그 의리를 보여주어라. 그러다 보면 없던 정도 생기고, 혹시 아느냐? 단왕부에서 황손을 얻어 올지."

이죽거리는 황제의 입가에 웃음이 걸리는 반면, 태자의 표정은 굳어갔다. 그리고 음성 역시 표정 못지않게 딱딱했다.

"그런 일은 없을 것이옵니다."

"아니긴. 한창 끓어오를 나이에 사내들 틈에서 괴로웠다 들었다. 회포를 풀어야지 않겠느냐?"

"그런 바 없사옵니다."

제가 누구 때문에 그 고생을 했는가! 힘주어 아니라고 하였음에도 황제는 피식거렸다.

"하면 사내구실을 못하는 게지."

태자의 관자놀이에 힘줄이 돋아났으나 그는 애써 태연하게 말했다.

"회포를 풀 계집은 널렸나이다. 단왕부까지 가지 않아도 되옵니다."

"가라. 가는 길에 회포를 풀든, 술을 퍼마시든, 그동안 힘들었을 테니 맘껏 놀다 오란 말이다."

"만사 귀찮습니다. 그저 늘어지게 자다가 먹을 때만 깨고 싶습니다. 군대 밥이 영 입에 맞지 않아 괴로웠나이다."

"하아! 네놈은 태자이니라! 이미 혼기를 훌쩍 넘겼다! 한시바삐 황손을 바라는 내 마음을 모르겠느냐?"

"하루도 몸과 마음이 편한 날 없이 스무 해가 넘게 살아왔나이다. 폐하께서 살아 계실 동안 게으름 좀 피우겠다는데 왜 이리 조급하게 구시옵니까?"

"조급할 수밖에! 내 젊은 날 힘껏 여색을 탐하였는데도 네놈 하나밖에 얻지 못한 것이 천추의 한이다. 하늘도 무심하시지."

아들이 하나 더 있었다면 네놈 따위를 태자로 책봉하지 않아도 되었을 텐데, 라는 진심 어린 원통함을 노골적으로 표현했다.

그러나 태자는 아버지인 황제의 그러한 아픔을 못 들은 척했다. 그리 따지면 선황께서도 지금쯤 땅속에서 원통해하고 계실 것이다. 그 애비에 그 자식이다, 라는 말을 무호는 철석같이 믿고 있었다.

"하면 태자비가 오기 전에 후궁이라도 들이자. 한 세 명 정도 봐둔 아이가 있다."

"폐하께서 태자비로 천명하신 여인이 병이 들었다는데, 그사이 후궁을 들이는 것은 도리에 어긋난 듯하옵니다."

"그렇다고 영원히 기다려 줄 수는 없는 노릇이다! 나라의 후사를 위한 것이니 누가 딴소리를 하겠느냐? 만약 그런 놈이 있다면 입을 찢어놓을 것인즉, 너는 염려할 것 없다."

황제는 생각만으로도 화가 치미는지, 인상이 사나워졌다.

"태의를 보내 태자비를 데려오게 하시옵소서. 궁에서 병을 치료하는 것이 더 이로울 듯하옵니다."

"그래라. 너도 태의와 같이 다녀오너라."

"저는 서강의 중장군이옵니다. 서강과 단왕부는 사이가 좋지 않으니, 단왕부에 제 부하들을 끌고 가는 것은 여러모로 의심을 살 것이옵니다."

"그래, 그래. 내가 바라던 게 그것이다."

태자는 눈살을 찌푸렸다. 황제께서는 지금 서강과 단왕을 싸움 붙이겠다는 의도가 아닌가.

"단왕부에서 산호 그 아이를 귀히 보살펴 주고 있다고는 하나 어쩐지 믿을 수가 없다. 몇 년 사이에 단왕부의 세력이 커진 것도 마음에 걸려. 네가 가서 그들을 살펴보아라."

황제는 대신들과 백성들에게 신망을 얻고 있는 단왕부가 의심스러웠다. 특히 얼마 전 황자의 병세가 호전된 듯하니, 산호가 직접 와서 황자를 만나주었으면 한다는 기별을 넣었다.

그 직후 무호의 대역을 하던 병든 젊은이가 살해당했던 것이다.

"단왕부는 제화국의 개국공신이자, 지금도 제화국의 번영에 가장 큰 이바지를 하고 있는 일등공신입니다. 그런 자를 의심하시는 것이옵니까?"

"한때 추밀사 은도명과 함께 단왕 역시 나의 절친한 벗이었다. 하나, 그래서 더욱 너를 빌려 확인해 보고 싶은 게 있다."

"밀정 노릇을 하란 말씀이십니까?"

황제의 눈이 가늘어졌다.

"밀정을 보낼 자는 얼마든지 있다. 군이 태자인 너를 보낼 이유가 없으나 단왕부가 낌새를 채면 곤란하기 때문에 지금껏 그냥 두고 보았다."

함부로 움직였다가는 역풍을 맞을 수도 있었다.

"변복을 하고 가면 네가 밀정 노릇을 할 거라고 누가 생각하겠느냐?"

그러다가 단왕을 만나 태자비를 데리러 왔다 하면 명분이 섰다.

"백성들의 사는 모습을 보면 공부가 될 것이니, 겸사겸사 아니겠느냐."

좀처럼 표정이 변하지 않는 황제가 만면에 비웃음을 띠고 중얼거렸다.

"겸사겸사…… 회포도 풀고 말이다. 사내들 손길보다 계집의 손길이 더 좋을 것이다."

태자는 황제가 그간 제 신상을 전부 알고 있었다는 데 더욱 배신감을 느꼈다. 그래서 더욱 뻔뻔하게 응수했다.

"사내들 손길도 나쁘진 않았습니다."

"뚫린 입이라고 잘도 지껄이는구나!"

"찾아는 보겠사옵니다만, 사내들보다 더 괜찮은 손길을 가진 여인이 있을까 모르겠습니다."

"이 정신 나간 놈! 그게 애비 앞에서 할 소리냐!"

"아들을 무간지옥에 던지는 아버지도 있다 합니까?"

"외가에 있었으면 네놈은 죽었다!"

"그렇다 해서 꼭 군에 가야 할 이유는 없었습니다."

태자는 한 자, 한 자, 힘주어 말함으로써, 저의 원한을 황제께 표현했다.

"네가 더욱 강해지지 않았느냐? 이제 살수 따위가 무에 두렵겠느냐?"

"본래 두려운 적 없었습니다."

"흥! 외가로 도주하겠다 한 놈이 잘도 지껄이는군."

"……."

분하지만 황제는 역시 달랐다. 무호는 자신이 아직 황제를 이길 수 없음을 깨닫고 침묵했다.

"그리 자신 있다면 영춘만 데리고 가거라. 네가 궁 밖에 나간 것은 누구도 알지 못해야 하니, 차라리 그게 낫겠다."

"그건 곤란합니다."

"자신이 없느냐?"

"살수가 다시 저를 노릴 것입니다. 어차피 이제 피하지 않을 생각입니다. 제 부하들을 뒤에서 멀리 따라오게 하고 살수들을 붙잡아 배후를 밝히겠나이다."

나쁘지 않은 생각이었다. 태자의 이번 여정은 많은 것을 얻거나, 많은 것을 잃게 될 것 같았다. 황제는 전자를 믿어 보기로 했다. 장성한 아들의 모습이 꽤 흡족했기 때문이다.

꽃가루가 날리는 계절.

봄볕도 따사롭고 바람도 선선하며 싱그러운 풀과 색색의 꽃, 그리고 한껏 꾸민 여인들의 고운 자태까지. 유람을 하기 딱 좋은 때였다.

아니, 임무를 수행하기 수월한 때였다.

"낮에는 덥겠군."

변복을 한 태자 무호는 매우 천연덕스러웠다. 한 손은 뒷짐을 지고 한 손에는 부채까지 말아 쥔 채 여유롭게 걷는 모양새가 꼭 부잣집 한량 같았다.

"싫다, 싫다 하시더니 전혀 그래 보이지 않으십니다."

영춘은 이번 유람, 아니, 임무가 못마땅한 듯했다. 겨우 궁으로 돌아온 태자를 밖으로 내쫓으시는 황제가 이해되지 않아서였다.

"이왕 나왔으니, 돈이나 쓰면서 식도락 유람이나 즐길까 한다."

"바깥세상이 전하께서, 아니, 대공자님께서 생각하시는 것처럼 맛있는 세상이 아니옵니다."

"군대 밥을 먹다 보면 개밥도 맛있게 보일 때가 있다."

"아무리 그래도 세상의 진귀하고 맛있는 음식들은 죄다 황궁에 있으니 너무 기대하지는 마십시오."

"기대는 무슨. 황제께서 애가 타서 돌아오라 부를 때까지 천천히 놀아줄 생각이다."

태자는 살수들이 저를 찾을 수 있도록 천천히 움직여 줄 생각이었다. 제게는 단왕부의 일보다, 저를 노리는 보이지 않는 배후를 찾는 것이 이번 유람의 더 큰 목적이었기 때문이다.

"후. 예, 그게 좋겠습니다. 전하가 궁 밖에 나간 것은 비밀이니, 여간 재수 없지 않고서야 큰일이 생기진 않을 테고."

또한 저 멀리서 저희 둘을 따라오고 있는 친위대가 있으니 무슨 걱정이겠는가.

「최소한의 안전을 위해 태자의 목숨이 위태로워지는 지경에 이를 시, 친위대가 움직일 것이다. 그러나 그전에는 어떤 일을 당해도 나서지 말라 명했으니 도움을 기대하지 말거라. 단출하게 유람을 나선 것처럼 꾸미란 말이다. 알겠느냐?」

황제의 말씀 중, '어떤 일'이라는 대목이 좀 마음에 걸리긴 했지만 영춘은 별다른 일이 생기지 않을 거라 믿고 있었다. 태자의 말대로 느긋하게 다니며 좋은 풍경이나 감상하자 마음먹는 순간이었다.

"왜 이리로 가십니까?"

태자가 너른 대로를 놔두고 거친 산길을 향하기 시작했다.

“오는 길에 들으니 저 산 중턱에 소면을 잘 만드는 맛집이 있다더라.”

“예?”

“아주 어린놈이 국수를 뽑는데 그 솜씨가 일품이라더구나.”

“기껏 소면 하나 때문에 좋은 평로를 두고 산을 타시겠다고요?”

“천천히 가자 한 말을 그새 잊었느냐?”

아무리 느긋해도 그렇지, 힘든 길을 갈 것까진 없지 않냐며 영춘은 따라오는 내내 투덜거렸다.

산 중턱의 낡고 작은 오두막이 밀려드는 손님으로 미어터질 듯했다. 마당까지 식탁을 놓고 손님을 받아도 이어진 손님 줄은 줄어들지 않고 있었다.

“어이! 여기 고기 소면 하나!”

“손님! 지금 고기가 다 떨어졌어요! 야채밖에 없는데 어쩌죠?”

“뭐라도 좋으니까 얼른 내와!”

“예!”

주방의 어린 숙수가 시뻘게진 얼굴로 씩씩하게 외쳤다.

아직 솜털이 보송보송해 보이는 귀여운 소년이었다.

귀엽다 뿐일까.

소년은 주방에서 일하는 아이라기엔 풍기는 분위기가 예사롭지 않았다. 커다란 눈동자와 시원하게 뻗은 눈매는 영민하면서도 어딘가 범접하기 힘든 느낌이 있었다. 허드렛일을 하는데도 소년의 옷매무새나 주변은 흐트러짐이 없었고 선명한 분홍빛 입술에 고집이 서려 있는 듯했다. 그러나 소년은 이런 일이 익숙한 듯, 점원 하나 없는 좁은 가게에서 홀로 소면을 담아내며 주문까지 받는 모습이 혀를 내두를 정도로 현란했다.

이제 그런 소년의 모습이 익숙한 손님들은 전혀 놀라지 않았지만, 막상 이 어린 숙수는 이 생활이 익숙해지지 않았다.

'오문아. 너 도대체 여기서 뭐 하고 있는 거야?'

오문은 거의 날마다 국수를 뽑는 자신의 하얀 손을 낯설어 했다.

'어쩌면 좋지? 하루만, 하루만 하다가 눌러앉게 생겼잖아.'

한시바삐 여길 벗어나야 한다는 생각이 가득한데 제 손은 어김없이 밀가루를 반죽하고 육수를 끓여내고 있었다.

정말이지 잠깐만 있다 갈 생각이었다.

그날, 살수들과 한바탕 전쟁을 치른 오문은 죽을힘을 다해 절벽을 타고 올라왔다. 간신히 땅을 밟고 안도의 숨을 내쉬었으나, 이미 기진맥진한 상태였다. 기절했다가 정신이 들면 걷고, 그러기를 며칠. 굶어 죽어갈 때쯤 이 오두막을 발견했던 것이다.

'할머니가 끓여 주신 국수가 너무 맛있었어. 그게 문제였지…….'

잠시 머물며 할머니 일을 도와드리는 것으로 은혜를 갚고자 했는데, 돌연 할머니가 몸져눕고 말았다. 그래서 어쩔 수 없이 할머니 대신 소면집을 계속 열게 되었는데, 육수 끓이던 솜씨를 살짝 발휘했더니 맛집으로 소문이 나고 만 것이다.

그렇게 한 해가 지났다.

얼마 전 할머니는 돌아가셨고 이제 소면집을 떠날 때도 되었건만, 저도 모르게 이 생활에서 벗어날 수 없게 되었다. 자기 전에는 항상 한시바삐 여길 떠나야 한다고 다짐하는데, 지쳐 잠이 들고 일어나면 저도 모르게 문 밖에 서 있는 손님들에게 자리를 안내하고 있는 것이다.

'오문아! 이제 정말 정신 차리고 떠나야 한다! 이러다간 꼬리가 밟히고 말 거야!'

이 오두막은 살수들이 죽은 곳에서 그리 많이 떨어지지 않은 곳이었다. 제가 죽었다고 알아주면 좋겠지만 절벽 아래에 제 시신만 없을 테니, 그런 일은 없을 것 같았다.

"손님! 여기 소면 두 개 나왔습니다!"

머릿속이 이렇게 복잡한데도 오문은 실수 없이 손님들에게 국수를 내왔다. 그러고 돌아서며 굳게 다짐했다.

'오늘은 꼭! 꼭 떠나는 거야!'

오문은 마지막 소면 그릇 두 개를 끝으로 손을 털었다. 안 그랬다간 내일도 소면을 말고 있을 것 같았다. 아직 문 밖에 줄 서 있는 사람들이 있었지만 어쩔 수 없었다.

"오늘 재료가 다 떨어졌으니 그만들 돌아가세요!"

"뭐야? 벌써? 아직 해도 안 떨어졌는데!"

"에이……. 조금만 일찍 올걸. 괜히 버섯 하나 더 따다가 늦었네."

약초꾼들, 나무꾼들, 혹은 보따리장수들. 각종 이유로 산을 넘는 사람들에게 이 소면집은 주린 배를 맛있게 채워주는 소중한 곳이었다. 사람들은 투덜거리면서도 내일을 기약하며 돌아갔고, 오문은 씁쓸한 표정을 지었다.

'휴……. 죄송합니다. 이제 내일은 없어요.'

오문은 주방을 치우기 시작했다. 제 흔적을 남기지 않으려는 듯, 깨끗하게 그릇을 씻고 오두막을 쓸고 닦았다. 누군가 또 이 오두막을 삶의 터전으로 삼을지도 모를 일이니까.

방으로 들어가 간단하게 행장을 꾸린 오문이 문 밖을 나섰다.

문을 굳게 닫고 '폐업'이라는 푯말을 걸고 보니 마음이 복잡했다. 도주한 이후로 가장 보람되게, 사람 사는 것처럼 지낸 곳이라 그런지 쉽게 발길이 떨어지지 않았다.

"응? 벌써 문을 닫았느냐?"

회한에 젖어 있던 오문은 등 뒤에서 들린 웬 사내의 목소리에 소름이 돋았다.

'내가 이렇게 둔해졌었나? 도망 다니는 처지에 누가 오는 것도 모르고 있었다니!'

얼른 뒤를 돌아보는데 한 사람도 아니고 둘이나 서서 멀뚱히 저를 보고 있었다.

방금 말을 건 사람은 키가 크고 몸이 다부진 데다 검까지 차고 있었다. 또 한 사람은 그보다 한참 아우뻘이었는데 놀랍도록 뺀질뺀질한 얼굴에 잘 차려입은 모양으로 봐선 귀한 댁 자제 같았다.

즉, 한눈에 봐도 호위무사를 대동하고 다니는 철없는 한량이었다. 이런 누추한 곳에는 어울리지 않는 손님들인지라 오문은 고개를 갸우뚱거렸다.

"예. 그렇습니다만, 무슨 일로……."

"이 집 소면이 맛있다는 소문을 듣고 우리 대공자님께서 일부러 찾아오셨다. 네가 그 유명한 어린 국수 명인이냐?"

국수 명인이라니. 제게 언제부터 그런 수식까지 붙었을까. 쫓기는 주제에 유명해져서 어쩌자는 건가, 스스로가 한심하게 여겨졌다.

"명인인지는 모르겠습니다만, 할머니가 하시던 것을 제가 얼마 동안 대신하긴 했습니다."

담백한 대답에 호위무사가 고개를 끄덕이며 말했다.

"그랬구나. 어린데도 손맛이 좋은 모양이다. 자, 그럼 이제 우리를 안으로 좀 안내해다오. 보아하니 방금 문을 닫은 모양인데, 잠깐 다시 여는 게 어떻겠느냐? 소면값은 후하게 쳐주마."

"죄송합니다. 손님. 이제 더는 영업을 안 하게 되었습니다."

오문은 친절하게 '폐업' 푯말을 가리키며 말해주었다. 글을 못 읽지는 않을 테니, 더는 긴말 하고 싶지 않았다.

그런데 젊은 공자가 잔뜩 인상을 찌푸리며 글자를 읽었다.

"폐업?"

"예……. 그렇게 됐습니다."

"왜?"

"예?"

공자는 한 걸음 앞으로 바짝 다가오며 따지듯이 물었다.

"하필 지금 폐업이라?"

그 기세에 당황한 오문이 저도 모르게 벽 쪽으로 바짝 물러났다.

"……저기, 혹시 예약을 하신 적이 있으십니까? 제가 도통 생각이 나질 않아서……."

오문은 공자가 너무도 어이없어하자 머리를 긁적이며 물었다.

"그런 건 안 했다만."

"어…… 그럼……. 죄, 죄송하지만…… 돌아가셔야 할 것 같습니다……. 이미 문을 닫았습니다."

오문 생각에 이 공자는 폐업이 무슨 뜻인지 모르는 것 같았다.

"온 길을 되돌아가란 말이냐?"

"그게…… 뭐, 어디로 가실지는 제가 상관할 바가……. 정말 죄송하지만 제가 더는 소면집을 운영 못 할 사정이……."

공자는 오문의 말을 다 들으려고 하지도 않았다.

"어떤 사정이 있는지는 모르겠지만, 들어가서 소면 한 그릇 내온 뒤에 폐업을 해도 늦지 않을 것이다. 사례는 두둑이 하마."

기가 막힌 억지에 오문은 할 말을 잃고 눈만 깜빡거렸다.

"왜 그리 멍청한 표정을 짓고 있어? 어서 움직이지 않고? 내가 뭣 때문에 이 흙투성이 오르막을 올라왔겠느냐?"

지난 몇 년간 군에 처박혀 무조건적인 명령에 길들여져 있던 무호는 오문에게도 똑같이 하고 있었다.

당하는 오문은 웬 미친놈인가 싶을 뿐이었다.

“저야 모르지요……. 아무튼 이미 문을 닫기로 작정하고 재료도 더 사 놓지 않아서 소면을 만들 수가 없습니다.”

“난 시간이 많다. 때문에, 기다려 줄 수 있다. 그러니 돌아가 다시 문을 열거라.”

보통 이 정도 얘기하면 오문 같은 평민들은 어쩔 수 없이 공자의 말을 들어주었다. 산을 내려가 재료를 다시 사 오는 한이 있더라도 그리해 준다. 그래야 이 더러운 세상을 살아갈 수 있으니까.

“그렇게는 안 되겠습니다. 저는 지금 무척 급한 일이 있어 떠나는 길입니다. 그러니 재수가 없었다 생각하시고 이만 돌아가십시오.”

오문이 한껏 정중하게 말했으나 이번엔 호위의 눈초리가 치켜 올라갔다.

“뭐? 재수가 없어? 지금 우리 공자님한테 욕을 한 게냐?”

“아니, 공자님이 재수가 없다는 게 아니라……. 그러니까 공자님께서 오늘 재수가 좀 없었던 것 같다는…… 그런 뜻입니다. 저는 지금 무척 바쁘니 그럼 이만.”

오문은 이 이상한 자들과 더 있다가는 대화가 끝날 것 같지 않아 횡설수설하며 서둘러 발을 옮겼다.

그러나 막 공자 곁을 지나는데 영춘이 기어이 저를 불러 세웠다.

“네가 얼마나 바쁜지는 모르겠다만, 지금 더 급한 일이 생길 것이다.”

강압적으로 나오려는 건가 스윽 고개를 돌리는데, 호위무사가 돈주머니를 꺼내 들어 오문의 앞에 내밀었다.

“흣……. 이 돈이면 재료가 아니라 이 오두막을 다시 지어도 될 것이다. 또한 음식 맛이 훌륭하면 여기 공자님께서 더 큰 상을 내리실 것이다."

순간, 오문은 돈주머니를 꺼내 보이는 호위무사의 모습을 보고 과거의 일이 떠올랐다.

제가 살려준 태자와 사람 좋아 보이던 호위무사. 가만 보니, 어릴 때 본 태자와 공자란 분의 얼굴이 조금 비슷한 것도 같았다.

'태자 전하도 어릴 때 예쁘장하게 생기셨으니까.'

하지만 그럴 리가 없다. 죽었다던 태자가 불과 며칠 전 살아 돌아와 얼마나 시끄러웠던가. 그것도 제가 은근히 응원하던, 서강의 사신 무호가 태자라는 말에 가슴이 뛰었었다. 어린 시절 자신이 살행을 포기한 것이, 태자의 목숨을 구한 것만 같았다.

지금쯤 태자는 환궁했다는 감격으로 행복한 시간을 보내고 있을 것인데, 대공자가 태자일 리가 없었다.

'아니겠지. 호위무사를 대동한 철없는 공자가 한둘도 아니고.'

게다가 그날 태자의 얼굴을 자세히 본 것도 아니었다. 골목 안은 어두웠고, 저는 표적을 죽여야 하나 말아야 하나 고민하느라 정신이 없었다. 또 태자가 예쁘장한 소년이라는 것은 기억하지만 그것은 어릴 때의 기억이라 믿을 수도 없었다. 실제로 그들을 다시 만난다 해도 얼굴을 알아볼 수 있을 것 같진 않았다.

"마음은 감사합니다만, 전 그렇게 많은 돈은 필요 없습니다. 그럼 살펴 가십시오."

"잠깐!"

오문은 이들이 또 무슨 말을 할까 봐 말을 끝내자마자 뒤도 돌아보지 않고 줄행랑을 쳤다.

"……!"

그 모습을 본 두 사람의 눈이 휘둥그레졌다.

“헉. 산에서 살아서 그런가, 어린놈이 다람쥐마냥 빠릅니다.”

오문의 나이도 이제 열여덟이었지만 남장을 하고 있다 보니 사람들은 아직도 오문을 두세 살쯤 어리게 보고 있었다.

“감탄이나 하고 있을 때냐?”

태자의 목소리가 음산하게 낮아지자 영춘은 슬쩍 눈을 피하며 조심스레 물었다.

“예? 그게…… 잡아올까요?”

“뛰자!”

“예, 예? 헉! 전하!”

영춘은 화살처럼 쏘아져 나간 태자 때문에 화들짝 놀라 허둥지둥 뒤를 좇았다.

태자 무호는 아직 피 끓는 나이였다. 마치 사냥감을 좇는 맹수마냥 호쾌하게 험한 산길을 달려 나갔다. 서강에서 국경을 넘나들며 내키는 대로 행동했던 그 모습 그대로, 그는 몸이 시키는 대로 움직였다.

“헉, 헉! 헉……. 으윽!”

오문은 숨이 턱까지 차올라 심장이 터질 것 같은데도 멈출 수가 없었다.

‘뭐야, 저자들! 설마 귀문에서 보낸 사람들인가!’

오문이 급하게 몸을 돌리는 순간, 등 뒤에서 일순 뾰족한 살기가 느껴졌었다. 그 살기는 무척 익숙했지만 너무 찰나의 순간이라 애써 아니겠지 위안했다. 한데 뒤를 돌아본 순간 절망했다. 뒤에서 무서운 기세로 좇아오는 두 사내들은 저를 잡지 못하면 저희들이 죽기라도 할 것처럼 좇아오고 있었다.

'소면을 달라 한 건 그냥 나를 떠보려던 건가? 귀문의 추적 방식이 바뀐 건가?'

그럴지도 모른다. 몇 번이나 저를 놓쳤으니 지금까지와는 다른 방법으로 저를 죽이려 하는 건지도 모른다.

"헉, 헉……."

확인차 다시 뒤를 돌아본 오문은 머리털이 곤두섰다.

쫓아오는 이들은 평범한 한량이 아닌 게 확실했다. 추적술을 배운 솜씨였다. 귀신처럼 빠른 데다, 지치지도 않는지 계속 같은 속도로 달려오고 있었다.

'확실해! 귀문의 살수들이야! 그렇지 않으면 저렇게 빠를 리가 없어!'

산길을 뛰는 것만큼은 자신 있었는데, 이대로 가다간 잡힐 것 같았다. 살수가 아니라면 그럴 수가 없었다.

'그러고 보니, 아까 처음에는 기척도 못 느꼈지. 귀문에서 더 급이 높은 살수를 보냈어!'

살수들을 벌써 넷이나 죽였으니 그럴 만도 하다 싶으면서, 한 가지 의문이 들었다.

'왜 이렇게까지 날 죽이려고 하는 거지?'

제가 귀문에서 도망쳤을 때는 고작 열 살이었다. 아무리 귀문에서 자랐다지만 저는 어린 훈련제자에 지나지 않았다. 그런 제가 귀문의 비급이나 절기를 알 리도 없고, 귀문의 본거지가 어디에 있는지도, 귀문의 수장이 누구인지도, 귀문의 연락책, 심지어 그 규모조차도 아는 바가 없었다.

'한 번만 잘 따돌리면, 평생 귀문 같은 거 만날 일 없을 줄 알았는데…….'

제 인생이 이렇게 고단해질 줄 예상했더라면 그날 과연 그렇게 도주할 수 있었을까?

"헉, 헉, 헉……."

오문의 얼굴은 땀으로 범벅이 되어 시야마저 흐려지고 있었다.

'이렇게는 끝이 없어. 아니, 내가 잡히고 끝이 나겠지.'

상황이 좋지 않았다. 체력의 한계인지, 다리가 부들부들 떨려 곧 쓰러질 듯했다. 절망적인 것은 쫓아오는 자들은 아직 멀쩡한지 거리가 점점 좁혀지고 있다는 것이다.

'아니! 절대 이렇게는 못 죽어!'

죽는 게 두려워서가 아니었다. 제 삶을 제 의지대로 살 수 없다니 오기가 생겼다. 아버지를 찾고, 제 자신이 누구인지 알아내는 것이 지금 제 삶의 목표였다. 어째서 그것을 방해받아야 한단 말인가.

오문은 자신의 모든 감각을 끌어올렸다. 주위의 무엇이든 도망갈 틈을 찾아야 했다.

'물소리. 폭포! 물을 타고 내려가자!'

머리를 더 굴려 봐도 다른 방법은 떠오르지 않았다. 그리 험한 폭포가 아니었다. 물도 그렇게 깊지 않았다. 그래도 위험하긴 했지만 잡히는 것보다는 나았다.

'적어도 몸을 숨길 시간은 벌 수 있어!'

오문은 생각과 동시에 몸을 틀었다. 길이 아닌 숲. 물소리가 들리는 곳을 향해 무작정 달려 나갔다.

"헉. 헉. 하악……."

좁은 나무 사이를 뛰다가 어깨를 몇 번이나 부딪혔다. 날카로운 가지와 풀잎에 살갗이 베이고 옷이 찢어졌지만 가까워지는 물소리에만 집중하느라 몸을 돌볼 정신이 없었다.

'저기다!'

소나무 사이로 뻥 뚫린 계곡이 나타나고 땅이 비스듬히 아래로 기울었다. 오문은 경사진 땅에서 속도를 줄이지 않고 미끄러지듯 내려갔다.

파스슥—

소나무 가지를 붙잡고 계곡 끝에 아슬아슬하게 멈춰 서자, 폭포 소리가 천둥처럼 크게 들렸다.

콰아아—

물이 떨어지는 소리가 땅을 흔들어놓아서인지, 발이 떨렸다. 절벽은 높지 않았지만 계곡물은 깊었고 급류가 사나워 보였다.

'물이 불어났어.'

그리고 바로 아래쪽에는 오문의 키보다 곱절이나 높은 폭포가 떨어지고 있었다.

'후……. 생각보다 높잖아. 그래도 뭐.'

그 절벽 가운데서 줄을 탄 적도 있었다.

'이 정도쯤이야.'

마른침을 꿀꺽 삼킨 오문이 뒤를 돌아보았다. 끈질긴 추적자들은 아직도 소리치며 달려오고 있었다.

"멈춰!"

호위무사 흉내를 낸 추적자가 외쳤다. 오문은 한 발을 뒤로 물리며 숨을 크게 들이마셨다.

'멈추란다고 멈출 거면 왜 도망을 쳤겠어?'

발끝에 힘을 주고 무릎을 살짝 굽힌 오문은 눈을 꼭 감고 계곡으로 풀쩍 뛰어내렸다.

풍덩—!

차가운 물이 오문의 온몸을 때렸다.

'으윽!'

강한 충격이었지만 그것보다 숨이 막혀 괴로웠다. 그리고 더 큰 위기가 남아 있었다. 깊게 가라앉았던 몸이 다시 떠오르기 무섭게, 채 숨을 쉴 겨를도 없이 빠른 물살과 함께 폭포 아래로 떨어지기 시작한 것이다.

'흡! 이러다간 죽을 수도 있겠구나!'

폭포를 너무 쉽게 생각했다. 오문은 몸이 아래로 툭 떨어지는 것을 느끼며 하늘에 운을 맡겼다.

제 5 장

위험한 사냥감

한편 멀리서 오문이 계곡 아래로 뛰어내리는 것을 본 무호는 크게 인상을 찌푸렸다.

영춘은 비명을 지를 정도로 경악했다.

'말도 안 돼! 좀 억지를 부렸다지만 그렇다고 이게 목숨까지 걸 일은 아니지 않아!'

쫓아오는 내내 이해할 수 없었다. 뜀박질에 자신 있어 잡아볼 테면 잡아보라 이러는 것인지, 붙잡히면 귀찮을까 봐 이러는 것인지. 뭐가 됐든 약이 오르는 일이었다.

그래서 꼭 붙잡고 말겠다고 의지를 불태워 쫓아왔는데 놈은 잡히는 것보다 뛰어내리는 것을 택했다. 그놈이 잘못되기라도 한다면 저희들이 죽인 것과 다름없었다.

"하악, 하악! 흐읍……! 젠장! 도대체 왜!"

오문이 뛰어내린 계곡 앞에 당도한 영춘은 거친 숨을 몰아쉬며 분노했다. 어린놈을 잡겠다고 죽어라 뛰어온 것도 자존심 상하는데 이게 무슨 일이란 말인가.

무호 역시 이토록 전력질주한 것은 오랜만이라 숨을 고르며 괴로운 듯 인상을 썼다.

"하아, 하아……! 극단적인 선택이군……! 하아……."

너무 황당하고 기가 막힌 경우였다. 무호는 눈을 가늘게 뜨고 아래를 유심히 내려다보았다. 소년을 삼킨 물살은 변함없이 휘몰아치며 아래로 내려갈 뿐 사람은 그림자도 보이지 않았다.

영춘도 아래를 살펴보더니 어두운 표정으로 말했다.

"하아, 하아……. 물살을 보니…… 후우……. 벌써 멀리 떠내려갔을 듯 싶습니다."

무호는 돈주머니에도 꿈쩍 않던 소년의 모습을 떠올렸다.

어딘가 특이하고 거슬리는 놈이었다. 소년의 주변에서 찰나의 순간, 기분 나쁜 무언가를 느낀 것도 같은데 무엇인지 알 수 없어 더욱 꺼림칙했다. 잘나가는 소면집을 그만둔 것도 그랬다. 무슨 사정이 있는지는 모르겠지만 어지간히 물욕이 없지 않고서야 부모가 죽었다 해도 돈을 돌 보듯 하진 못할 것이다.

'재물보다 더 급한 것이 있다.'

그렇다면 죽으려고 뛰어내리진 않았을 것이다.

"소면 한 그릇 해달라는 게…… 흐읍…… 후—우…… 죽는 것보다 더 힘든 일은 아니겠지?"

"그러게 말입니다. 하악, 하아……. 이게 대체 무슨 짓인지! 졸지에 후우…… 하아아…… 제가 사람을 죽인 꼴이 되고 말았습니다."

"그럴 일은 없다."

"예?"

"찾아."

"예에?"

"죽었으면 시체라도 찾아."

"전하. 갈 길이 멉니다. 예서 지체할 시간이……."

"그래. 그놈 덕에 시간이 남아도는군."

소면도 먹지 못했고 뛰기까지 했으니, 꽤 많은 시간을 아낀 터였다.

턱.

"……?"

갑자기 태자가 영춘의 어깨에 털썩 손을 올렸다. 친밀한 밀착이 어쩐지 불길했다.

"전하?"

그러자 무호가 영춘의 어깨에 올린 손으로 그의 옷을 꽉 말아 쥐며 말했다.

"뛰었더니 땀이 나는군."

"설마, 전하?"

"그놈도 그래서 뛰었나 보다."

"헉! 전하—아아아악!"

무호는 돌연 영춘을 붙잡고 아래로 뛰어내렸다.

영춘의 긴 비명 소리가 '풍덩' 하고 몸이 잠길 때까지 이어졌다.

수면으로 떨어지는 순간, 영춘은 속으로 절규했다.

'이렇게는 시원한 게 아니라 얼어 죽을 것 같습니다!'

얼음처럼 차고 빠른 물살이 영춘과 태자의 몸을 휘감아 폭포로 데리고 갔다.

"헉…… 헉! 쿨럭! 어윽. 쿨럭! 하아……!"

얕은 계곡 물에서 허우적거리던 오문이 간신히 바위를 붙잡고 물 밖으로 기어 나오고 있었다.

"아흑! 흡! 하아, 하아……."

체력을 소진한 데다가 옷도 흠뻑 젖어서 몸이 말을 듣지 않았다. 팔은 휘적거리고 다리는 비틀비틀, 물살이 세지 않은데도 떠밀려 갈 것처럼 위태로웠다.

"쿨럭, 쿨럭! 헉, 헉……. 하아……!"

다행히 사력을 다해 바위를 붙잡고 물 밖으로 나온 오문은 잠시 그 바위에 앉아 쉿소리가 나는 호흡을 진정시켰다. 물에 뛰어들기 전부터 숨이 찼으니, 물살에 떠밀려 오는 동안 몇 번이나 숨이 막혀 까무러칠 뻔했다.

'정신을 잃으면 죽어!'

간절한 삶의 의지가 없었더라면 지금쯤 물에 얼굴을 처박은 채 죽은 개구리마냥 둥둥 떠다니고 있었을 것이다.

"후우—"

호흡이 조금 가라앉자 오문은 긴 한숨을 내쉬었다. 손가락 하나 움직일 힘이 없었지만 마냥 이렇게 있을 순 없었다.

'비가 오기 전에 움직여야 해.'

어젯밤에 별이 가까워 보이고 달무리가 졌다. 오전 내내 산 벌레들이 분주했고, 새들이 벌레를 먹겠다고 땅을 스치며 날았다. 약초꾼들이 무릎이 쑤신다며 투덜거리는 소리도 들었다.

뛰는 동안 하늘은 많이 흐려졌다.

굳이 오늘 도망치려 한 이유는 비가 오면 제가 도망친 흔적을 지우기 좋았기 때문이다. 특히 지금처럼 물이 뚝뚝 떨어지는 몸으로 다니면 제가 어디로 가고 있는지 표식을 남기는 것이나 다름없었다.

"후—"

오문은 또다시 긴 한숨을 내쉬고 무릎을 짚으며 힘겹게 일어났다. 그러고는 제 앞쪽에 둘로 나뉜 길을 바라보며 멍한 얼굴로 멈춰 섰다.

'어디로 가지?'

제 삶의 이유만큼이나 의미 없고 답이 없는 고민이었다.

정해진 곳도 없다.

가고 싶은 곳도 없다.

어쩌면 죽을 때까지 이 드넓은 제화국 곳곳을 떠돌이처럼 헤매다가 죽게 될지도 모른다.

'이게 정말 증표가 맞긴 한 걸까…….'

오문은 제 손목에 감고 있는 옥패를 만지작거렸다.

반쪽짜리 옥패는 반쪽이 맞춰지길 간절히 바라는 듯했다.

'어머니……. 어쩌다 그리되신 겁니까.'

미친 여자지만 저를 아껴 주었던 느낌이 아직 남아 있었다.

채 젖도 떼지 못한 저에게 젖을 먹이기 위해 귀문이 살려두었던 어머니. 그러나 그녀는 오문이 젖을 떼고도, 약 팔 년이나 더 살아 있었다.

그녀가 미쳤기 때문이었다.

그러던 어느 날 어머니는 갑자기 발작을 일으켜 벽에 머리를 받고 죽어버렸다.

오문은 차갑게 식어버린 그녀의 시신에서 이 목걸이를 발견했다.

'아버지가 구해주러 오길 계속 기다리셨던 건가.'

그랬다면 참 불쌍한 여인이었다.

잠시 길 앞에서 머뭇거리던 오문은 산을 내려가기로 결심했다. 산등성이를 타면 한동안 계속 산에서 벗어나질 못할 것인데, 산속에서 도주하는 건 이제 지긋지긋했기 때문이다.

'죽어도 사람 많은 곳에서 죽어야지.'

웃고 화내고 살을 부딪치며 살아가는 곳. 오문은 그런 온기가 무척 좋았다.

울창한 나무를 올려다보던 오문이 나무를 올라탔다. 물살에 떠밀려 올 때 부딪힌 곳이 아픈지, 끙끙 소리를 냈지만 어렵지 않게 나무에 올랐다.

굵은 가지에 발을 디딘 오문은 펄쩍 뛰어 다른 나무로 옮겨 타며 어디론가 이동하기 시작했다.

오문이 사라지고 얼마 후, 후드득후드득 빗방울이 떨어지기 시작했다.

똑. 똑…….

이내 굵어진 빗방울에 풀잎이 흔들리고, 계곡의 수면에 파문이 일었다.

쏴아—

콸콸콸—

비와 계곡물 흐르는 소리밖에 들리지 않았다.

촤악!

"쿨럭! 쿨럭!"

"하악! 컥. 쿨럭!"

갑자기 물속에서 두 사람이 튀어나왔다.

"쿨럭! 어흑! 헉, 헉! 전하! 전하 괜찮으시옵니까? 커윽!"

영춘은 나오자마자 다 죽어가는 듯 기침을 해대면서도 제 몸을 돌보지 않고 태자부터 살폈다.

무호는 물을 뱉어내며 숨을 몰아쉬었으나 오히려 영춘보다 안색이 괜찮아 보였다.

"쿨럭, 하윽! 헉, 헉……. 하아……."

"하아……. 전하……. 쿨럭. 괜찮으십니까?"

물에서 나왔는데도 굵은 빗방울이 얼굴을 때리고 있어서 물에서 나온 게 맞는지 영 정신을 차릴 수가 없었다.

"쿨럭! 안…… 괜찮다."

"후— 무사하셔서 다행입니다. 쿨럭."

그제야 영춘도 태자의 곁에 털썩 앉았다. 아직도 엉덩이는 물속에 들어가 있었지만 기운이 없어 꼼짝도 할 수 없었다.

두 사람은 잠시 바위에 등을 기대고 앉아 잠시 숨을 고르며 침묵했다.

그러다가 거친 숨을 내쉬던 무호가 나직히, 그리고 차갑게 중얼거렸다.

"미친놈. 여길 뛰어내리다니 제정신이 아니군."

"전하께서 뛰어내리신 겁니다!"

영춘이 억울하다는 듯 항변하자 무호는 더욱 화를 냈다.

"그놈 말이다. 호기롭게 뛰어내리기에 괜찮은 줄 알았거늘. 쯧."

영춘은 그걸 뛰어내려 봐야 아는 거냐 묻고 싶었지만 입 밖에 내지 않았다.

"그러게 말입니다. 어지간히 죽고 싶었던 모양입니다."

원망을 담아 누구라고는 교묘하게 말하지 않았는데, 다행히 태자는 눈치채지 못한 듯했다.

"그나저나…… 친위대분들은 왜 안 뛰어내린 겁니까?"

최소한의 안전을 위해 황제가 허락한 열두 명의 친위대가 보이지 않았다. 태자가 죽을 뻔했는데도 말이다. 영춘의 대답에 무호가 대수롭지 않게 말했다.

"본래 굼뜬 놈들이다."

"그래도 그렇지, 전하께서 만약 잘못되기라도 하셨다면 뒤늦게 나타나 어쩌자는 겁니까? 전하의 시신이나 거두겠다는 거 아닙니까!"

무심코 소리친 영춘이 움찔했다. 태자가 도끼눈을 하고 있었기 때문이다.

"죽으라고 저주를 하는구나."

"하하. 저깟 폭포 따위, 우리 태자 전하께는 아무것도 아니라는 걸 그들도 아는 겁니다."

"그래. 같이 뛰어내린다고 구할 수 있는 것도 아니고, 다 죽으면 누가 폐하께 비보를 전하겠느냐?"

태자의 이죽거림에 영춘은 조심스럽게 그의 눈치를 살폈다. 궁에서 나온 지 하루도 안 돼 죽을 고비를 넘겼다. 그렇잖아도 싫다고 한 여정인데 뜻대로 되지 않았으니 심기가 배배 꼬였을 게 분명했다.

"크……흠. 저…… 비도 오는데 어디 가서 옷이라도 말리는 게 좋지 않겠습니까? 저기 저쪽 길로 가면 절이 있으니 하룻밤 묵어 가도 좋을 것입니다."

"가뜩이나 허기가 지는데 절밥을 먹으라는 게냐?"

영춘은 그런 말을 한 적이 없었다.

"절밥을 얻어먹을 수나 있으면 다행이지요. 그리고 지금 먹는 게 문제가 아니지 않사옵니까. 옷을 말리고 쉬는 게 더 급합니다."

"그 아이는?"

"예?"

"우리가 뭣 때문에 이 꼴이 되었는지 잊었느냐?"

영춘은 잊지 않았다. 그건 그저 태자께서 폭포에서 뛰어내리셨기 때문이다. 그러나 마음에 있는 말을 다 하고 살았다면 벌써 죽은 목숨이었을 것이다.

"에……. 그게……."

"아마 멀리 가진 못했을 것이야. 우리도 이렇게 녹초가 되었으니 그놈은 힘이 다 빠졌겠지. 이럴 때 뒤를 바짝 쫓아야 한다."

"설마…… 아니시죠?"

영춘이 재차 불안한 마음을 부정하려는 듯 물었으나 태자는 아는지 모르는지 당당히 포부를 밝혔다.

"왜 아니라고 생각하느냐? 오늘 사냥감은 그 아이로 정했다."

결심을 굳힌 태자가 벌떡 일어나는 것을 보고 영춘은 한숨을 푹 내쉬었다.

'하아……. 전쟁터에서 지내시더니 없던 병까지 생기셨구나.'

태자는 사뭇 날카로운 눈빛으로 산세를 훑어보았다. 퍼붓는 비가 시야를 가리는 것도 개의치 않고 한참이나 진지하게 고민했다.

영춘은 이만한 일에 사력을 다하는 태자의 진지함이 쓸데없는 재능 낭비 같았다.

"그 아이가 어디로 갔는지도 모르는데 무슨 수로 찾아내겠습니까?"

같이 급류를 타고 내려왔으나 어디에 도착해서 어디로 갔는지는 알기 힘들었다.

오문도 이를 노리고 위험한 폭포를 선택했었다.

"떠내려 오는 동안 물살이 잠잠한 곳은 이곳을 제외하곤 한 군데밖에 없었다."

"거긴 도저히 나갈 길이 없는 곳이었습니다. 잠깐 물살이 휘돌아 가느라 느려진 것이지, 곧장 거세지기도 했고요."

"그러니 그놈도 우리처럼 여기서 기어 나왔을 거란 말이다."

"더 내려갔을지도 모르지요."

"죽었다면 그랬겠지. 살아 있다면 숨이 막혀 어떻게든 살려고 발버둥쳤을 테니 우리와 똑같을 수밖에 없어."

"그렇다 해도 갈림길입니다. 발자국 하나 찍힌 게 없는데 어찌 찾으시려고요."

영춘은 제 뒤로 난 산길을 흘깃 쳐다보며 말했다.

"애초에 그놈이 어디로 가려던 것인지 생각해 보아라."

"예?"

"우리가 뒤를 쫓을 때 그놈이 갑자기 길이 아닌 곳으로 방향을 틀었지. 그전에 그 길이 어디로 향하고 있었는지 모르겠느냐?"

"아……!"

그러고 보니 처음 그 아이가 달려가던 곳은 산을 넘어 마을로 향하던 곳이었다.

"산등성이를 따라가면 절이 나오고 더 높은 산을 넘어 황성 안을 빙 둘러 가겠지만, 저 길을 따라 내려가면 곧장 마을로 내려갈 수 있다. 잘됐군. 어차피 우리가 가려던 길이 아니냐."

태자는 마치 가던 길에 들러 보자는 듯이 대수롭지 않게 말하고 있었다.

'애초에 산을 타지 않았으면 벌써 저 마을에 도착해서 짐을 풀고 있었을 겁니다.'

영춘은 벌써부터 고단함이 밀려와 환궁하고 싶어졌다.

쏴아—

참방. 참방…….

무거운 발이 고인 물을 피하지 못하고 휘적휘적 물웅덩이를 그냥 밟고 갔다.

산에서 내려왔지만 오문은 너무 지쳐 넋이 나간 사람처럼 힘없이 걷고 있었다. 비는 아까보다 더 무거워졌고 오문의 얼굴은 하얗다 못해 새파래져 있었다.

사실 살겠다는 의지가 아니었다면 벌써 쓰러지고도 남았을 것이다. 산길을 내려오는 내내 오문은 무서울 정도로 집중했다. 나무를 타고 옮겨 다니거나, 땅을 밟더라도 신을 벗고 돌멩이만 밟고 다녔다. 풀을 밟아 눕혀서도 안 되고, 흙 묻은 신이 돌을 밟아서도 안 되고, 썩은 나무들을 밟아 부러트려서도 안 되었다.

그렇게 자신이 지나온 흔적을 최대한 감추느라 녹초가 되고 말았다.

'어서 벗어나야 하는데…….'

뒤쫓는 이들이 지척에 있다 생각하니 마음은 다급한데 이제는 정말 몸이 따라주지 않았다.

'이렇게는 한 걸음도 못 움직이겠어. 어디서든 눈 좀 붙이고 가야 해…….'

하지만 객잔에서 잘 수는 없는 노릇이었다. 돈이 없는 것은 아니지만 쫓기는 주제에 객잔으로 들어갈 순 없었다. 객잔과 의원 같은 곳은 사람을 찾을 때 가장 먼저 찾아와 묻는 곳이기 때문이다.

더군다나 지금 이 꼴로 다니면 확실히 눈에 띄었다. 저만한 나이의 소녀이 혼자 봇짐을 메고 돌아다니는 경우가 흔치 않은 데다가, 완전히 흠뻑 젖고 옷도 여기저기 찢기고 헤져 있으니 한 번 보면 잊을 수 없을 것이다.

'사람들이 신경 쓰지 않는 곳, 이런 꼴로 돌아다녀도 아무도 쳐다보지 않는…….'

그런 곳이 한 군데 있긴 했다.

질퍽거리는 산길을 앞장서서 내려가던 영춘은 내내 두리번거리며 무언가 이상하다는 듯 인상을 찌푸렸다.

그 모습이 거슬렸던 무호가 참지 못하고 나무랐다.

"정신 사납다!"

"그게 아니라……. 좀 이상해서……."

"내 눈에는 네놈 하는 짓이 더 이상해 보인다만."

"이 길로 갔다면 왜 아무 흔적이 없는지……. 저희들이 지나온 흔적은 저리도 선명하게 남지 않았습니까."

무호 역시 느끼고 있었다. 자신들의 발자국이 어지러이 찍혀 있었다. 발자국뿐만 아니었다. 신에 묻은 흙이 풀이며 돌에도 잔뜩 묻어 길이 지저분했다. 반면 앞쪽에는 깨끗했다. 이렇게 땅이 질퍽거리는데 귀신이 아니고서야 어찌 흔적이 남지 않을 수 있을까.

"그래서?"

무호는 시큰둥하게 물었다.

"그래서라니요? 이 길로 가지 않은 게 분명합니다."

"이 길밖에 없다."

"전하!"

"이 길로 가지 않았다면, 할 수 없는 일이다."

"예? 아니, 그럴 거면 뭐 하러……."

영춘은 뭐 하러 이 고생인가, 정말 찾을 생각이라면 다른 길로 가야 하는 게 아닌가, 그리 말하고 싶었다.

"할 수 없는 일이지. 그놈이 이 길로 가지 않았다면 죽었을 테니."

"……정말 다른 길로 갔을 거라고는 요만큼도 생각 안 하시는 것입니까? 그럼 이건 어찌된 조화인지 설명 좀 해주십시오."

영춘은 앞으로 난 길을 손가락으로 가리키며 따지듯이 물었다. 많이 피곤했는지 신경질적이었다.

"내가 그걸 어찌 아느냐? 그리 궁금하면 직접 물어보든지."

영춘도 무호도 방법이야 알고 있었다. 그들도 만약을 대비해 흔적을 남기지 않고 도주하는 법들을 배웠기 때문이다. 하지만 그 어린놈이, 그것도 소면을 만들던 평범한 아이가 그런 것을 알 리도 없거니와 완벽하게 실행하기란 더욱 힘든 일 아닌가.

"예. 예. 잡으면 꼭 물어보겠습니다."

영춘은 그 아이가 이 길로 내려가지 않았다고 확신하며 비아냥거렸고 두 사람은 한동안 티격태격 하며 산을 내려갔다.

마을로 도착했을 때는 완전한 밤이었다. 영춘은 가장 번화한 곳에, 가장 훌륭해 보이는 객점으로 방을 잡고 태자가 편히 쉴 수 있도록 바삐 뛰어다녔다.

"뜨거운 물을 준비해 두라 했습니다. 짐도 전부 젖어 환복할 것이 따로 없어 옷도 부탁해 두었습니다."

뒷짐을 지고 방 안을 두리번거리던 태자는 영춘의 말을 듣는 둥 마는 둥 하더니 그를 불러 세웠다.

"그것보다 먼저 해야 할 일이 있다."

"예? 아, 이미 먹을 것도 부탁해 두었습니다."

두 사람 다 온종일 먹은 게 없어 무척 허기가 지고 있었기 때문에 영춘은 눈치껏 준비를 해둔 터였다.

한데 태자가 고개를 저었다.

"아니, 그것 말고 가서 지필묵을 좀 가져오너라."

"그건 또 왜요? 일지라도 쓰시려고요?"

영춘은 잔소리가 많다고 태자에게 한 소리를 듣고 난 후에야 입을 삐죽거리며 지필묵을 가져왔다.

"갈아."

영춘이 먹을 갈아주자, 태자는 그제야 뒷짐을 풀고 젖은 소매를 걷어

올리며 붓을 들고 앉았다. 그러고는 망설임 없이 획을 그어 나갔다.

그 모습을 보던 영춘은 그제야 태자가 무엇을 하려는지 알고 어깨를 축 늘어트렸다.

"화상 아닙니까……."

태자는 그림에 집중하느라 대답도 하지 않고 있었다.

영춘이 그림을 가만히 보니, 놀랍게도 아까 본 아이의 얼굴이 조금씩 드러나고 있었다. 달걀 같은 두상, 갸름한 턱선, 야무지게 뒤로 머리를 묶은 모양, 코, 입, 귀……. 그리고 눈썹의 모양까지. 신기할 정도로 특징을 잘 잡아내고 있었다.

'호오! 이거야말로 재능 낭비 중의 갑이지!'

영춘이 속으로 감탄을 하는데 갑자기 태자의 붓이 그림 위에서 멈추었다. 태자는 무언가 풀리지 않는지 미간에 주름을 세우고 골똘히 생각에 빠져 있었다.

"왜…… 그러십니까? 거의 다 하신 것 같은데……. 눈은 기억이 안 나십니까?"

영춘의 말대로 이제 눈만 그리면 끝이었다.

무호는 자신이 그리다 만 화상과 기억 속에 있는 아이의 얼굴을 대조해 보고 있었다.

틀리지 않았다. 제 기억은 정확했고 묘사도 거의 완벽했다. 한데 마음에 걸리는 것이 몇 가지 있었다.

'여기에 이 눈까지 그려 넣으면 이건 완전 계집애 얼굴인데…….'

그림으로 보는 것과 실제로 보는 것이 달라 그런 것일까.

'그리고 또 하나는…….'

무호의 생각은 거기서 끝났다. 그는 짧은 한숨과 함께 다시 붓을 움직이기 시작했다.

“오오! 정말 똑같습니다!”

마침내 두 눈까지 그려 넣자 영춘은 진심으로 감탄했다. 궁 안의 화공들을 달달 볶아 그림을 배운 보람이 있었다.

무호는 그림 아래에 ‘男’ 자를 쓰고 추정 나이를 십사 세에서 십육 세, 그리고 포상금까지 써 넣었다.

그러고 나니 마침 밖에 친위대가 도착했다.

“전하! 무사하셔서 다행이옵니다.”

이제 친위대의 대장이 된 장우는 새파랗게 질려 있었다.

황제의 명으로 태자의 유람 놀이를 졸졸 따라다니는 신세가 되어 불만이 많았던 데다가, 호위는 해본 적이 없어 서툴렀다. 위에서 하라는 대로 굴러만 봤지, 연신 누군가를 주시하며 아닌 척 따라다니기란 쉽지 않았다.

산을 오르면서부터 날리는 꽃가루에 코를 킁킁거리며 느긋하게 걸을 때였다. 별일이 있을까 싶어 크게 주의를 기울이지 않았더니, 갑자기 태자가 미친 듯이 달려 나가다가 폭포로 뚝 떨어지는 게 아닌가.

‘이런 미친! 세 살 난 아이도 아니고 이게 무슨 짓인가!’

장우의 집에는 세 살 난 아들이 있었다. 그 아들이 위험한 짓을 종종 해서 한시도 눈을 뗄 수 없는데 태자가 딱 그 짝이었다. 할 수만 있다면 정신 차리라고 뺨이라도 올려붙이고 싶은 심정이었다. 제 속이 얼마나 타들어 갔는데, 여기서 그림이나 그리고 있지 않나!

“늦었다.”

“…….”

태자의 심드렁한 나무람에 장우는 치밀어 오르는 분노를 꿀꺽 삼켰다.

“아무튼 마침 잘 왔구나. 지금부터 해야 할 일이 있다.”

“무슨……?”

"화공들을 시켜 이 그림을 수십, 아니, 수백 장, 가능한 한 많이 그리도록 하고 그것을 곳곳에 뿌리거라."

"예?"

"아, 특히 성문 앞에 붙여 성문을 나서는 자들을 철저히 감시하도록 전하거라."

"저…… 이자가 무슨 큰 죄라도……."

장우는 조심스럽게 물었다.

"그런 건 없다."

태자의 짧은 대답이 장우를 미치게 만들었다.

"하오면 명을 받들 수 없나이다. 신은 전하의 목숨이 위협받을 때만 움직일 수 있사옵니다. 폐하께서 그리 명을 하셨으니……."

"내가 죽을 뻔했는데 오지 않았던 놈이 어디서 명을 운운하는 게냐."

"예? 그건…… 전하께서……."

"그래. 내가 뛰어내렸지. 한데 어쨌거나 난 죽을 뻔했다. 내가 죽을 뻔했는데도 이제야 나타난 것을 부황께 고해야겠느냐?"

"……."

억지스럽지만 아예 틀린 말은 아니었다. 어쨌거나 태자가 죽었다면 저 역시 죽은 목숨이었다.

"황제께 받은 밀사의 패가 있을 것이니, 그걸 들이대고 중한 사건의 증인이라고 대충 둘러대고 성문에 붙여."

할 말은 다 했으니 들고 나가라는 듯 손짓하자 장우가 머뭇거리며 물었다.

"저……. 한데, 이 아이를 찾으시는 진짜 연유가 무엇인지……."

태자는 시시콜콜 말하는 걸 좋아하지 않았다. 그렇지 않아도 하루 종일 말 많은 영춘과 붙어 다녀서 본의 아니게 너무 많은 말을 했다. 말하기가 귀찮았던 태자는 퉁명스럽고 짧게 대꾸했다.

"잡아서 소면이나 먹자."

장우는 무호가 상관인 게 차라리 나을 거라 여겼던 지난날의 제 생각을 반성했다. 부하였다면 발로 차줄 수나 있었을 텐데, 그러지 못하니 홧병이 날 것 만 같았다. 그는 입을 꾹 다문 채 간단히 고개만 숙이고 밖으로 나갔다. 그의 손에 들린 화상이 구겨지지 않은 것이 천만다행이었다.

그가 나가고 나자 영춘이 얼굴을 긁적이며 말했다.

"왜 일부러 사람 속을 긁어놓으십니까."

"……?"

태자가 질문의 의도를 모르겠다는 표정으로 영춘을 쳐다보았다.

"에이……. 소면 때문에 찾는 것만은 아니지 않사옵니까. 누굴 속이시려고요."

영춘은 태자가 의외로 신중한 사람임을 알고 있었다. 지금 태자가 무슨 생각을 하는지는 모르겠지만 경솔하게 판단하지 않기 위해 말하지 않는 거라고 생각했다. 그 생각은 절반만 맞았다.

"딱히 급히 할 일이 없고……."

무호는 말을 흐리며 눈살을 찌푸리더니 중얼거리듯이 말했다.

"그 아이가 거슬리기 때문이다."

"거슬리다니…… 요……?"

"수상한 게 한두 개가 아니지."

그것은 영춘도 같은 생각이긴 했다.

야반도주하듯이 갑자기 잘나가던 소면집을 폐업하고 죽어라 도망쳤다. 도망친 흔적도 없고, 소면 만들기 싫다고 뛰어내리는 건 뭔가 뒤가 켕기는 게 있다는 말이었다.

"그렇긴 한데, 그냥 내버려 두시는 게……. 뭔가 사연이 있겠지요."

무호는 영춘의 꺼림칙한 표정을 보며 짐짓 엄한 목소리로 말했다.

"말하지 않았느냐? 오늘 사냥감은 그 아이라고."

한마디로 그냥 그 아이가 태자에게 찍혔다는 것이다.

대장군이 되어 스스로 황성으로 오겠다며 역모를 일으킬 각오까지 했던 태자였다. 한 가지에 꽂히면 그 집념이 병적이라는 것을 새삼 깨달은 영춘은 더 이상 태자를 만류하지 않기로 했다.

"예. 부디 산 채로 잡을 수 있어야 할 텐데요."

영춘은 건성으로 대답하고 태자의 목욕 준비를 시작했다.

잠시 후 무호는 뜨거운 목욕물에 들어가 차갑게 식은 몸을 담갔다.

"흐음……."

따뜻함이 몸에 스며들자 무호는 기분 좋은 신음을 흘렸다.

서강의 흙무지만 아니라면 황궁이 아니어도 이런 호사를 누릴 수 있었다. 나른하게 욕조에 기대자 복잡했던 생각들도 뒤로 물러가고 절로 눈이 감겼다.

곱상한 얼굴 탓에 유약해 보였던 태자의 몸은 단단한 근육들이 보기 좋게 붙어 있었다. 탄력 있는 구릿빛 피부는 매끈했고 잘 단련된 무인처럼 힘과 절도가 느껴졌다.

물론 태자의 몸이라고 보기 힘든 자잘한 상처들이 그간 그의 고생을 알게 해주었다. 특히나 왼쪽 가슴에 남은 흉한 상처는 아직도 악의적인 살기가 남은 듯, 때로 욱신거리곤 했다.

송골송골 콧잔등에 땀이 맺힐 때까지 잠든 듯 눈을 감고 지친 몸을 달랠 때였다.

"……!"

갑자기 무호가 번쩍 눈을 뜨며 몸을 일으켰다.

"왜 그러십니까?"

영춘이 묻는데도 무호는 굳은 얼굴을 하고 대답하지 않았다. 그의 머릿속에 그 아이의 얼굴이 선명하게 들어와 박혔다.

'그 아이, 어디서 본 것 같은데?'

계속 거슬리던 아이의 표정이 기억 저편 어딘가를 건드렸다. 잘은 모르겠지만 어디선가 만난 적이 있는 듯했다.

마치 잘 만든 가면을 쓴 것처럼 너무나 완벽한 표정을 짓고 있던 아이의 얼굴. 전에도 한 번 그런 아이를 본 것 같은 기분이 들어, 기억 속을 헤집느라 태자는 밤새 잠을 이루지 못했다.

비가 멎고 햇볕이 비추자, 온 세상이 영롱하게 빛이 났다.

풀잎, 꽃잎, 처마 끝에 매달린 빗방울이 투명한 보석마냥, 반짝 빛을 내며 똑똑 떨어졌다. 땅으로 떨어진 빗방울이 고인 물에 파문을 일으켰다. 파문이 잦아들자 고인 물에 비친 벽보가 보였다.

어젯밤 태자가 붙이라 명했던 화상이 온 마을 처마 밑에 붙어 있었던 것이다.

바삐 지나가던 사람들의 걸음이 벽보 앞에 멈췄다. 다들 처음 보는 얼굴이라며 고개를 갸웃했다. 포상금인 은자가 탐이 나지만, 한 번 보면 잊기 힘든 얼굴인데도 모르는 것을 보면 포기해야겠다는 분위기였다.

모였다 흩어지고, 다시 모이길 반복하며 마을에 활기가 감돌았다.

이 와중에 아직도 한밤중인 곳이 있었다.

마을에서 조금 떨어진 개울가에 언제 무너져도 이상할 것 같지 않은 낡은 다리가 우르릉대는 요란한 소리에 삐걱대고 있었다.

"우르릉, 커윽."

"으르렁……."

다리 아래에서 들리는 요란한 코 고는 소리는 한두 사람의 것이 아니었다. 그늘지고 축축하고 심지어 지저분하기까지 한 다리 아래에는, 씻는 게 뭔지 모르는 듯한 거지들이 우글우글 모여서 자고 있었다.

그중 한 어린 거지가 코 고는 소리를 견디지 못하고 짜증스러운 얼굴로 눈을 떴다.

"에이 씨! 이사를 가든지 해야지!"

찌뿌듯한 몸을 일으킨 어린 거지는 불이 꺼져 온기만 남은 모닥불로 다가가 쪼그려 앉았다.

"훌쩍. 으……. 추워."

코를 훌쩍이며 몸을 녹이는데, 거지의 눈에 이상한 게 보였다.

"뭐야……? 이상한데? 우리가 몇 명이었지?"

어린 거지가 손가락을 꼽아가며 셈을 시작했다. 한데 몇 번을 세어 봐도 자기가 아는 거지들하고 지금 자빠져 자고 있는 거지들하고 숫자가 맞지 않았다.

"헉! 왜 안 맞지?"

아무래도 이상했던 거지는 다른 거지들과 달리 조금 깨끗해 보이는 거지에게 슬금슬금 다가갔다. 몸을 웅크리고 모닥불 옆에서 자고 있는 거지의 뒤태가 아무래도 낯설었다.

"으……음……."

그 거지는 무슨 악몽이라도 꾸는지 신음을 하고 있었다.

"헉! 누, 누, 누구야? 대장! 대장!"

수상한 자의 얼굴을 확인한 어린 거지는 소스라치게 놀라 소리를 쳤다.

"뭐야!"

"뭐, 뭐야!"

그 바람에 다른 거지들도 동시에 잠에서 깨 벌떡 일어났다.

"막내, 너냐! 무슨 일이야!"

아직 해가 머리꼭지에 뜨지 않았기 때문에 아침잠을 설친 거지들은 눈알을 부라리며 흉흉한 기세를 뿜어냈다.

"모, 모르는 거지가 여기서 자고 있어요!"

"뭐? 어떤 개념 없는 거지새끼가 남의 집에 함부로 들어왔다는 거야!"

그들의 소란에 죽은 듯 축 늘어져 있던 낯선 거지가 어깨를 움찔거리며 잠에서 깼다.

그 주위로 몰려들던 거지들은 천천히 몸을 일으키는 그의 모습에 일제히 멈칫했다.

'후……. 벌써 아침인가.'

거지들의 왁자지껄한 소음이 오문의 귀를 괴롭혔다. 유쾌하지 않은 기상이었다.

"끙……."

오문은 온몸이 두드려 맞은 듯 무겁고 아팠지만, 배고 있던 봇짐을 안고 끙끙거리며 일어나 앉았다.

"너, 너…… 너 누구야!"

"누군데 씨바! 남의 안방에 허락도 없이 들어와서 처자고 있어!"

오문은 거지들의 위협적인 욕설과 손가락질에도 눈을 깜빡이며 태연히 주변을 둘러보았다.

"뭐야, 이거! 얘 왜 이래!"

"두목. 얘 좀 맛이 간 것 같은데요."

멍한 오문의 모습을 지켜보던 거지들은 서로를 바라보며 머리에 빙글빙글 손가락을 돌렸다.

그러자 오문이 한참 만에야 입을 열었다.

"저…… 어디까지가 안방인 겁니까?"

"……안……방?"

오문의 질문을 한 번에 알아듣지 못한 거지들은 그 말을 몇 번 곱씹어 보다가 발끈했다.

"씨바! 이게 우릴 놀려!"

"안방이, 씨! 안방이 여기가 전부 안방이지!"

"콱! 그냥! 어린놈이 건방지게!"

주먹으로 칠 것처럼 손까지 들어 올리자 오문이 목을 움츠렸다.

그 모습을 보던 어린 거지가 물었다.

"근데…… 형 얼굴은 왜 그래?"

어린 거지의 물음에 오문은 손으로 제 얼굴을 더듬었다.

뺨 여기저기에 딱지가 앉은 생채기가 만져지고 그제야 따가움이 느껴졌다. 눈두덩이도 얼마나 부었는지 눈이 다 안 떠지는 것 같았고, 코도 만져 보니 부러지지는 않았지만 퉁퉁 부어올라 꽤 아팠다.

'음……. 물속에서 여기저기 부딪혔구나.'

폭포 물에 떨어졌을 때 잠시 기절을 했고, 그때 물살에 이리저리 휩쓸리는 동안 제 몸을 전혀 보살피지 못했었다.

"왜 그런 건데? 누가 때렸어?"

천진난만하게 묻는 아이에게 오문은 거짓말을 해야 했다.

"기억이 안 나."

"기억이 안 나? 왜? 바보야?"

"몰라. 기억이 안 나."

그러자 다른 거지들이 큰 소리로 호들갑을 떨었다.

"헉! 이놈 진짜 맛이 갔나 봅니다!"

"그러니까! 제정신이 아니니까 남의 집에 기어 들어와서 태연하게 자빠져 자고 있지!"

“썩 꺼져! 이 미친놈아! 여기가 어디라고 들어와!”

오문은 꺼지라는 말에 미련 없이 봇짐을 들고 일어났다. 안 그래도 가려던 참이었는데 적절한 때에 쫓아내 주어 고마울 지경이었다.

한데…….

—꼬르륵.

일어나려던 오문의 배 속이 민망한 소리를 내며 요동쳤다.

“이 빌어먹을 미친놈이 거지 앞에서 예의 없이!”

오문은 봇짐으로 배를 가리고 머리를 긁적였다.

“신세 졌습니다. 그럼 이만…….”

그렇게 돌아서려는데 아이가 오문의 옷깃을 붙잡았다.

“잠깐만 형!”

“……?”

“두목! 우리 이 형 받아주면 안 돼요? 불쌍하잖아.”

두목이 뭐라 대답하기 전에 다른 거지들이 반발했다.

“야! 이 등신같은 거지새끼야! 불쌍은 무슨 개뿔이 불쌍해! 우리도 불쌍한 놈이야, 새끼야!”

“그러니까! 불쌍한 놈들끼리 돕고 살자고! 거기다가 이 형은 머리가 이상하잖아! 혼자 이렇게 다니다가는 큰일 나!”

“하! 이 거지 새끼가 주제를 모르네. 배가 덜 고프지, 엉? 거지 주제에 누가 누굴 도와!”

“아픈 사람을 돕는데 사지 멀쩡한 거지가 도와주면 왜 안 되는데! 같이 빌어먹는 처지에 거 더럽게 야박하네!”

“이 어린놈의 새끼가 꼬박꼬박 말대답을 지껄이고, 확……!”

“저기…….”

오문은 자신 때문에 싸울 필요 없다고 말하고 싶었으나, 두목의 우렁

찬 목소리 때문에 말소리가 묻히고 말았다.

"시끄러, 이것들아! 그만두지 못해?"

그는 험상궂은 표정으로 모든 거지의 입을 다물게 하고 찬찬히 오문을 살펴보았다.

'흠……. 어디 보자. 몰골은 딱 빌어먹기 좋게 생겼고……. 요새 어린 거지 놈들도 찾기 힘든데…….'

나이 들면 젊고 어린 거지들이 늙은 거지들을 보살펴 줘야 하는데, 요샌 전쟁도 없고 다들 살기가 괜찮은지 거지 인구 노령화가 심각해서 근심하던 참이었다.

"너 몇 살이야?"

"모르겠습니다."

"나이를 몰라? 이름은?"

"그것도…… 기억이 안 납니다."

"언제부터 그렇게 머리가 텅 비었나?"

"모르겠습니다."

계속되는 오문의 거짓말에 두목이 흡족한 표정을 지었다. 이렇게 좀 모자란 놈이 들어와야 시키는대로 탈 없이 잘 지내니 말이다.

"크흠. 막내야, 뭐 하고 있나? 신입 밥 좀 안 주고."

신입이란 말에 어린 거지의 입이 활짝 벌어졌다.

"네! 두목!"

"이제 한가족이니까 다들 잘해줘라. 알겠어?"

두목이 좀 전까지 소리높여 반대하던 거지들을 향해 눈을 부라렸다.

"예……."

상황이 이렇게 되자 오문은 자신이 갈 길이 바쁘다고 말하기가 곤란해졌다.

'난 있겠다고 한 적 없는데…….'

그러면서도 오문은 아이가 건네준 정체불명의 식은 밥을 천연덕스럽게 받아먹고 있었다.

한바탕 소란을 치른 거지들이 각자의 일터로 떠났다.

어젯밤엔 비가 억수같이 퍼붓더니 오늘은 또 햇볕이 쨍쨍했다.

덕분에 오문은 어린 거지가 준 거적때기를 덮어쓰고 볕이 잘 드는 곳에 앉아 아직 젖어 있는 옷과 머리를 말릴 수 있었다.

그 모습을 본 거지들은 속으로 감탄하며 돌아섰다.

'저런 거지같은 놈을 봤나!'

얼굴에 검댕을 묻히고 머리를 산발하는 등은 자신들의 솜씨이긴 했지만, 구부정한 등과 축 처진 어깨, 그리고 삶의 의지를 잃은 멍한 표정 등은 가르쳐 준 적이 없었기 때문이다.

물론 오문은 거지 흉내를 내려 한 게 아니라 그저 휴식을 취하고 있을 뿐이었다.

'이렇게 며칠만 쉬다가 떠나면 되겠다.'

앉아 있기만 하면 되는 데다 몸도 좋지 않았기 때문에 오문은 얼마 지나지 않아 꾸벅꾸벅 졸기 시작했다.

얼마나 잤을까.

텅—

동냥 바가지에 무거운 것이 툭 떨어지는 소리가 나서 움찔 잠에서 깨어났다.

"……!"

바가지 안에 무려 은자 하나가 들어 있었다.

은자라니!

그거면 거지들이 반년은 배를 곯지 않아도 될 것이다. 진짜 거지는 아니지만 흔치 않은 적선인 것을 알기에 오문은 고개를 번쩍 들었다. 한데 햇볕이 정면으로 들어오는 데다가 눈두덩이 부어 잘 떠지지 않았다.

그러자 적선을 한 인물이 앞으로 한 발 다가와 햇볕을 가려 주었다. 해를 등진 시커먼 인영은 뒷짐을 지고 서서 오문을 가만히 내려다보다 안됐다는 듯이 말했다.

"어디가 아픈 모양이군. 쯧쯧."

오문은 그 목소리에 소름이 돋았다.

'어제 그 손님!'

재수 없는 말투와 오만이 깃든 목소리는 한 번 들으면 잊기 힘든 것이었다. 그대로 얼어버린 오문이 아무 말도 못 하고 있자 그가 무릎을 세우고 앉아 오문과 눈을 맞추었다.

"……!"

그의 얼굴을 확인하자 오문은 소스라치게 놀라 뒤로 주춤 물러났다.

"왜?"

꿀꺽. 오문은 저도 모르게 침을 삼켰다. 저를 꿰뚫어보는 듯한 공자의 눈빛과 서늘한 음성에 심장까지 얼어붙는 것 같았다.

"너무 큰돈이라 겁이 나느냐?"

"……."

그의 말에서 무언가 이상한 낌새를 챈 오문은 세차게 뛰는 가슴을 진정시켰다.

'날 전혀 못 알아보고 있어!'

그러고 보니 알아볼 리가 없다. 지금 제 얼굴은 엉망이었다. 하루아침에 거지로 변한 데다 쫓기는 사람이 태연히 저잣거리에서 졸고 있을 거라고 누가 생각하겠는가.

"겁먹지 마라. 네게 일거리를 주려는 것뿐이다."

오문은 함부로 입을 열지 않았다. 목소리로 자신을 알아볼 수도 있기 때문이다.

"혹…… 말을 못하느냐?"

그의 말에 기다렸다는 듯이 오문이 고개를 끄덕였다.

공자는 말 못하는 아이를 동정하는 흔한 측은지심도 없는지, 위로의 말 한마디 없이 오문의 어깨를 부서져라 붙잡았다.

'헉!'

그렇게 오문을 도망가지 못하게 붙잡아놓고 위협하듯 말했다.

"말귀는 알아듣겠지?"

오문은 저도 모르게 고개를 끄덕였다.

그러자 그는 품속에서 또 다른 은자와 웬 그림을 꺼내 보였다.

"이것은 네가 일을 잘해주면 더 받을 수 있는 은자다. 네 패거리들을 좀 빌려야겠다. 여기 이 화상의 얼굴을 보거든 내게 알려주기만 하면 된다."

"……!"

오문은 자신과 똑같이 그린 화상을 보고 잘 떠지지 않는 눈이 휘둥그레졌다.

'세상에! 언제 이렇게……!'

오문의 속도 모르고 그는 오문의 손에 그림을 쥐여 주었다.

"내가 있는 곳은……."

그가 자신이 묵고 있는 객점을 알려주었지만 오문은 식은땀을 흘리며 고개를 숙이기 급급했다.

"비슷한 사람이라도 보게 되면 언제든 찾아오너라."

그는 오문의 어깨를 으스러져라 붙잡으며 당부한 뒤에야 자리를 떠났다. 마치 일을 게을리하거나 허튼 수작을 부리면 뼈를 전부 으스러트리겠다는 뜻 같았다.

그가 떠난 뒤, 오문은 한동안 화상을 움켜쥔 그대로 움직일 수가 없었다.

'대체 뭐야……? 정말 귀문에서 보낸 사람일까? 그렇다면 보통 살수가 아니야.'

오문은 그가 무서웠다. 지금까지 만난 살수들은 오문이 공포를 느낄 정도는 아니었다. 그랬다면 아마 공포에 질려 도망치지도 못했을 것이다.

한데 이자는 두려웠다.

저를 처음 찾아왔을 때와 저를 쫓아올 때, 그리고 지금. 세 번의 만남마다 분위기가 너무 달랐다.

'저렇게 쉽게 얼굴을 바꾸는 자가 가장 위험한 자라고 했어.'

귀문에도 그런 살수가 있었다.

단 한 명의 최고 살수에게 붙는 이름, 귀접.

자신을 버리고 사람의 마음, 감정 따위가 없어 필요에 따라 얼굴을 바꾸고 표적의 목숨을 귀신같이 거둔다는. 귀접에 오르는 자가 다음 귀문의 문주가 되기에 모든 살수가 동경하는 이름이었다.

'아니야. 그 정도는 아니었어.'

다시 한 번 그자의 분위기를 떠올려 보던 오문은 고개를 저으며 놀란 마음을 추슬렀다. 하지만 제 손에 든 화상을 보니 가만히 있을 수가 없었다.

'더 늦기 전에 도주하자.'

자리에서 일어나 무작정 성문을 향해 달려 나갔다.

한데, 오문은 얼마 못 가 걸음을 멈추고 말았다. 사방 곳곳에 제 얼굴이 그려진 화상이 붙어 있었기 때문이다.

오문에게 은전을 적선하고 돌아섰던 태자 무호는 영춘이 알아 온 근방에서 가장 맛이 좋다는 만두집을 향하고 있었다.

“거지에게 그 돈은 너무 과하셨습니다.”

영춘이 조금 걱정스럽게 말했다. 황제께서 고생 좀 해보라는 듯 태자의 경비를 적게 주셨기 때문이다. 물론 그것만으로도 보통 사람이라면 충분히 쓰고 남을 돈이었다. 하지만 태자의 씀씀이를 보아선 이대로 가다간 한 달 안에 환궁해야 할 판이었다.

어젯밤 화공들에게 쓴 돈만 해도 꽤 나갔고, 소면 명인에 걸린 포상금에다가 벌써 안 써도 될 돈을 꽤 썼기 때문이다.

금전 감각이라고는 쥐뿔도 없는 태자는 영춘의 근심을 듣는 둥 마는 둥 하며 제 말만 했다.

“저놈 한 명에게 준 돈이 아니다. 패거리들과 함께 나누겠지.”

“아니, 제 얘기는요……. 아닙니다.”

영춘은 애초에 소면 명인 찾기를 그만두면 아무 문제가 없다는 말을 하고 싶었으나 결국 하지 못했다.

“허억!”

거지들은 빛나는 은자의 자태에 눈이 멀기라도 한 듯 호들갑스럽게 엉덩방아를 찧었다.

“으, 으, 으, 은자다―!”

“은자야! 진짜 은자다!”

“이, 이, 이게 어디서 났어!”

"훔쳤어? 훔쳤지! 이 미친! 이런 걸 훔치면 우리 전부 죽어!"

그 소란 속에 멍하니 있던 오문이 품속의 화상을 꺼내 보이며 힘없이 말했다.

"이 화상의 인물을 찾아주면 은자 하나를 더 주겠답니다."

"뭐? 나도 그 그림은 봤는데!"

"나도! 나도 봤어!"

"그럼 이 화상을 뿌린 자가 우리한테 일을 맡긴 건가!"

"예. 그런 모양입니다."

"이런 횡재가 다 있나!"

"그러게! 못 찾아도 이 은자는 우리 거 아니야!"

"신입이 큰일을 했구나! 장하다!"

오문은 차라리 자신이 직접 거지들과 함께 자신을 찾아 나서기로 했다. 지금처럼 얼굴만 엉망이면 사실상 그것이 가장 안전한 방법이었다.

"근데 형, 얼굴이 또 왜 그래? 어제보다 더 심해진 것 같은데."

"넘어졌어."

"어쩌다가?"

"은자 들고 뛰다가."

제 손으로 돌덩이를 들고 얼굴을 찍었다고 말할 수는 없었다.

용기를 내 성문을 통과하려는데, 군관들이 한 명 한 명 유심히 살펴보는 모습을 보니 아무래도 걱정이 됐다.

만약에, 군관이 제 얼굴의 검댕을 닦아내고 살펴보면 들통날까 봐 눈 딱 감고 코뼈를 부러트리려고 시도했다. 그런데 너무 아파서 세게 치지도 못하고 돌멩이가 비켜나가면서 왼쪽 콧대와 눈 사이를 맞아 퉁퉁 부었다.

'두 번은 안 해야지.'

아니, 못할 짓이었다. 그래서 그냥 화상이 거둬질 때까지 이곳에 머무르기로 했다.

"있어 봐. 내가 연고 찾아볼게!"

어린 거지는 제가 아픈 것처럼 얼굴을 잔뜩 찌푸리며 연고를 발라야겠다고 수선을 피웠다. 거지들이 갖고 있는 연고라고 해봐야 그냥 기름덩어리 지혈제일 뿐이지만, 오문은 순순히 어린 거지에게 얼굴을 내밀었다.

그동안 나머지 거지들은 아직도 은자를 들고 좋아서 어쩔 줄 몰라 했다.

"그런데 요새 왜 이리 사람 찾는 데가 많지?"

"그러게. 그 댁에선 아직도 찾는 중이라지?"

"그걸 찾을 수 있겠어? 증표 하나 주고 내쫓았다는데, 죽었는지 살았는지도 모른다며."

거지들의 이야기를 듣는 둥 마는 둥 하던 오문이 고개를 홱 돌렸다.

증표! 증표라는 말을 들은 탓이었다.

"저……. 그게 무슨 이야기입니까?"

"응? 아, 넌 모르지. 한때 복야(관정의 주인)까지 지내신 장목현 대인이 오래전에 아드님의 첩실을 내쫓은 적이 있었거든. 한데 그러고 나서 그 아드님이 시름시름 앓기 시작하더니 이제는 아예 가망이 없다는구먼."

"가망이…… 없어요?"

"무슨 병인지는 잘 모르겠는데 마지막 소원이 그 첩실을 다시 한 번 보고 싶다나? 한데 알아보니 그 첩실이 딸을 낳은 뒤에 감쪽같이 사라졌다지 뭐야. 그래서 아들이 주었다는 반쪽짜리 옥패를 가진 여인을 찾고 있다는데 영 진전이 없어."

"그 여인이 낳은 아이는…… 나이가 어찌 되는데요?"

"아마…… 어디 보자, 열여덟이라지?"

"응. 그랬지. 열여덟이랬어."

제 6 장
포획

열여덟 살.

"……!"

지금 오문의 나이도 열여덟이었다. 거기에 반쪽짜리 옥패라니, 상당히 저와 관련이 있었다.

'내일부터 그 댁에 대해 알아봐야겠다.'

아버지를 찾는 일에 그렇게 매달리진 않았었는데, 막상 찾을 수 있을지도 모른다니, 기대와 불안으로 초조해지고 있었다.

'정말 내 아버지가 맞으면 어떡하지? 만약에 찾기도 전에 돌아가시면? 위독하다고 했잖아.'

황성 끝자락, 이 마을에 있어야 할 이유가 하나 더 늘었다. 그래서 오문은 자신이 쫓기고 있다는 근심은 잠시 잊을 수 있었다.

다음 날부터 거지 일행은 바빠졌다. 동냥 바가지 대신 벽보에 붙은 화상을 하나씩 들고, 눈을 시뻘겋게 뜨고 마을을 샅샅이 뒤졌다. 둘씩 조를 짜고 여기저기 기웃거리니 객잔이나 객점 등에서 좋아할 리 없었다. 영업에 방해가 된다 물벼락을 맞기 일쑤.

오문은 못 찾을 것을 알기에 열성적이지 않았는데, 짝이 된 거지 아이는 뭐가 그리 좋은지 구정물을 덮어써도 신나서 뛰어다녔다.

'적당히 따라다니다가 밤에는 그 장목현 대인의 댁에 가봐야겠다.'

그래서 아이에게 적당히 맞춰주며 은근슬쩍 장목현 대인의 집과 그 댁에 대해 이것저것 물어보곤 했다. 그러다가 두 사람은 유난히 손님들이 바글바글한 객점 앞으로 갔다.

"여긴 안 가는 게 좋겠다."

가뜩이나 바쁜 객점에 거지들이 들어와 귀찮게 하면 손님이나 주인이나 기분 상할 게 분명했다.

"이런 곳일수록 가야죠. 사람이 많으니까 수소문하기 좋잖아요."

오문이 더 말릴 새도 없이 어린 거지가 안으로 들어가 버렸다.

어쩔 수 없이 오문도 따라 들어갔는데 분주했던 객점 안이 갑자기 조용해졌다.

"에잇! 밥맛 떨어지게!"

조용한 가운데 누군가 소리치자 그 소리는 더 정확하게 귀에 꽂혔다. 곧이어 여기저기서 투덜거리며 젓가락을 던지는 소리가 들렸다. 그러자 곧 종업원이 쪼르르 튀어나와 팔을 걷어붙이고 윽박질렀다.

"이것들이 꼭 바쁠 때 와서 장사 초치려고 그러지? 엉? 자! 이거 갖고 썩 꺼져!"

종업원이 식은 밥과 나물이 담긴 바가지를 건네는데, 어린 거지가 그것을 탁 뿌리쳤다.

"이거 왜 이래요? 우리도 돈 있어요! 우리가 동냥하러 온 줄 아세요?

예? 손님이라고요. 손님!"

그러면서 당당하게 품속에서 엽전 몇 개를 꺼내 보였다. 오늘 두목 거지가 인심 쓰듯 활동비 명목으로 준 돈이었다.

"뭐, 뭐? 여기서 먹고 가겠다고?"

"네. 자리 좀 안내해 주시죠. 크흠."

"아, 아니, 잠깐……."

종업원이 당황하거나 말거나 어린 거지는 신이 나 보였다.

"형! 여기 마파두부가 맛있기로 소문난 집이야. 헤헷. 꼭 한 번 먹어보고 싶었거든."

이제 보니 사람을 찾는 건 핑계고 그냥 마파두부가 먹고 싶었던 모양이다.

"거지 주제에 자리를 내달라고? 마파두부 같은 소리 하고 자빠졌네. 분수도 모르고 어딜 들어오려고! 가! 거지들 주머니에서 나온 더러운 돈 필요 없으니까 썩 꺼져!"

종업원은 냄새나는 거지들을 식탁에 앉힐 의사가 전혀 없었다.

오문은 그의 무례한 언사가 심하다는 생각이 들었지만, 저 역시 한때 요식업에 몸담았던 사람으로서 그 마음이 이해가 가지 않는 것은 아니었다. 손님들이 불쾌해하기 때문이다. 물론 오문은 이런 식으로 사람을 대하지 않았다. 애초에 제가 몸담았던 소면집이 가난한 사람들이 많이 찾는 곳이기도 했으니.

오문과 달리 어린 거지 아이는 서러움이 폭발한 모양이었다.

"너무한 거 아닙니까! 우리도 사람입니다! 돈도 있는데 뭐 얼마나 대단한 음식이라고 사람 차별하냐고요!"

"차별받기 싫으면 빌어먹질 말든가! 아니면 거지답게 주는 거나 받아 처먹든가!"

오문이 듣기에도 상당히 심한 말이었으니, 어린 거지는 바락바락 악을 쓰고 덤볐다.

"뭐요! 돈 준다잖아! 내 돈 내고 내가 사먹겠다잖아!"

"이 콩알만 한 새끼가 어디서 대들어, 대들긴! 네놈 눈엔 손님들이 싫어하는 게 안 보여? 엉? 밥맛 떨어진다시잖아!"

어린 거지가 씩씩대며 손님들을 둘러보았다. 그러자 정말 손님들이 불쾌한 기색을 하고 있었다.

"거, 너무들 하시네!"

아이가 울분을 토했다.

오문은 울 것 같은 아이의 소매를 잡아끌며 싱긋 웃어주었다. 이런 데서 다퉈봐야 저희만 손해였다.

그때였다.

식당 가장 안쪽, 전망 좋은 곳에서 식사를 즐기던 손님 한 분이 가만히 손을 들어 올렸다.

오문은 그 손님을 보지 못하고 어린 거지를 데리고 등을 돌렸다.

"예! 예! 손님! 뭐가 필요하십니까?"

좀 전까지 험악하게 거지들을 다그치던 종업원이 활짝 웃는 얼굴로 허리를 굽혀가며 달려갔다.

그러자 그 손님이 말했다.

"저 아이들 내가 불렀다만?"

"예?"

그 소리에 오문도 어린 거지도 멈칫하고 돌아보았다.

"……!"

오문은 경악했다.

저 잘난 얼굴을 또 보게 될 줄이야!

태자 무호는 여느 때처럼 영춘과 함께 거만하게 앉아 식사를 하던 중이었고 낯익은 거지의 등장을 흥미롭게 지켜보고 있었다.

"뭐 하고 있나? 어서 자리를 안내해 주지 않고."

"그, 그렇지만……."

"아! 다른 손님들에게 방해가 되나? 밥맛이 떨어진다고?"

"크흠……."

"험……."

여기저기서 은근한 헛기침 소리를 냈다.

"싫은 분들은 나가시라 하거라. 음식 값은 내가 변상할 테니."

"예? 그, 그래도 그게…… 여긴 단골손님도 많으셔서……."

태자가 더 듣기 싫다는 듯 손을 휘젓자 영춘이 짧은 한숨과 함께 또 은자 하나를 내놓았다.

"헙!"

손님들의 요리 값을 대신 내 준 것치고는 꽤 큰돈이었다.

"정…… 뜻이 그러시다면……."

종업원은 안쪽에서 보고 있는 주인과 눈빛을 교환한 뒤 은자를 챙기며 물러났다.

"어, 어서 들어가서 앉…… 게."

종업원의 어색한 안내를 받고 오문과 어린 거지가 쭈뼛쭈뼛 안으로 들어왔다.

금방 나갈 것 같던 손님들은 한두 명만 화를 내며 나갈 뿐, 대부분은 접시에 얼굴을 박고 모르는 척했다. 보통 높으신 분들이 하는 일에 반발하지 않으려는 습성도 있었지만, 무호처럼 어딜 가도 눈에 띄는 미공자에게 미운 털이 박히고 싶지 않은 것이 사람의 본성이었다.

"헤헤! 사람들 좀 봐, 형. 우리한테 꼼짝도 못해!"

아이는 해맑게 웃으며 오문을 잡아끌었지만 오문은 마치 지옥으로 걸어 들어가는 기분이라 떨떠름하게 웃으며 무거운 걸음을 옮기고 있었다.

"도와주셔서 감사합니다. 잘생긴 공자님!"

"너희들을 찾던 중이었을 뿐이다."

"예? 저희들을 왜요? 아! 혹시 저희들에게 일을 맡기신 분이 공자님이십니까?"

"오냐."

"와! 정말 통이 크신 분이십니다. 얼굴만 잘생기신 분이 아니라, 진짜, 진짜 멋진 대장부이십니다!"

아이의 씩씩한 아부에도 무호는 예의 그 무표정한 얼굴로 퉁명스럽게 말했다.

"우선 먹어라."

"저, 저도 돈 있어요! 제가 시켜 먹을 겁니다!"

아이는 오늘만큼은 동냥이 아니라 돈을 내고 먹고 싶은 듯했다.

그러자 무호가 말했다.

"굳이 돈 내고 먹을 맛은 아니다."

"그, 그래요?"

아이는 긴가민가한 표정으로 마파두부를 조심스레 입에 넣었다.

"헉! 엄청 맛이 좋은데요!"

"별나군."

아이는 웃지도 화내지도 못하는 표정이 되었다. 아무리 빌어먹어도 미각은 살아 있었다. 이 정도면 최상급의 맛 아닌가. 도대체 누가 별나다는 말인가. 다들 저렇게 맛있게 먹고 있는데.

"공자님 입맛이 아주 까다로우신 모양입니다! 다들 맛있다고 하는데 별로라는 걸 보면."

“일은 어찌 되어가느냐?”

무호는 긴말 나누고 싶지 않다는 듯 본론을 꺼냈다.

“어……. 다, 다들 조를 나눠서 샅샅이 뒤지고 있으니까 곧 찾을 수 있을 겁니다.”

눈치 하나로 살아온 아이는 얘기가 끝나면 쫓겨날까 봐 얼른 입안에 두부를 퍼 넣기 시작했다.

그런 아이와 대조적으로 오문은 도통 먹질 못하고 있었다.

그 모습에 무호의 눈이 가늘어졌다.

“넌 배가 부른 모양이군.”

오문은 화들짝 놀랐다.

지금 그가 자신을 의심하고 있는 것 같았다. 배부른 거지라니, 얼마나 수상하겠는가. 오문은 고개를 절레절레 젓고는 접시에 고개를 박고 옆의 아이보다 더욱 허겁지겁 두부를 입안으로 집어넣었다.

볼이 터져 나갈 듯 우겨 넣는 것을 보고 영춘과 무호뿐만 아니라 어린 거지도 눈살을 찌푸렸다.

“형아. 천천히 먹어, 천천히. 천천히 먹어도 다 먹고 갈 수 있어. 그렇죠?”

거지는 기회다 싶어 상대에게 확답을 받아내려 했다.

무호는 그 말은 들은 척도 않고 오문의 얼굴을 가만히 살펴보았다.

‘그러고 보니 얼굴의 상처가 어제보다 더 심해진 것 같군.’

그러거나 말거나 신경을 끄고 일어나려 할 때였다.

무호가 갑자기 움직이자 오문이 흠칫 놀라 그만 사레가 걸렸다.

“콜록! 콜록!”

“헉! 형 괜찮아? 아이구. 그러다가 체해! 천천히 먹으라니까! 헉! 이것 봐. 피도 나잖아!”

입을 막고 기침을 한 탓에 참사는 막았지만 입가에 찢어진 상처가 벌어져 피가 질질 흐르고 있었다.

무호와 영춘은 처음 보는 참담한 풍경에 비위가 상할 지경이었다. 보다 못한 영춘이 제 손수건을 꺼내 오문에게 건넸다.

"자, 이거라도 써라. 어쩌다 얼굴이 그 꼴이 됐어? 쯧쯧. 누가 때리기라도 한 거냐?"

"……."

"아. 말을 못하지."

영춘의 말에 어린 거지는 그가 뭘 잘못 알고 있는 것 같았지만 오문의 눈치를 살피다가 재치 있게 대답했다.

"아니에요. 우리는 막 때리고 그런 거 없어요. 그냥 이 형은 원래 몸이 좋지 않아요. 머리가 좀 아픈가 봐요. 자기가 누군지도 모르고, 잘 넘어지기도 하고, 또…… 말도 못하고요."

"그래? 기억을 잃었다고?"

"예! 그런가 봐요."

"저런. 언제부터? 언제부터 기억을 잃었느냐?"

"그게…… 저희도 만난 지 얼마 되지 않아서."

"얼마 되지 않아?"

"……!"

오문은 가슴이 철렁했다.

영춘의 질문이 점점 위험해지고 있었다. 그 비 오는 날 밤에 저를 만났다고 하면 금방 눈치채고 말 것이었다.

"예! 그런데요, 저도 궁금한 게 있어요! 여기 이 그림 속의 사람은 왜 그리 찾으세요? 큰돈을 써가면서까지 찾는 걸 보니 잃어버린 형제분이라든가 그런 것이지요?"

천진난만한 어린 거지는 영춘이 다시 물으려고 하는 줄 모르고 제가 궁금했던 것을 묻기 시작했다. 그 덕분에 오문에 대한 이야기가 중단됐다.

"난 형제가 없다."

뜻밖에도 대답은 무호가 했다.

영춘은 속으로 무호의 대답을 끌어낸 어린 거지의 능력을 크게 평가했다.

"그럼…… 혹시 이 사람이 뭔가 나쁜 짓을 해서 찾는 건가요?"

"내 개인적인 원한이 있다."

무호가 고개를 끄덕이며 대충 둘러대는데, 오문은 그것을 진심으로 듣고 오싹해짐을 느꼈다.

'개인적인 원한……. 그렇지. 그럴지도 모르지. 나 때문에 죽은 살수가 한둘이 아니니까.'

오문의 표정이 어두워졌다. 귀문에서 저를 포기하지 않고 더욱 집요하게 잡아 죽이려 하는 것은 귀문의 동료들이 죽었기 때문인지도 모른다.

'벌써 여러 번 표적을 살해하는 데 실패했고, 살수들 역시 죽었으니, 지금쯤 나는 위험인물이 돼 있겠지. 급이 높은 살수를 보내는 게 당연해.'

무호는 마파두부를 먹는 둥 마는 둥 하는 오문의 어두운 표정을 유심히 바라보았다.

시선을 느낀 오문이 고개를 들다 그와 눈이 마주치자 흠칫 놀라 눈을 내리깔았다.

'왜, 왜 저렇게 나를 뚫어져라 보지……? 설마 들킨 건가…….'

톡. 톡. 톡…….

오문은 식탁을 두드리는 긴 손가락을 응시했다. 그는 일정한 간격으로 탁자를 두드리고 있었고, 오문은 그것이 신경 쓰여 미칠 것 같아 더욱 접시에서 눈을 떼지 않았다.

'왜 갈 것처럼 굴더니 저러고 있어……. 혹시 손수건 받으려고 그러는 건가?'

그럴지도 모른다. 꽤 좋은 천인 것 같았다. 오문은 차라리 그런 것이길 바라며 열심히 두부를 퍼먹었다.

"헤헤. 잘 먹었습니다!"

마침내 두 사람이 마파두부를 전부 먹어 치웠다.

그러자 오문은 기다렸다는 듯이 벌떡 일어나 아이의 손을 잡고 나가자는 눈빛을 보냈다.

"응? 벌써 가자고? 왜? 난 차도 마시고 싶은데."

"그래. 급하게 먹어서 체하겠더라. 차라도 한 잔 마시고 가거라."

영춘이 차를 권했지만 오문은 고개를 좌우로 흔들며 영춘에게 빌린 손수건을 내밀었다.

"아, 아니. 그건 됐다."

생각보다 비위가 약한 영춘이 손사래를 치자 오문의 안색은 더욱 나빠졌다.

'이거 받으려는 게 아니었어!'

오문은 어색하게 허리를 숙여 인사하고는 아이의 등을 떠밀었다.

아이는 오문의 초조한 눈을 보곤 제멋대로 오해했다.

"아……. 우리 형이 다른 손님들 눈치가 보이나 봐요."

오문이 고개를 힘껏 끄덕이자 영춘이 이해한다는 듯 보내주었다.

"그래. 그것도 그렇겠구나. 그럼 어서 가서 맡은 일이나 열심히 하거라."

"예! 그럼 잘 먹고 갑니다!"

아이는 넉살 좋게 인사하며 오문의 손에 끌려 나갔다.

식당에서 나오자마자 아이가 감탄하듯 말했다.

"형! 벙어리인 척한 거 어떻게 생각한 거야? 형은 진짜 거지가 천직인가 봐!"

오문이 씁쓸하게 웃으며 떠난 뒤에 무호와 영춘도 밖으로 나왔다.

저만치 멀어져 가는 두 사람의 등을 바라보며 무호가 말했다.

"저 거지 놈들의 거처를 알아봐야겠다."

영춘이 한숨을 푹 쉬며 말했다.

"이번엔 또 뭐가 거슬리시는 겁니까?"

"매번 넘어져서 얼굴만 다칠 확률이 얼마나 될 것 같으냐?"

하루 종일 다리품을 팔고 눈 빠지게 사람을 찾아다닌 거지들은 무척 피곤했다. 가만히 앉아서 동냥하는 것이 차라리 나을 것 같았다. 그러고 보니 어째서 거지들이 일을 해야 하나, 라는 의구심과 회의감이 들었다.

거지들은 분수에 맞게, 거지답게 살자 다짐하며 밤늦게까지 술을 퍼마시고 죽은 듯 잠이 들었다.

오문은 그들이 완전히 곯아떨어진 것을 확인하고 조용히 일어나 밤길을 걷기 시작했다. 장목현 대인의 집에 가보려는 것이었다.

'가서 일단 그 증표를 먼저 확인해 보자.'

선뜻 나설 자신도 없고, 이 꼴로 찾아가기도 우스워 증표가 맞는지만 확인해 두려 한 것이다. 낮에 봐둔 장목현 대인의 집은 다행히 그리 멀지 않았다.

그런데 오문의 몸이 어둠 속에 완전히 묻혀 사라질 때쯤 두 사람이 스윽 나타났다.

"이 밤중에 어딜 저리 바삐 가는 걸까요?"

영춘이 의심스러운 눈으로 오문의 등을 쏘아보며 말했다.

무호 역시 오문의 뒷모습을 보는 눈빛이 곱지 않았다. 그도 그럴 게 오문의 뒤를 밟는 동안 벙어리가 아니라는 것을 알아버렸기 때문이다.

"아주 수상한 놈입니다. 거지들하고 잘 어울리는 것 같지도 않고, 무슨 꿍꿍이가 있는 것 같다 했더니, 몰래 밤 나들이를 나가고 말입니다."

"가자."

무호는 수상한 거지가 저를 속인 대가를 톡톡히 치르게 할 셈이었다.

"약조하신 겁니다. 저 거지에 대해 알아보기만 하면 바로 여길 떠나시겠다는 약조 잊지 않으셨지요?"

영춘이 저녁 내내 태자를 조르고 달래고 설득해 얻어낸 약조였다. 소면 명인에다가, 거지 놈에다가 세상에 왜 이리 수상한 놈들이 많은지, 말세다 싶었다. 이러다가는 영원히 황성을 벗어나지 못할 것 같았다.

뭐, 멀리 가지 않으니 그것도 나쁘지 않다 싶지만 몸이 고단한 건 어느 쪽이나 같아서 차라리 다른 데 신경 쓰지 말고 갈 길을 가는 것이 더 편할 듯해서였다.

"슬슬 네 잔소리가 지겹구나."

무호의 진심 어린 경고 뒤에 두 사람은 말없이 오문의 뒤를 밟았다.

한참을 바삐 걸어가던 오문이 장목현 대인의 집 앞에서 사방을 두리번거리는 게 보였다. 그 바람에 들킬 뻔한 두 사람이 재빨리 나무 뒤에 몸을 숨겼다.

그리고 보고야 말았다.

오문이 높은 담을 훌쩍 뛰어넘는 것을.

"……!"

가볍고 대담하고 많이 해본 듯한, 익숙한 몸놀림이었다.

"헉! 저 거지 놈이 도둑놈이었나 봅니다!"

오문에게는 좋지 못한 오해가 시작되고 있었다.

담을 넘는 오문의 몸은 새처럼 가벼워 땅에 착지하는 순간, 소리조차 크게 나지 않았다. 그야말로 사뿐히 담을 넘은 것이다.

큰 벼슬에 오른 명망 높은 댁이라 그런지 저택은 으리으리했고 밤에도 번을 서거나 잡일을 하는 하인들이 눈에 띄었다. 하지만 이렇게 남의 집에 몰래 들어오는 일이 익숙해서 별로 개의치 않았다. 귀문에서 익힌 것이기도 했고, 증표를 확인하러 이런 식으로 다른 댁에도 숨어 들어간 적이 몇 번 있었기 때문이다.

그림자 속에 몸을 숨긴 오문은 사람들의 시선을 피해 요리조리 어렵지 않게 집 안을 활보했다. 하인들의 움직임만 보아도 전각의 주인이 누구인지 대강 예측할 수 있었다. 늦게까지 은은한 등불을 켜 두고 하인들이 종종 살펴보는 곳.

'여기가 장목현 대인의 아드님이 기거하는 곳이구나.'

어쩌면 자신의 아버지일지도 모르는 분이지만 가차 없이 지나쳤다. 그리고 불이 꺼진 전각 중 가장 크고 정갈하며 하인들의 발길이 유난히 조심스러운 곳으로 향했다.

'병든 아드님 대신 장목현 대인께서 증표를 갖고 계실 거야.'

개인적이고 중요한 물건인 만큼, 서재 같은 집무실보다 본인의 침실에 보관하고 계실 것 같았다.

전각 뒤로 돌아가 쇠꼬챙이를 이용해 잠긴 창문의 걸쇠를 딸깍 열었다.

방 안은 무척 어두웠지만, 번을 서는 하인들이 횃불을 들고 서성일 때마다 문 밖에서 살짝 붉은 빛이 지나갔다. 순식간이지만 그때 방 안의 모습을 기억해 두고 조심스럽게 안으로 들어섰다.

주렴이 쳐진 침상에 언뜻 비치는 사람을 살폈다. 누운 모양새뿐만 아니라 숨소리마저 단정한 노인은 잠이 깊이 든 것인지 아무런 기척이 없었다.

안심한 오문은 서둘러 방 안 곳곳의 수납장들을 뒤지기 시작했다.

시간이 얼마나 지났을까. 오문은 손바닥만 한 작은 함을 발견하고 멈칫했다.

'이거다!'

그 안에 옥패가 들었음을 확신하고 조심스레 뚜껑을 열었다.

딸깍.

생각보다 함이 열리는 소리가 컸다.

'아…….'

옥패를 확인한 오문은 함을 다시 닫았다.

'너무…… 커.'

오문이 가진 옥패는 가락지의 장식으로 써도 될 만큼 작았지만 함에 든 반쪽짜리 옥패는 흔히 생각하는 손바닥보다 조금 작은 크기였다.

거의 모든 것이 저의 신상과 맞았기에 평소와 달리 기대를 했던 모양이었다. 어쩐지 팔다리에 힘이 풀렸다.

'후……. 이게 그리 쉬울 리가 없지.'

기대한 자신이 바보 같았다. 게다가 사실 아무리 생각해도 제가 이런 으리으리한 댁의 자녀로 보이진 않았다. 오히려 제 어머니가 그런 댁의 하녀였다가 우연히 목걸이를 얻게 되었거나 어머니께 맡겨진 것이라면 차라리 맞아떨어졌다.

'그래. 아마 그럴 거야. 내가 어딜 봐서…… 후, 그만 일어나자.'

나가기 위해 무거운 몸을 일으킬 때였다. 갑자기 밖이 조금 어수선해진 것 같았다.

"대인! 저 총관입니다."

그 말이 다 끝나기도 전에 오문은 구석으로 몸을 숨기고 숨을 죽였다.

그때였다.

"무슨 일이냐?"

"……!"

놀란 오문의 어깨가 흔들렸다.

죽은 듯 자고 있던 장목현이 아무렇지 않게 말을 하고 있지 않은가! 오문은 기척을 숨기기 위해 입술까지 깨물었다.

"도둑이 들었다 합니다. 지금 집을 수색 중인데 괜찮으신지……. 제가 곁에 있어 드려야 할 것 같습니다."

장목현이 몸을 일으켰다. 마르지도 살이 찌지도 않은, 노인이라기엔 건강한 체구였다.

"늙은이 방에 뭣하러 도둑이 들겠느냐. 부인들의 방부터 가보거라. 패물이 가져가긴 더 쉬울 것이다."

"그것은 그렇습니다만……."

"곤하구나. 좀도둑 한 마리에 이리도 수선을 떨어야 하느냐? 물러가거라."

"예, 예……."

총관은 조용한 꾸짖음에 석연치 않은 듯 물러났다.

그가 물러나자 오문은 초조하게 장목현이 다시 잠이 들길 기다렸다. 예전에 동녀로 팔린 기억 때문에 이런 대가 댁 노인들이라면 소름이 끼쳐 한시라도 빨리 이 방을 나가고 싶어졌다.

그런데…….

"확인해 보니 어떻더냐?"

"……!"

갑자기 질문을 던지는 장 대인 때문에 오문은 심장이 쿵 떨어지는 기분을 느꼈다.

"늙으면 근심이 많아서인가, 요즘 잠을 깊이 못 드는구나."

제게 말을 건네는 것이 확실했다. 오문은 구석에서 나와 공손하게 섰다. 어찌 됐든 저는 지금 죄인이라, 일단은 잘못을 고하고 좋게 대화로 풀어볼 생각이었다. 물론 잘될 것 같지는 않아 손바닥에 땀이 촉촉이 고이고 있었다.

오문이 움직이자 침상의 주렴이 걷혔다.

장목현은 복면을 쓴 오문의 모습을 살펴보느라 어둠 속에서 안광을 돋우려 애썼다.

"모습은 아닌 듯하다만, 옥패를 확인하러 온 걸 보니 계집이로구나."

"……."

"당당하게 들어오지 않고 밤중에 숨어 들어온 것을 보니 뭔가 사연이 있는 모양이구나. 그것은 묻지 않으마. 내가 궁금한 것은 네가 가지고 있는 옥패다. 같은 반쪽짜리더냐?"

생각보다 노인은 사리 분별이 밝고 음성이 매우 단정하고 기품이 흘렀다. 제가 겪었던 사유보 그 변태 늙은이와는 차원이 달라, 조금 마음이 놓였다.

"……아닙니다."

"저런……. 나 또한 실망이군."

"송구합니다. 이만 나가보겠습니다."

"올 때는 마음대로 왔을지 모르나 나갈 때는 쉽지 않을 게다."

갑자기 달라진 노인의 태도에 오문은 다시 긴장했다.

"……염치없지만 보내주십시오."

"네가 가진 옥패를 보여다오. 내 손녀가 이 늙은이에게 원한이 많아 일부러 오지 않을까 봐 걱정이다. 혹 네가 거짓말을 하는지 확인을 해보고 싶구나."

오문은 망설임 없이 손목에 칭칭 감아 두었던 옥패 목걸이를 빼 장목현에게 두 손으로 건넸다.

"음……."

장목현이 알 수 없는 신음을 흘렸다. 그도 그럴 게 어둠 속에서도 그 옥패는 신비로운 빛이 났다. 한눈에 봐도 제 것과는 다른 옥패였지만 장목현은 그것을 더욱 유심히 살펴보았다.

황실이나, 또는 그만큼의 권력과 재물을 가진 사람이 아니고서야 가질 수 없을 것 같은 귀한 옥.

행색이 초라해 보이는 아이가 이런 귀한 옥패를 가졌다는 것은 어지간한 사연이 아닌 듯해 저도 모르게 신음이 흘러나왔다.

더군다나 흔한 옥패의 모양이 아니었다. 이는 옥패라기보다 가락지의 장식에나 쓰일 것 같은 작은 크기였기 때문이다. 옥패의 문양 또한 장목현조차 처음 보는 복잡하고 정교한 문양이었다. 반쪽이 없는 옥패라 머리 부분을 알 수 없지만 사자 같은 꼬리 달린 맹수의 몸에 날개가 달린 듯한 형상이었다. 그러나 세력 있는 가문들을 손꼽아 보아도 이런 문양은 본 적이 없었다. 도대체 이 나라의 가문이 맞는가 의심스러워질 정도였다.

한참 그것을 만지작거리던 장목현이 무거운 입을 열었다.

"이것도 인연이고 너와 내가 비슷한 사연을 안았으니, 너를 위해 충고를 하나 해주마."

"예?"

뜻밖의 말에 힘없이 고개를 떨구고 있던 오문이 장목현을 올려다보았다.

"이 옥패의 주인은 어쩌면 이 나라에서는 찾을 수 없을지도 모른다."

"예? 그게…… 무슨……."

"이것은 아무나 만들 수도, 가질 수도 없는 옥패이다. 우선 이런 귀한 옥패를 가질 수 있는 자들 중에서 이런 가문의 문양을 쓰는 곳이 없다. 또한 누구에게도 보이지 말라는 뜻에 이리 작게 만든 것일 게다."

덕분에 오문은 명문세가들을 아무리 찾아다녀도 단서 하나 잡을 수 없었던 이유를 알게 되었다.

"증표라는 것은 언젠가 다시 만날 때를 위해 마련한 것이다. 한데, 물건이 심상치 않아. 반쪽 옥패를 찾아다니지 않는 것이 네 신상에 좋을 것 같구나. 때가 되면 옥패가 너를 찾아올지도 모르지."

장목현이 근심 어린 목소리로 말을 끝내자 오문이 고개를 숙였다.

"……말씀 감사드립니다."

"이상한 아이구나."

"무슨 말씀이신지……?"

"내가 찾아다니지 말라 했는데 반발하지도 수긍하지도 않는구나. 아니, 궁금한 것이 더 많을 것인데 아무것도 묻지 않는구나."

"아시는 만큼 말씀해 주신 듯하여 더 묻지 않은 것뿐입니다."

장목현은 그 말에 수긍할 수 없었다. 한밤중에 도둑처럼 들어올 만큼 절박한 모양인데, 지푸라기라도 잡는 심정으로 이것저것 물어야 했다. 그것이 일반적인 사람들의 반응.

"너는 누구와도 어떤 식으로든 관계를 맺지 않으려 하는구나."

어디든 정착하지 못하고 누구도 믿지 않고 살아온 듯했다. 제 감정을 숨기는 것에 익숙하고 냉정하리만치 필요 이상의 말과 행동은 하지 않는다.

그래서 어딘가 위태롭고 더 그 속내를 궁금하게 만들었다.

'육십 평생을 살아온 이 장목현이 사람을 궁금해하다니.'

장목현은 문득 제 손녀도 이 아이 같은 삶을 살고 있는 게 아닐까 마음이 무거워졌다.

'그 아이도 이렇게 제 아비를 찾아 떠돌며 다니고 있을지도 모르지. 얼마나 고생이 많았으면, 얼마나 좌절하고 원망했으면, 이렇게 무심에 이를 수 있는 것인가. 한창 웃음도 눈물도 많은 나이 아닌가.'

눈앞의 아이에게 괜한 동정심이 일어 그냥 보내기가 마음에 걸렸다.

그뿐만이 아니라, 평생 나랏일에 몸을 바쳐서인지 그 옥패가 가진 어떤 불길한 힘이 느껴져 보통 신경 쓰이는 게 아니었다.

"네 어미는 죽은 모양이구나."

"예."

"어미가 살아 있을 때 뭔가 해준 말이 없더냐?"

"정신이 온전치 못해 아무것도 들은 바가 없습니다."

"아……!"

"이 옥패가 신경 쓰여 저를 붙잡아 두시는 것이라면 가지셔도 됩니다."

"뭐?"

장목현은 크게 당황했다.

"너는 마치 이 옥패가 네게 중요하지 않은 것처럼 말하는구나. 이것은 네 어머니의 유품이다. 그게 아니라도 아주 비싼 물건이지."

"감당하기 힘든 물건이 아무리 좋으면 뭐 하겠습니까? 제가 찾아다닌다 해도 찾을 수 없는 것이라면 굳이 필요치도 않습니다. 혹 가지고 계시다가 무언가 알게 되신다면 대인의 궁금증은 풀리시겠지요."

"너는…… 궁금한 것이 없느냐? 네 아비와 가족이 궁금하지 않느냐? 어째서 이런 옥패를 주고 네 어미와 너를 버렸는지, 그 사연이 알고 싶지 않아? 가슴이 답답할 만큼 찾고자 하는 절박함이 있었기에 양상군자 흉내를 내 여기까지 온 게 아니냐?"

장목현은 마치 제 손녀가 자신을 찾기를 포기한 듯 느껴져 흥분하고 말았다.

"그렇지 않아도 아무래도 이 물건이 저와 어울리지 않는 듯해 고민 중이었습니다. 저 같은 게 이런 귀한 물건과 연이 있을 것 같지 않습니다. 아무래도 어머니가 맡아둔 게 아닐까, 어디서 주우신 게 아닐까, 그리 여기고 있었습니다."

"네가 이것을 가지고 있다는 것만으로도 너는 이미 이 물건과 연이 닿은 것이다!"

"그저 저는…… 다른…… 해야 할 일이 없어서, 무엇을 해야 할지 몰라 제게 내려진 숙제라 생각하고 찾았을 뿐입니다. 오늘 대인의 말씀을 듣고 보니 괜한 짓을 해온 것 같다는 생각이 듭니다."

"허!"

장목현은 아직 앳된 계집의 말에서 세상을 등진 듯한 체념을 느끼고 기가 막히고, 한편으로는 가슴이 저릿하고 초조했다. 부디, 제 손녀만큼은 이런 마음을 먹지 않길 바랄 수밖에.

"저 옥패에 얼마나 무섭고 무거운 사연이 담겨 있는지 모르나, 알게 된다면 제가 감당할 수 있는 일이 아닐 듯싶습니다. 대인께서도 궁금증에 홀려 괜히 그것을 갖고 계시다 화를 당하지 마시고 버리시는 게 좋겠습니다."

"흐음……."

확실히 범상치 않은 계집임이 분명했다. 어린 나이에 물욕도, 감정도 비치지 않는데다, 오히려 자신을 걱정해 줄 만큼 앞을 내다볼 줄 알며 상황 파악이 빨랐다.

"하면, 전 이만 가보겠습니다. 부디 손녀분을 찾으시길 바랍니다."

사실 오문이 아예 실망하지 않은 것은 아니었다.

제 사연이 여기 장목현 대인의 손녀처럼 그저 비련의 가정사라면 얼마나 좋았을까. 국경을 넘어 볼까도 잠깐 생각했지만 어느 나라로 가야 할지조차 모르지 않는가. 옥패가 스스로 찾아온다는 것도, 그 또한 제 삶이 평범할 때나 가능한 일이다.

'그전에 죽을지도 모르지.'

어머니와 제가 어쩌다 귀문에 들어가게 되었을까?

귀문이 저를 죽이려고 이렇듯 쫓아다니는데도 옥패의 주인이 저를 찾아주지 않았다. 아버지란 사람은 저와 어머니를 예의주시하고 있지 않았다는 것이고, 그렇다면 저를 무슨 수로 찾겠는가.

'귀문에게 죽임을 당한 후에야 날 찾아주실 텐가.'

아니면 아버지 역시 사정이 있어 찾아주지 못한 것일 테니, 서로 만날 일이 아득한 것이다.

"잠깐."

오문이 창가로 걸어가자 장목현이 다시 불러 세웠다.

"이것은 네가 가지고 가거라."

오문은 장목현이 건네는 옥패를 가만히 보고만 있었다.

"버리더라도 네가 직접 버리는 것이 좋겠구나. 그리고 만약 버리지 않고 이 옥패의 비밀을 알게 된다면, 나를 한번 찾아와 줄 수 있겠느냐?"

"어째서 그러십니까?"

"궁금할 것 같구나. 너와 이 옥패의 사연이."

장목현은 오기가 생겼다. 저와 반대의 입장에 선 계집아이가 어찌 살게 될지 두고 보자는 심정이었다.

덕분에 옥패는 다시 오문에게로 돌아갔다.

오문은 그 옥패를 받아 들고 깊이 고개를 숙였다.

어떤 말도 하지 않았지만 장목현은 오문이 긍정의 대답을 했다고 느꼈다.

"하면, 재주껏 돌아가거라."

"평안하십시오."

다시 옥패를 손목에 감고 옷소매로 감춘 오문은 창을 넘어 오던 길을 되짚어 가기 시작했다. 한데 이미 밖이 너무 소란스러워 아까처럼 쉽게 도주할 수 없을 것 같았다. 올 때보다 더욱 조심스럽게 걸음을 옮기던 오문은 사람의 소리를 듣고 놀라서 나무 뒤로 숨었다.

"정말 도둑이 든 게 맞습니까? 어디에도 없습니다."

아까 그 총관이란 사람의 목소리였다.

"똑똑히 보았소. 심지어 그 도둑이 누군지도 압니다. 다리 밑 거지 패 중 한 놈인데, 열다섯쯤 되었고 키는 이만하고, 얼굴에 상처가 많아서 찾기는 쉬울 거요."

"그렇게 어린놈을 우리가 못 잡을 리가 없을 텐데요."

"엄청 빠른 놈이니 벌써 도망갔을지도 모르지요. 그러게 조용히 찾으라 하지 않았소!"

총관과 이야기를 나누는 다른 이는 공자의 호위라는 자의 목소리가 틀림없었다.

오문은 두 눈을 질끈 감았다.

'세상에……!'

귀문의 살수가 이제 남의 집 도둑까지 잡는 것인가.

아니다. 그럴 리가 없었다. 제 정체를 눈치채고 뒤를 밟은 것이다.

'그래. 그 식당에서부터 꼬치꼬치 캐묻는 것이 어쩐지 불안했어…….'

이제 그냥 뛰는 수밖에 없었다. 공자의 모습이 보이지 않는 것이 조금 이상했지만 그걸 고민할 겨를도 없었다. 얼른 담을 뛰어넘었다. 이제 거지촌으로도, 성문 밖으로도 나갈 수 없게 되었으니, 차라리 오던 길을 돌아가는 게 나을 듯했다.

'후. 이럴 줄 알았으면 봇짐을 챙겨 올걸.'

단출하지만 봇짐 안에는 갈아입을 옷과 소면집에서 벌어 모은 돈도 있었기 때문에 좀 아깝다는 생각이 들었다.

'뭐, 그 아이가 쓰면 되지.'

오문은 미련 없이 달리기 시작했다. 눈치 빠른 저들이 금방이라도 따라붙을 것 같아 사력을 다해 뛰었다.

한 번도 쉬지 않고 달려 나간 오문은 내려왔던 산의 초입에 다다랐다. 달이 밝아 울창한 나무 그림자가 진 곳을 제외하고는 나무 사이사이로 달빛이 고루 비춰 주어 길이 환했다.

"하악. 하악……."

숨이 곧 넘어갈 듯한데도 오문은 쉬지 않고 산 위로 뛰어올랐다. 그런데 채 몇 걸음도 가기 전이었다.

쿵—!

"헉!"

오문의 앞에서 귀신같은 시커먼 존재가 나무에서 풀쩍 뛰어내렸다. 어찌나 높은 곳에서 거대한 생명체가 떨어졌는지, 땅이 흔들릴 정도였다.

두 발로 착지한 그 생명체가 고개를 들었다.

'사람! 헉!'

일순 사람인 걸 알아차린 오문은 달빛을 받은 환한 얼굴을 보고 까무러칠 듯 놀랐다. 그러나 비명을 지를 새도 없었다.

부채나 들고 다니던 한량 같은 공자가 오문이 만난 어떤 살수들보다도 빠르게 제 몸을 향해 쏘아져 왔다.

오문은 일순 자신이 커다란 짐승의 먹잇감이 된 기분을 느끼고 말뚝을 박은 듯 몸이 움직이지 않았다. 아니, 피한다 해도 피할 수 없을 만큼 빠르고 힘찬 몸놀림이었다.

그런데 제 몸을 들이받을 것처럼 돌진하던 공자가 갑자기 오문의 곁을 스쳐 지나갔다.

"……?"

퍼억—!

의문이 드는 것과 동시에, 오문은 목 뒤에 강한 충격을 느끼고 그대로 까무러치고 말았다.

무호는 오문의 뒷목을 가격한 제 손을 슬쩍 보았다.

어리다는 걸 잠시 잊고 너무 세게 쳤던가, 제 손에 남은 여린 목의 감각에 괜히 찜찜한 마음이 일었다.

하지만 그것도 잠시. 그는 서강에서 해왔던 대로 앞으로 고꾸라져 대자로 엎드려 있는 오문의 목덜미를 한 팔로 붙잡아 일으켰다. 그러고는 그대로 질질 짐짝처럼 끌고 걸어나갔다.

얼마 안 가, 말과 수레를 끌고 온 장우와 친위대가 보였다.

무호는 오문을 수레 위로 던져 놓고 말에 오르며 말했다.

"이대로 황성을 떠난다."

"밤이 깊었습니다. 객잔에서 쉬었다 가시는 것이……."

장우가 새벽에 떠나자고 권했으나 무호는 이곳에서 볼일이 끝나 더 머물고 싶지 않았다.

"저놈을 족치려면 사람이 없는 곳으로 가야지."

춥고 깜깜했다. 오문은 아무것도 보이지 않는 무의식의 세상을 떠돌다가 언제부터인가 눈앞에 불길이 일렁이며 따뜻해지는 것을 느꼈다.

그러나 곧, 불길은 저를 태울 것처럼 뜨거워졌다.

"으…… 음."

오문의 입새로 신음이 흘러나왔다. 정신이 들어가면서 무의식의 불길은 점점 더 뜨거워지는 듯했다.

'불……. 불이 난 거야?'

눈꺼풀에 비치는 붉게 일렁이는 상이 허상이 아닌 것을 알고 오문은 눈을 뜨려고 애썼다.

"깨워 줘라."

공자의 목소리가 오문을 두렵게 만드는 순간 누군가 찰싹 뺨을 때렸다.

따끔하고 얼얼한 느낌이 서서히 깨어나던 오문을 순식간에 눈 뜨게 만들었다.

"……!"

눈을 뜨자마자 보이는 풍경에 오문은 가슴이 철렁했다.

주변은 깜깜했다. 밖인 것은 확실하나, 울창한 숲이 하늘마저 가려 달빛조차 잘 들지 않았다. 싸늘해야 할 공기가 이토록 뜨거운 것은, 오문의 앞에 활활 타오르는 모닥불 위에서 커다란 화로 같은 것이 달궈지고 있었기 때문이었다.

심지어 공자는 긴 장검을 불쏘시개로 쓰며 모닥불을 건드리고 있었고, 기도가 범상치 않은 낯선 사내들이 동그랗게 에워싸고 있었다.

"왜 그렇게 도망치나 했더니, 도둑놈이었군."

공자가 무심하게 던진 말에 오문이 어깨를 떨며 꿈틀거렸다. 왜 몸이 움직여지지 않나 했더니, 꽁꽁 묶여 있었다.

공자는 시뻘겋게 달군 검을 들어 보며 말했다.

"그래도 변명은 들어봐야겠지."

변명이 아니라 자백을 받으려는 사람처럼 은근히 위협을 가하더니, 새빨간 혀처럼 날름거리는 검을 수하에게 건넸다.

검을 받은 수하가 그 검을 넓적한 바위에 대고 쇠망치로 깡깡 내리치기 시작하자, 오문은 소리와 분위기가 주는 공포에 짓눌리기 시작했다.

그러면서 문득, 왜 이들이 저를 죽이지 않고 끌고 온 걸까 하는 생각이 들기 시작했다.

'귀문이 아닌가 보다. 그럼…… 왜?'

귀문이 아니라면 쫓길 만한 곳이 두 군데 있었다. 하지만 팔 년 전의 살수를 찾는다는 황실은 이미 저 같은 것은 잊었을 것 같고, 사유보가 도망친 노비를 쫓겠다고 여기까지 사람을 보내진 않았을 것 같았다.

그렇다면 담을 넘는 저를 보고 그냥 오해한 것일까?

"저…… 저는 도둑이 아닙니다."

오문이 꺼낸 첫 마디에 무호가 피식 웃음을 흘렸다.

그리고 영춘이 대신 추궁했다.

"요놈 보게. 오밤중에 복면을 하고 남의 집 담을 넘었는데 도둑이 아니야?"

"예. 절대 아닙니다. 집을 잘못 알았을 뿐입니다."

솔직하게 옥패 이야기를 할까 하다가, 이들의 정체를 몰라 함부로 말을 하기 꺼려졌다. 장목현 대인께서도 주의하라 하지 않았던가.

"뭐? 집을 잘못 알아? 하! 이놈이! 어리다고 봐줄 줄 알아?"

"이미 봐주시려는 건지는 모르겠습니다. 저를 도둑으로 보셨으면 관에 넘기실 일이지, 왜 이리로 끌고 오셔서 겁을 주십니까?"

오문의 말이 끝남과 동시에 무호의 입이 열렸다.

"말을 아주 잘하는군."

"아……! 아, 제가 말 못하는 흉내를 냈던 건…… 거, 거지로 살다 보니…….”

벌써 거짓말 하나가 들통난 걸 보면 조짐이 좋지 않았다.

아니나 다를까, 공자는 기분 나쁜 웃음을 짓고 있었다.

“거지로 살았다? 이틀 사이에 완벽한 거지의 삶을 살았나 보군.”

“……!”

“자해로 변장을 하는 건 생전 처음 보는구나. 덕분에 좋은 것을 배웠다.”

“어, 어……. 그, 그게…….”

이제 보니 도둑질 때문만으로 잡아온 게 아니었다. 폭포에서 뛰어내린 일을 알고 있는 것이다.

‘그렇다면 정말 귀문인가?’

오문이 혼란스러워하는데, 돌연 벌떡 일어난 무호가 망치질 하는 부하에게서 칼을 뺏어 들고 오문을 향해 휘둘렀다.

‘헉!’

오문은 소리도 내지 못하고 그 시뻘건 칼날이 제 몸을 사선으로 베어 오는 것을 보고 있었다.

그러나 검은 날아오던 힘이 무색할 만큼 정확하게 오문의 목 옆에서 뚝 멈췄다.

목이 뜨거워졌다. 검날에 베이지 않아도 그 열기만으로도 목이 타들어 갈 수 있을 것 같았다. 침만 꼴깍 삼켰는데도 검날에 데인 듯했다.

“네놈 정체가 뭐냐?”

“예? 저, 정체라니요?”

“도둑이 아니라면 더욱 수상하지. 적국에서 보낸 간자로 보일 만큼.”

“……!”

간자라니! 어째서 얘기가 그렇게 흘러가는 것일까? 오문은 화들짝 놀라 손을 저으려 했지만 묶여 있는 탓에 그마저도 불가능했다.

"왜, 왜 이러십니까? 그 무슨……. 저, 전 그냥…… 그냥…… 쫓아오시니 놀라서……."

오문은 평범한 아이처럼 겁에 질린 듯 울먹였다.

"도둑이 아니라 했으니, 장목현을 데려와 심문해 보지. 간자와 내통했는지 아닌지."

"무슨 말도 안 되는! 그분은 그런 분이 아니십니다!"

"역시. 아는 사이였군."

공자가 넘겨짚은 것에 걸려 버린 오문은 새파랗게 질리고 말았다. 이제 보니 확실한 건 아니지만 이 사람들은 모두 나라 녹을 먹는 군사들인 것 같았다. 풍기는 기도가 일반인과 달랐고 행동거지 하나하나가 절도가 있었다. 위계질서도 확실한지, 누구 하나 나서는 사람도 없었다.

'재수도 없지. 하필 이런 자들과 마주쳐서 괜한 오해나 사버렸잖아.'

아무래도 이렇게 돌아다니며 간자들을 색출해 내는 밀정인 듯했다.

"머리 굴리는 소리가 들리는 것 같은데? 어디냐? 너처럼 어린 간자를 보내는 경우가 드물긴 하지만 부영국에서 이런 짓을 잘하지."

"아닙니다! 절대 그런 거 아닙니다!"

이제 오문은 선택을 해야 했다. 이런 자들을 상대로 어설픈 거짓말은 통하지 않을게 분명했다. 제 진짜 정체를 밝혀서 좋은 건 하나도 없지만 그래도 간자인 것보다는 나은 진실을 말해야 했다.

"저는……. 저, 저는! 도, 도망친 노비입니다!"

"……."

아무도 입을 열지 않았다. 마치 더 할 테면 해보라는 듯. 모두들 저를 믿는 것 같지 않았다. 간자라는 사실을 덮으려고 노비라고 거짓말을 한 것처럼 보고 있었다.

"화, 확인해 보시면 될 거 아닙니까? 간자든 노비든 전 잡히면 죽은 목숨입니다. 간자로 잡혀서 고문당하면서 죽는 것보다는, 그래도 도망친 노비로 죽는 게 벌이 더 가볍지 않겠습니까?"

오문은 닭똥 같은 눈물을 뚝뚝 흘리며 사정했다.

"모은 돈으로 헤어진 동생을 다시 찾으려고 도망쳤습니다. 원래는 노비가 아니었습니다! 어쩌다가 팔려가는 바람에……. 잘못했습니다. 정말 잘못했습니다. 살려주세요. 간자는 아닙니다! 절대 그런 거 아닙니다!"

공자가 흔들림 없는 눈으로 저를 들여다보자, 오문은 쐐기를 박듯 확실한 말로 그의 의심을 날려 버렸다.

"사유보 대인의, 그, 그러니까, 수성촌에 있는 사유보 댁의 사노비입니다. 확인해 보십시오. 참입니다. 확인해 보신 후에 아니거든, 그때 간자로 잡아가시면 될 게 아닙니까!"

동생 얘기만 빼고는 전부 사실이라 오문의 말은 누가 들어도 꽤 그럴싸하게 들렸다.

그런데도 무호는 한참을 석연치 않게 내려다보았다.

'그냥 도망친 노비치고는 예사롭지 않은 게 한두 가지가 아닌 듯한데…….'

물론 오랫동안 도망치다 보면 절로 추적술을 익히는 경우가 있긴 했지만 이 아이는 어리지 않나.

"언제 도망쳤느냐?"

"어, 언제……. 어, 그러니까."

오문은 당황해서 잘 생각 안 난다는 듯 기억을 짚어 보는 척했다.

"그러니까……. 한, 육 년 정도 된 것 같습니다."

"육 년이라?"

무호가 보기에 눈앞의 소년은 많이 잡아도 열다섯을 넘지 않을 듯 보였다. 그런데 육 년 전이라면 아홉 살이 아닌가. 그때부터 도망치는 삶을 살았다면 꽤 어릴 때니, 본능적으로 이리될 수도 있긴 했다. 본래 아이들이 환경에 적응을 더 잘하는 법이지 않나.

무호의 눈빛이 싸늘해지는가 싶더니 갑자기 검을 아래로 내리그었다.

"헉!"

오문은 깜짝 놀라 눈을 질끈 감았는데, 곧 저를 묶고 있던 줄이 끊어진 것이 느껴졌다.

"어……. 미, 믿어주시는 겁니까?"

"수성촌에 가보면 알겠지."

"예. 예! 가보시면 아실 겁니다."

다 죽어가던 소년의 얼굴이 환해진 것을 보고 영춘이 혀를 찼다.

"뭐가 그리 좋으냐? 거기 가도 죽은 목숨일 텐데."

"아……. 그, 그래도……. 잘하면 살지도 모르고요……."

오문은 차마 이들 앞에서 가는 길에 다시 도망칠 계획이라는 말은 하지 못해 말을 더듬었다. 실제로 도망친 노비를 죽이는 경우는 별로 없었다. 다리 하나 정도는 못 쓰게 될지도 모르지만, 어쨌거나 노비도 다 재산 아닌가.

"여튼 잘됐다. 가는 길에 네가 우리 공자님 시중을 들면 되겠구나."

"예?"

"묶여서 가축처럼 끌려가는 것보다 너도 그게 낫지 않겠느냐?"

"그, 그렇긴 한데요……."

"왜? 너무 순순히 풀어줘서 감격했느냐? 허튼 수작 마라. 우리 못 벗어나."

"아닙니다! 절대 도망가지 않고, 시중을 들겠습니다."

"마침 공자님께서 소면이 드시고 싶다는구나. 물을 준비해 두었으니,

어서 해드리거라."

오문은 영춘의 턱짓을 보고야 모닥불에 걸린 무쇠 화로의 정체를 알 수 있었다.

"저…… 설마 국수가 드시고 싶어서 절 잡아 오신 건 아니시죠?"

오문의 의문은 너무나 당연했다.

병사들이 하나둘 가져오는 것들이 죄다 국수 재료가 아닌가. 그게 아니라면 이 야밤에, 그것도 숲속에서 갑자기 국수 재료가 튀어나올 리가 없지 않나. 전부 완벽하게 준비되어 있었던 것이다.

제 7 장

노비일지

오문은 부지런했다.

어릴 때부터 지금까지 하루도 무언가 하지 않은 날이 없었다. 배우거나, 일을 하거나, 늘 바쁘게 움직였다. 이제 가만히 있는 게 어떤 건지 모를 정도였다. 그래서 오문은 칼같이 단체로 기상하는 무호와 그의 군사들보다 늘 먼저 일어날 수 있었다.

물을 길러다가 아직 불씨가 남은 모닥불을 다시 피워 물을 데웠다. 데운 물은 아직 정체를 밝히지 않은 대공자 앞에 가져다 놓고 또 바삐 움직여서 아침 식사를 준비했다.

이 중에서 유일하게 병사 출신이 아닌 영춘은 잠이 덜 깨 게슴츠레한 시선으로 오문의 꽁무니를 좇았다. 새벽부터 꽁지 빠지게 종종걸음으로 왔다 갔다 하는데, 아무래도 어딘가 모자란 아이 같았다.

'죽을지도 모르는데, 뭐가 저리 기운차. 상황을 이해 못하는 건가?'

사실 태자가 오문을 간자로 의심했을 때, 영춘은 슬퍼했다. 너무 오래

군영 생활을 하신 탓에 과민 반응을 보이시는구나, 안쓰러웠던 것이다.

한데, 도망친 노비라고 밝혀진 아이는 이제 제 눈에조차 수상쩍기 그지없었다. 좋게 말해 낙천적이고 나쁘게 말하면 모자란 거고, 의심하자면 태자의 말대로 간자 같았다.

수레에 싣고 온 식재료를 둘러보며 해가 뜨기 전부터 연신 감탄을 하지 않나, 험상궂은 열두 명의 장졸들의 기세에 아랑곳 않고, 손을 씻고 오라며 등을 떠밀었다. 전날 밤 저희들 앞에서 두려움에 떨었던 기억들은 전부 거짓이었던 것처럼.

"왜 안 드십니까? 죽이 입에 안 맞으십니까?"

오문과 눈이 마주친 영춘이 괜스레 코를 닦으며 딴청을 부리자 오문이 다가와 말을 건넸다.

"아니, 뭐……."

"반도 안 드셨네요? 다른 분들은 벌써 다 드셨는데. 고기가 없어서 육포로 육수를 냈는데 별로입니까? 뭐 다른 거라도 해드릴까요?"

살갑게 저를 챙겨주는 것도 의심스럽다. 아무리 가는 동안 시동이 돼라 했지만 적응이 너무 빠르다. 낯가림이 없고 넉살이 좋다 해도 칼을 들고 위협했던 사람들을 이리 편하게 대할 수는 없었다.

"근데 너……!"

영춘이 단단히 마음을 먹고 무언가 추궁하려 할 때였다.

불쑥.

영춘의 가슴께로 낯익은 손이 가로질러 왔다. 빈 그릇을 든 손은 검과 봉으로 단련한 손답게 크고 단단해 보였으나 살결이 곱고 손가락이 길어 사내다우면서도 우아한 데가 있었다.

태자 무호가 그 기품 있는 손으로 투박한 그릇을 들고 있었다.

"한 그릇 더."

"네! 다행입니다. 보기보다 입맛이 안 까다로우시네요."

오문은 아직 그릇을 다 비우지 못한 영춘을 흘겨보며 생글생글 웃는 낯으로 태자의 죽을 푸러 갔다.

"전하. 재 좀 이상하지 않습니까?"

영춘이 무호 쪽으로 엉덩이를 더욱 바짝 붙여 속삭이듯 말하자 무호가 고개를 끄덕였다.

"이상하지. 어떻게 이런 걸 만들 수 있지?"

"예?"

"이해할 수가 없군. 재료로 치면 서강에서 먹은 쓰레기의 재료가 더 많았는데."

무호의 심각한 중얼거림을 듣고 영춘은 저와 태자가 다른 말을 하고 있음을 깨달았다. 그래서 저 역시 진지하게 남은 죽을 음미하며 퍼먹었다.

"음……. 맛이 있긴 합니다만……. 죽이, 뭐 죽이죠."

"가는 동안 데리고 다니면 쓸 만하겠다."

무호는 오문이 가지고 온 죽을 받아 들고 다시 맛있게 먹기 시작했다.

영춘이 그 의외의 모습에 고개를 갸우뚱하다 무심코 주변을 보았다.

이제보니, 모두 다 오문이 만든 죽을 감탄하며 긁어 먹고 있었다.

'이 사람들이 진짜! 서강에선 개밥만 먹었나? 아니, 우리 태자 전하께 뭘 드시게 한 거야!'

영춘은 어젯밤에도 오문이 국수에 뭔가를 탄 게 아닌가, 의심할 정도로 친위대의 격렬한 반응에 놀랐던 것을 떠올렸다.

무호가 오문의 목에서 칼을 거두고 앉자, 오문은 몇 번 눈을 깜빡이며 방금 제가 들은 말을 재차 확인했다.

"저……. 설마 국수가 드시고 싶어서 절 잡아 오신 건 아니시죠?"

그때까지는 영춘이 이해할 수 있는 일반적인 반응이었다.

"널 쫓느라 우리 모두 저녁 내내 아무것도 먹지 못했다. 어서 하지 않고 뭘 하고 있어? 네가 정말 국수 명인이 맞는지, 명인 흉내를 내면서 황성에 머문 간자인지, 확인을 해야 할 게 아니냐!"

"명인 흉내 낸 적 없는데요……."

오문이 억울하다는 듯 항변하자 태자가 끼어들었다.

"주방 숙수로 일한 것이 위장인지 아닌지는 맛을 보면 알겠지."

태자의 중얼거림이 끝나기 무섭게 오문은 노련하게 육수를 끓이고 재료를 손질하기 시작했다.

육수에 들어가는 것들은 별것 없었지만 재료를 손질하는 손은 놀랍게도 빠르고 정확했다. 단순히 재료 썰기를 열심히 한 칼 솜씨가 아니라 칼을 잡는 법이 좀 남달랐다. 칼날을 무서워하지도 않고, 손목을 휘둘러 칼을 손처럼 자유자재로 쓰는 느낌이었다.

'저놈이 어디서 칼 다루는 걸 배웠나? 식칼 잡는 게 예사롭지 않은데?'

오문이 백골기예단에서 단검이나 쌍칼 다루는 법을 배운 것을 알 리 없으니 영춘의 의심은 더욱 짙어졌다.

"저놈 칼 쓰는 것 좀 보십시오. 이상하지 않습니까?"

태자에게 그렇게 속삭이자, 태자 역시 고개를 끄덕이며 대답했다.

"그러게 말이다. 어째서 서강의 취사병은 어린애보다도 칼 다루는 솜씨가 무딘 것인지 이해할 수 없군."

태자는 아무래도 서강 진지에 머무르는 동안 식사에 가장 원한이 많았던 모양이었다.

"아니, 그것보다 저 아이 말입니다. 저 아이 칼 쓰는 게 예사롭지 않다는 뜻이었습니다."

"그래. 알고 있다. 내가 아직 서강에 있었다면 저놈을 데려가고 싶을 만큼 예사롭지 않아."

"이, 이제 간자로 의심하시던 건 거두셨습니까?"

"가다 보면 알게 될 일, 그딴 건 피곤하게 신경 쓰는 게 아니다."

지금껏 어린놈 하나 신경 쓰느라 몸과 마음이 죽도록 고단했던 것이 누구 탓이었단 말인가. 어째서 저만 가여운 어린아이를 의심하고 핍박하는 놈이 돼 버렸을까. 태자에게 꾸지람을 듣고 나니 영춘의 원망이 오문에게 쏠렸다.

'이렇게 된 거, 나라도 끝까지 널 지켜봐 주겠다!'

그런 탓인지, 아니면 본래 제 미각이 남들보다 떨어지는 것인지, 영춘은 오문이 만든 국수도 그저 그랬다. 맛이 없는 게 아니라, 그냥 흔한 국수 맛이었다.

한데, 서강에서 온 병사들은 그 국수에 크게 감명 받은 것처럼 보였다. 오문의 국수를 먹은 그들의 이야기는 태자의 주장과 비슷했다.

"와! 밖에서 해 먹었는데 이런 맛이 날 수 있지?"

"아까 바위에 반죽 치는 거 봤지? 바위가 쪼개지는 줄 알았다."

"그런데도 어떻게 면에서 흙이 안 씹히지?"

"별거 넣지도 않았는데, 냄새도 기가 막혀."

즉, 서강에서는 병영 안에서 먹어도 흙이 씹히고, 아무리 배가 고파도 잡내가 나서 식욕이 떨어지는 그런 음식만 먹었다는 것이다.

영춘이 심란해하고 있는데 태자가 한 손으로는 무릎을 움켜쥐고 다른 손에는 그릇을 든 채로 무겁고 심각한 목소리로 중얼거렸다.

"수상한 건 이런 거지."

"예. 맞습니다. 확인을 해보아야겠습니다."

장우까지 어두워진 표정으로 고개를 끄덕였다.

"제 말이 그 말입니다. 간자가 아닐지는 몰라도 어딘가 좀 이상한 건 확실하다니까요."

장우는 의기양양해하는 영춘을 무시하고 오문을 불렀다.

"너, 이리 와."

"예?"

오문은 갑자기 저를 부르는 소리에 겁을 집어먹고 쭈뼛쭈뼛 다가와 섰다.

"이 안에 뭘 넣은 게냐?"

장우가 눈을 부릅뜨고 매섭게 추궁하자 오문은 태자의 그릇을 힐끗 쳐다보더니 이렇게 대답했다.

"면이랑…… 육포랑…… 감자, 또……."

줄줄이 재료를 읊어대는데 장우는 믿을 수 없다는 얼굴로 더욱 엄하게 소리쳤다.

"그럴 리 없다! 바른대로 말해! 여기에 뭘 넣은 게냐! 우리 모두를 중독시키려 한 게냐?"

"……예?"

영춘은 오문의 황당해하는 표정이 너무나 잘 이해가 됐다.

"그런 뻔한 재료로 이런 맛을 낼 수 있을 리가 없지 않느냐! 필시 무언가 넣었다!"

할 말이 없었던 오문이 손가락을 꼼지락거리더니 한참 만에야 썰렁한 소리를 했다.

"……무언가라면…… 깨끗한 물과…… 정성?"

잠깐 차가운 기운이 흐르는데, 태자가 오문의 면전에 그릇을 들이밀었다.

"이름이 뭐라고 했지?"

"오, 오문입니다."

이제 고민조차 하지 않고 받아들인 이름인데다 어차피 노비 문서에 적힌 그 이름을 굳이 숨기고자 하지 않았다.

"그래. 오문. 네가 방금 말한 것들 전부 하나도 빠짐없이 더 담아 오너라."

"……예."

무호는 더 먹고 싶다는 말을 어렵게 돌려 말했고, 오문은 용케 알아듣고 죽을 퍼왔다.

잠시 후, 식사가 끝나자 모두 떠날 준비를 하느라 바빴다.

오문은 제 일을 깔끔하게 마무리하고 영춘에게 다가왔다.

"저……."

"왜?"

"저기, 저는 노비이긴 합니다만…… 어리지 않습니까?"

영춘은 오문이 드디어 본색을 드러내는구나, 무슨 말로 저를 속일까, 속으로는 잔뜩 경계한 채 퉁명스럽게 물었다.

"그래서?"

"그리고 진짜 제 주인님도 아니시고."

"죄인이지."

"예. 그렇긴 합니다만. 그래서 말인데요, 저 수레 타고 가도 됩니까?"

기대와는 전혀 다른 말을 듣고 잘못 들었나 싶었다.

"뭐?"

"원래 죄인들은 수레에 싣고 호송하잖아요."

"그건 칼을 씌운 중죄인들이고!"

사실 오문을 수레에 태우는 것쯤 아무 문제될 게 없었다. 하지만 먼저 저리 물어오는 것도, 그 논리도 황당하기 그지없어 영춘은 괜한 반발심이 들었다. 도대체 무슨 꿍꿍이란 말인가! 예상 못한 태도로 이목을 속이려는 수작일까, 영춘의 머릿속이 복잡해져서 짜증이 난 것도 한 몫했다.

"제가 걸음이 느려서 못 좇아가면 어쩝니까?"

"네놈이 뛰는 걸 봤는데, 누굴 속이려 들어!"

"아……. 그때는 죽기 살기로 도망가느라……. 지금은 포기해서 그런지, 힘이 안 납니다."

"이, 잇!"

"태워줘라."

두 사람의 실랑이를 뚫고 무호의 음성이 들렸다.

"하, 하지만……!"

"헷! 감사합니다!"

영춘이 반박하기도 전에 오문은 설레는 표정으로 수레에 올라탔다.

누가 보면 소풍이라도 가는 것처럼 보일 지경이었다. 그 모습 어디에서 붙잡힌 노비의 절망감을 찾아 볼 수 있단 말인가!

오문은 꽤 오래 잠을 잤다.

자갈밭인 산길을 내려가느라 돌부리에 걸린 수레가 덜컹거렸지만 기절하듯 잠이 들어 몸이 배기는 것도 모르고 있었다.

아무렇지 않은 척했지만 오문의 신경은 어느 때보다 예민해져 있었다.

정확한 정체를 알 수 없는 이들은, 살수들과는 확연히 다른 동물적인 감각을 갖고 있었다. 필시 수많은 전투를 치러 온 군사들이 분명했다. 이렇게 무리 지어 다니는 것을 보면 큰일을 하러 가는 모양이었다. 그럼, 제가 간자가 아니라는 확신만 준다면 저 같은 것에게는 금방 신경을 끌 것 아니겠는가.

차라리 잘됐다고 생각한 오문은 그들이 방심하는 틈을 노리기로 했다.

그러나 음식을 하기 위해 물을 기르러 가거나, 잡일을 하면서 여기저기 들쑤셔 봤지만 거대한 철벽에 둘러싸인 듯 빠져나갈 길이 보이지 않았다.

오히려 잠깐만 방심하고 허튼짓을 했다가는 등 뒤로 칼이 날아올 듯한 섬뜩한 예기가 느껴졌다.

특히나 영춘이라 불리는 공자의 호위가 문제였다. 모르는 척하고 있지만 제게서 한시도 눈을 떼지 않고 주시하는 게 느껴졌다. 오문이 보기에 호위나 저나 윗사람 눈치 보며 종살이하는 거는 비슷한 것 같은데, 주인보다 더 까칠하게 구는 것이 꼴사나웠다.

덕분에 오문의 피로감이 더 커졌다. 하지만 순순히 끌려갈 수는 없는 노릇이다. 소면집을 나선 후부터 제대로 휴식을 취하지도 못했으니 우선은, 체력을 비축해 놓는 것이 무엇보다 급선무였다. 그래야 언제고 틈만 생기면 도망갈 수 있지 않겠는가.

덜컹.

"윽!"

이번엔 꽤 큰 돌부리였다. 죽은 듯 자던 오문의 몸이 들썩이는 정도가 아니라 튕겨 올랐다 떨어질 만큼, 그냥 돌부리가 아니라 거의 바위 수준의 돌부리에 바퀴가 걸렸던 것이다.

"끄응……."

허리를 붙잡고 힘겹게 일어나 앉으니 수레를 모는 영춘의 등이 보였다.

아무래도 큰 돌이 있는 걸 알면서도 부러 그런 것 같았다. 그러나 벌써 평지로 들어섰고 저 멀리 마을의 입구가 보여, 아무 말 않고 기지개를 켜며 일어났다.

“오늘은 저 마을에서 자는 겁니까?”

오문의 질문에 영춘이 틱틱거렸다.

“왜? 마을에서 자면 밤에 도망치려고?”

“제가 어떻게 도망칩니까? 여기 이 많은 분들이 절 지키고 있는데 말입니다. 그냥 좀 씻고 싶기도 하고…….”

그러자 영춘이 오문의 머리부터 발끝까지를 훑어보며 얼굴을 찌푸렸다.

“그러고 보니, 너 거지 행세 하느라…….”

“더럽군.”

영춘의 말이 채 끝나기도 전에 무호가 짧게 말했다. 흑마를 타고 있던 무호가 어느새 뒤를 돌아 냉담한 눈빛으로 오문을 내려다보고 있었던 것이다.

“좀…… 그렇지요?”

“좀이 아니다.”

“어…….”

오문은 제 몸에 코를 대고 킁킁댔다. 폭포에서 떨어지고, 거지 소굴에서 구르고 하느라 옷에서도 머리에서도 퀴퀴한 냄새가 났다.

무호가 그 꼴을 말도 없이 가만히 응시하자, 어쩐지 낯이 뜨거워졌다.

“왜, 왜 그리 보십니까?”

“음식 하기 전에는 깨끗이 씻어.”

아무래도 이 몸으로 한 음식을 먹은 게 비위가 좀 상하는 모양이었다. 제가 만들겠다고 한 것도 아닌데, 하라는 대로 하고도 욕을 먹어 마음이 상했다. 더군다나 더럽다는 둥, 씻으라질 않나, 경멸 어린 눈빛으로 절 내려다보는 잘난 공자의 얼굴에 오문은 주눅이 들고 말았다.

그러고 보니 공자는 참 깨끗하고 품위가 넘쳐 보였다. 비록 지금 자신이 남자아이 행세를 하고 있지만 엄연히 열여덟 먹은 여인이었다. 물론 오문은 도망치며 먹고살기 바빠 다른 여인들처럼 저를 꾸미는 일에는 일절 관심이 없었다. 사유보 같은 인간을 겪어본 뒤로는 어떻게 하면 못생겨 보일까, 사내처럼 보일까만 생각해 왔었다.

그렇지만 이렇게 대놓고 잘 차려입은 미공자에게 씻으라고 지적을 받으니, 어쩐지 자존심도 상하고 무안했다.

그러다 이내 어쩔 수 없는 일이라고 생각한 오문은 생각을 고쳐먹었다.

'그런 생각 하면 안 돼. 난 지금 열다섯 살 소년이야.'

자칫 표정이 흐트러질 뻔했으나 오문은 크게 고개를 끄덕이며 죄송하다고 사과했다. 그러면서도 볼멘소리로 아이답게 변명했다.

"평소에는 잘 씻습니다. 정말입니다! 그러니까 오늘은 좀 씻을 겸, 객점에서 잘 수 있습니까?"

노숙은 지긋지긋했던 오문이 재차 묻자, 무호는 뭔가 생각에 잠긴 듯하다 영춘에게 물었다.

"지도는?"

영춘은 품속에서 지도를 펼쳐 지금까지와는 다른 진지한 눈빛으로 지도를 살펴보았다. 그러더니, 무겁게 고개를 저으며 대답했다.

"이 마을에는 거점이 없습니다."

"그냥 지나간다."

거점이 뭔지는 모르겠지만 오문이 신경 쓸 건 아니었다. 자신들의 정체도 확실히 밝히지 않는 자들인데, 물어본다고 가르쳐 줄 것 같지도 않고, 괜히 그런 걸 물어봤다가 의심만 더 살 것이다.

오문은 그저 아이처럼 보이기 위해 어깨를 축 늘어트리고 크게 실망한 표정을 보일 뿐이었다. 하지만 노비답게 더 조르지는 않았다.

“걱정 마라. 이 마을을 지나면 큰 냇가가 있다니, 오늘 저녁은 모두 거기서 씻으면 된다.”

“아……!”

저도 모르게 그러면 되겠구나, 했던 오문이 뒤늦게 ‘모두’라는 말을 곱씹다가 말을 삼켰다. 저는 함께 옷을 벗고 물에 들어갈 수 있는 처지가 아니었다.

다행히 무호의 이어지는 말에 오문의 그러한 점을 아무도 눈치채지 못했다.

“마을을 지나는 동안은 흩어지기로 한다.”

“예!”

오문을 붙잡느라 하룻밤을 같이 보냈던 이들은 다시 흩어지기로 했다. 애초에 황제도 친위대는 멀리서 따라붙으라 했었다. 이렇게 살벌한 자들이 무리 지어 다니면 아무래도 이목이 집중될 수밖에 없기 때문이다.

단왕부까지 가는 동안 태자가 궁을 비운 일은 최대한 늦게 소문이 퍼져야 했다. 태자를 노리는 자객 때문이 아니라, 단왕부의 동태를 확인하기 위해서였다.

뒤를 따라오던 장우 일행은 속도를 늦춰 점점 멀어져가고 있었다.

무호와 영춘, 그리고 오문은 작지만 나름 활기를 띤 장터를 지나고 있었다.

“그렇게 객점에서 묵어가고 싶으냐? 아니면 지키는 자들도 많이 없으니 도망갈 궁리 중이야?”

영춘은 내내 밝아 보이던 오문이 시무룩해 보이기도 해서 장난스럽게 떠보았다.

"아, 아뇨……! 도망치다 잡히면 이번엔 진짜 죽을 텐데, 뭐 하러요!"

오문이 펄쩍 뛰며 격하게 손을 젓자, 영춘은 제가 어린애를 너무 핍박했나 머리를 긁적였다.

"뭘 그리 놀라? 아니면 아니지."

"전 그냥 집 떠난 지도 좀 됐고, 계속 노숙하다 보니…… 좀 지쳐서요."

사실 오문은 갈등 중이었다.

오는 길에 곰곰이 생각해 보니 만약 이대로 사유보 댁까지 끌려가게 된다면 제가 계집이라는 걸 다 알게 될 것이다. 그게 아니라도 정말 같이 목욕을 하게 된다거나 그밖에 들킬 위기에 처하는 일이 자꾸 생길 것 같았다. 그때 들켜서 더 곤란한 상황이 만들어질 바에야 지금 밝히는 게 차라리 낫지 않을까 한 것이다.

게다가 지금은 오문을 둘러싸던, 철의 장벽 같은 무사들도 없었다. 말하기가 훨씬 수월해진 셈이었다.

'에이, 그냥 지금 말해?'

오문이 그런 고민을 하고 있을 때였다.

무호가 포목점 앞에 말을 멈추었다.

"데려가 뭐라도 사 입혀라."

"……?"

오문은 잘 알아듣지 못했지만 영춘은 철석같이 알아들었다.

"예! 뭐 해, 안 내리고?"

"아……. 뭘 그렇게까지……. 그냥 빨아 입으면 됩니다."

"빨아서 될 일이냐? 이가 득실댈 것 같아 보기만 해도 가렵다."

"이는 없어요!"

"잔말 말고 이리 와!"

오문은 굳이 옷을 사 주겠다면 마다하고 싶진 않았으나, 계집이라고 밝힐까 고민하던 중이라 머뭇거리게 되었다. 옷을 갈아입다 보면 진짜 들키게 될지도 몰라서 오문은 큰 결심을 하고 입을 열었다.

"그게 아니라…… 사실은요."

"얘 입을 만한 옷이 있으면 좀 주게. 급히 가야 하니 대충 맞는 걸로."

그러자 포목점 여주인이 나와 안면 근육을 전부 이용해 호들갑을 떨었다.

"아이고! 세상에! 웬 거지를 데리고 다니나 했습니다."

"그러게 말일세. 데리고 다니기 낯 뜨거우니 갈아입혀 주게."

"옷은 있습니다만…… 여기서 갈아입혀 가시게요?"

가게 주인의 표정에는 오문을 꼭 오물 취급 하는 듯 불쾌한 기색이 역력했다. 비싼 옷감에 냄새라도 밸까 봐, 그러는 듯했다. 이해는 가지만 열여덟이나 먹은 여인의 몸으로 오물 취급까지 받은 오문은 무안해서 머리를 긁적였다.

"아이고, 얘! 여기서 머리를 긁으면 어쩌니!"

"아……! 죄, 죄송합니다."

주인이 옷감을 들고 마구 털어내자 흠칫 놀란 오문이 뒤로 물러났다.

'나 그렇게 더럽지 않은데…….'

거지 행세 하느라 꼴이 좀 그런 건 사실이고, 비도 맞고, 물에도 빠져서 퀴퀴한 냄새가 나기도 했지만…….

'더럽네.'

그렇게 생각한 오문은 여기서 지금 계집 옷을 달라고 말하는 건 무리라고 판단했다.

이 사람들이 저를 어떻게 볼 것인가. 특히 저 잘난 공자께서 한심한 얼굴로 볼 것이 신경 쓰였다.

"그냥 옷만 가지고 가서 나중에 씻고 갈아입는 게 좋겠습니다."

오문이 상점 주인의 눈치를 보며 영춘을 재촉했다.

그런데 갑자기 주인 앞에 있는 가판대에 '툭' 하고 묵직한 주머니가 떨어졌다. 가판대 앞에 있던 세 사람은 동시에 주머니가 날아온 곳으로 고개를 돌렸다.

아무 표정이 없지만, 그래서 더 오만해 보이는 귀공자가 말 위에서 그들을 내려다보며 말했다.

"당장 입을 것, 가는 동안 갈아입을 것들을 챙겨라."

역시나 어안이 벙벙한 오문과 상점 주인과 달리, 영춘은 잘 알아들었다.

"예. 대여섯 벌 준비하겠습니다. 신도 같이."

그러자 무호의 시선은 오문을 향했다.

"넌 들어가서 씻고 갈아입고 나와."

"……."

어디로 들어가란 말인가, 눈만 끔뻑이는데, 주인이 오문의 궁금증을 대신 물었다.

"저희 집에서 말입니까?"

"물값 포함이다."

그 말에 주머니를 냉큼 열어 보더니, 여주인의 얼굴이 활짝 피었다.

"따뜻한 물로 준비하겠습니다!"

무호는 주인의 바뀐 태도에 시큰둥했다.

"뭘 그렇게까지. 대충 씻겨."

"아, 갈 길이 바쁘신 모양입니다. 그럼 그냥 찬물로 깨끗이 씻겨서 보내 드리겠습니다."

"그러든지."

오문은 불만이었다.

'아니, 왜 물을 데워 준다는데도 마다해? 씻는 건 난데!'

하지만 저는 노비였다. 그것도 갈 길 바쁜 공자님의 시동. 옷을 사주는 것만으로도 감지덕지해야 하는.

"감사합니다! 헤헷."

그래서 오문은 바보같이 헤실거리면서 주인의 손에 끌려 안으로 들어갔다.

오문은 더러워 못 봐주겠다며 뽀득뽀득 씻어주겠다는 여주인을 밀어냈다. 저도 다 컸는데 무슨 짓이냐며 한참 실랑이를 벌이다가 결국 힘으로 밀어낸 뒤에 문을 걸어 잠갔다.

'지금 도망가는 건 아무래도 무리겠지.'

잠깐 좁은 창을 올려다보다가 오문은 욕조 속으로 풍덩 들어갔다.

"으, 읏! 차가워!"

부르르 떨며 몸을 씻어 가는데, 제가 봐도 성한 곳이 하나도 없었다. 폭포에서 떨어질 때 여기저기 다쳐서 시퍼렇게 멍들고 부은 데다가 찢어져서 피가 굳어 있기까지 했다.

'이게 무슨 고생이냐. 괜히 오해해 가지고.'

예민해져서 지레 겁을 먹고 사서 고생한 게 아닌가, 한심했다.

'이상하네. 그때 분명히 살기를 느꼈었는데…….'

그러고 보니 소면집을 떠난 이후부터 그 살기는 단 한 번도 느낄 수 없었다.

'그냥 이 사람들이 원체 피 냄새를 풍기고 다녀서 그런가……?'

제가 느낀 살기가 공자 일행의 독특한 분위기 때문인가 보다, 오문은 그렇게 생각하고 다른 고민을 시작했다.

'난 먼저 씻었으니, 같이 안 씻어도 되지만 매번 옷을 갈아입고 씻고

하기가 곤란하잖아. 그러고 보니 같이 다니면 불편한 게 한두 가지가 아니겠는데?'

계집이라 말 안 했을 뿐이다. 뭐 들키면 들키지, 라는 안일한 생각도 있었지만, 본래의 모습보다 남장을 하고 있는 것이 더 편할 정도로 소년의 모습일 때는 힘든 게 없었다. 저 혼자 지낼 때야 말할 것도 없고, 원조미각에서도 일할 때는 여럿이 지냈지만 혼자만의 공간이 있었기에 가능했다.

'그래. 이렇게는 안 돼. 도망칠 때 도망치더라도, 솔직히 말해야겠다. 거짓말한 게 늘어나면 괜히 의심만 더 살 거야.'

깨끗이 씻고 사뿐사뿐 걸어나가면 저도 좀 여인처럼 보일 거고, 아까처럼 한심하고 경멸스러운 꼴로 밝히는 것보다 덜 충격적일 테니 말이다.

영춘과 무호는 오문이 씻고 나오길 기다리는 동안 주인이 따라주는 차를 마시고 있었다.

이른 아침 마수걸이가 훌륭했던지라, 여주인은 이 길손들을 극진히 대접했다.

"이 차도 좀 드셔보셔요. 이 동네가 이렇게 작아도 차 맛으로 유명하답니다. 차 덕분에 먹고 사는 동네인걸요."

주인의 말대로 작은 마을치고 장터에 사람이 많았다.

"물배만 채우겠네. 그만 줘도 되네."

영춘은 이미 세 잔이나 마신 차를 더 마시고 싶지 않았다.

"물만 드려서 서운하셨나 보네요. 자요, 이것도 같이 드셔보세요."

주인이 접시에 당과를 담아 내왔다.

"우리가 애도 아니고, 웬 당과인가?"

"애들만 먹는답니까? 이 차랑 당과랑 같이 먹으면 어찌나 맛이 잘 어우러지는지, 이 동네 찻집에는 당과가 없는 데가 없는걸요. 자요. 하나 드셔 보셔요."

주인이 애살스럽게 만만해 보이는 영춘의 입에 당과를 넣어주려는데 영춘은 극구 마다했다.

"됐네. 아무리 맛이 좋아도 우리는 당과는 안 먹네."

마침 깨끗이 씻고 나오던 오문이 그 얘기를 듣고 주춤 섰다. 당과 얘기만 나오면 괜히 찔려서였다. 그러다가 예민한 자신을 조소하며 다시 한 걸음 옮겼다.

"왜요?"

"당과에 안 좋은 기억이 있어 그러네."

"두 분 다요?"

"그래, 우리 공자님이 어릴 때 당과를 드시다가 죽을 뻔하셨단 말일세."

채 한 걸음도 걷지 못한 오문의 발이 다시 멈추었다.

"헉! 목에 걸려서요?"

"그런 거라면 다행이지! 어떤 못된 놈들이 공자님 당과에 독을 발라 놨거든!"

오문은 내디뎠던 발을 뒤로 물렸다.

'당과가 든 독? 설마…….'

설마 그럴 리는 없겠지 하면서도 눈썹까지 파르르 떨렸다. 아닐 거라고 생각하고 싶지만 어릴 때 당과에 든 독 때문에 죽을 뻔한 경험이 있는 사람은 흔치 않았다.

"어머나 세상에! 어린애한테 독을 먹이다니, 그런 악독한 경우가 다 있습니까!"

"우리는 그것도 모르고 그 당과를 아주 비싼 값을 주고 샀단 말일세."

"……!"

오문은 비명 같은 소리가 튀어 나갈 뻔한 걸 두 손으로 틀어막았다.

가슴이 철렁하고 다리에 힘이 풀렸다. 하마터면 주저앉을 뻔했다. 설마 했는데 계집아이에게 돈까지 주고 샀다는 말을 들으니 온몸에 피가 빠져나가는 기분이었다.

"그 생각만 하면 아주 그냥 부아가 치밀어 올라. 고 계집애를 붙잡아서 추궁을 했어야 했는데!"

영춘은 생각할수록 분하다는 듯 분통을 터트리고 있었다. 태자가 당과로 시해당할 뻔한 일은 아는 사람이 별로 없기에 마음 놓고 수다를 떨었다.

무호도 영춘이 무슨 소리를 하든 저만 귀찮게 하지 않으면 상관없는 주의라서 내버려 두고 있었다.

"세상에! 계집애가 그걸 줬단 말입니까? 누가 시킨 모양이지요? 어휴. 세상 무서워서 원. 그래도 다행히 무사하셨습니다."

"다행히 먹기 전에 알게 됐는데, 그걸 그냥 드셨으면 큰일 날 뻔했지. 그때만 생각하면 오싹하다네."

엄밀히 계집아이가 당과를 들고 간 덕분이지만, 영춘은 극적인 이야기 전개를 위해 그렇게 말했다.

'말도 안 돼! 있을 수 없는 일이야! 태자가 왜 여기 있겠어? 왜 여기서 나 같은 노비나 잡으러 다니고 노숙을 하고 있겠냐고!'

오문은 속으로 절규했다. 그런 말 같지도 않은 생각은 떠올리지도 말라고 스스로를 탓했다.

하지만, 아니라고 믿고 싶지만…….

팔 년 전, 불꽃이 터지던 어두운 골목길에 서 있는 기분이 들었다.

어느새 오문의 기억은 당과를 들고 서 있는 어린 태자 무호와 그의 호위무사, 그리고 돈주머니를 받고 쩔쩔매는 열 살, 어린 계집으로 돌아가 있었다.

'태, 태자? 정말 태자 전하였어?'

공자의 독특한 말투와 오만한 표정까지 완벽하게 맞아 떨어졌다. 숨이 쉬어지지 않았다.

'어떻게 아닐 수 있겠어……. 어떻게……'

제 기억이, 이자들이 태자 일행임을 확실히 가리키고 있었다. 어떻게 이런 악연이 있을 수 있을까?

"어휴. 정말 그러네요. 그럼 그 뒤로 정말 당과는 쳐다보기도 싫으시겠어요. 내가 그것도 모르고 당과를 내왔……!"

당과 접시를 치우려고 손을 뻗었던 주인이 말을 멈추고 멈칫했다.

공자라는 사람이 어느새 당과를 맛있게 먹어 치우고 있었기 때문이다.

"……."

두 사람이 멍해 있는 동안 무호는 차로 입안을 헹궈 내고 잔을 내려놓았다.

"더, 더 내올까요?"

"그러든가."

무호는 여주인이 새 당과를 내오는 것과 거의 동시에 오문이 씻고 나온 것을 발견했다.

오문은 공자와 눈이 마주치는 순간 화들짝 놀라 허둥거렸다.

"어, 저, 다, 다 씻었습니다!"

"이리 와."

"예? 예……."

오문은 쭈뼛거리며 느린 걸음으로 무호에게 다가갔다.

"그동안 얼마나 더러웠으면, 씻으니까 이리 다르네!"

영춘이 감탄 어린 욕을 했다.

깨끗해진 오문의 살은 무척 뽀얗고, 찬물에 씻어 추웠는지 뺨이 붉어졌다. 아직 얼굴의 상처가 남아 있었지만 귀여운 얼굴이 가려질 정도는 아니었다.

미동으로 변한 모습에 주인도 흐뭇해하며 옷이 잘 어울린다, 칭찬하면서 애교섞인 말투로 너스레를 떨었다.

"어휴. 이렇게 고운 애한테 왜 손찌검을 하셨을까. 때릴때가 어디 있다고. 주인님이 너무 엄하신거 아니예요?"

"무슨! 지금 우리가 저 아이를 때렸다고 생각하는 건가!"

영춘이 펄쩍 뛰며 아니라고 했지만 주인은 믿는 눈치가 아니었다.

"엥? 아니라고요? 그럼 누가 감히 남의 시동을 이리 때릴 수 있단 말이에요?"

"저놈이 스스로 한 짓일세! 안 그래? 대답해!"

오문은 머리가 복잡해서 두 사람의 대화를 듣지 못했고 그 때문에 빨리 대답하지 못했다.

'당과를 먹었어…….'

영춘의 말대로 당과라면 쳐다도 보기 싫어야 했다.

아니, 늘상 살해 위협에 시달린 태자라면 먹는 거 하나도 예민해야 하는데, 공자에게서는 그런 모습을 한 번도 본 적이 없었다. 자유분방할 정도로 느긋한데다가 격식조차 잘 따지지 않는 사람 아니던가.

"야, 대답해 보라니까 뭘 멍하니 서 있어? 누가 네 얼굴을 그리 만들었냐고!"

"아, 예……. 제, 제가요."

흡사 영혼이 빠져나간 듯, 마지못해 대답하자 주인은 눈을 더 가늘게 뜨고 영춘을 다그쳤다. 어린 애를 얼마나 괴롭혔으면 애가 이렇게 겁을 먹고 말도 제대로 못하냐는 둥, 한참 잔소리를 해댔다.

그러거나 말거나 오문은 또 생각에 잠겼다.

'내가 너무 예민했던 거야.'

태자일 리가 없다고 결론을 내린 순간이었다.

"먹어라."

"……!"

무호가 주인이 새로 내온 당과를 내밀었다.

"아, 아닙니다."

"먹어! 왜 여기 와서는 자꾸 소심하게 굴어! 너 일부러 이러는 거지!"

영춘이 거절하려는 오문에게 받으라고 다그쳤다.

"얼른 받으래도?"

과거의 기억을 떠올린 탓인지, 무표정한 공자의 얼굴과 받으라는 영춘의 말투가 낯설지 않은 느낌이었다.

"벼, 별로 안 좋아합니다."

오문은 손사래를 치며 뒤로 물러났다. 자꾸만 태자로 보이는 공자를 똑바로 볼 수조차 없었다. 공자가 내미는 당과가 마치 제게 내리는 사약처럼 느껴질 정도로.

"흠……. 의외군."

혼잣말로 중얼거린 무호가 태연히 제 입으로 당과를 가져갔다.

그러자 영춘과 티격태격하던 여주인이 웃으며 타박을 놓았다.

"어휴. 이제보니 다 거짓말 아니십니까? 재도 그렇고, 당과를 저렇게 잘 드시는데 거짓말을 어찌 이리 잘하십니까."

무호는 오해 받는 것이 아무렇지 않았기 때문에 퉁명스럽게 말했다.

"독이 든 당과 때문에 당과를 못 먹게 됐다면 나는 세상에 먹을 것도 없고 믿을 놈도 없었겠지.”

‘아!’

인정해야 했다.

세상에 닮은 사람이 많다 해도 태자 무호를 닮은 사람은 없을 것이다. 무호만큼 살해의 위협에 시달려 온 사람 역시 없을 것이다.

오문은 멍한 표정으로 당과를 든 채 수레에 타고 있었다.

어린애가 사양하는 거 아니라며 영춘이 기어이 남은 당과를 쥐여 주었기 때문이다. 마치 전에 그 묵직했던 주머니를 들려 주었던 것처럼.

어찌 된 일인지, 무슨 악연인지는 모르겠지만 저는 지금 그들과 함께하고 있었다.

조금 전, 저를 붙잡지 못해 분해하던 영춘의 원통한 목소리가 귓가를 맴돌았다. 할 수만 있다면 당장 도망치고 싶었다.

‘나도 알아봤으니까, 저들도 알아볼지 몰라.’

오문은 남몰래 주먹을 쥐었다.

‘당분간 절대 계집인 걸 들켜선 안 돼!’

팔 년 전의 그 열 살 계집아이라는 걸 들키지 않으려면, 저는 지금 열다섯 살 소년으로 알게 두는 편이 좋았다.

무심코 당과를 깨무는데 달달하니 맛이 괜찮았다. 그 때문에 좀 진정되었는지, 긍정적인 생각이 들기 시작했다.

‘나는 알고 봐도 믿기 힘든데, 이 사람들이 내가 그 꼬마 계집이라고 어떻게 연상할 수 있겠어?’

그 생각이 퍼뜩 스치자 기운이 났다.

‘그래. 너무 신경 쓰면서 몸을 사리면 더 이상해 보일 거야.’

사유보가 있는 수성촌까지 그리 먼 길도 아니고, 이 속도면 한 달 남짓

밖에 안 걸릴 것이다. 물론 그전에 도망을 칠 생각이었다. 아무튼 같이하는 동안 얼렁뚱땅 잘만 넘기면 계집인 게 들키지도 않을 것이고, 그리되면 제가 살수라는 걸 들킬 일은 더더욱 없지 않겠는가.

다들 제 음식을 걸신들린 듯 먹어대는 걸 보면 벌써 의심을 거둔 것처럼 보이기도 했다.

'그나저나, 내가 무호 장군을 꽤 보고 싶어 했었는데, 이렇게 같이 다니게 되었네.'

좋게 생각하니, 다 좋게만 느껴졌다.

세간 소문의 중심인 무호가 태자라서 좋고, 그런 무호를 잠깐이지만 모실 수 있게 된 게 어찌 보면 영광 아닌가.

오문이 한 가지 간과하고 있는 게 있다면 중장군과 중장대의 악명이었다.

무호가 중장군이 되고 나서 만든 중장대. 그들이 목표로 했던 적의 진지 중, 단 한 곳도 무사한 곳이 없을 정도로 포기를 모르는 집요하고 신출귀몰한 집단이라는 악명을.

이번엔 그들의 목표가 저였고, 결국 붙잡혔다는 것을 잊고 있었다. 그래서 제가 도망가기가 불가능에 가깝다는 것도 생각지 못하는 중이었다.

'어쩐지 다들 예사롭지 않더라니. 전쟁터에서 날고 기던 분들이라 아직 적응이 안 되실 만해. 어깨에 잔뜩 힘이 들어가서 부자연스럽다 했지.'

이제야 모든 게 다 이해되었다.

제 음식을 그렇게 맛있게 먹어주는 것도 소문대로 군영 밥이 맛이 없어서였던 모양이다. 이유는 잘 모르겠지만 복귀한 지 얼마 되지 않아, 궁에서 쉬고 계셔야 할 태자가 맡게 된 고된 밀정의 임무는 작은 일이 아닐 것이다.

'좋아. 같이 있는 동안 맛있는 거나 많이 해드리고 편하게 보살펴 드리자. 옷도 사 주셨는데, 보답은 해야지.'

물론 영춘이라는 호위무사는 여전히 거슬리는 눈빛을 보내왔지만 어릴 때 일을 생각해 보면, 어수룩할 정도로 선량한 사람이라 금방 마음을 열 것 같았다.

'국수랑 죽 같은 것만 먹어서 그런가. 고기 요리는 좋아할지도 몰라.'

음식으로 사람을 현혹시킬 셈인지, 오문은 이것저것 제가 잘하는 음식들을 떠올렸다. 그러다가 예전에 큰 잔치에 불려가 그 자리에서 새끼 돼지를 통으로 구워 냈던 게 생각났다.

별로 안 좋아한다던 당과를 오물오물 다 먹어버린 오문이 수레를 모는 영춘의 등에 대고 큰 소리로 말했다.

"이왕 야영하는 거, 오늘 밤에는 통구이를 하면 좋겠어요."

그런데 그 말에 영춘이 아니라 무호가 반응을 보였다. 반만 고개를 돌린 무호의 인상은 썩 좋아 보이지 않았다.

"여기 장터니까 닭이나 메추리 같은…… 비싸지 않은 고기를 사가지고…… 아니면 그냥 두툼하게 썬 아무 고기라도 꼬챙이에……."

무호의 눈치를 보느라 주절주절 음식을 설명하던 오문이 결국 기어들어 가는 소리로 말했다.

"제가 먹고 싶다는 게 아니라…… 해, 해드리고 싶어서요."

"너."

"예, 예?"

"모닥불에 구운 고기를 해먹자는 게냐?"

"예? 예. 그렇습니다만……."

"그게 얼마나 끔찍한 맛인지, 모르는 게냐?"

무호의 기억은 약 이 년 전, 황무지를 둘러싼 울창한 숲속에 있던 때로 돌아갔다.

그날 중장군인 무호는 제 부하들 중 날랜 놈들만 골라 적의 봉수대 하나를 완전히 날려 버리러 가던 중이었다.

한데, 잘못된 정보로 인해 봉수대의 위치는 자신들이 알던 것보다 훨씬 더 멀리 떨어져 있었고, 되돌아갈 생각은 전혀 없었다. 복귀 시간이야 평소에도 그리 중하게 여기지 않던 무호였다. 예정이 뒤틀려서 문제가 되는 건 한 가지밖에 없었다.

무호가 이끌던 중장대는 금의대 출신의 장졸들로 이루어져 있고, 금의대는 본디 장래를 보장받은 귀족 가문의 자제들이었기에 일반 사병들과는 차원이 달랐다. 그들은 배가 고파본 적도 별로 없었고, 거친 잠자리는 훈련 때만 해보았을 뿐이었다.

안전을 보장하기 위해 위험한 임무를 수행하지는 않았지만, 태수는 그 외 다른 것에서만큼은 일반 사병과 똑같이 대우하며 특권을 주지 않았다. 그렇다 보니 배만 채워도 행복한 가난한 사병들의 음식이 그들의 고급스러운 미각에 맞을 리가 없었다.

취사병은 늘 질과 맛보다 양을 생각했다. 어떻게 하면 병사들이 더 맘껏 배를 채울 수 있을 것인가?

취사병의 그리 고귀한 신조와 고뇌를 알 리 없는 금의대는 식사 때마다 곤욕스러워했다.

그래도 그나마 부대에 있을 때는 억지로라도 먹을 것이 있었지, 이번에 가지고 온 건량은 반나절 것밖에 되지 않았다. 항시 전투에 나갈 때는 돌아올 때의 식량을 챙기지 않는 것이 원칙이었다. 여분의 식량은 아군이 죽고 나면 적의 배를 채울 수 있기 때문이다.

한데, 이 상태로는 가는 길에 배가 고파 싸울 힘도 나지 않을 듯했다.

잘난 금의대의 귀공자들이 배고픔을 겪어본 일이 얼마나 있겠는가. 장졸들의 뱃속은 심하게 뒤틀리고 있었다.

"먹을 수 있는 것으로 구해와."

무호의 말에 모두들 사방으로 흩어졌고, 잠시 뒤 그들은 한결같이 작은 짐승들을 잡아왔다. 무호도 그렇지만 대원들 모두 숲에서 먹을 수 있는 거라고는 사냥한 짐승밖에 떠올리지 못하는 놈들이었다.

잡내를 없애줄 향기로운 풀과 감칠맛을 더해 줄 새콤달콤한 열매, 수분을 머금은 달짝지근한 버섯 등등. 백성들이 함부로 오지 못하는 그 숲 속에는 먹을 것이 지천으로 널려 있었는데 말이다.

그리고 당연하게도 그들은 그것을 활활 타는 불 속으로 그냥 던졌다.

불에 굽기만 하면 고기로 나올 줄 알았던 산짐승들은 피 흘리는 석탄이 되었다. 그것도 씹을 때마다 형용할 수 없는 누린내가 가득한.

그날 이후, 무호는 야영 때 고기를 굽지 않았다.

하지만 오문이 어렵지 않다 장담하자, 해볼 테면 해보라며 멧돼지 한 마리를 잡아 오문 앞에 던져 놓았다.

새끼 돼지만 생각했던 오문은 야생 멧돼지의 압도적인 크기를 보고 크게 놀랐으나, 곧 감탄사를 연발했다.

"우와! 이걸 정말 한 번에 잡으셨어요? 와! 정말 크네요. 우리 전부 배부르게 먹고도 남겠어요! 저 멧돼지 요리는 처음 해봐요!"

다른 감탄은 필요 없었다. 멧돼지 요리는 처음 해본다는 소리에 무호의 눈빛이 살벌해졌다.

"이제 와 못 하겠다는 게냐?"

"아, 아뇨! 처음 맛보는 거라 기대돼서요."

오문의 말에는 당연히 맛있을 거라는 전제가 깔려 있었기에 무호는 코

웃음을 치고 나무 아래에서 쉬었다.

장우 일행도 조금 전에 전부 복귀해서 각자 자리를 잡고 앉아 오문이 분주히 움직이는 것을 보고 있었다.

콧노래를 부르며 제 몸집만 한 멧돼지의 배를 갈라 내장을 꺼내는데 영춘이 도끼눈을 뜨며 속삭였다.

"저것 좀 보십시오. 저 내장 바르는 기술이 예사롭지 않습니다!"

무호와 장우 역시 미간을 찌푸리며 그 광경을 노려보았다.

"내장은 버리는 거였나?"

"그런가 봅니다."

영춘은 도저히 그들의 대화에 낄 수가 없었다.

그 뒤로 오문이 멧돼지의 털을 불에 그슬려 태우고 핏물을 빼는 등의 손질을 할 때마다 여기저기 탄성이 흘러나왔다. 멧돼지를 술로 적실 때는 아까운 술을 버린다며 화를 내는 자도 있었지만 오문은 개의치 않았다.

거기다 제가 직접 구한 작은 열매와 향이 강한 잎과 감자 등으로 멧돼지의 배를 채워 나무 꼬챙이로 배를 꿰맸다. 마지막으로 기름을 발라 불을 조절해 가며 고기를 굽는데 그 향기가 기가 막혀서 먹어보지 않아도 맛이 짐작이 갔다.

오문을 예의주시하던 영춘마저 침이 고일 정도였다.

마침내 기름이 뚝뚝 떨어지며 속까지 노릇노릇 잘 익었다.

오문은 가장 부드럽고 기름진 앞다리 살을 발라 연한 잎에 싸서 무호에게 건넸다.

"드셔 보세요!"

무호가 손을 뻗는데 갑자기 영춘이 그것을 날름 낚아채 입으로 쏙 넣어버렸다.

"……."

독이 있는지, 기미를 보려 한 의도는 알고 있지만 무호는 영춘을 곱지 않은 눈으로 노려보았다.

영춘은 그 눈빛을 애써 모르는 척하고, 독이야 없겠지만 뭐든 트집을 잡겠다는 생각으로 고기를 우물우물 씹었다. 그러나 고기를 다 먹은 영춘은 자신의 의도를 잊고 소리치고 말았다.

"후아! 진짜 맛있습니다!"

그 말에 무호는 더욱 화가 나 영춘을 걷어차고 싶은 충동이 느껴졌지만 오문이 내미는 더 크고 기름진 고기 살점을 보는 순간 마음이 스르륵 풀려 버렸다.

"이쪽이 더 잘 구워졌습니다."

오문이 그렇게 말하니 정말 그런 것 같았다. 고기를 입에 넣자, 입안 가득 향긋하면서도 진하고 고소한 맛이 퍼졌다. 연하면서도 쫄깃한 식감에다가 씹을수록 느끼하지 않고 담백해졌다. 장담하건대 궁에서도 이렇게 맛있는 멧돼지 요리를 먹어본 적이 없었다.

무호의 눈빛에는 경이로움이 가득했다.

'저놈을 꼭 궁으로 데려가야겠다.'

"또 실패라니! 이번엔 무슨 변명을 지껄일 셈이냐!"

단왕부의 왕세자 단유천의 반듯한 얼굴이 야차와 같이 사납게 일그러졌다.

그의 앞에 꿇어 있던 수하는 그가 내뿜는 시커멓고 날카로운 살기에 닿기만 해도 죽을 것처럼 납작하게 엎드려 떨었다.

"벼, 변명이 아니라……."

"닥치거라!"

퍼억—!

"……."

그는 지붕이 들썩일 만큼 호통치며 주먹으로 서탁을 내리쳤다.

엎드린 수하는 제가 서탁이기라도 한 듯 어깨를 움츠리며 입을 닫았다.

"귀문의 이급 살수란 놈이 어린애 하나를 잡지 못해 전전긍긍하는 꼴이라니! 네가 그러고도 살기를 바라느냐!"

귀문의 이급 살수 셋이 모이면 군부로 들어가 대장군을 암살하는 것도 불가능은 아니었다. 비록 이급 살수 중 가장 실력이 떨어지는 삼귀라지만 어린애 하나를 죽이지 못해 몇 번이나 실패했다니, 이급 살수의 자격이 없었다.

그러나 삼귀는 억울했다.

"이번엔 그럴 만한 사정이 있었습니다!"

"사정? 또 그놈의 사정인가! 이번에도 문주께 구구절절 사정을 읊어대며 구차한 변명으로 보고를 하란 말이냐!"

단왕이자, 귀문의 문주가 아버지인 단유천 역시 귀문의 사람이었다. 게다가 그는 귀문의 일급 살수, 귀접이라 불리는 귀문의 후계자이기도 했다.

귀접은 문주의 아들이라 해서 얻을 수 있는 호칭이 아니었다. 단유천은 천재라 불릴 만큼 어릴 때부터 뛰어났다. 때문에 단 한 번도 실패를 해 본 적이 없었다.

한데, 오문, 오문, 오문! 그 아이의 일 때문에 번번이 문주께 머리를 조아려야만 했다. 그뿐만이 아니다. 오문을 잡지 못하면 제가 아끼는 산호가 곤란해질지도 모른다.

"어린애의 잔꾀에 속아 넘어갈 때마다 늘 그놈의 사정을 핑계 댔다! 이번에는 무엇이냐? 예상치 못한 함정이라도 파놓고 기다리더냐!"

오문이 쥐새끼마냥 빠르기도 빨랐지만 워낙에 약은 수를 쓰니, 잡힐 듯 말 듯 늘 아슬아슬하게 놓쳐 버려 더 약이 올랐다. 마치 영악한 어린아이에게 농락당하는 어른의 기분이랄까.

번번이 작은 실수와 방심으로 오문을 놓쳤던 수하들로선 그의 호통에 할 말이 없었다.

한데 이번엔 억울했다. 이번에는 오문의 약은 수 때문에 실패한 것이 아니기 때문이다.

"쫓기고 있었습니다!"

"뭐라?"

"그 아이가 등을 보인 순간, 나무 위에서 독침을 쏘려 하였는데…… 누군가 찾아왔습니다."

그제야 귀접은 삼귀의 말에 귀를 기울이기 시작했다.

"누가 찾아왔단 말이냐?"

"누군지는 알 수 없으나, 멀리서 지켜보니 사내 둘이 오문을 잡으려 했습니다. 오문이 뿌리치고 사력을 다해 도망가는데, 그들 역시 다급하게 뒤를 쫓았습니다. 저 또한 일단은 뒤를 쫓으려 했으나, 그것이 다가 아니었습니다."

"또 무슨 일이 있었단 말이냐?"

"그 사내 둘 역시 심상치 않은 무사들에게 쫓기고 있었습니다. 기도가 예리하고 실력이 만만치 않아 보였습니다."

"그들 역시 쫓기고 있다? 그것이 확실한 것이냐?"

"살기가 느껴졌습니다. 열둘 정도 되는 무인들이 욕설까지 지껄이면서 쫓는 데다 오문과 사내 둘이 폭포로 뛰어내리자, 혈안이 돼서 산을 들쑤시고 다녔습니다. 아주 끈질긴 자들이었습니다."

"그래서 포기하고 돌아온 것이냐?"

"그들의 눈에 띄면 일이 더 복잡해질 것 같았습니다. 해서, 저는 일단 수하들에게 그들 뒤를 밟으라 지시하고 이 사실을 전하러 온 것입니다. 착실하게 뒤를 쫓고 있을 것이니 놓치진 않았을 겁니다."

귀접은 뒷짐을 지고 일어서서 수하의 앞을 서성거리며 이 혼란스러운 상황을 천천히 정리해 보았다.

그들의 정체가 누구인지는 짐작조차 가지 않지만 이대로 오문을 뺏길 수는 없었다.

'그 물건을 빼앗아야 하는데……. 그놈들이 오문을 죽이면 물건이 어찌 될지 알 수 없지.'

한참을 생각하던 귀접이 수하에게 명했다.

"일단은 오문을 쫓는 무리에 관해선 일절 상관하지 말고, 신중하게 그들 뒤를 밟아라. 기회가 생기면 그들보다 먼저 오문을 없애야 한다. 만약 그들이 방해가 된다면 누구인지 상관 말고 모두를 죽여라. 기회가 왔을 때 잡으란 말이다. 알겠느냐?"

"예!"

일이 복잡해진 건 맞지만 적어도 그들 덕분에 오문을 찾기가 더 쉬워질지도 모른다.

갑자기 등장한 오문의 또 다른 적이 궁금했지만 애써 관심 갖지 않으려 했다. 자신들의 표적에만 집중하는 것이 귀문의 방식이기 때문이다.

'설마 오문 따위가 일을 이렇게 엉망으로 만들 줄이야!'

단유천은 그 수많은 실패에도 불구하고 아직도 오문을 가소롭게 여기고 있었다.

제 8 장
사육되는 짐승

커다란 멧돼지 통구이를 전부 먹어 치운 날로부터 사흘이 지났다.

일행은 사흘 내내 노숙을 해야 했다. 산을 넘어 관도를 따라 가도 한동안 마을이라고는 보이지 않았고, 길에도 인적이 드물었다.

아직 황성 근처 땅이라 비록 지름길은 아니라도 오가는 사람은 많을 듯한데, 이상하게 사람이 적었다. 덕분에 일부러 흩어져서 다니는 꼴도 우스워져 길게 줄을 이어 함께 가는 중이었다. 그래서인지, 수레까지 끌고 있는 일행은 수레에 짐만 많이 싣는다면 얼핏 상단을 호위하는 모습으로도 보일 것 같았다.

"이곳이 거점으로 가는 길이 확실한 게냐?"

무호의 질문에 영춘이 지도를 꺼내 확인했다.

"예. 분명 이곳이 확실합니다. 잠시 후면 도착할 것 같습니다."

그렇게 대답은 했지만 영춘도 썩 자신 있는 얼굴은 아니었다. 지나가는 사람이 없어도 너무 없었기 때문이다. 하지만 마을에 들어서자마자 그 이유를 확인할 수 있었다.

우하현은 본래 큰 마을은 아니지만 강줄기가 뻗어 나온 곳에 위치해 물이 많아 살기가 좋았다. 산이 병풍처럼 둘러싸서 평지가 넓지 않아 마을이 크지 않을 뿐이었다. 그렇게 따뜻하고 평온하고 안락했던 마을은 온데간데없이 사라졌다.

"대체……."

어쩌다가 이렇게 된 것인가, 이곳에서 무슨 일이 있었는가, 많은 말이 생략되었지만 모두들 영춘의 말을 알아들었다.

마을은 폐허나 다름없었다.

여기저기 무너진 집들이 보였고, 땅도 울퉁불퉁한 데다 여기저기 파헤쳐져 농사를 짓는 땅처럼 보이지 않았다. 간혹 사람들이 있긴 했지만 하나같이 병든 사람처럼 마르고 기운이 없어 보였다. 특히 그들의 표정에는 희망이라고는 없었고, 초점 없는 눈으로 본래 논밭이었던 땅을 바라보고 있을 뿐이었다.

"이래서야 오늘도 객점에서 쉬는 건 포기해야겠습니다."

아쉬움이 묻어나는 영춘의 말에 장우가 안타깝다는 듯 덧붙였다.

"강이 불어났던 모양입니다. 꽤 피해가 컸군요."

"강이 불어났다면 지난여름이다. 여태 이러고 있단 말이냐?"

"그러게 말입니다. 폐하께서는 홍수 피해가 전부 복구된 것으로 알고 계시온데……."

황제 폐하의 일을 잘 아는 것처럼 말해 버린 영춘이 오문을 힐끔 쳐다보며 말을 흐렸다.

'뭐, 이 정도는 상관없잖아?'

오문이 전혀 모르는 기색인 걸 보고 대수롭지 않게 넘겼다.

하지만 오문의 손바닥에는 식은땀이 났다.

'가까이 지내는 사람이 아니고서야 저렇게 자연스럽게 황제의 심중을 입에 올릴 수가 없어.'

이미 알고 있는 사실을 확인사살 받는 참담한 기분이었다.

"어찌 된 일인지 알아보고 와라."

"현청으로 가보겠습니다."

"아니다. 네가 가서 저 사람들에게 물어봐."

"……."

무호가 명령을 내렸는데 누구 하나 답하는 사람이 없었다.

오문은 딴생각을 하다가 갑자기 주변이 조용해진 듯해 두리번거렸다. 그런데 모든 이들이 저를 쳐다보고 있었다. 심지어 태자마저도.

"왜…… 다들……?"

오문은 제가 뭘 놓친 건가 눈치를 살폈다. 그러자 영춘이 야단치듯 말했다.

"방금 공자님께서 너더러 말씀하신 것을 못 들었느냐?"

"예?"

"어찌 된 일인지, 마을이 왜 이 모양인지, 알아보고 오라시잖아."

"저, 저한테 하신 말씀이셨습니까?"

"이놈이! 정신 똑바로 안 차려? 하루 종일 수레에서 꾸벅꾸벅 졸기나 하고! 상전이 따로 없어!"

"아니, 왜 그런 일을 저더러 시키시나 해서요. 저는 그냥 시동인데요?"

"시동이니 시키지. 우리 같은 놈들이 백성들 붙잡고 물어보면 답을 줄 것 같으냐? 도망이나 안 가면 다행이지!"

"아! 그렇구나!"

"알았으면 얼른 다녀와!"

"저, 근데…… 저 혼자요?"

"그럼?"

"괜찮으세요?"

"뭐가?"

"저…… 도망친 노비인데요?"

"아! 그렇지!"

두 사람의 대화를 짜증스럽게 지켜보던 무호가 말했다.

"같이 다녀와."

영춘은 태자 옆에 꼭 붙어 있고 싶었지만 반항하면 발에 채일 것 같은 분위기라 오문을 데리고 자리를 떠났다.

두 사람이 사라지자 장우가 무호에게 다가왔다.

"전하. 저렇게 둘만 보내도 되겠습니까? 오문 저 아이, 제 생각에도 보통은 아닌 듯합니다. 도망치기라도 하면……."

"도망치면 또 잡으면 그만이다."

"예?"

"못 잡으면 그것도 저놈 재주니 인정해 줘야지."

장우는 무호가 간만에 웃고 있는 듯한 기분이 들었다.

아니, 언제 무호가 즐겁다는 듯이 웃는 걸 본 적이 있던가?

'이제 인간 사냥에 눈 뜨셨나?'

오문과 영춘은 티격태격하면서도 잘 맞아서 같이 가라는 명에 군소리 없이 자연스럽게 사람을 찾아 나섰다.

무리 중에 영춘만 병사 출신이 아니라 그런지 사고나 행동이 그렇게 경직되지 않아서 오문은 그를 가장 편하게 생각하고 있었다.

물론 궁에서 일하는 호위무사 정도 되려면 군사들 못지않게 각이 잡혀야 했지만 현 황제 일가의 독특한 성향 탓에 어릴 때부터 황실에서 자란 영춘은 비교적 규율과 체계에 얽매이지 않았다.

"이상하네요. 아무리 작은 마을이라지만 여기 사람이 너무 적어요."

몇 명밖에 보이지 않는 마을 사람들은 낯선 이들을 잔뜩 경계했다.

"그러게. 홍수 피해로 많이 죽은 건가?"

"그런가……. 저기 애가 보이네요. 애들한테 물어보는 게 낫겠어요."

오문이 가벼운 걸음으로 열두 살 정도 되어 보이는 사내아이에게 다가갔다.

아이는 처음에는 호기심 어린 눈으로 오문을 보고 있다가 오문이 제게 다가오자 깜짝 놀라며 슬그머니 도망쳤다.

"얘! 너 이거 먹을래?"

그 말에 멀리 달아나려던 아이가 다시 되돌아왔다.

"뭐, 뭔데요?"

오문이 싱긋 웃으며 손에 든 작은 조각을 보여주었다.

"육포. 먹을래?"

"헉!"

아이의 눈빛에는 왜 이런 귀한 것을 제게 주느냐 하는 의구심과, 먹고 싶다는 갈망이 노골적으로 뒤섞여 있었다.

"자, 받아."

아이의 눈에 갈등이 비쳤다. 그러더니 갑자기 오문의 손에 있던 육포를 낚아채서 제 입에 넣어버렸다. 고맙다는 말도 없이 허겁지겁 육포를 씹던 아이가 죄책감이 가득한 얼굴로 쭈뼛거렸다.

그러자 오문은 더 큰 육포 조각을 꺼내며 말했다.

"물에 넣고 끓이면 여럿이서 먹을 수 있어."

시무룩하게 쳐져 있던 아이의 눈이 번쩍 뜨였다.

영춘은 아이의 죄책감을 짚어낸 오문을 신기하게 쳐다보았다.

'정말 사람을 들었다 놨다 하는구나.'

잠시 후, 두 사람은 아이에게서 많은 것을 들을 수 있었다.

작년 여름, 홍수로 제방이 무너지면서 마을이 침수되었다. 그로 인해 마을 사람들 반수가 죽었으나, 나라에서는 변변찮은 지원을 못해 주고 있었고, 엎친 데 덮쳐 전염병까지 돌아 또 많은 사람들이 죽어버렸다.

일할 사람들이 줄어들어 피해 복구는 더뎌지고, 병자는 늘어나고, 겨울을 지나며 아사자까지 셀 수 없이 불어났다.

사정이 이런데, 현청에서는 도리가 없다며 세금을 내지 않는 걸 다행으로 알라 했다는 것이다.

"현청에서 착복한 모양입니다."

이야기를 들은 장우가 혐오스럽다는 듯 말하자, 무호가 고개를 저었다.

"현청에서는 도리가 없는 게 맞을 것이다. 이 지경이 되었는데 손 놓고 제 배만 불리고 들키지 않을 거라 생각한 병신은 아닐 테니."

매년 나라에서 거둬가는 세금이 있어야 하는데, 현청에서 세금을 거두지는 않았다는 걸 보면 정말로 나라의 지원이 끊겼다는 것이다.

"아무래도 결정적인 건 전염병 때문인 듯하다."

영춘도 고개를 끄덕였다.

"예. 아마 전염병이 도니, 병이 잠잠해질 때까지 마을을 폐쇄시킨 모양입니다. 다 죽으라는 거죠."

관리들의 착복이야 어디든 있었다. 문제는 전염병이 돌면 이런 작은 마을은 윗선에 잘 알리지도 않고 그냥 포기해 버린다는 것이다.

"저…… 하면 이제 어찌하실 건지……. 여기서 자고 가실 겁니까?"

오문이 조심스럽게 끼어들었다. 모두의 시선을 받은 오문이 변명처럼 말했다.

"객점은 없는 것 같은데, 주무실 곳이 마땅치 않으시면 제가 봐둔 곳이 있어서……. 식사도 해야 하니까 준비하려고요……."

오문의 말이 끝나기도 전에 영춘이 펄쩍 뛰며 오문을 나무랐다.

"전염병 도는 곳에서 밥을 해먹고 가잔 말이냐? 하여간 생각이 없어!"

곧이어 장우도 거들었다.

"백성들 사정이 안타깝긴 합니다만, 현재로서는 저희가 관여할 수 있는 상황이 아닌 듯합니다. 일단은 여기서 나가시고 다른 방도를 찾으시는 게 좋겠습니다."

세상 모든 백성을 황실에서 전부 돌봐줄 수 있다면 그게 제일 이상적일 테지만 현실이 그렇지 못했다. 태자가 봤으니 그냥 지나칠 수는 없는 노릇이고, 서찰로 상황을 전하자는 뜻이었다.

"근데…… 전염병이 아닌 것 같아서요."

오문의 뜻밖의 중얼거림에 세 사람의 눈이 빛났다.

"응?"

"물도 더럽고 잘 씻지도 못하고 그래서 더러운 걸 먹고 병이 난 모양이더라고요. 그걸 관에서는 무슨 이유인지 전염병으로 덮으려고 했대요."

무호가 영춘을 쳐다보았다. 같이 갔는데 왜 넌 못 들었냐는 질책이 담긴 표정이었다.

"애가 하는 말을 어찌 다 믿습니까? 겁이 나니 제 어미가 달랜다고 하는 말을 듣고 그러는 거겠죠. 설마 관에서 없는 전염병을 일부러 만들 리가 없지 않습니까?"

"그럴 이유가 하나 있습니다."

세 사람은 오문의 단호하고 서늘한 말투에 놀랐다. 게다가 그렇게 말하는 오문의 표정은 어쩐지 아이답지 않았다.

"뭐?"

"제방 말입니다. 제방 공사가 잘못되면 천재지변으로 전염병이 돈 책임보다 더 큰 책임을 물어야 하지 않겠습니까? 그러니, 죽은 백성들 숫자를 홍수 피해가 아닌 전염병 피해로 덮으려는 수도 있습니다."

여러 가지 이유로 일행은 잠시 침묵에 빠졌다.

충분히 있을 수 있는 일이나 추측만으로 판단하긴 어려웠다. 또한 어린 오문의 생각이 거기까지 미친 데 대한 놀라움과 의심 때문에 무슨 말을 해야 할지 난감해졌다.

다행히 무호가 먼저 입을 열었다.

"가능성이 있군."

"저도 그리 생각합니다만, 지금 저희는 관청 일에 관여할 수가 없는 위치입니다."

장우는 자신들의 행적이 남을수록 정체가 알려질 위험이 있다는 걸 알기에 주저했다.

"상황을 알릴 수는 있겠지."

"그렇긴 합니다만……."

그러나 무호는 처음부터 황제의 명에 크게 개의치 않았다.

"오문. 네가 봐 두었다는 곳이 어디냐? 안내하라."

태자가 묵어가기로 마음먹은 이상 친위대가 따르지 않을 수 없어 더 이상 말리지 않았다.

그러나 잠시 후, 오문의 안내를 받고 간 일행은 할 말을 잃고 태자와 오문을 번갈아보았다.

도끼눈을 한 영춘 대신 장우가 오문에게 물었다.

"여기서 묵어가잔 말이냐?"

"예. 널찍하고 좋지 않습니까?"

"넓고…… 사람도 많군."

"이 근방에 넓은 곳은 여기밖에 없었습니다."

"이 많은 사람이 있는 데서 불편하게 먹고 자잔 말이냐?"

"불편할 게 뭐 있습니까? 천막도 있고, 물도 가까이에 있고, 훨씬 편하지요."

오문이 일행을 데려온 곳은 난민들이 천막을 치고 사는 곳이었다.

허름한 천막들이 띄엄띄엄 흩어져 일행이 묵을 자리는 충분했다. 다만 그들의 호기심과 경계심 어린 눈빛들이 부담스러울 뿐이었다.

영춘은 고개를 절레절레 흔들었다.

"너 솔직히 말해. 가난은 나랏님도 구제 못하는 법이다. 우리더러 여기 있는 사람들 도와달라 끌고 온 거라면 당장 갈 것이다."

영춘이라고 백성들 사정이 딱하지 않겠는가. 하지만 이렇게 지나다니며 기근에 시달리는 백성들을 전부 도와줄 수는 없는 노릇이었다.

당장 한 끼 배를 채우는 일이야 해줄 수 있다. 그다음 끼, 또 그다음 끼니는 누가 챙겨줄 수 있겠는가. 근본적인 해결책이 없는 한 외면하는 것이 차라리 가슴 아프지 않았다. 이렇게 굶어 죽어가는 아이들을 직접 마주하노라면 제가 어찌할 수 없는 일에 마음만 무거워질 뿐이었다.

저도 이런데 태자의 심정은 어떻겠는가. 영춘은 태자의 눈치를 살피느라 더욱 나서서 오문을 나무랐던 것이다.

"어휴! 아닙니다!"

"아니긴! 어디서 뻔한 수작이야! 여기서 불을 피우고 음식 할 생각이 들어? 저 사람들 약 올릴 셈이냐? 아니면 다 같이 나눠 먹기라도 하자는 게냐?"

"그건 그러네요……. 제가 생각이 짧았습니다."

영춘은 오문이 그걸 모를 리가 없다고 생각했다.

알면서도 시치미 뚝 떼고 저희를 이리 데려온 게 틀림없다 여기고 눈을 부라리자, 오문이 풀죽은 목소리로 말했다.

"저야 뭐……. 아무튼 저도 이 많은 사람을 다 도와줄 수 없다는 것 정도는 압니다. 정 불편하시면 그냥 산에서 야영을 하는 게 나을 것 같습니다."

"그래. 차라리 그게 낫겠구나."

"여기 하천이 있어서 물고기 잡아 어죽이나 끓일까 했었는데, 배고픈 다른 사람들 생각은 못했네요."

배고픈 사람들이 이리 많으니 하천의 물고기도 씨가 말랐을 것이다. 오문은 그걸 모르지 않지만, 태자 일행은 모를 것이다.

"어죽? 그런 것도 할 줄 아느냐?"

무호가 관심을 보이자 오문은 회심의 미소를 감추고 대수롭지 않게 말했다.

"어죽이 뭐 별거라고요? 민물고기만 있으면 얼마든지 만들 수 있습니다."

"민물고기라……."

"낚시라면 저도 좀 할 줄 압니다."

웬일로 장우까지 적극적으로 나섰다.

그런데 영춘이 반박하며 나섰다.

"물고기가 남아 있겠습니까? 사람들 몰골 좀 보십시오. 하천 바닥까지 박박 긁어 먹었을 겁니다."

모를 줄 알았는데 알고 있었다. 오문은 어깨를 늘어트리며 중얼거렸다.

"아…… 그러네요. 아쉽다. 제가 젤 잘하는 음식이 어죽인데……. 할 수 없죠. 다음에 해야겠습니다."

오문이 정말 안타깝다는 듯이 포기하려는데, 무호가 물었다.

"민물고기만 있으면 되느냐?"

"그야 뭐, 어죽이니까요."

"그래. 그럼 구해오지."

"예?"

"너희는 가서 인근 마을 전부를 샅샅이 뒤져서라도 민물고기를 구해오너라."

"예!"

장우를 비롯한 부하들이 씩씩하게 대답했다.

"얼마나 구해와야 하느냐?"

무호가 다시 묻자 오문은 환한 얼굴로 말했다.

"많으면 많을수록 좋습니다!"

황무지 같은 공터에 거대한 솥이 네 개나 걸렸다.

솥마다 뽀얀 찰기가 흐르는 국물이 가득했다. 걸쭉한 국물은 보기에도 먹음직했고, 구수하고 달짝지근한 향이 사방으로 퍼져 나가 사람들을 불러 모았다. 긴 시간 음식을 기다린 태자 일행은 물론, 며칠이나 제대로 먹지 못한 사람들에게 이는 고문이나 다름없었다.

"이제 먹어도 되느냐?"

장우의 물음에는 짜증이 섞여 있었다.

"음……. 지금 먹어도 되지만, 아무래도 감자를 조금 더 넣는 게 맛있을 것 같습니다. 있는 걸 다 넣었는데, 아쉽네요. 아, 물론, 지금 먹어도 상관은 없습니다."

장우가 발끈하기 전에 무호에게서 대답이 들려왔다.

"더 넣어라."

"네……. 다녀오겠습니다."

장우가 한숨 섞인 목소리로 대답하는데, 반대로 오문은 뭐가 그리 신이 나는지, 목소리에 힘이 넘쳤다.

"네. 그럼 조금만 기다려 주십시오! 솥이 넘쳐서 다른 솥을 빌려 오겠습니다! 호위님! 여기 불 좀 더 지펴 주십시오!"

"또? 너, 이거 맛만 없어 봐라. 가만 안 둔다!"

"진짜 맛있을 겁니다! 진짜, 진짜!"

그러면서 오문은 종종 뛰어가 마을 사람들에게 솥을 빌려 왔다.

벌써 몇 번째인지 모른다.

솥이 다섯 개가 걸리는 동안 오문은 일행을 종 부리듯 부리고 있었다.

처음 민물 생선을 구해왔을 때만 해도 이렇게 될 줄 예상 못했다.

많을수록 좋다는 말에, 장우 일행은 자신들 모두가 배부르게 먹을 만큼의 생선을 사 왔다. 장우 생각에, 밖에서 먹는 생선이란 구워 먹는 것이었고, 늘 서너 마리쯤 먹어야 배가 찼기 때문에 넉넉하게 오십 마리를 사 왔다.

그걸 본 오문의 눈은 휘둥그레졌다.

"와. 생각보다 생선을 많이 구해오셨습니다. 음, 대충 만들려고 했는데, 이렇게 생선이 좋으니, 더 맛있게 끓여 드릴까요?"

"그걸 질문이라고 하느냐? 당연히 맛있게 끓여야 한다."

"그럼 새우가 필요한데 새우도 좀 구해주실 수 있습니까?"

"알았다. 구해오지."

장우 일행은 또 생새우를 한 포대나 구해왔다. 생선을 쪄서 으깨고 있던 오문이 이번엔 별로 좋아하지 않았다.

"어휴. 이걸 이렇게 많이 구해오시면 남은 건 버려야겠는데요?"

"버리다니, 아까운 걸 왜 버려!"

"그렇지만 비율이 안 맞는데요? 어죽을 끓여야지, 새우 죽을 끓일 순 없지 않겠습니까? 이 아까운 생새우들은 어쩔 수 없이 버려야겠습니다.

남는 건 난민들 주든지 해야겠어요."

"다 넣어서 끓여. 생선이 필요하면 더 사 오면 될 게 아니냐."

"그럼 너무 많은데요?"

"저놈들 먹성을 무시하는군. 쇠를 씹어 먹어도 소화시킬 놈들이다."

장우는 자신들의 위장을 과대평가했다. 뿐만 아니라 어죽이라는 것이 얼마나 늘어날 수 있는 건지도 몰랐다.

다시 오십 마리의 생선을 구해오자 솥이 두 개가 걸려 있었다.

"죄송한데요, 이걸 어쩌죠? 쌀이 충분할 줄 알았는데, 생선이 너무 늘어나서 부족해졌어요. 혹시 쌀도 더 구할 수 있나요?"

"그런 건 한 번에 얘기했어야지!"

"쌀이 더 있는 줄 알았다니까요."

"어죽인데 생선이 많으면 더 좋은 게 아니냐! 그냥 그렇게 끓여!"

"아닙니다. 뭐든 비율이 맞아야 맛이 좋은 법입니다."

"지금도 충분히 맛있는 냄새가 난다!"

"하지만……!"

"다녀와라."

태자가 오문의 손을 들어주었다.

그렇게 다시 다녀오니, 솥은 세 개가 걸렸다.

"이제 충분하지? 다 익기만 하면 되는 게냐?"

새우까지 다져 넣은 죽은 향긋한 냄새가 풍겨 침샘을 자극하고 있었다.

"물론입니다. 이 쌀만 더 넣으면 아주 맛있는 죽이 될 것 같습니다. 물론 전에 할머니께서 배추랑 호박을 넣고 끓여 주신 것보다는 못하지만요."

"넣어라."

장우는 태자의 명이 떨어지기 전에 떠날 준비를 하고 있었다.

"다녀올 테니, 잘 생각해 보고 필요한 건 한꺼번에 말해."

"음…… 그럼 당근도 있으면 좋겠어요."

"알았다. 얼마나 맛있을지 두고 보자."

그렇게 감자까지 더 넣고 솥 다섯 개에 끓인 어죽은 겉으로 보기에는 아주 평범했다. 아니, 장우가 보기에 그냥 솥에 든 모양새만 보자면 서강에서 먹던 꿀꿀이죽과 크게 다르지 않아 보였다.

한데, 냄새는 기가 막혔다.

"공자님. 뜨거우니 조심해서 드십시오."

오문은 가장 크고 좋은 그릇에 담은 어죽을 태자에게 건네고는 긴장된 얼굴로 태자의 평가를 기다렸다.

무호는 죽을 잘 저어서 식힌 후, 천천히 입으로 가져갔다.

"……."

무호가 죽 한 숟갈을 입에 넣는 동안 오문은 침을 꿀꺽 삼켰다.

그런데 죽을 삼킨 무호의 미간에 아주 살짝 주름이 갔다.

"마, 맛이 없으십니까? 입에 안 맞으십니까?"

오문은 안절부절못했다.

양을 늘려 난민들 모두에게 먹이고 싶어서 이 핑계 저 핑계를 대며 온갖 재료를 넣었던 것인데, 이게 맛이 없다 하면 아주 난감해지는 것이다.

사실 이보다 더 맛있게 할 수도 있었지만 물도 더 많이 넣고 야채도 듬뿍 넣는 바람에, 자신이 없기도 했다.

"별로면 다른 음식을 할까요?"

오문은 장우와 영춘의 사나운 눈빛을 받으며 쩔쩔맸다.

그러나 태자는 아무 말 없이 다음, 또 다음 수저를 떠먹으며 한참을 음미한 다음에야 입을 뗐다.

"어죽이란 게…… 이런 거군."

무호도 궁에서 잉어로 만든 어죽을 먹어보았다.

지금 것과는 맛도 풍미도 달랐다. 하지만 앞으로 어죽이란 말을 들으면 오문이 끓여 준 이것만 떠올리게 될 것 같았다.

"입에 맞으십니까?"

"그렇긴 하다만, 다 먹지는 못하겠다."

오문이 머리를 긁적이며 멋쩍게 웃었다.

"하다 보니까 좀…… 많아졌습니다. 원래 어죽은 많이 만들어서 여럿이서 나눠 먹을수록 맛있다고 하셨거든요. 아, 저희 할머니가 해주신 말입니다."

친할머니도 아니고 오문과는 짧은 시간밖에 보내지 못한 소면집 할머니가 오문의 선량한 거짓말에 등장하기 시작했다.

"그건 틀렸다. 수천 명이 나눠 먹어도 개밥은 먹을 게 못 돼."

무호에게 그런 훈훈한 거짓말은 통하지 않았다.

다행히 인간미를 풍기는 영춘이 오문을 도와주었다.

"남은 음식을 다 버릴 순 없으니, 구경하는 사람들과 나눠 먹는 게 좋을 것 같습니다."

오문이 재료를 늘려갈 때부터 돌아가는 상황을 눈치채지 못한 이가 없었다.

장우는 부하들을 시켜 난민들에게 배급을 해주라 한 뒤에 무호와 함께 어죽을 떠먹으며 심각하게 말했다.

"알면서도 휘둘려 주는 건지, 얼떨결에 휘둘리는 건지, 저도 잘 모르겠습니다. 저 아이, 상당히 위험합니다."

"이렇게 휘둘리다 뒤통수 맞을까 걱정인가?"

"그게 아니라, 이렇게 휘둘리다가 길들여질 것 같습니다."

"……?"

태자가 살짝 눈썹을 찌푸리며 무슨 말이냐는 듯 물었다.

"사람 다루는 재주가 있는 놈입니다. 짧은 사이에 벌써 우리를 수족처럼 부려먹고 있습니다. 그것도 노비가."

"할 수 없지."

"예. 할 수 없다는 게 문제입니다. 빌어먹을! 이게 너무 맛있습니다!"

장우가 분통을 터트리며 뜨거운 죽을 탈탈 털어 입에 넣자, 무호는 우아하게 죽을 뜨며 담담하게 중얼거렸다.

"그래. 저놈이 우리를 먹이로 길들이고 있다."

"이제 야영을 하는 게 아무렇지 않습니다. 객점에서 자는 것보다 노숙하는 게 더 즐거울 지경입니다!"

며칠 동안 오문이 해준 음식만 먹었던 일행은 자신들이 임무도 잊고 진짜 유람 나온 사람들처럼 은근 즐기고 있음을 인정해야 했다.

무호는 사람들에게 어죽을 퍼주고 있는 오문을 주시하다가 피식 웃음을 흘렸다.

"영악하긴 하지. 그래도 덕분에 나도 잘 놀고 있으니 상관없다."

"예? 놀다니요……. 저희는 어디까지나 임무를……."

"술이 있었으면 좋았을 것을."

배 속을 따뜻하게 데워주는 어죽 때문인지, 무호는 술을 찾을 만큼 흐트러져 있었다. 돌처럼 굳어 있던 어깨에 힘이 풀리고 꼿꼿이 세운 등을 나무에 기댔다.

저와는 사는 세계가 달랐던 보통의 사람들이 저와 같은 음식을 먹고 활짝 웃는 것을 보니 기분이 묘해졌다. 어쩐지, 나누어야 더 맛있다는 말을 조금은 알 수 있을 것도 같았다.

옆을 보니 영춘이 누가 뺏어 먹을 새라 허겁지겁 죽을 넘기고 더 달라고 하는 것이 보였다.

'그냥 식탐인가?'

무호에게는 따스하고 훈훈한 인간의 정을 어죽 한 그릇으로 이해하기가 아직 무리였다.

긴 저녁 식사가 끝났을 때는 달과 별이 하늘에 총총하게 박혔다.

오랜만에 배가 따뜻해진 사람들은 밤이 늦었는데도 돌아가지 않고, 잠시나마 각박함에서 벗어나 무호 일행에게 마음을 열고 다가왔다.

이야기를 들어보니, 작년 여름 둑을 새로 보수한다고 해서 마을 백성들 전부가 매달렸다고 한다. 한데, 물자가 턱없이 부족하고 인원도 부족해서 공사 중에 홍수가 나 둑이 무너지고 말았던 것이다.

한밤중에 집 안에 물이 차올라, 자다가 물에 빠져 죽은 사람이 대다수여서 피해가 더 커졌다고 한다. 마을에 장정들이 많이 죽어 수해 복구를 할 인원이 얼마 없는데, 이 와중에 배앓이를 하는 사람이 늘어나니 전염병이 돈다는 소문이 나면서 아무도 마을로 오지 않으려 했다.

오문의 추측이 거의 맞아떨어진 것이다.

"보수공사 대금의 상당수가 제대로 지급이 안 됐겠군."

"그 사실이 알려질까 봐 수해 피해 인원을 줄이고, 전염병 사망자 수로 장계를 올렸을 것입니다."

무호 일행이 사람들의 말을 듣고 사태를 파안하는 동안, 오문은 졸려하는 아이들과 놀고 있었다.

"우오!"

갑자기 아이들에게서 일제히 소리가 터져 나와 어른들과 무호 일행의 고개가 돌아갔다.

"와아!"

아이들은 연신 박수와 함께 감탄하며 즐거워했다.

“오. 제법!”

무호 일행도 놀란 눈으로 짧은 감탄을 뱉었다.

오문이 긴 나무 막대에 나무그릇을 올려놓고 막대기를 돌려 그릇을 회전시키고 있었기 때문이다. 그렇게 회전시킨 그릇을 던져 반대쪽 막대기로 받아내기까지 했다.

별거 아닌 재주일지라도 신통했다. 회전하는 그릇은 사람들의 시선을 빼앗았다. 무호 역시 홀린 듯 그릇을 바라보다가 절로 오문과 함께해 온 시간들이 떠올랐다.

‘못 하는 게 없군.’

열다섯 살이 그렇게 어린 나이는 아니지만 지금까지 오문이 해온 것을 보면 외모와 나이에 비해 훌륭했다.

여리고 나약해 보이는 겉모습과 달리 배짱도 있고 건강했다. 탁월한 음식 솜씨야 말할 것도 없지만 사람을 홀리는 말재주와 총명함은 노비로 썩히기 아까울 정도였다.

‘하긴. 누가 저 아이를 노비로 보겠는가.’

오문은 누구 밑에서 굴복하며 있을 아이가 아니었다. 그래야 한다면 반드시 도망치거나 차라리 죽고 말 아이였다.

그렇다고 드세지도 않았다. 그냥 자유롭고, 그냥…….

문득 오문이 저와 닮았다는 느낌이 들었다.

세상의 법도와 질서에 얽매이지 않는, 그냥 그대로의 자연스러움이. 처음부터 세상을 전부 가지고 태어난 듯이.

‘그래서 물욕이 없었나?’

그러기엔 이상했다. 저는 태자였지만 오문은 저와 달리 세상의 밑바닥에서 나고 자랐다.

무엇이 저 아이를 저렇게 만들었을까.

무호는 새삼스러운 눈으로 오문을 바라보았다.

그릇을 던져 머리로 받으려던 오문은 머리에 그릇을 맞고 눈물을 글썽거렸다. 그 모습에 사람들이 웃음을 터트리자 오문도 부끄러운 듯 배시시 웃기 시작했다.

'예쁘군.'

저도 모르게 '예쁘다' 라는 단어를 떠올리고 눈을 찡그렸다.

'사내아이에게 무슨……!'

잠시나마 오문에게 미안해진 무호가 진지하게 오문의 재주를 감상하다가 저도 모르게 박수를 쳤다.

짝짝짝.

건조한 박수 소리에 아이들의 웃음소리가 뚝 끊어졌다.

무호는 제가 분위기를 깨트린 걸 아는지 모르는지 사람들의 시선을 신경 쓰지 않았다.

"잘하는군."

감흥 없는 칭찬 때문인지, 새로 휙휙 돌아가던 그릇이 뚝, 하고 떨어져 버렸다.

수레가 텅 비었다.

빈 수레가 덜컹거릴 때마다 오문의 작은 몸은 수레가 꽉 찼을 때보다 더 튕겨 올랐다.

"아이쿠."

오늘은 수레를 타고서도 오문은 잠들지 않았다.

전날 웬 아이를 안고 자는 바람에 저도 모르게 푹 잠이 들었기 때문이다. 조그맣게 숨을 할딱거리는 아이를 안으면 이상하게 잠이 잘 왔다.

쫓기고 있는 것도 사유보에게 다시 잡혀가는 것도 남의 얘기인 양 잠이 솔솔 와서 오랜만에 아무 생각 없이 푹 자고 일어날 수 있었다.

가는 동안 시동이 되기로 한 노비 주제에 제일 늦게 일어난 것이다. 그런데 누구 하나 저더러 뭐라 하는 사람이 없었다. 심지어 씻으라며 데운 물을 가져다주기까지 했다.

그러고 보니 제 어깨에 모포가 덮여 있었다. 새벽에 깨지 않은 것이 추위를 못 느낀 탓인 듯도 했다.

갑자기 저한테 잘해주는 기분이 드는데, 아무리 생각해도 이유는 하나밖에 없었다.

'내가 아프면 밥을 못 먹을까 봐 이러는구나.'

지난 며칠 제대로 된 객점이 없어 밖에서 식사를 해결해야 했고, 아마 그로 인해 저의 존재가 귀하게 느껴진 듯했다.

어젯밤에도 먹이를 조르는 아기 새들처럼 그릇을 들고 모이는 장정들을 보고 있자니 어미가 된 것 같은 부담감이 들었다.

이 기분은 마치, 소면집에서 두 해나 발이 묶였던 때와 비슷했다. 그때도 제 의지와 상관없이 저도 모르게 소면을 말고 있지 않았던가. 또 그렇게 얼렁뚱땅 적응해 버리면 곤란했다.

'빨리 여기서 벗어나야 할 텐데.'

저나 태자 일행이나, 서로 더 깊이 알기 전에 헤어지는 편이 이로울 듯한데, 어째 틈이 보이지 않았다.

'계속 음식이나 하고 있으니 그렇지. 아!'

오문은 문득 좋은 생각이 떠올랐다.

'내가 왜 그 생각을 못했지? 그래, 전부 재워 버리면 되잖아!'

지금까지 제 요리를 의심 없이 맛있게 먹어왔으니, 독초를 뜯어다가

야채인 것처럼 넣으면 자연스러울 것이다.

'죽이는 것도 아니고 잠깐 재우는 것뿐이니까.'

그렇게 생각한 오문은 계획을 세우기 위해 무슨 음식을 해야 하나 궁리했다.

"저, 지금 어디로 가는 길입니까?"

"왜? 언제 객점으로 들어가나 걱정되느냐?"

영춘은 오문이 처음부터 객점에 들어가자고 졸랐었기 때문에 며칠이나 노숙을 시킨 게 미안했다.

신분을 떠나 아직 어리지 않나.

열다섯 소년이면 다 컸다고 하기에는 아직 체력이 약했다. 거기다 오문은 고생을 많이 했는지 뼈도 얇고 비실비실해 보였다. 저희 같은 장정들도 차고 딱딱한 땅에서 며칠을 잤더니 온몸이 뻐근한데 오문은 종종걸음으로 하루 종일 잡일을 했으니 얼마나 곤하겠는가.

워낙에 믿기지 않을 만큼 똑 부러지는 아이라 의심스러웠던 거지, 아이가 밉상은 아니었다. 부지런하고 싹싹하고 정도 많은 것이 절대 나쁜 짓 할 아이는 아니라고 진작 결론을 내린 상태였다.

태자 전하께서도 오문을 마음에 들어 하시는 걸 보면 저놈 인생은 이제 활짝 핀 것이다. 본인은 잘 모르는 것 같지만.

"아닙니다. 그냥 궁금해서요."

"걱정 마라. 오늘은 객점에서 잘 수 있을 게다."

"예? 아…… 정말요?"

밖에서 음식을 해야 독초를 넣을 수 있기 때문에 오문은 실망했다.

"객점에서 자자고 조를 땐 언제고 기운 빠진 목소리야?"

"기운 빠지긴요! 다행이라고 안도하는 겁니다."

"그래, 고생했다. 오늘은 음식도 안 해도 되니, 우리 공자님이나 잘 모서라."

"예. 알겠습니다."

"한 이틀 쉬어 갈 듯하니, 빨래도 좀 하고."

"예."

"공자님 목욕 시중도 좀 들고."

"예. 예?"

무심코 대답하던 오문이 저도 모르게 놀라는 소리를 냈다.

계집인 저더러 목욕 시중이라니!

제가 지금 불경스럽게도 감히 태자 전하의 전부를 낱낱이 보게 되었단 말인가!

"편히 주무시게 몸도 좀 주물러 드려야 한다."

심지어 그의 몸에 손을 대라고 한다.

계집인 저에게!

제가 계집인 줄 모르니 저런 명을 내렸을 테지만 오문으로서는 눈이 번쩍 뜨이는 제안이었다.

'호. 이건 좀 괜찮은데?'

오문의 눈동자가 호기심으로 반짝거렸다. 제 계획을 잠시 뒤로 미루는 것도 나쁘지 않다는 생각이 들었다.

덜컹. 콰직.

"엇!"

"악!"

사심을 품은 일로 벌을 받는 것일까.

수레바퀴가 덜컥 빠져 버렸다. 그 바람에 오문은 거의 수레 밖으로 튕겨 나갈 뻔했다.

"이런! 다쳤느냐?"

수레를 몰았던 영춘이 제일 먼저 미안한 얼굴로 물었다.

"괜찮습니다. 끙."

오문은 허리를 붙잡고 기울어진 수레에서 끙끙거리며 일어나긴 했지만 다행히 다친 곳은 없었다.

"빈 수레긴 하지만 끌고 가려면 바퀴를 고쳐야겠습니다."

영춘이 무호에게 양해를 구했다.

"짐도 없는데 버려."

버리고 새로 사면 된다, 라는 말은 태자이기에 할 수 있는 말이기도 했지만 오문이 듣기에는 조금 재수가 없기도 했다.

"그래도 되긴 하겠습니다만, 저놈도 태우고 가야 하지 않을까 해서 말입니다."

영춘이 저를 가리키자 오문은 돌연 저를 향한 태자의 싸늘한 눈빛에 움찔거렸다.

"어, 저, 저는 걸어가도 됩니다!"

어차피 여기서 말을 탄 사람은 수레를 모는 영춘과 무호, 그리고 장우밖에 없었다. 저는 그냥 나머지 사람들과 걸음을 맞춰 걸어가면 그만이었다.

왜 영춘은 괜한 소리를 해서 태자의 눈치를 보게 한단 말인가.

"고쳐."

태자가 고치라면 그걸로 끝이었다. 누구도 토를 달지 않았기에 오문도 사양할 수 없었다. 모두들 이왕 이렇게 된 거 쉬어 가자며 엉덩이를 붙이고 앉았다.

괜히 저 때문에 지체된 것 같아 오문은 발끝으로 돌을 툭툭 차며 딴청을 부리는 것밖에 할 수 없었다.

어색한 침묵 탓인지 어디선가 개울이 흘러가는 소리가 크게 들렸다. 오문은 물소리를 찾아 두리번거렸다. 길옆에 난 소나무 숲을 헤치고 들어가니, 햇볕이 쨍쨍한 길가와 다르게 습한 개울가가 나왔다.

'어? 잘하면 여기서 구할 수 있겠다.'

이리저리 살펴보는데, 아니나 다를까 느타리와 송이버섯을 반씩 닮은 버섯이 보였다.

'찾았다!'

작은환각버섯. 이름 그대로 환각을 일으키는 버섯으로 평범한 모양 때문에 사람들이 실수로 먹고 큰 탈이 나곤 하는 버섯이었다.

조금만 먹으면 그냥 잠이 들고 잠꼬대 수준으로 끝나지만, 많이 먹게 되면 심한 환각 증상으로 사람에 따라 살인까지 저지른다는 무서운 독버섯이기도 했다.

'이걸로 재우면 될 것 같긴 한데…….'

적당히만 먹일 수 있으면 크게 문제 될 게 없는데, 적당히가 어느 정도인지, 사용해 본 적이 없어 알기가 힘들었다.

'시험 삼아 조금만 먹어볼까?'

아주 조금, 이로 살짝 긁어 먹는 정도만 먹어보면 가늠할 수 있을 것 같았다.

그래서 버섯을 입으로 가져갈 때였다.

"헉!"

오문의 손이 커다란 손에 부드럽게 붙잡혔다.

'어, 언제 왔지!'

어느새 제 뒤로 온 태자가 버섯을 든 제 손을 붙잡고 있었다. 기척을 숨기는 것이 귀문의 살수들 못지않은 것도 놀라웠지만 이어지는 태자의 말은 더욱 놀라웠다.

"먹는 게 아니다."

"예?"

"독버섯이다."

"아……!"

오문의 손에서 작은환각버섯이 툭 하고 힘없이 떨어졌다.

'제길! 알고 있잖아!'

음식에 이 버섯이 들어갔다가는 대번에 발각되었으리라.

"아무거나 주워 먹지 마라."

"……네."

"그러다 죽는다."

무호는 실제로 버섯을 주워 먹고 죽는 경우를 여러 번 보았다.

그게 다 끔찍한 식사 때문이었다. 다들 그게 얼마나 먹기 싫었으면 숲에서 버섯을 따다 구워 먹었겠나.

물론 무호는 원래 황실에서 교육을 받고 자라 정체를 알 수 없는 것은 절대 먹지 않았다. 버섯을 따 먹는 놈들 대부분은 버섯에 대해 잘 안다 자부하던 놈들이었다. 그래서 오문 역시 요리에 자부심이 있으니 버섯도 잘 안다고 자만할까 봐 그리 말한 것이었다.

"가자. 곧 떠날 것 같으니."

"예……."

하지만 오문은 가뜩이나 더러운 거지꼴로 다닌 일을 부끄러워하고 있었는데, 아무거나 주워 먹지 말라는 충고를 들으니 찜찜했다.

'거지로 낙인이 찍힌 듯하네.'

오문은 시무룩한 표정을 지으며 태자 뒤를 터덜터덜 따라 걸었다.

음식에 독을 푸는 것도 잘 안 될 것 같고, 기척을 숨기고 다가오는 태자의 실력도 무섭고, 무엇보다 쓸데없이 하필 이럴 때 자신이 여인이라는 자각이 드는 것이 서러웠다.

'후……. 괜히 남장을 했나……. 첫 인상이 너무 별로였어.'

한창 예쁘고 싶을 나이. 여태 그런 것을 모르고 살았던 오문은 이제야 그걸 느꼈다. 사내들 틈에서 사내들보다 더 더러운 취급을 받는 것이 어떤 기분인지를.

인적 드문 봄 길에 두 사람의 그림자가 마치 날갯짓하는 나비 모양처럼 붙었다.

"엣취."

오문은 꽃가루에 코가 시큰거려 갑자기 재채기가 났다. 재채기 소리를 들은 태자가 돌아보자 오문은 헤실거리며 민망함을 감췄다.

"봄은 봄입니다. 헤헤. 꽃이 참…… 많이도 피었네요."

꽃이 예쁘다고 말하려다가 계집처럼 보일 것 같아 말을 바꾸었다.

한데 말을 하고 보니, 참으로 꽃이 많이도 피었다. 봄을 눈으로 보고 피부로 느낀 것이 얼마 만일까. 오문은 생전 느끼지 못한 봄의 정취에 저도 모르게 빠져들었다.

문득 시커먼 지하 땅굴 속에서 지내던 귀문에서의 기억 한 조각이 떠올랐다. 마치 잔잔한 물 속에 돌을 던져 파문이 인 것처럼 갑자기 아무것도 없던 머릿속이 일렁거리며 서서히 떠오른 기억이었다.

어찌 된 일인지 창살에 갇혀 죽은 듯 웅크리고 있었어야 할 어머니가 꽃밭에 앉아 환하게 웃고 계셨다.

어머니는 오문의 머리에 꽃을 꽂아주고 예쁘다, 예쁘다, 연신 감탄하셨다. 저는 그때 그것이 무슨 의미인지, 어디가 예쁘다는 건지, 아무것도 알 수 없었다. 하지만 왠지 그래야 할 것 같아 어머니 머리에도 똑같은 꽃을 꺾어 꽂아드렸다.

그러자 먼 곳을 바라보는 듯한 멍하고 혼탁한 어머니의 눈에 이슬이 반짝였다.

그날의 어머니는 봄 같았다. 환하고 생기 넘치고 아름답고 자애로우셨다. 뼈밖에 남지 않은 몸으로도 어머니는 아름다우셨다.

아무래도 그때뿐이었던 것 같다. 제가 살면서 봄을 느꼈던 것은.

세상에 나와 땅 위를 밟고 살면서도 계절의 변화를 느낄 새가 없었다니 얼마나 안타까운 일일까.

무호의 앞으로 나비 두 마리가 춤추듯 날아 꽃밭으로 들어갔다.

두 사람의 시선이 무심결에 나비를 따라갔다. 그러다 그만 눈이 마주치고 말았다.

무호의 진득한 눈이 오문의 눈동자에 따라붙었다.

'우는 건가?'

눈물 한 방울 없는 오문의 눈이 울고 있는 것처럼 보이다니, 어째서일까. 가식이든, 아니든, 늘 웃는 상이던 오문의 표정이 방금 전에는 달라 보였다.

그 표정은 철없고 순진한 소년의 표정이라기에는 한없이 어둡게 가라앉은 한 서린 여인의 표정과도 같았다.

무호가 제게서 시선을 거두지 않자 오문은 당황해서 횡설수설했다.

"날씨가 정말 좋습니다! 이런 날 다른 공자님들은 기녀라도 데리고 풍류를 즐기던데, 공자님은 나랏일 하시느라 꽃놀이도 못 하시고 서운하시겠습니다."

의외로 무호는 오문의 말에 관심을 보였다.

"꽃놀이라……."

"하고 싶으시죠?"

오문은 태자가 늘 근엄하고 무뚝뚝하지만 그도 사내니 고운 여인과 술을 마시며 여유로운 한때를 보내고 싶을 거라 생각했다.

워낙에 잘생긴 분이라 그런지, 상상만으로도 한 폭의 그림 같았다.

"꽃으로 뭘 하고 노느냐?"

"……예?"

"놀이라며?"

"아, 그게…… 꼭 뭘 한다기보다…… 꽃구경을 하면서 그냥 봄의 정취를 느끼고, 또…… 술과 아름다운 여인과 함께한다는 데 의의가……."

"꽃구경은 지금도 하고 있고…… 술과 여인은…… 흠, 그건 밤에 해야 할 놀이 같은데. 이상하군."

뭔가 상당히 잘못 이해한 것 같지만 오문은 자세한 설명을 생략하기로 했다.

'뭐 알아서 하겠지.'

여인을 낮에 만나든 밤에 만나든 태자니 무슨 상관인가. 여인을 꽃에 비유 했다는 것까지 일일이 설명해 주기가 귀찮았다.

신경 쓰지 말자 하고 있는데 태자가 갑자기 길가의 꽃을 따다 오문에게 건넸다.

"……!"

방금 날아간 나비를 닮은 노란 골담초꽃이었다.

오문은 그가 제게 왜 이런 것을 주는지 소스라치게 놀랐다. 조금의 주저함도, 민망함도 없이 꽃을 내미는 무호의 눈빛은 진지해 보였다.

"이, 이건 왜……?"

무호는 눈을 끔뻑거리며 의아해하는 오문에게 그가 낼 수 있는 최대한 부드럽고 다정한 목소리로 말했다.

"그건 먹어도 된다."

"예?"

"배가 고프면 그거라도 먹어라."

그러면서 무호 역시 꽃을 따다 가차 없이 입으로 가져가기 시작했다.

오문은 멍한 표정이 되었다.

조금 전까지 어머니의 머리에 꽃을 꽂아주던 아름다운 추억의 한 조각이 와작와작 먹히고 있었다.

골담초 꽃은 가끔 고급 요리에 장식하기도 하고 가난한 아이들이 뜯어 먹기도 하는 꽃이라 오문도 이것이 식용이라는 걸 모르지 않았다.

하지만 몰랐던 것처럼 어색하게 입으로 가져갔다.

아삭하게 씹히는 식감은 나쁘지 않았지만 약간 씁쓸하기도 하고 그냥 물맛 같은 것이, 전혀 맛있지 않았다.

"헉! 뭘 주워 드시는 겁니까! 이러다 흙까지 주워 드시겠습니다!"

두 사람을 찾으러 온 영춘이 화들짝 놀라 소리쳤다.

소동군은 매우 깔끔한 곳이었다.

황성에서 크게 멀지 않고 산천의 경관이 유려한 탓에 관직에서 물러난 고관대작들이 이곳에서 여생을 보내곤 했기 때문이다.

부유한 권세가들은 황성에서와 똑같은 사치를 누리고 싶어 했기에, 크고 넓은 집들이 많고 길도 깨끗하게 정비되어 있었다. 그 덕에 소동군의 입구 격인 오비촌은 고가품을 사고파는 장사치들로 붐볐다.

오비촌으로 들어서기 전, 일행은 말과 마차로 모두 함께 이동하는 게 낫지 않겠느냐, 의견이 모아졌다. 그래서 상단으로 위장하기로 했다. 자신들만 있으면 상단으로 보이는 데 무리가 있지만 오문이 있으니 그럴듯해 보였다.

장우 일행은 상단을 호위하는 무사로 위장해 말을 탔고, 빈 수레에는 고가의 사치품을 사다 채워 넣었다.

비싼 물건을 흥정도 없이 사들이는 것을 보고 사람들은 대놓고 혀를 차거나 한심하다고 수군거렸다. 상단의 주인으로 보이는 무호의 얼굴이 너무 곱고 귀태가 흐르는 데다가, 입고 있는 옷 또한 번지르르하니, 어딘가의 졸부가 뭣도 모르고 부모 재산을 탕진하러 나온 듯 보였기 때문이다.

"그래도 이건 쓸데가 있겠습니다."

영춘이 영롱한 빛을 내는 비녀를 들고 히죽거렸다.

마치 시린 매화 나뭇가지 같은 비녀 끝에는 백옥으로 만든 매화가 활짝 피어 있었다. 정교하고 아름다운 장식이었다.

좋은 물건인 건 오문도 알아보았지만 태자 일행이 그걸 어디에 쓰려는 건지는 감이 잡히지 않았다.

"그걸 어디에 쓰시게요?"

"비녀를 어디에 쓰겠어? 쯧. 너도 알 건 다 아는 나이 아니냐. 여인들은 이 반짝거리는 거라면 끔뻑 죽지."

"아…… 그럼……."

"그래. 공자님도 정해두신 아가씨가 계시니 쓸데가 있다는 게다."

정작 무호는 아무 말도 하지 않는데 영춘이 신이 나서 비녀를 따로 챙겨두었다.

그러고 보니 오문도 얼핏 들은 적이 있었다. 예전부터 내정된 태자의 정혼녀가 있다는 이야기를. 태자의 무뚝뚝한 얼굴 이면에 정혼녀를 생각하는 애틋한 마음이 있구나 생각하니, 그가 다시 보이기도 했다.

"자, 이건 네 거다."

"예?"

영춘이 멍하게 있던 오문에게 푸대를 안겼다.

"밀가루다. 잘 챙겨. 비 맞지 않게."

제 9 장
뛰는 놈 위에 나는 놈

오비촌의 객점이나 객잔은 특별히 맛이 없거나 허름한 곳이 없었다.

오문이 보기에는 아무 곳이나 들어가도 될 듯한데, 일행은 거점이라고 부르는 곳을 찾아 한참을 헤맸다. 아무래도 거점이라고 정해진 곳에서 정보를 교환하거나 보고를 올리는 게 아닌가 싶었다.

모르는 척 따라간 거점은 [용화객잔]이라는 으리으리한 삼 층짜리 객잔이었다.

"우…… 와……. 엄청 좋은 곳이네요."

오문이 일했던 『원조미각』은 묵어갈 방이 없는 객점이라 비교할 수 없긴 했지만, 식당만 놓고 보아도 『용화객잔』의 건물 규모와 장식 등이 수십 배는 으리으리했다. 안에 있는 손님들의 행색 또한 하나같이 화려하고 값비싼 것들을 두르고 있었다.

그래서일까. 상단으로 위장한 일행은 안에 들어서자마자 사람들의 찌푸린 눈살을 받아야 했다. 그건 마치 제가 거지로 위장했을 때 마파두부

집에서 받았던 그런 눈초리였다.

태자야 워낙 귀태가 나서 문제가 없지만 며칠은 씻지 못한 데다 햇볕에 시커멓게 그을린 나머지 일행은 마치 산적들 같았다.

'귀하게 자라신 태자께서는 이런 눈빛을 받아본 적이 없을 텐데. 어휴, 자존심 상하셔서 어쩐대…….'

꼭 무슨 일이 터질 것만 같아서 오문은 힐끔힐끔 태자의 눈치를 보았다.

"어찌 오셨습니까? 저희 객점은 잡상인은 출입 금지라서요……."

종업원은 잡상인이든, 뭐든, 눈치껏 나가주었으면 하는 표정이었으나 영춘은 못 본 척 물었다.

"잡상인은 아닐세. 묵어갈 방이 있는가?"

"저기…… 묵고 가신다고요?"

"방이 없나?"

"예. 방은 없습니다. 잠깐 쉬어 가실 거라면 저쪽에 자리를 마련해 드리겠습니다."

종업원은 빈 방은 없지만 밥은 먹고 가게 해주겠다며 선심 쓰듯 자리를 권했다. 하지만 창가에도 너른 자리가 많았고, 안쪽에는 따로 마련된 자리도 있었다.

오문은 태자가 불쾌해할 거라 생각했으나, 태자는 의외로 아무렇지 않게 먼저 구석진 자리로 움직였다.

"용화객잔도 이제 끝이군. 이렇게 격이 떨어져서야, 원."

"그러게 말일세. 온통 잡상인들이 들끓는 통에 어디서도 조용히 쉬질 못하니. 쯧."

두 젊은 공자의 대화가 모두의 귀에 똑똑히 들어왔다. 영춘이 조금 울컥한 듯했지만 그 외의 일행은 전부 이를 못 들은 척하고 자리에 앉았다.

그러자 두 공자는 저희 말을 무시하는 태도에 약이 오른 건지, 그게 아니면 저희가 겁나서 말을 못한다 생각한 건지, 노골적으로 조롱하기 시작했다.

"상단이나 하는 젊은 놈이 주제도 모르고 이런 곳에 수하들까지 끌고 오는군."

"저리도 무지해서야 어찌 큰 장사를 해나가겠는가. 철없이 허영이나 부리다가 보나 마나 가업을 말아먹겠군."

순간 공기가 일그러진다고 느껴질 만큼 긴장감이 감돌았다.

"영춘아."

마침내 태자도 참지 못한 듯했다.

"예!"

"지필묵 좀 가져오너라."

"아……! 예!"

발끈할 줄 알았던 태자가 또 의외의 행동을 보였다. 종업원이 주문을 받으러 왔는데도 잠깐 기다리라 세워 두고, 넓은 식탁에 종이를 깔고 글을 써 내려가기 시작한 것이다.

종업원은 울화가 치미는 것을 꾹 참는 표정이었다. 얼른 먹고 가라고 앉혔더니, 고상한 척 글을 쓰고 앉아 시간을 때우는 것으로밖에 안 보였다.

지루하고 아슬아슬한 시간이 흐르고 있었다. 가뜩이나 곱지 않은 손님들의 이목 역시 집중됐다. 밥 먹는 데서 유별나게 뭐 하는 짓이란 말인가. 유람 나온 공자가 떠오르는 시상을 놓치기 싫어 글귀를 적어 내리는 듯한 모습이었다. 우아하게 잡은 붓과 일필휘지로 써 내려가는 모양새가 손님들 눈에는 허세로 가득해 보였다.

"하! 별 같잖은 짓을 다 보겠군."

"장부 정리를 하려거든 따로 방을 잡고 할 일이지 꼴같잖아 못 봐 주겠군."

"기생오라비처럼 생겨서 그런가, 데리고 다니는 시동 놈 꼴도 영락없는 계집애로군."

오문은 남몰래 한숨을 쉬었다. 어딜 가나 꼭 남을 깎아내리지 못해 안달인 인간들이 있기 마련이었다.

"취향인 모양일세. 뻔뻔한 것이 부끄러움을 전혀 모르는 자 아닌가."

이렇게까지 하면 차라리 상대가 반응을 보여주는 편이 나았다. 이미 충분히 모욕적인 언사를 들었음에도 무호는 너무나 태연하게 붓을 놀리고 있을 뿐이었다.

그러니 상대는 우스운 꼴을 당하지 않기 위해서라도 더욱더 심한 소리를 지껄일 수밖에 없었다.

"하! 저 비싼 벼루가 가당키나 한가?"

"붓은 또 어떻고? 이는 붓에 대한 모독일세! 돈 자랑이나 하라고 쓰는 붓이 아니지 않는가."

숨 막히는 분위기 속에서 마침내 붓을 내려놓은 태자가 그것을 접어 장우에게 건넸다.

"전하고 오너라."

"괜찮으시겠습니까?"

"무엇이?"

"시비를 거는 놈들 말입니다……."

장우가 목소리를 낮춰 언질을 하자 무호가 고개를 갸웃했다.

"시비? 누가?"

정말로 모르는 듯한 물음이었다. 그리고 그 목소리가 너무 컸다.

건너편 창가에서 내내 시비를 걸던 바로 그 장본인들의 얼굴을 붉게 만들 만큼.

“아까부터 계속 시비를 걸고 있지 않았습니까?”

“뭐라고?”

“잡상인 취급에다가, 철없는 졸부가 분수에 넘는 짓으로 명문 귀족 흉내나 내면서 꼴같잖은 짓을 한다고 말입니다.”

장우는 내심 약이 올랐는지, 아니면 무호에게 욕을 한번 해보고 싶었던지, 여과 없이 들은 대로 고했다.

“그게 내 얘기였군. 난 또.”

듣긴 들었지만 자기와는 너무 거리가 먼 얘기라 자신일 거라고는 조금도 생각 못했단 뜻이었다. 그래서인지, 태자는 별로 화가 난 것 같지도 않았다.

“그게 다가 아닙니다.”

“응?”

“기생오라비처럼 생기셔서 데리고 다니는 시동이랑 그렇고 그런 사이라고 했습니다.”

그렇게까지 노골적으로 대놓고 말하지는 않았다고, 오문도, 욕을 한 공자들도 따지고 싶을 만큼 장우의 고자질이 얄미웠다.

태자는 욕을 한 공자들이 아니라 오문을 바라보았다.

“너도 들었느냐?”

“아…… 예.”

그럼 그게 들리지 안 들리겠는가! 혼자만 못 들으셨다고 콕 집어 얘기를 해줄까 싶었다.

“쯧쯧. 네 인생도 고달프겠구나.”

물론 그런 이유가 아닌 다른 이유로 오문은 충분히 고달팠다. 그리고 저들이 욕한 건 저한테만이 아니지 않나? 공자는 자신이 모욕당한 일은 전혀 없는 듯 저만을 가엾게 보고 있었다.

그래서 오문은 떨떠름하게 대답했다.

"예…… 뭐."

"아름답게 태어난 죄다."

그의 자만 어린 위로가 지금 저를 더 고달프게 만들고 있었다.

오문을 위로하는 무호의 속은 사실 부글부글 끓어오르는 중이었다.

곱상하다는 이유로 온갖 추행을 겪었던 무호는 어린 오문에게 동정이 가면서, 그런 소리를 지껄인 놈들을 향해 분노가 솟구치고 있었다.

'네놈들은 그 말만은 지껄이지 말았어야 했다.'

그러나 겉으로 보기에는 전혀 그래 보이지 않았기 때문에 약이 올라 얼굴이 붉으락푸르락해진 공자들이 더 이상 못 들어주겠다는 듯 소리쳤다.

"하! 네 이놈! 우리가 네놈의 경우 없는 짓을 바로 잡아주려 했거늘 어찌 사람 말을 귀담아듣지 않아!"

"아니지. 알면서도 못 들은 척 무시한 게지! 얼마나 대단한 집안인지 모르겠다만 배경을 믿고 안하무인으로 굴다가는 큰코다칠 것이다!"

지금까지 졸부 취급해 놓고 집안을 운운하는 것은 반대로 우리 집안이 대단하니, 하찮은 상인 따위는 알아서 고개를 숙여라, 라는 협박이었다.

오문은 대단하다 못해 하늘과도 같은 배경을 가진 무호가 어떻게 나올지 이제 흥미로울 지경이었다.

그리고 무호의 첫 마디는 오문뿐만 아니라 모두를 당황하게 만들었다.

"네놈들, 몇 살이야?"

낮게 깔린 무호의 음성이 객잔의 공기도 함께 가라앉혔다. 짧은 정적의 시간이 길게만 느껴졌다. 그리고 상대는 유치하게도……

"그러는 네놈은 몇 살이냐!"

로 응수해 왔다.

오문은 제가 다 낯이 뜨거워지는 것 같아 고개를 숙였다. 그리고 제발 그것만은 아니길 빌었다.

"네놈들보다는 많이 먹었다."

절망적이었다.

불행히도 오문이 우려하던 그것이었다. 상대는 더 유치한 응수를 하든가, 아니면 여기서는 패배를 인정하고 다른 말로 도발을 해야 했다.

"이……!"

다행히 공자들은 먹물깨나 휘갈긴 자들로 '우리가 너보다 많이 먹었다!' 라는 최악의 수를 두지는 않았다.

"그래! 그리 나이를 먹었으면 세상 물정도 그만큼 밝아야지. 네놈보다 어린 우리도 아는 것을 왜 너는 모르느냐!"

한 공자가 짐짓 엄하게 꾸짖으며 동료의 패배를 만회하러 나섰다.

오문은 태자의 눈동자가 점점 벌어지는 듯한 착각이 들었다.

"어린놈이 어디다 대고 반말 지껄이냐?"

태자는 아직도 나이에 집착하고 있었다.

'아니, 그것 말고 내세울 게 많으시지 않습니까?'

굳이 태자인 걸 밝히지 않아도 얼마든지 저런 잔챙이는 보내 버릴 수 있는 사람이었다. 하다못해 황성에 고관대작 이름 하나를 대고 아버지라고 해도 될 일이다. 하여간 지금 무슨 거짓말을 해도 뒤탈이 없는 분이 왜 나이에 집착하는지 속이 터져 죽을 것 같았다.

"하하! 어른 대접을 받고 싶으냐? 그전에 네 가문부터 밝혀라. 감히 네 가문이 소동군 군수를 지내시는 내 아버님보다 못하다면 지금이라도 그 빳빳한 고개를 숙이는 것이 좋을 게다."

공자는 자신만만하게 큰소리치며 무호의 당황하는 얼굴을 보려 했다.

한데 무호는 의자 뒤로 몸을 기대며 팔짱까지 꼈다.

"저런! 그 아비에 그 아들이라더니. 쯧쯧……."

"뭐, 뭐라! 네 이놈! 지금 뭐라 했느냐! 다시 한 번 말해보거라!"

군수의 아들이 펄쩍 뛰는데 무호는 장우에게 턱짓을 하며 말했다.

"얼른 가서 전하고 오너라."

"괜찮으시겠습니까? 괜한 분란은 피하시는 것이……."

"분란을 일으킬 생각은 없다."

"예. 그럴 때가 아닙니다."

"끝장을 내버리면 모를까."

"……다녀오겠습니다."

장우는 제가 불을 붙인 것을 조금 후회했다. 상대가 설마 소동군의 군수의 자식일 줄이야. 그러나 자신이 말리기에는 늦었다고 생각했다. 이미 무호의 머릿속 어딘가가 툭 끊어진 상태였기 때문이다.

'안됐군. 아비는 비리에 연루되고, 자식은…… 뭐, 죽지는 않겠지.'

장우가 들고 가는 서신은 우하현의 제방 공사에 관한 군수의 비리 의혹을 고발한 것이었다. 황제께 직접 전달될 것이기에, 잘못되지 않도록 제가 직접 일을 처리하러 가는 길이었다.

"계속 건방지게 말을 돌리지 말고, 똑바로 말하지 못하겠느냐! 네놈이 방금 뭐라 지껄였느냐! 내 아버지 되시는 소동군의 군수 앞에서도 그리 말할 수 있겠느냐!"

등 뒤로 발악하듯 소리 지르는 공자의 목소리가 들렸다. 장우와 몇 명이 떠나고 나자 군수의 아들은 더욱 길길이 날뛰었다.

그래도 이전까진 내심 칼을 찬 무사들에 겁이 났었던 모양이었다. 하지만 제가 데리고 다니는 호위도 밖에 있으니, 어느 정도 수를 맞춘 뒤에는 겁이 날 게 하나도 없었다.

"왜 아무 말 못하지? 군수님이 내 아버지라니 이제 와서 겁이 나느냐? 그러게 평소 행실을 똑바로 하고, 사람을 봐가며 건드리는 게다! 모자란 놈!"

무호는 사람 숫자를 맞추는 것 따위의 복잡한 계산은 필요하지 않았다.

콰앙, 퍽.

"……!"

젊은 공자의 당당하고 오만하던 얼굴은 새파랗게 질리다 못해 하얘지고, 그 위에 먹물까지 묻어 엉망진창이 되었다. 그의 얼굴 바로 옆으로 날아온 비싼 벼루가 단단한 통나무 벽에 그대로 파묻혔기 때문이다. 자칫 벽이 아니라 제 머리에 벼루가 꽂혔을지도 모른다는 소름 끼치는 상상에 젊은 공자는 그대로 얼어버렸다.

식당 안 어느 누구도 입을 열지 못했다. 숨조차 쉴 수 없는 가운데, 어떤 이들은 젓가락을 든 채로 그대로 얼어붙어 있었다.

벼루를 던진 무호만이 버럭 소리를 지를 수 있었다.

"한 마디만 더 반말로 지껄였다간 다음번엔 네놈 이빨을 가루로 만들어주마!"

꿀꺽.

아버지를 군수로 둔 젊은 공자는 극도의 공포에 질려 본능적으로 입을 꽉 다물고 침을 삼켰다.

벼루를 던져 벽에 박아 넣은 괴력 때문만이 아니었다. 단지 그런 문제라면 밖에 있는 호위들을 안으로 부르면 된다. 하지만 아버지의 배경이 통하지 않았다. 진짜 미친놈이거나 아버지의 배경보다 더 높은 배경이 있거나, 둘 중 하나였다.

진짜 미친놈이라면 일단 피하고 나중에 벌을 해도 되지만 만약 더 높은 배경이라면 지금 피한다 해도 나중에 보복을 당하게 될 것이다.

"그, 그대는 누구신데……."

가문에 누를 끼칠 수 없기에 공자는 두려움을 억누르며 간신히 입을 열었다. 어느새 말투가 공손해져 있었지만 어느 누구도 눈치채지 못할 만큼 자연스러웠다.

"가서 네 아비에게 전하거라. 가족과 함께 여생을 보낼 수 있는 아늑한 보금자리 하나 마련해 놓으라고."

"대, 대체 누구신데 이러시는 것입니까? 제가 몰라 뵙고 실수를 했다지만, 그렇다고 이리 일방적으로 가문까지 들먹이며 위협하시다니 너무 하시는 게 아닙니까!"

"너 따위 애송이와 볼일 없으니, 그만 시끄럽게 하고 꺼져."

"이보십시오! 이런 경우가 어디 있습니까!"

"참으로 해도 해도 너무하시는군!"

두 공자가 발끈하자, 무호는 결국 아름답게 세공된 은으로 만든 압척(종이를 눌러놓는 도구)을 집어 들었다.

"헉!"

"……!"

그것을 집어 던질 듯 들어 올리자, 두 공자는 호위를 부를 틈도 없이 눈을 질끈 감았다.

"……."

한데, 시간이 흘러도 압척은 날아오지 않았다. 슬쩍 눈을 떠보니 놀랍게도 어린 시동이 그의 팔에 매달려 있었다.

"놔."

무호는 감히 제 몸에 손을 대고 저를 저지한 노비에게 간결하고 차갑게 말했다.

그러나 오문은 주눅 들지 않고 소리쳤다. 이러다가는 살인이 날 것 같으니 말려야 하지 않겠나.

"압척은 안 됩니다!"

"왜?"

"보물이 사람 피를 빨아들이면 불길한 물건이 된다고 했습니다!"

"누가?"

"그런 얘기 못 들으셨습니까? 저주받은 가락지라든가!"

"못 들었다. 그리고 이딴 게 무슨 보물이야!"

"히익!"

무호는 오문을 매단 채로 팔을 크게 휘둘렀다.

휘리릭— 퍽.

기다란 압착이 빙글빙글 날아가 두 공자의 식탁 위로 뚝 떨어져 마치 검처럼 비스듬히 박혀 버렸다.

"……."

모두들 또 한 번 찾아온 정적의 시간을 고통스럽게 느끼고 있었다.

"이제야 귀가 조용하군."

상대가 쉽게 꼬리를 내려서 잡아 죽이지 못한 것은 안타깝지만, 조용히 식사를 할 수 있게 된 무호가 만족스럽게 중얼거렸다. 그러고는 오문 앞에 시커먼 손을 내밀었다. 벼루를 던지느라 손뿐만 아니라 얼굴까지, 먹물이 묻어 있었다.

오문은 어쩌라는 건가 무호를 빤히 올려다보았다.

오문의 얼굴에도 먹물이 점처럼 퍼져 있어서 우스꽝스러웠는데, 무호는 웃음기 없는 목소리로 말했다.

"닦아."

"아!"

두리번거리던 오문은 제 옷소매를 움켜잡고 무호의 손을 소매에 문질러 닦기 시작했다.

"……!"

무호는 기가 막힌 표정으로 오문을 노려보았다.

소매가 더러워진 것도 문제지만 마른 천으로 닦아서 될 일이 아니지 않는가. 제 손은 검은 얼룩이 번져 재색이 되고 있었다.

"어휴. 왜 하필 비싼 벼루 같은 걸 던지십니까. 먹물도 다 튀고. 다음부터는 그냥 의자 같은 걸 던지십시오."

"……."

잔소리까지 한 오문은 저를 내려다보는 무호의 무시무시한 눈빛을 개의치 않고 그를 빤히 바라보았다.

"어휴. 얼굴에도 다 묻었습니다."

그러더니 대뜸 의자를 밟고 올라갔다. 키 차이 때문에 의자 위에 올라섰음에도 무호의 턱에 오문의 코가 닿을 정도밖에 되지 않았다.

오문은 그 얼굴에 손을 갖다 대고 어린아이를 대하듯 혀를 차며 말했다.

"잘생긴 얼굴에 시커먼 게 묻어서 인물 다 버리겠습니다."

"……."

당황한 무호는 화를 낼 시기를 놓쳐 버렸다. 어디서부터 어떻게 화를 내야 했을까? 노비 주제에 저보다 높이 올라가 있는 것? 제 귀한 얼굴을 깨끗한 손수건이 아닌 며칠 입은 옷소매로 문지르고 있는 것? 아니면 감히 제 얼굴을 평가하는 것?

'잘생겼다고? 그거야 그렇지만…….'

이제 와서 화를 내기도 애매한 상황인데 분위기가 점점 더 묘해지고 있었다.

'잘 씻지도 않는 놈한테서 왜 좋은 냄새가 나지?'

코끝에 닿는 오문의 살에서 좋은 향기가 났다. 그런데 무호가 처음 겪어보는 당황스런 상황은 이것이 끝이 아니었다.

영춘은 입을 떡 벌리고 부들부들 떨었다.

'가, 감히!'

오문이 소매 끝을 손가락으로 야무지게 싸더니 침을 발라 무호의 얼굴을 박박 문지르기 시작한 것이다.

"어쩜 좋습니까. 잘 지워지지도 않습니다."

무호는 주먹을 불끈 쥐고 부들거리다가, 참을 만큼 참았다 여겼는지, 결국 오문의 손목을 거칠게 잡아챘다.

"윽! 왜, 왜 그러십니까?"

오문은 그제야 무호의 눈에 노기가 가득한 것을 알아차리고 겁을 먹었다.

동그랗게 뜬 오문의 눈동자가 파르르 떨리는데도 무호는 일말의 동정심도 없이 잡아먹을 것처럼 윽박질렀다.

"살살 해!"

"어…… 아프셨습니까?"

오문의 말에 더욱 발끈한 무호가 오문의 뒤통수를 손바닥으로 붙잡고 제 소매로 오문의 얼굴을 박박 문질렀다.

"악! 아! 아, 아픕니다!"

오문의 얼굴도 재색이 되어가고 있었다.

상황이 부끄러웠던 영춘은 두 사람에게서 고개를 돌려 버렸다. 태자는 이제 저 잔챙이들과 더 말을 나누고 싶지 않다 했으니, 뒷수습은 제 몫이었다.

잔챙이들은 저희를 상대해 주지 않는 무호를 원망과 분노, 그리고 두려움 등이 착잡하게 얽힌 눈동자로 쏘아보고 있었다.

얼굴과 옷이 엉망이 된 그들에게 영춘은 귓속말로 속삭였다.

"오늘 일은 괜히 떠벌리고 다니지 않는 것이 그대들 신상에 좋아. 저 벼루 보이지? 저건 노리고 던지신 게다. 실수가 아니라. 무슨 말인지 알아듣겠어? 어?"

아슬아슬하게 비껴간 듯한 벼루가 정확하게 노리고 던진 것이라면 한 번은 봐주었다는 것이다.

싸구려 협잡꾼들이나 할 것 같은 위협인데도 두 공자는 입을 함부로 놀릴 수 없는 살기에 짓눌려 고개를 위아래로 끄덕였다. 그럴 수밖에 없는 것이 영춘이 칼자루로 은근히 그들의 옆구리를 눌러 댔기 때문이다.

"보복이네 뭐네 하고 찾아오는 순간 죽는다고 보면 돼. 알겠어?"

"예, 예!"

그들이 도망치듯 나가고 나자 이번엔 울상이 된 객점 주인에게로 갔다.

먹물은 무호 한 사람한테만이 아니라 객점 여기저기에 튀어 바닥과 벽은 물론, 비싼 장식을 엉망으로 만들어놓았다.

"미안하게 됐네. 우리 공자님께서 욱하는 성질이 좀 있으셔서……."

"아, 아닙니다. 사, 사내대장부가 그럴 때도 이, 있어야지요."

주인은 마음에도 없는 소리를 하느라 배알이 뒤틀려 미칠 것 같았지만 이 이상 피해를 낼 수 없기에 눈치껏 몸을 사렸다.

영춘은 한숨을 내쉬며 은자가 든 주머니를 두 개나 꺼내 주인에게 안겨 주었다. 벼루가 박힌 벽 등도 수리해야 하고 손님들의 비싼 옷과 요리만 해도 꽤 값이 나갈 것이다.

"저 손님들께도 보상해 주시게."

"헙! 이, 이렇게까지 시, 신경 써주셔서 가, 감사합니다!"

주인은 진심으로 감격한 듯 보였다.

"한데, 우리가 묵어갈 방은 아직 안 생겼는가?"

"새, 생겼습니다! 아주 좋은 방이 생겼습니다!"

"사람이 많은데 다 잘 수 있겠는가?"

"모시는 데 불편이 없도록 크고 좋은 방을 여러 개 내드리겠습니다."

잠시 후, 빈틈없이 늘어선 접시 위의 화려한 요리들은 오문의 눈을 번쩍 뜨이게 했다. 오는 길 내내 꽃잎으로 배를 채워 그런지 속에서 신물이 날 지경이었다.

하지만 오문은 태자가 식사하는 모습을 그냥 지켜보고만 있었다.

태자의 먹는 모습이 구경할 만했다. 그는 지치고 허기가 질 만한데도 서두르지 않고 젓가락을 움직였다. 그러면서도 시원시원하게 거침없이 잘 먹었다.

그 움직임에서 사내다움과 동시에 우아한 격조가 느껴져 오문은 역시나 하고 속으로 감탄했다. 제가 본 귀족들 중에서도 이 정도로 자연스러운 기품을 풍기는 자들은 얼마 없었기 때문이다.

"왜 안 먹고 있느냐?"

같이 유랑 중이라지만 엄연히 주인과 종. 주인이 먹다 남긴 것을 먹는 게 당연했다. 오문은 좀 전에 못된 공자들에게 한 소리 들은 것도 걸리는 데다가, 제가 여기 함께 앉아 있다는 것만으로도 주변의 시선이 따가워 노비의 자세를 지키고 있었다.

"남기셔야 제가 먹지요."

"안 남는다."

남겨줄 게 없으니 먹으려면 지금 먹으라는 뜻이었다.

"보는 눈도 있고……."

무호가 젓가락을 내밀었다.

"먹어라."

"괘, 괜찮습니다. 아까 꽃을 너무 많이 먹어서 배가 부릅니다."

"개소리."

식탁에서 거침없는 욕설을 들은 오문은 곁눈질로 주변을 돌아보았다. 태자가 젓가락을 내민 뒤로 어쩐지 저를 쳐다보는 시선이 사라진 것만 같았다.

"그럼……."

황송하다는 듯 젓가락을 받아 든 오문은 평소대로 집어 먹으려다가 멈칫했다. 그러고는 태자가 먹는 모습을 힐끗거렸다.

'나도 저렇게 먹어볼까?'

태자처럼 허리를 세우는데 어깨에도 힘이 들어가 나무토막처럼 경직된 느낌이었다. 등을 곧추세우는 자세만으로 너무 달랐다.

'아, 태생은 어쩔 수 없나 보구나.'

금방 포기해 버린 오문은 방금 태자의 젓가락이 지나갔던 소고기볶음 접시로 눈을 돌렸다. 아무렇지 않은 척하고 있었지만 얼마 만에 보는 살점인지, 아까부터 내내 침이 고이고 있던 참이었다. 촉촉하고 기름진 양념으로 육즙을 품은 소고기는 잡내도 나지 않고 향기롭기만 해서 식욕을 자극했다.

그래도 눈앞에서 아름다운 젓가락질을 보았던지라 나름 신경 써서 젓가락을 움직였다.

'와! 세상에! 엄청 맛있다!'

분명 좋은 고기였다.

양념은 둘째 치고 아주 좋은 고기였다. 부드러운 식감에다가 씹을수록 고소한 것이, 입안에서 금방 사라져 버려 아쉬울 지경이었다.

오문은 게걸스럽게 먹지 않겠다는 다짐을 잊고 다른 음식도 하나둘 맛보기 시작했다. 커다란 접시에 꽉 찬 생선찜과 신선한 야채를 곁들인 볶음면, 오리탕, 죽순볶음 등등 어느 것 하나 맛이 없는 게 없었다.

사실 눈이 돌아갈 만큼 맛이 있었다.

지난 몇 년간 도주하면서 제대로 된 음식을 해 먹을 일도, 사 먹을 일도 없었던 데다가, 소면을 만들면서는 매일매일 남는 국수로 배를 채웠다. 제가 음식을 만든다고 또는 객점에서 일을 한다고 해서 늘 좋은 요리를 배부르게 먹을 수 있는 건 아니었다. 종종 손님들이 먹다 남긴 식은 음식을 먹은 적은 있으나, 갓 조리된 숙수의 요리를 바로 맛본 적은 한 번도 없었다.

실제로 오문은 『원조미각』에서 일할 때도 주방에서 육수를 젓거나 잡일을 도왔을 뿐이었다. 요리를 할 수 있는 건, 오문이 그곳에서 곁눈질로 전부 외웠기 때문이다. 숙수가 들었다면 기절할 만큼 놀랄 일이었다. 제 평생의 기술을 단 두 해 만에 도둑질당한 경우이니 말이다.

오문은 젓가락질을 멈출 수가 없었다.

무섭게 줄어드는 음식을 본 영춘이 질린 표정으로 젓가락을 놓아야 할 정도였다. 오문이 폭포에서 뛰어내릴 때보다 더 놀라운 광경을 보는 것 같았다. 저 작은 체구에 어떻게 이렇게 계속 들어갈 수 있는지 신기하기만 했다.

"배부르다며?"

영춘이 이죽거리자, 오문은 미어터질 듯한 볼을 우물거리다가 간신히 말했다.

"먹을 수 있을 때 많이 먹어두면 좋으니까요."

야산에서 도망칠 때는 쫓아오는 살수들보다 아사가 더 두려웠다.

먹을 것이 보이면 꽃이든 풀이든 나무껍질이든 뭐든 챙기거나 입으로 가져가는 것이 좋았다. 귀문에서 배워둔 각종 독초와 약초에 대한 지식이 꽤 도움이 된 점이 모순이랄까.

'그러고 보니 태자께서는 어떻게 먹는 풀을 구분하시지? 궁에서는 그런 것도 가르치시나?'

잠깐 의문이 들었지만 영춘이 계속 시비를 거는 통에 더 생각할 수가 없었다.

"지금 많이 먹어둬야 소용없겠다. 열다섯이면 벌써 다 컸겠구만. 여기서 더 먹으면 뱃살로 간다."

실제로 열여덟인 오문은 계집이라 해도 조금 아담한 키였다. 때문에 자연스럽게 발끈할 수 있었다.

"아직 더 클 수 있습니다!"

"키는 포기하고 몸이나 키워라. 이 손목 좀 봐라. 이게 사내 손목이냐? 이래 가지고 일은 하겠냐?"

"저는 주방 일만 해서 아무 문제 없었습니다!"

"자고로 사내대장부는 어디서 무슨 일을 하든지 힘이 있어야 한다."

영춘의 말에 오문은 고개를 끄덕이며 무심코 자신의 취향을 말하고 말았다.

"그건 그렇습니다. 사내가 너무 비실비실하면 별로지요."

"그렇지? 너도 나처럼 강한 사내가 부러울 게다."

"뭐, 부러울 것까지는……."

"걱정 마라. 너도 이렇게 될 수 있다. 내일 새벽부터 내가 친히 몸 쓰는 걸 가르쳐 주마."

"컥!"

오문은 사례가 들렸다. 가뜩이나 사는 게 힘들어 죽겠는데, 새벽부터 사람을 깨워 훈련시키겠다는 영춘의 생각은 저를 괴롭히려는 의도로밖에 여겨지지 않았다.

"쯧쯧. 그렇게 좋으냐? 자, 물 마셔라."

물을 들이켠 오문이 상기된 얼굴로 말했다.

"전 몸 쓰는 거 별로 안 좋아합니다. 보는 것만으로 만족하겠습니다!"

"가는 길에 무슨 일이 생길지도 모르니, 너도 네 몸 하나는 보호해야지."

"괜찮습니다. 알아서 잘 피하겠습니다."

오문에게는 여기 있는 사람들이 산적이나, 심지어 귀문보다 더 겁이 났다. 도대체 누가 이들을 건드린단 말인가.

"배워라."

"……네."

여태 듣고만 있던 태자의 짧은 명에 오문은 더 따지지 못했다. 답답해서 속이 바짝바짝 타들어 가는 기분이었다.

"한데, 왜 마실 것이 없습니까?"

"방금 마신 건 씹어서 삼켰느냐?"

심한 갈증을 느낀 오문이 기름진 입술을 핥으며 아쉽다는 듯이 말했다.

"죽엽청이라도 있으면 좋을 텐데요."

그 말이 끝나기 무섭게 영춘의 주먹이 오문의 머리를 '따악' 소리 나게 가격했다.

"쪼끄만 놈이!"

열여덟 살 오문은 억울했지만 머리를 쓰다듬으며 입만 삐죽거렸다.

기예단에 있을 때는 열두 살 때도 술을 마셨다. 수입이 좋은 날은 단주 광두가 기분이 좋아 통 크게 죽엽청과 야채볶음을 사 주기도 했다. 입에 짝짝 달라붙는 달달한 술맛을 열두 살에 알아버렸으니, 어린놈이 술을 밝힌다고 야단맞았다 해도 어쩔 수 없는 것이다. 지금의 나이와 상관없이.

하지만 그래도 억울한 건 억울했다. 제가 조금 키가 작은 편이긴 했지만 그렇게 많이 작은 것도 아니었다. 끽해야 열다섯으로 보인다는 건 인정할 수 없었다. 세 살 차이라도 열다섯과 열여덟은 크게 다르지 않나.

'가슴 때문인가…….'

제 가슴이 작은 건가, 라는 것에 대해 한 번도 생각해 본 적 없는 오문이 처음으로 그 생각을 떠올리고 무심코 제 가슴을 내려다보았다.

물론 지금은 남장을 하고 있으니 평평한 가슴이었다.

'흠. 남장이 쉬운 걸 보면 가슴이 작은 건지도.'

그게 뭐가 대수로울까. 죽고 사는 경계를 오가면서 부러지고 찢어진 상처를 돌보는 것만으로도 벅찼다. 한데 어째서 지금은 신경이 쓰이는 걸까.

'설마, 내가 지금 편하다고 느끼고 있는 건가?'

그러고 보니 완전히 경계를 풀고 있었다. 생각에 잠겼던 오문은 무호의 질문에 정신이 번쩍 들었다.

"가슴이 신경 쓰이냐?"

"……!"

심장이 철렁해서 휘둥그레진 눈으로 그를 마주 보았다.

무호는 평소와 다름없이 나른한 음성으로 말했다.

"가슴 근육을 키우는 좋은 단련법이 있다. 알려줄 테니 자기 전에 매일 백 번씩 하고 자라."

적길초는 독초의 하나였다.

뾰족하고 커다란 쑥처럼 생긴 잎에 붉은 솜털이 나 있는 이 흔한 풀은 워낙 냄새가 좋지 않아 일부러 찾아 먹는 사람도 없다. 먹는다 해도 조금 먹는 걸로 탈이 나지는 않지만, 많이 먹으면 죽지는 않고 심한 졸음이 몰려온다. 일어나면 머리가 깨질 듯이 아프고 환각 증세를 일으키기도 하지만 여러 번 찌고 말려서 독성분을 빼면 불면증에 좋은 약이 되기도 했다.

오문은 결심했다.

이것을 태자가 마시는 찻물에 넣기로.

부들부들 떨리는 팔로 찻주전자를 들었다. 떨리는 팔 때문에 주둥이에서 찻물이 질질 흘러내렸다.

'젠장!'

겁이 나서가 아니었다.

오문은 지금 제 몸에 맞지 않은 과한 운동으로 인해 팔이 제 의지대로 움직여 주지 않고 있었다.

어깨 너비로 손을 벌리고 엎드려 몸을 등에서 종아리까지 똑바로 일직선으로 만들었다. 그 자세만으로도 힘든데, 팔을 굽히란다.

태자는 악독했다.

서강의 부대에서 제 부하들을 어떻게 다뤘는지 알 것 같았다.

못하겠다고 몇 번이나 풀썩 엎어졌는데도 몽둥이까지 들고 위협해서 오문을 기겁하게 만들었다.

'이건 또 무슨 새로운 고문이지?'

싫다는 사람을 왜 닦달해서 몸을 단련시켜 준단 말인가. 저를 위해서라며 영춘이 응원하는 소리가 더 얄미웠다.

'여기 있으면 골병들어 죽겠다!'

아까 제가 편하다고 느꼈던 것은 엄청난 실수와 착각이었다.

"뭐 하는 중이냐?"

"헉!"

오문은 하마터면 들고 있던 찻주전자를 떨어트릴 뻔했다. 영춘과 얘기를 나누던 태자가 어느새 들어와 제 손을 빤히 쳐다보고 있는 게 아닌가.

"마, 말씀 중이시기에 차를 올릴까 하고……."

"차를 따르는 게냐? 아니면 잔을 헹구고 있는 게냐?"

"어…… 파, 팔이 맘대로 안 움직여서 말입니다. 하, 하하……."

다행히 제 손에 든 적길초는 보지 못한 것 같았다. 가슴을 쓸어내린 오문이 부끄럽다는 듯 혀를 빼물고 웃어 보였다.

"쯧. 겨우 그걸 가지고."

겨우 그거라니!

사람을 쥐 잡듯 잡아놓고 겨우라니?

'귀문도 이렇게는 안 하겠다!'

물론 오문이 귀문에서 본격적인 살수 훈련을 받았나면 그렇게 생각하진 않았을 것이다.

"그러게 말입니다. 주방에서 칼만 잡았지, 다른 일은 해본 적이 없어서 힘이 듭니다."

주방 일만 할 거니까, 굳이 이런 걸 가르치지 말라는 뜻으로 한 말이었다. 저는 몸 쓰는 데 재능이 없다, 그러니까 그만합시다.

무호는 그 간절함을 읽지 못했다.

"칼이라……. 그래, 이왕 배우는 거, 검을 배우는 게 낫겠다."

"예, 예?"

"영춘에게 말해놓으마."

미칠 것 같았다.

원래 검은 아무에게나 가르치지 않는다. 스승이 검술을 가르칠 때도 직계 제자가 아니면 정수를 전부 가르치지 않는 법이었다. 그런데 저 같은 노비에게 검술이라니? 그것도 태자의 호위무사인 걸출한 실력자에게?

"저, 저는 노비입니다. 그것도 도망친 노비……."

"안다."

"그런데 왜 제가 검술을 배워야 합니까? 얼마 안 있으면 사유보 댁으로 갈 텐데요."

"네가 하는 걸 봐서, 그 댁에 가지 않아도 된다."

"예?"

"검술을 잘 배워둬라."

무호가 긴말을 하지는 않았지만 오문에게는 그가 저를 살 의향이 있다는 것으로 들렸다.

'태자의 노비가 된다고?'

가슴이 철렁했다. 그건 절대 좋은 일이 아니었다.

'내가 궁으로 들어갔다가 그때 가서 계집인 걸 속였다고 들키면 난 죽은 목숨이야!'

최악의 상황은 의도적으로 태자를 기만하고 궁에 잠입했다며 또다시 간자로 몰릴지도 모른다는 것이다.

이제 와서 저 계집입니다, 해도 마찬가지였다. 무슨 의도로 속였느냐, 왜 남장을 하고 다녔느냐, 다시 처음으로 돌아가 장목현 대인까지 물고 늘어질 것이다.

'이럴 줄 알았다면 차라리 그때 제대로 설명할 걸 그랬나?'

위험을 감수하고 솔직히 아버지를 찾는 중이었다, 말하는 게 나았을까.

그렇지도 않았다. 제가 감추고 살아야 하는 게 너무 많아서 오문은 어디서부터 어디까지 감추고 어디까지 말을 해야 할지, 판단할 수가 없었다.

오문이 얼떨떨한 표정을 지으며 입을 빼끔거리자 태자가 엄하게 말했다.

"좋아하긴 이르다."

좋아하긴 누가 좋아한단 말인가!

'더 늦기 전에 꼭 도망쳐야 해.'

손에 꼭 쥔 적길초 이파리가 땀으로 축축해졌다. 태자가 등을 돌리는 것을 보고 오문은 입술을 꽉 깨물었다.

"목욕물은 준비되었느냐?"

"예? 아, 예! 뜨거운 물을 욕조에 받아놓았습니다."

"알았다."

말이 끝나기가 무섭게 무호가 그 자리에서 옷을 벗기 시작했다.

'헉!'

하마터면 입 밖으로 소리가 나갈 뻔했으나, 오문은 입술을 안으로 꽉 말아 넣고 눈을 크게 뜨고 그 모습을 지켜보았다.

전장의 무신, 서강의 사신, 잘 단련된 무호의 단단한 나신이 드러나기 시작했다. 바위처럼 탄탄해 보이는 가슴과 군살 하나 없는 아랫배, 치골로 이어지는 허리의 경계에서 도저히 눈을 뗄 수가 없었다.

'아, 안 돼. 너무 자극적이야!'

제 눈이 너무 귀한 것을 보고 말았다. 이 이상 보는 것은 신을 모독하는 것과 같다 여겨졌다. 불경한 마음을 꾸짖으며 오문은 고개를 돌렸다.

사라락, 남은 옷을 벗어 던지는 작은 소리가 오문의 귀에는 크게 들렸다.

꿀꺽.

오문은 태자가 옷을 벗는 것을 대수롭지 않게 여기는 척하느라 제가 흘린 찻물을 닦으며 분주하게 손을 움직였다.

하지만 오문의 그러한 노력은 소용이 없었다.

"뭐 하고 있느냐?"

"예, 예?"

"옷을 받아야 할 게 아니냐?"

"아, 아…… 네!"

기껏 눈을 돌려 주었건만, 이건 불가항력이므로 저는 죄가 없다고 되뇌었다. 그리고 그의 당당한 나신 아래에서 그가 떨군 옷을 허둥지둥 주워 들었다. 준마처럼 뻗은 그의 다리가 다가올 때마다 심장이 쿵쾅거렸다.

"다 했으면 들어와."

태자가 먼저 욕조가 있는 방으로 들어갔다.

"예, 예!"

오문은 주먹을 꽉 쥐었다. 제 손바닥에 있는 적길초가 따갑게 느껴졌다.

'오늘만…… 참자.'

급할수록 돌아가라는 말도 있지 않나.

생각해 보면 그리 급할 것도 없었다.

"시원찮군."

허리까지 오는 얕은 욕조에 앉은 무호가 제 몸을 씻어주는 오문을 향해 불만을 터트렸다.

오문은 떨리는 팔이 긴장한 탓이 아니라 과한 운동 탓이라고 믿고 있었다. 이렇게 좋은 구경을 하면서 떨 이유가 없지 않나.

사내의 벗은 몸을 처음 보는 건 아니었다.

백골기예단에서 금과 첨 오라버니들은 아직 어린 오문 앞에서 훌렁훌렁 옷을 벗어 댔다. 쓸데없이 기억력이 좋은 오문은 그들 몸에 점이 있는 위치까지 기억하고 있었다.

첨은 조금 통통하지만 금의 몸은 지금 태자의 몸과 비슷했다. 다른 게 있다면 금은 마르고 좀 더 호리호리한 편이었다.

그런데 태자는 금보다 훨씬 더 단단하고 훌륭한 근육을 갖고 있었다. 아름다운 얼굴 때문에 그가 이런 몸을 갖고 있으리라고 쉽게 상상되지 않았다. 너무 우람하지도 않고 매끄러운, 오랜 시간 정성껏 담금질한 멋들어지고 강한 검신 같은 느낌이었다.

'어차피 궁에서도 궁인들이 시중을 들어주잖아. 내가 계집이라는 걸 나중에 알게 된다 해도 대수롭지 않으실 거야. 그러니까 죄책감 가질 필요는 없는 거지.'

심지어 만져 볼 수도 있다. 제가 언제 또 태자의 몸을 더듬어 보겠는가. 그래서 오문은 개의치 않고 태자의 몸을 편안하게 감상하며 씻겨 주려 했다.

한데 왜 심장이 주책없이 두근거리는가. 어째서 손이 멋대로 떨리는가.

"죄송합니다. 너무 무리했는지 팔이 떨려서 제멋대로 움직입니다. 아무래도 저는 재능이 없는 것 같으니, 몸 만드는 건 포기하겠습니다."

"근력을 더 키우면 해결된다. 내일부터는 이백 번씩 해."

"그러다 저 죽습니다!"

"그러다 죽으면 그만해."

오문은 감정을 담아 태자의 등을 박박 문질렀다.

물론 태자는 간지러워하지도 않는 듯했고, 곧 오문이 먼저 지쳤다.

이제 태자의 가슴을 씻겨 줄 차례였다. 절로 긴장이 되는지라 오문은 몰래 심호흡을 했다.

태자는 스스로의 몸을 부끄러워할 필요가 없는 사람이었다. 그렇게 때문에 제 몸을 씻어주는 상대가 누구든 상관하지 않고 당당하게 다리를 뻗고 앉아 있었다.

욕조에 걸친 태자의 다리는 황무지를 내달리는 말을 떠올리게 할 만큼 길고 튼튼했다.

'으아! 주물러 보고 싶다!'

그러한 욕망을 애써 누르며 태자의 가슴부터 닦기 시작했다.

넓은 가슴이 참으로 바람직했다. 손바닥에 느껴지는 굴곡의 촉감도 훌륭했다.

'이건 인간의 한계를 뛰어넘은 육체의 아름다움에 대한 순수한 감탄이지, 절대 음란한 이유에서가 아니다.'

그렇게 자신의 안에서 결백함과 순수함을 찾아내며 스스로 다짐을 했다. 그러나 뺨이 붉어지는 것만큼은 숨길 수 없었다.

"더우면 옷을 벗지 그러냐?"

"예, 예?"

얼굴에서 열이 나는 것을 들켜 버리고 말았다!

"쓸데없이 물이 덥군."

"그렇죠? 덥네요. 하하."

다행히도 태자는 뜨거운 수증기 때문에 뺨이 데워진 거라고 여기고 있었다.

'하긴, 그럼 뭐라고 생각하겠어?'

오문은 손으로 얼굴을 부채질하며 더워서 그런 거라고 강조했다.

"벗어. 보는 내가 덥다."

"아닙니다. 그 정도로 덥진 않습니다."

"어차피 너도 씻을 텐데 그냥 벗어."
"어…… 저, 전 이대로 입고 씻을 겁니다."
"뭐?"
무호가 어이없다는 듯 얼굴을 찌푸렸다.
오문은 자책했다. 제가 생각해도 말도 안 되는 소리를 했다. 옷을 입고 어떻게 씻겠단 말인가.
"그게, 나중에 빨래할 때 그냥 입은 채로 씻으면 일석이조입니다."
"……."
갈수록 더 말도 안 되는 변명이 튀어나왔고, 태자의 인상도 펴지지 않았다.
"생각보다 깨끗이 잘 빨립니다."
"그럼 말릴 때도 입고 말리느냐?"
"그건 좀……."
"어차피 벗을 거면 지금 벗어."
"어, 그게……. 어, 빨랫감을 가지러 어차피 나가야 해서요."
구사일생, 극적으로 그럴듯한 변명이 떠올랐다.
"하면 이제 그만 나가보거라."
"예?"
"이제부터는 혼자 씻을 수 있다."
"그, 그래도 제가 해드려야……."
"필요 없으니 그만 나가 네 볼일을 보거라."
"안 되는데……. 어깨랑 발도 주물러 드려야 하는데……."
오문은 이 좋은 기회를, 이 좋은 시간을 놓치게 된 것이 안타까워 더 시중을 들겠다 했지만 오히려 태자가 단호하게 거절했다.
"누가 내 몸을 만지는 걸 별로 좋아하지 않아. 그러니까 됐다."

"예? 왜 그걸 싫어하십니까? 주물러 주면 얼마나 시원한데요."

"목욕 시중을 맡긴 것도 아주 어릴 때 이후로는 네가 처음이다."

"예? 설마요……."

"네가 아직 어리기에 내 몸에 손을 대는 걸 허락했을 뿐이다."

"어려…… 서요?"

"그래."

"저도 그렇게 어리지는 않습니다만……."

"나름의 기준이 있다."

"어떤 기준입니까?"

질문을 받고 보니, 저 자신도 그 기준을 잘 모르고 있는 듯했다.

그래서 무호는 지금 제 눈앞에서 목욕시중을 들어주는 오문을 기준으로 삼기로 했다.

'날 만졌을 때 내 기분이 불쾌하지 않아야 하고, 손길이 억세지 않아야 하고, ……날 지루하지 않게 해줘야 하고, 좋은 냄새가 나야 하고, 또…… 귀엽고.'

점점 이상한 결론이 나자, 무호는 생각을 멈추고 단호하게 말했다.

"아직 뭘 모르는 덕에 음탕한 눈으로 날 보지 않는 선까지지."

여태 태자의 몸을 즐겁게 황홀하게 감상했던 열여덟 살 오문으로서는 많이 찔리는 대답이었다.

"만약에…… 만약에 제가, 제가…… 나이가 많은 거면요? 그러니까…… 그게 무슨 말이냐면 말입니다. 제가 나이를 속였을 수도 있지 않습니까? 그러고서 공자님의 몸에 손을 댄 거면 어찌하실 겁니까?"

무호는 오문의 동그란 얼굴과 동그란 눈을 보면서 피식 웃어버렸다.

그 얼굴은 아무리 많이 봐도 열다섯 살. 적게 보면 열세 살이라 해도 믿을 것 같았기 때문이다. 어디에도 사내의 냄새가 나지 않는, 아직 발육이

더딘 아이일 뿐이었다.

그러고 보니, 아까 제 얼굴을 닦아줄 때도 이상하다 생각했지만 다시 봐도 목이 너무 매끄러웠다. 목소리도 아직 낭창낭창하고 몸에서 나는 향도 사내들과는 본질적으로 달랐다.

이제야 수상함을 느낀 무호가 오문을 뚫어져라 살폈다.

"왜, 왜 그리 보십니까?"

오문은 무호가 심상치 않은 눈으로 저를 샅샅이 훑자, 그가 뭔가 눈치챈 것은 아닌가 싶어 간이 쪼그라드는 것 같았다.

몸을 움츠리며 그의 따가운 시선을 피하느라 전전긍긍했지만 무호의 표정은 의심에서 확신으로 넘어간 듯했다.

'큰일 났다. 어쩜 좋아! 내가 너무 계집애같이 굴었나 봐!'

한참이나 노골적인 시선을 보내던 무호는 돌연 찌릿 하고 눈을 부릅뜨며 입을 열었다.

"너……."

"예?"

무호는 의심스럽다는 눈으로 오문을 추궁했다.

"너, 몽정은 하느냐?"

"예?"

"몽정이 시작되면 그때는 내 몸에 손대지 않는 게 좋을 게다. 네 손목을 잘라 버릴지도 모르니까."

오문은 잘리지도 않은 손목이 시큰거리는 걸 느끼면서도 묻지 않을 수가 없었다.

"저, 근데…… 몽정이 뭡니까?"

"……."

태자를 만난 지 오래되지 않았지만 그녀 생각에 태자의 이런 얼굴은 누구도 본 적이 없을 거라 장담할 수 있었다.

뭐랄까. 그 표정은 황당한 것도 아니고, 어이없어 하는 것도 아니고, 걱정스러운 것도 아니고, 웃는 것도 아니고, 허탈해하는 것도 아닌, 괴상하기 짝이 없는 표정이었기 때문이다.

오문은 정말 모른다는 진실 된 표정으로 몇 번 눈을 깜빡거리고 나서야 '몽정' 의 정의를 들을 수 있었다.

제 10 장

나는 놈 위에 업힌 놈

오문은 다음 날 오전 내내 놀림 받고 시달렸다. 입이 무거운 줄 알았던 태자가 영춘에게 그 얘기를 전부 한 모양이었다. 입 싼 영춘은 또 그것을 일행에게 전부 떠벌렸고, 저는 아침에 눈 뜨자마자 '몽정소년' 이라 불리며 놀림을 받았다.

"너 열다섯이 맞긴 하냐? 그러고 보니까 나이를 물어본 적이 없긴 하다."

어차피 한 거짓말 몇 살로 불린들 대수겠는가.

"어려 보이긴 했다만, 설마 진짜 몽정도 안 했을 줄이야!"

계집이니 할 리가 있겠는가.

"아무리 그래도 사내놈이 몽정이 뭔지도 몰랐어?"

여기저기 옮겨 다니다 보니 몽정에 대해 배울 시기를 놓쳤는데, 어제 배운 바로는 그리 썩 유쾌한 경험도 아닐 듯했다. 꿈에서 성욕을 느끼는 게 뭐가 좋다고 자랑스러워한단 말인가.

"안 되겠다. 오늘부터 특훈에 들어가야겠다."

오문은 훈련 같은 건 딱 질색이었다.

"또 무슨 특훈을 하란 말입니까? 저 지금도 죽겠습니다."

"이건 힘든 게 아니야. 황홀한 꿈을 꿀 수 있도록 도와주는 특훈이지."

"그래. 너도 이제 어른의 길로 들어서는 것이다."

저는 분명 다 커 있었다. 아직 가슴이 다 큰 것 같진 않지만, 분명히 더 클 테지만, 그래도 어쨌거나 열여덟 살이었다. 하지만 어른의 길로 들어선다는 특훈이 뭔지 정확히는 몰라도, 어른인 제가 해도 흥미로운 게 있을 것 같아 구미가 당겼다.

"뭐든 열심히 배우겠습니다."

배우고 도망쳐도 늦지 않을 것이다. 그래서 오문은 하루 더 머물기로 했다.

잠시 후, 이른 점심 식사에 모두가 모였다.

객잔은 어제와 달리 매우 한산했는데, 단순히 이른 시간이라 그런 것 같지는 않았다. 아무래도 어제 일이 소문이 파다하게 나서 미친놈들을 피해 가자, 하는 모양이었다.

오문은 아직도 벽에 꽂혀 있는 벼루와 탁자에 박힌 압척을 보며 중얼거렸다.

"비싼 벼루라서 그런지, 깨지지도 않고 그냥 박히기만 하네."

그 중얼거림을 들은 태자가 어이없다는 듯 말했다.

"감탄하는 지점이 묘하구나. 칼을 던져도 저런 벽에 꽂는 건 힘들다. 튕겨 나가기만 하지."

"에이. 저 아는 언, 아니, 누님도 칼을 기가 막히게 던지시는데, 벽에 잘 꽂던 걸요. 또 아는 형님은 힘이 무지 세서 쇠못을 손으로 박아 넣기도 해요."

"호, 그래? 집안이 대단한 무가인 모양이지. 어찌 아는 사이냐?"

"무가는 무슨요. 그냥 떠돌이 기예단인데요."

"……."

서강의 무신이라 불리는 무호의 화려한 무위가 한순간에 기예단의 차력과 급이 같아져 버렸다.

분위기가 썰렁해지자 장우가 말을 돌렸다.

"그나저나 찾아와 보복이라도 할 줄 알았더니, 그 정도로 머리가 나쁜 놈들은 아닌 모양입니다."

어젯밤 늦게 돌아온 장우는 젊은 공자들과 시비가 어떻게 마무리 지어졌는지 전해 들은 터였다.

"그만큼 말했으면 알아들어야지요."

직접 협박을 했던 영춘은 당연하다는 듯이 말했다.

그리고 오문은 다른 것이 궁금했다.

"한데, 저희는 왜 계속 여기 있는 것입니까?"

"응? 무슨 뜻으로 묻는 말이냐?"

영춘이 반문했다.

"전에 여기가 거점이라고 하셨지요? 뭐 기다리는 게 있나 해서요."

"……."

일순 분위기가 가라앉자, 오문은 또 의심을 받을까 봐 손사래를 쳤다.

"아, 말씀하기 곤란하시면 안 하셔도 됩니다. 큰일을 하시는 분들이니 비밀도 많으시겠지요."

"큰일은…… 뭐 큰일이긴 한데……."

영춘이 곤란하다는 듯 말을 아꼈다.

"네, 네. 이해합니다. 저 같은 놈한테 그런 큰일을 어찌 말하시겠습니까."

그러자 영춘이 머리를 긁적였다. 장우는 못 들은 척하며 생선튀김을 집어 먹었다.

"흠. 뭐, 일단, 오늘은 빨래가 마르기를 기다리는 중이다."

"……놀리지 마십시오. 저도 알 건 다 압니다. 몰라도 상관없습니다만, 아무것도 안 하고 여기서 다들 빈둥거리는 것 같아 의아해서 여쭌 것뿐입니다."

"아니, 빈둥거리고 있는 게 맞다니까."

영춘이 조금 멋쩍어하며 말했다.

"네. 네. 그러시겠지요."

"요리도 기다리고, 빨래도 기다리면서 쉬어 가는 곳이 바로 거점이다."

오문이 인상을 찌푸렸다.

"예?"

"어차피 우리는 갈 길도 멀고 하니, 가는 동안 쉬어 갈 곳을 거점으로 정한 것뿐이다. 우리가 맡은 임무와는 아무 상관이 없지."

"정말 그게 답니까? 에이, 농담이시죠?"

오문이 믿기지 않아 재차 확인했지만 장우와 무호의 표정이 변하지 않았다.

"설마…… 진짜요? 거점이라는 게 정말 그게 다란 말입니까? 어제 무슨 서신도 보내시지 않았습니까?"

"그거야 우하현의 일로 도움을 청한 것뿐이다."

"하……. 그럼 그 지도는요? 일부러 거점을 그렇게 자세히 표시할 이유가 있습니까? 아무 데서나 쉬면 되는데?"

"있다."

"무슨 이유입니까?"

"'제화국유람기'라는 서책에 나오는 맛집을 표시한 것이다."

오문의 표정이 썩어 들어갔다.

"흠. 말하지 않았느냐? 어차피 갈 길이 멀다. 이왕 떠나는 길, 천천히 유람을 하는 것도 좋은 일이다."

그러니까 지름길과 편한 길을 무시하고 오로지 맛집 전도를 따라 돌고 돌아 유랑 중이란 얘기였다.

서강의 중장군, 그 무신이란 사람이 부하들을 이끌고 맛집 탐방이라니, 어울리기나 한 얘기인가.

그런데 이 와중에도 오문은 문득 한 가지 의문이 떠올랐다.

"그럼 그 제화국유람기에 제 소면집도 있었습니까?"

"바랄 걸 바라거라."

조금 실망한 오문이 입을 삐죽거리며 말했다.

"그럼 거긴 왜 찾아오셨습니까? 괜히 저만 붙잡히지 않았습니까."

"그 서책이 언제 쓰인 건데, 네 소면집이 오르겠느냐? 게다가 그런 허름한 소면집이 그런 책에 오르는 게 가당키나 하냐?"

"맛집이 맛만 있으면 되죠."

오문의 볼멘 투덜거림이 끝나자 무호가 끼어들었다.

"어차피 그 책을 다시 쓴다 해도 너는 두 번 다시 소면집을 차릴 수 없으니 아무것도 바라지 마라."

"……예."

어린 소년에게 절망감을 심어 준 싸늘한 충고였다.

그러나 무호의 말에는 깊은 속뜻이 있었다. 그 깊은 뜻을 아무도 알아듣지는 못했지만.

무호는 오문이 욕심났다.

데리고 다니면 심심하지도 않고 언제 어디서든 뚝딱 맛있는 요리를 만들어낸다. 무엇보다 아직 몽정도 모르는 그 순수함이 마음에 들었다.

개 같은 것들에게 농락당한 경험이 있기에 무호는 자신이 철석같이 믿는 놈이 아니면 옆에 두지 않았다.

'궁에 데려가 환관을 시킬까. 노비보다는 살기가 괜찮겠지. 권력도 누리면서 살 수 있으니. 그렇게 내 개인 시종으로 데리고 있으면 좋겠군.'

어젯밤 오문의 목욕 시중이 무척 흡족했다. 제게 흑심을 품은 놈들, 전혀 그렇지 않은 놈들, 환관들, 궁녀들, 많은 이들이 제 몸에 손을 댔지만 오문은 느낌이 달랐다.

'온갖 잡스러운 재주를 다 갖고 있구나. 하는 짓은 꼭 계집애 같은 것이.'

오문을 생각하니 이상하게 마음이 싱숭생숭해진 무호가 머리를 저었다.

'더 크기 전에 환관을 만들자.'

제화국의 궁에는 환관이 얼마 없었다. 기껏해야 시중을 드는 환관이 다였는데, 이유는 지금의 황제께서 환관을 만들 사내가 있으면 한 놈이라도 더 병사를 만들라 했기 때문이다.

'어차피 다음 황제는 나니까 그건 상관없지.'

무호는 본인이 싫어할 거라는 생각은 전혀 못하고 있었다. 도망친 노비의 삶을 사느니, 환관이 되어 면천하여 동생을 찾는 편이 훨씬 나을 거라 여기고 있었다.

물론 한 가지가 마음에 걸렸다.

'저놈이 어제 분명히 적길초를 가지고 있던 것 같았는데…….'

그전에 작은환각버섯도 그렇고, 무심코 가지고 있던 것이 하필이면 독극물이라는 점이 의심스러웠다.

'혹 모르니 예의주시해야겠다.'

오문은 저를 쳐다보는 태자의 눈빛이 유독 날카로워진 것을 보고 태자의 접시로 향하던 젓가락의 방향을 급히 선회했다.

식사 후 오문은 친위대의 병사들에게 끌려갔다.

좋은 것을 가르쳐 준다며 병사들이 오문을 데려간 곳은 허름한 책방이었다.

"이제 공부까지 하란 겁니까?"

"가만있어 봐라. 글자가 필요 없는 공부다."

그러면서 그들은 책방 주인에게 귓속말을 했다.

"그런 거라면 따라 들어오십시오."

오문은 주인의 음흉한 웃음이 불안했는데, 다들 그렇지 않은 모양이었다.

주인은 책방 안쪽의 숨겨진 문을 열어 비밀스러운 방으로 안내했다. 그곳 역시 다를 바 없는 책들로 가득했지만 사내들의 눈빛이 매우 사악하게 변했다.

"흐흐. 꽤 많은 장서를 보유하고 있군."

"물론입니다. 아마 이 근방에서 우리 집만 한 곳이 없을 겁니다. 잘 찾아오신 겁니다."

"그럼 우선 조금 약한 것부터 시작해 보지."

"그런 거라면……."

주인이 책 한 권을 가져왔다. 아주 평범한 그냥 서책이었다.

하지만 그 안을 펼치자 오문의 눈이 휘둥그레졌다.

"하하. 이 정도로 놀라기는! 순진한 녀석."

"어떠냐? 계집의 몸을 이렇게 적나라하게 본 소감이?"

"잘 봐 뒀다가 좋은 꿈을 꾸도록 해."

책에 그려진 발가벗은 여인의 몸은 아무리 적나라해도 오문을 놀래킬 수 없었다. 보고 싶으면 언제든 제 몸을 보면 될 일이 아닌가. 오문이 놀란 것은 다른 이유였다.

"말도 안 돼. 어떻게 가슴이 이렇게 클 수 있습니까!"

그러자 사내들은 어느 기녀가 정말로 가슴이 이랬다는 둥, 가슴은 크면 클수록 좋다는 둥, 떠들어 대기 시작했다.

오문은 여러 가지로 불쾌해져서 서책을 휘릭 넘겨 버렸다.

"이놈 봐라? 왜? 이 정도는 시시하다 이거냐?"

"요즘 애들은 문제라니까. 우리 때는 이 그림 한 장만 봐도 얼굴이 빨개지고 그랬는데."

"좋아! 그럼 몇 단계 뛰어넘자."

그렇게 해서 새로 받은 책은 오문의 눈을 환하게 비추어주었다.

살색의 향연.

아름다운 남녀의 화려한 몸사위.

신세계가 열렸다.

어릴 적 늙은 사유보가 하려던 더러운 짓과는 너무 달라 보였다.

'그래. 이 정도는 돼야 공부가 되지.'

오문은 남장을 하기 참 잘했다는 생각을 했다.

책방에 다녀온 뒤로 오문은 하루 종일 멍한 상태였다.

원래 늦게 배운 도둑질이 더 무섭다고 했다. 머릿속을 떠나지 않는 그림들이 아마 오늘 밤 몽정은 못 해도 꿈에는 나타날 것 같았다.

햇살이 잘 드는 뒤뜰에 앉아 빨래가 마르길 기다리던 오문은 살색 책들을 떠올리다가 꾸벅꾸벅 졸기 시작했다.

오문의 예상대로였다. 잠시 낮잠을 자는데도 꿈은 상상의 연장이 되고 말았다.

그런데 이게 웬일일까.

책에서 본 사내의 얼굴이 아니었다. 얼굴뿐만 아니라 몸도, 달랐다. 차가워 보이지만 아름다운 귀공자의 얼굴. 탄력 있는 살결. 그리고 넓은 어깨와 잘 다듬어진 근육들.

아! 저 무쇠 같은 팔에 한번 안겨 보면 얼마나 좋을까.

"……!"

가슴이 철렁해진 오문이 식은땀을 흘리며 잠에서 깨어났다.

'아우. 나 좀 봐! 미쳤지!'

꿈에서 본 사내는 태자였다.

아무리 꿈이라지만 제가 미치지 않고서야 어떻게 그런 생각을 품을 수 있단 말인가.

'어제 목욕 시중을 해서 그래. 그런 걸 거야. 절대 다른 의도는 없었을 거야.'

제 자신을 썩 믿을 순 없었지만 오문은 이것이 꿈이라는 걸 다행으로 여기고 얼른 잊고자 했다.

'빨래나 걷자. 일을 해야 잡생각이 안 나.'

햇볕이 좋아 뒤뜰에 널어놓은 빨래들이 바짝 말랐다.

오문은 빨랫감에 코를 대고 킁킁 냄새를 맡았다.

"빨래가 말랐으니, 내일은 떠나겠군."

그러면서 빨랫감에 손을 뻗던 오문은 소리 없는 비명을 내지르며 팔을 거두었다.

"아우! 내 팔 아주 못 쓰게 됐잖아!"

자고 일어났더니 팔의 상태가 더욱 안 좋았다. 제 몸을 이 지경으로 만들어놓고 오늘 밤은 더 굴릴 거라던 태자의 태연한 말이 떠올랐다.

'내가 여기서 지금 한가하게 빨래나 걷고 있을 때가 아니야!'

편안한 잠자리로 몸이 호강하고, 맛있는 요리로 입이 호강하고, 낮에는 눈까지 호사를 누렸다.

아무래도 소면집에서 저질렀던 실수를 되풀이하고 있는 기분이 들었다.

'볼 것도 다 봤고, 사람들이 이제 날 의심하지도 않으니 이제 충분해. 오늘 밤 도망가자.'

속으로 결심을 굳힌 오문이 빨래를 향해 얼굴을 찌푸리며 팔을 뻗었다.

그런데 제 얼굴 위로 그림자가 졌다.

"헉!"

"너는 매번 놀라는군."

무호의 얼굴이 위에서 나타났다.

오문은 고개를 쳐든 채 무호의 무심한 눈을 마주보다가 얼른 고개를 숙였다.

"매번 왜 기척도 없이 오십니까?"

"버릇이다."

"……."

무슨 그런 더러운 버릇이 다 있단 말인가. 전쟁터를 떠났으면 평범하게 좀 걸어 다니면 좋으련만 왜 매번 먹잇감을 노리는 짐승처럼 슬그머니 다가오는지 이해하기 어려웠다. 그렇게 사는 게 더 힘들지 않나.

"저한테 무슨 시키실 일이라도……."

"없다."

그러면서 무호는 무뚝뚝한 표정으로 빨래를 걷기 시작했다.

"제, 제가 해도 되는데요!"

태자가 빨래를 걷다니!

황송했던 오문이 만류했지만 태자는 들은 척도 않고 빨래를 전부 걷어 오문에게 안겨 주었다.

"윽!"

갑자기 산더미 같은 빨래를 떠안은 오문은 빨랫감에 파묻혀 시야가 완전히 가려졌다.

덕분에 태자의 호의에 대한 감동은 금세 사라져 버렸다.

"이제 멀쩡한 것 같군."

"예?"

"팔 말이다. 괜찮아 보이는구나."

"뭐……."

"하면 이제 다시 훈련을 시작하자."

태자가 날벼락 같은 소리를 하자 오문은 펄쩍 뛰었다.

"안 괜찮습니다! 죽어도 못합니다!"

오문은 죽지 않았지만 정말 괜찮지가 않았다.

낮에만 해도 남장을 하길 잘했다 생각했는데, 혹독하게 당하고 나니, 그 생각을 정정해야 했다.

'괜찮기는!'

팔이 제 몸에 붙어 있는지 어떤지도 잘 모를 정도였다.

오문은 이를 갈았다. 이들과 헤어져야 할 때가 온 것이다.

'이자들과 더는 같이 못 다니겠다. 내가 골병들어 죽고 말거야.'

원래도 곧 떠날 생각이었지만 잔뜩 화가 나 당장 떠나기로 결심했다.

장우와 한 방을 쓰고 있던 오문은 조금 전 그가 마실 찻주전자에 적길초를 넣고 끓였었다. 수면제 효과가 있는 소량의 적길초는 순식간에 장우를 곯아떨어지게 만들었다.

어젯밤에는 제가 조금만 몸부림쳐도 깨는 것 같더니 오늘은 일어나서 돌아다녀도 모르는 걸 보면 확실한 것 같았다. 옆방의 태자와 영춘만 조심하면 도망치는 데 문제가 없을 것이다.

하지만 아래층은 안 된다. 객점 문을 열고 나가면 지키는 병사들이 있었다. 복도도 안 되는 건 마찬가지.

오문은 창문으로 나가 지붕을 뛰어넘기로 했다. 이 방의 창은 뒤뜰로 향해 있으니 객점 문 밖에 있는 병사를 신경 쓰지 않아도 된다.

'그래. 오늘 떠나야 해. 산에서 도망치면 더 잡히기 쉬워. 숨을 곳이 많은 이런 곳에서 도망치는 게 나아.'

차라리 잘된 일이다. 더 늦기 전에 제가 떠날 마음이 든 것이. 한 가지 바람이 있다면 저들이 그간의 정을 생각해 저를 포기해 주었으면 하는 것이다.

창가로 간 오문은 혹 옆방에서 들을까 봐 끼이익 소리가 거의 들리지 않게 조심조심 천천히 문을 열었다. 창문을 여는 데 성공하자 아래에 사람이 없는 것을 확인했다. 그러고는 삼 층 높이의 창틀에 발을 올려 창틀 위로 가볍게 올랐다. 위에서 보니 꽤 높아 후들거리는 다리에 힘을 주며 지붕으로 손을 뻗었다.

차갑고 거친, 먼지투성이의 기와가 만져졌다. 오문은 그것을 꽉 잡고 벽을 발로 차며 힘껏 뛰어오르는 것과 동시에 팔을 쭉 뻗어 지붕에 납작하게 엎드렸다. 그러면서 재빨리 기와에 한쪽 다리를 걸치고 몸을 완전히 끌어올리려 할 때였다.

"잠이 안 오더냐?"

"헉!"

소스라치게 놀란 오문은 손에 힘이 풀려 그만 기와를 놓치고 말았다.

한밤중에 지붕 위에서 사내의 목소리가 들리다니!

주르륵 미끄러져 버린 오문은 떨어지는 와중에 지붕 위에 앉아 있던 인영을 보게 되었다. 날도 덥지 않은데 부채까지 펼쳐 들고 느긋하게 앉아 있는 그의 얼굴이 달빛에 번들거렸다.

'태자가 여긴 어떻게!'

그가 한밤중에 왜 지붕 위에 올라와 있는지 알 수 없으나 지금 그걸 걱정할 때가 아니었다. 몸이 머리부터 떨어지고 있었다. 너무 놀란 나머지 공중에서 몸을 돌릴 시기도 놓쳐 버렸다.

'이렇게 허무하게 죽는 건가…….'

다리 위에서도 떨어져 죽을 뻔했는데 또다시 추락 중이었다.

'그러고 보니 계속 뛰어내리거나 떨어지거나 그렇구나.'

짧은 순간, 줄타기와 같던 아슬아슬한 제 인생이 그녀의 머릿속을 지나갔다.

이 나라에서는 아버지를 찾을 수 없을 거라던 장 대인의 목소리가 살수들에게 쫓겨 목숨이 위태롭던 매 순간마다 울려 퍼졌다.

'어차피 난 이 세상에 있으나 마나한 존재였구나…….'

가족이 없다는 것, 제가 의지할 곳이 없다는 것이 그런 의미였음을 이제야 깨달았다. 세상 어디에도 저의 존재가 머무를 곳이 없다는 것을.

'왜 그렇게 악착같이 도망쳤을까. 차라리 진작 잡혀서 죽었더라면 좋았을걸.'

이렇게 의미 없는 결말을 맞이할 줄 알았다면 살겠다고, 살고 싶다고 아등바등하지 않았을 것이다.

하늘을 수놓던 불꽃.

그때마다 두근거리던 가슴.

가마 밖이 번쩍번쩍 밝아 오던 그날 밤.

어둠 속에서 숨소리조차 내지 못하고 웅크려 있지 않았어야 했다. 가마를 열고 그 아름답던 밤하늘을 눈에 담으며 미련 없이 죽었어야 했다.

탁.

"……!"

지붕에서 떨어지기 시작한 오문의 몸이 공중에 정지했다.

그녀는 지붕 위로 고개를 들었다. 그러고는 제 손을 잡고 있는 태자의 얼굴을 쳐다보았다.

"폭포에서도 그러더니, 여기서도 뛰어내리는군. 죽을죄라도 지었느냐?"

오문은 그의 얼굴을 빤히 바라보았다. 이상했다. 지금 그에게서 낯선 다급함이 느껴졌다.

"……미끄러진 겁니다."

이번엔 분명 사고였다. 갑자기 튀어나와 사람을 놀라게 하는데 어찌 놀라지 않을까.

"또 뭘 훔쳐 달아나려던 게냐?"

"도둑질한 적 없습니다."

"그럼 그냥 도망치려던 모양이군."

"달구경 나온 겁니다."

"믿을 것 같으냐?"

"공자님께서도 달구경 중이지 않으셨습니까?"

"아니."

"하면 왜 여기 계십니까?"

"난 다른 구경 중이었다."

"무슨……?"

오문의 멍한 표정을 가만히 응시하던 태자가 피식 웃었다. 그 웃음에 오문은 그만 지붕에서 떨어질 때보다 더 심장이 '쿵' 하고 덜컥거렸다.

'세상에! 저렇게 웃을 줄도 아는구나.'

누가 태자의 저런 얼굴을 보았을까. 반짝거리는 밤하늘을 배경으로 한 태자의 얼굴은 신비로운 아름다움이 느껴졌다.

그 와중에 다정하게 웃던 그의 입술이 조그맣게 벌어졌다.

"너."

그가 갑자기 오문의 손을 놓았다.

"헉!"

넋을 넣고 방심하던 있던 오문이 맥없이 아래로 떨어졌다.

태자가 자신을 구경하고 있었다는 것에 놀랄 틈도 없었다. 정말 죽는구나, 하는 순간, 갑자기 공중에서 무언가에 턱 걸리고 순식간에 팔다리가 가운데로 모아져 웅크린 모양이 되었다.

"윽!"

알고보니 공중에 쳐둔 그물에 떨어져 대롱대롱 매달려 버린 것이다.

그 그물 아래에서 영춘이 심드렁하게 말했다.

"어쩌면 이리도 예상을 비켜가지 않는지 원."

그러면서 긴 사다리를 지붕 위에 기대어주자, 무호가 우아한 걸음으로 사다리를 밟으며 느긋하게 내려왔다. 땅을 밟고 선 무호가 그물에 걸린 오문을 쳐다보며 말했다.

"좋은 구경 했다."

"…… 즐거우셨다니, 다행입니다."

오문의 심통 난 입술이 멋대로 말을 뱉었다.

그물에 갇힌 오문은 짐승처럼 영춘의 어깨에 매달려 안으로 끌려와, 팔이 뒤로 묶인채 본래 제 방으로 쓰던 한 가운데에 꿇어앉았다.

아직 잠에서 깨지 못한 장우는 침상에서 기절해 있고, 영춘이 불러 모은 부하들이 오문을 둘러쌌다.

그리고 오문의 앞에 또다시 칼을 들여다보고 있는 태자가 앉아 있었다.

태자의 검은 그의 얼굴이 비칠 정도로 깨끗했다. 또 그만큼 굴곡 없이 잘 벼려졌기도 했다.

태자는 그 칼을 바닥에 세우고 양손으로 누른 채 말했다.

"숨기는 게 있다면 전부 털어놓는 게 좋을 게다."

"숨기는 거라니요? 전 그냥……!"

갑자기 태자가 검을 들고 벌떡 일어났다. 그리고 오문을 묶고 있는 밧줄을 끊어냈다. 그러자 영춘이 기다렸다는 듯이 다가와 오문의 한 손을 바닥에 갖다 댔다.

"왜, 왜 이러십니까!"

태자는 서늘한 검날을 오문의 손가락에 갖다 댔다.

"……!"

"글을 안다던데?"

"예?"

아주 살짝이지만 검날이 파고들어 손가락에 피가 배이기 시작했다. 조금만 잘못 말하면 당장 잘라 버리겠다는 진심 어린 위협이 느껴졌다.

"오늘 낮에 책방에 갔다고 들었다. 네가 글을 읽는 것을 이놈들이 보았다는군."

무심코 책 제목을 읽은 것이 생각났다. 다들 저와 편히 어울리는 줄 알았더니, 시시콜콜하게 감시하고 있었던 모양이었다. 어쩐지 배신감이 들었다.

"예……. 읽을 줄 압니다."

"잡일하는 노비가 글을 배워? 왜? 가르쳐 주는 사람이 있긴 한가?"

"전 본래 노비가 아니었습니다. 예전에 배운 겁니다!"

"누구에게?"

"그게 뭐가 중요합니까? 부탁입니다. 저 좀 놔주십시오."

"묻는 말에만 대답해."

검날이 조금 더 파고들었다.

"하아……."

분위기가 너무 무거웠다. 태자는 얼마 전까지 저와 함께 밥을 먹으며 실없는 소리를 나눴던 사람으로 보기 힘들었다.

오문은 포기한 듯 말했다.

"한때 기예단에 있었습니다. 백골기예단이라는 떠돌이 기예단입니다."

솔직하게 귀문에서 글을 배웠다고 말할 수는 없으니 오문은 어쩔 수 없이 백골기예단의 이름을 팔았다.

"기예단에서 글을 가르친다고?"

"많이는 아니어도 배웁니다. 공연하려면 이야기책도 읽어야 하고……. 그리고 우리 단주가 글을 모르면 떠돌이 생활 못 한다고 가르쳤습니다."

그건 사실이었다. 다만 오문은 기예단에 오기 전부터 이미 글을 알아서 오히려 제가 글을 가르쳐 주었었다.

"기예단이라……. 낮에 말한 그 형님과 누님 얘기인가?"

"예. 예!"

오문은 제가 그 말을 꺼낸 적이 있다는 사실이 반가웠다.

"그럼 너도 뭔가 재주를 배웠겠군."

"전 주로 줄타기를 배웠습니다."

"한데 어쩌다 노비로 팔려갔단 말이냐?"

"광두가……. 아, 광두는 단주입니다. 단주가 노름을 했는데, 질 나쁜 놈들한테 걸려서요. 누구 하나 팔려가게 돼서, 제가 가겠다고 했습니다.”

“왜?”

“그야…….”

제가 가장 들어온 지 얼마 안 됐다는 이야기를 하면 그전에는 또 어디 있었냐고 물을게 뻔했다.

“누님이 팔려가면 팔려갈 곳이 뻔하지 않습니까. 제가 가는 게 나을 것 같아서요.”

무호는 오문이 거짓말을 못하도록 몰아치듯 질문을 던졌다.

“동생이 있다는 얘기는?”

“그런 거 없습니다. 죄송합니다.”

“거짓말한 이유는?”

“장목현 대인 대에 간 걸 이상하게 오해하시니까……. 그분은 좋은 분 같아서 폐 끼치고 싶지 않았습니다.”

“같아서? 잘 아는 사이가 아니군. 거긴 왜 들어갔지?”

“확인해 볼 게 있었는데, 장목현 대인과 마주쳤습니다. 너그럽게 용서해 주셔서 나올 수 있었고요.”

“확인하려던 게 뭐였지?”

“그건 제 개인적인 일이라 말씀드릴 수 없습니다.”

“이래도?”

오문은 입술을 꽉 깨물었다. 태자가 정말 제 손가락을 자르기라도 하겠다는 듯 칼에 힘을 주고 있었다.

손가락이 아프기도 했지만 생각해 보니 억울했다. 제가 도망가려는 게 따지고 보면 저만을 위해서가 아니었다. 귀문이 저를 쫓는데 함께 다녀 좋을 게 뭐란 말인가. 더군다나 태자가 살아 있다는 건, 귀문이 아직 임무를 성공하지 못했단 이야기였다. 표적이 같이 다니고 있는 것만큼 어리석은 일이 어디 있겠는가.

오문은 고개를 빳빳이 들고 화난 눈으로 쏘아보며 말했다.

"전…… 재수 없는 아이입니다. 저와 같이 다니면 안 좋은 일이 생깁니다. 그러니 절 놔주십시오."

"……."

무호는 오문이 처음으로 강경한 태도를 취하는 것을 보고 어쩌면 이것이 본 모습일지도 모른다는 생각이 스쳤다. 영특한 데가 있다는건 알고 있었지만, 어린놈이 선량한 양, 헤실거리면서 사람들과 어울리고 다녔다니, 소름 끼칠 정도로 징그러운 놈이 아닌가.

무호가 말없이 저를 노려보니, 오문은 위기감을 느꼈다.

"진심입니다. 저하고 있으면 다 죽을 겁니다."

무호는 확신했다. 오문의 눈에서 진심을 읽었다. 이 모습이 오문의 모습이다. 앞서 보았던 넉살 좋은 오문도, 칼 앞에서 겁먹지 않고 발끈하는 모습도, 그리고 사람들을 걱정하는 모습도, 전부 한 사람의 진심이라는 것을 알았다. 그래서 웃었다.

"어이가 없군. 내가 그런 소리에 겁을 먹을 것 같으냐?"

"진짜 재수가 없단 말입니다!"

"걱정 마라. 재수가 없는 건 나 역시 네놈 못지않으니."

오문이 가만 생각해 보니 그 말에는 반박할 수 없었다.

"더 할 말이 없느냐?"

"더 물으실 게 없으면, 제 대답도 더는 없을 겁니다."

"지금까지 네가 한 말을 증명해 보일 차례다. 물론, 마지막 말은 증명할 길이 없으니 그건 그냥 두지."

"하……. 어찌 증명하면 되겠습니까?"

누가 보면 한밤중에 무슨 일이냐 했을 것이다. 야밤에 지붕 위로 올라온 십 수 명의 검을 찬 무사들이 어린아이를 붙들고 있으니 말이다. 그나마 객잔의 지붕이 워낙 크고 화려한 터라 모두가 올라와 있어도 안정감이 있었다.

오문은 왜 저를 다시 지붕 위로 끌고 왔는지, 무엇을 증명하라는 건지 알 수 있었다. 지붕 위 용마루 끝에 우뚝 선 망와에 굵은 동아줄이 칭칭 감겨 건너편의 다른 건물 지붕과 연결돼 있었던 것이다.

"여길 건너라는 뜻입니까?"

같은 높이의 건물을 찾다 보니 지붕과 지붕 사이는 바로 건너편이 아니라 몇 집을 지나 꽤 멀리 떨어져 있었다.

더군다나 지금은 한밤중이었다. 달이 밝긴 했지만 대낮만큼은 아니었기에 줄을 찾아 걸음을 옮기는 것이 더 위태로웠다.

"줄타기를 배웠다니, 할 수 있겠지?"

무호는 오문을 벼랑 끝으로 몰고 있었다. 오문이라는 아이를 어느정도 파악할 수 있었지만 오문의 말이 어디까지가 거짓이고 어디까지가 진짜인지 반드시 밝혀야 했다. 그래야 제가 이 아이를 거둘지 아닐지를 결정할 수 있기 때문이다.

정체를 숨긴 녀석을 궁으로 데려갈 수는 없는 노릇이었다. 출신 내력이 불분명한 고아도 데려가기 껄끄러운데, 산전수전 다 겪고 돌아다닌 음흉한 어린놈을 어찌 데려갈 수 있겠는가.

총 삼 층으로 이루어진 이 객잔은 사실 각 층의 천장이 높게 설계되어 있어, 다른 오 층짜리 건물들과 그 높이가 같았다. 그러니 줄타기를 하다 떨어지면 죽는 것이고, 여기서 못 하겠다면 진실을 말해야 할 것이다.

"제가 여길 건너기만 하면 정말 제 말을 전부 믿어주실 겁니까?"

"물론이다."

"그럼 그다음은 어쩌실 겁니까?"

"어쩌긴? 네가 간자가 아니라는 게 증명되었으니 앞으로 더는 의심하지 않겠지."

"절…… 놔주실 의향은 없으십니까?"

"없다."

"하아……. 알겠습니다. 할 수 없지요."

오문은 신을 벗고 맨발로 줄 앞에 섰다. 마치 죽기 전에 신을 벗어 두는 것처럼.

"야. 정말 하려고? 그거 아무나 하는 게 아니다! 죽어!"

영춘은 오문의 무모함을 말리고 싶었다. 짧은 시간이지만 정도 들었는데 이런 식으로 아이를 죽이고 싶진 않았다.

오문도 그런 영춘의 마음을 알기에 꾸벅 인사를 했다.

"그동안 감사했습니다. 아! 이거."

오문은 영춘에게 손수건을 건넸다. 거지로 만났을 때 그가 준 것이었다.

"깨끗이 빨았습니다. 드린다는 걸 자꾸 잊어버리고 있었네요."

손수건을 받은 영춘은 더욱 마음이 약해졌다.

"이런 거 하지 말고 솔직하게 다 털어놓는 게 어떠냐? 응? 목숨은 아껴야지. 여긴 폭포처럼 요행을 바랄 수 있는 그런 데가 아니야. 떨어지면 그냥 즉사야. 최소 반신불구. 어?"

영춘에게는 오문이 줄만 건너면 된다고 생각하고 겁 없이 시도하려는 것처럼 보였다.

오문은 비장한 얼굴로 그런 영춘에게 작별인사를 했다.

"저도 하고 싶진 않지만…… 계속 의심받고 고문받고 그러는 것보다는 차라리 여길 건너거나 떨어져 죽는 편이 나을 것 같습니다."

"그런!"

영춘은 저희들이 겁만 줬지, 언제 고문을 했냐고 따지고 싶었는데, 오문은 영춘의 손을 뿌리치고는 뒤도 돌아보지 않고 줄 앞으로 갔다.

달빛에 물든 줄을 보니, 가슴이 두근거렸다.

"후……."

크게 심호흡을 한 후에 한 발을 내딛는 순간, 찌릿한 짜릿함이 발바닥을 타고 올라와 머리끝까지 쭈뼛거리게 만들었다.

오랜만이라 그런지, 발바닥을 짜릿하게 만드는 까슬한 줄의 촉감이 반가웠다.

'줄타기를 참 좋아했었는데…….'

마지막으로 줄을 탄 기억은 썩 유쾌하지 않았다. 제가 그리로 유인하는 바람에 세 사람이나 죽었다.

'인두겁을 쓴 짐승들이었지만…….'

어쨌거나 그때 높이를 알 수 없는 깊은 계곡을 건넌 덕분에 이 정도 높이쯤은 자신 있었다.

'할 수 있어. 이 정도는.'

오문은 지붕에 디디고 있던 나머지 한 발을 뗐다.

"……!"

양 발이 모두 줄 위로 올라가자 무호마저도 숨을 죽이고 오문을 주시했다. 하지만 무호는 오문이 곧 포기할 거라 생각했다. 녀석의 말대로 진짜 줄타기를 배웠다 해도 이곳은 너무 높았고 줄을 안 탄 지도 오래됐으니 정말로 탈 수 있을 거라 생각하지 않았다.

때문에 한 걸음이라도 뗀다면 인정할 생각이었다.

그런데 오문은 이미 한 걸음을 떼고도 더 할 생각인 듯했다.

'정말 죽기라도 하겠다는 건가?'

죽기 아니면 까무러치기로 덤비는 건지, 정말 해보겠다는 건지, 의도를 알 수가 없었다.

'안 돼!'

일단은 녀석의 무모함을 말려야 했다. 녀석을 죽일 마음으로 벌인 일이 아니지 않나. 무호가 오문을 말리려고 입을 여는 순간이었다.

"앗!"

영춘이 소리를 질렀다. 오문의 몸이 크게 휘청거리며 한 발이 미끄러졌기 때문이다.

"허!"

그러나 놀랍게도 오문은 곧이어 한 발로 줄 위에서 균형을 잡았다.

이번엔 무호마저도 놀란 표정이었다.

오문은 그냥 균형을 잡은 게 아니라, 정말 무릎을 이용해 곡예하듯 줄을 건너고 있었다.

다들 넋을 잃고 그 모습을 바라보았다. 놀라움도 놀라움이지만, 자칫 탄성이라도 질렀다가 오문이 떨어질까 봐 숨조차 크게 내쉴 수 없었다.

'이 정도로 놀라긴 이르지요.'

등 뒤에서 저를 바라보는 눈들이 어떠할지, 오문은 그것을 상상하는 것만으로도 즐거웠다. 어쩐지 통쾌했다. 그리고 아직 통쾌한 일이 남았다.

신나게 줄을 타고 중간쯤 왔을 때였다. 오문은 돌연 무릎을 크게 굽히며 위로 뛰어올랐다.

"헉!"

"이게 무슨!"

다들 경악에 가까운 비명을 내지르는데 오문은 침착했다.

오문의 몸이 공중에서 크게 한 바퀴 돌았다.

무호의 눈이 더 이상 커질 수 없을 만큼 커졌다.

"……!"

달이 만든 환영일지도 몰랐다.

무호는 차라리 그렇게 믿고 싶었다.

밤하늘 위로 뛰어오르는 그 모습은 월궁항아처럼 아름다운 빛을 발하고 있었다.

그 찰나의 순간, 오문과 저 외에 아무도 존재하지 않는 듯했다.

심장이 멎고, 피가 멈추고, 저와 세상 전부가 멈추었는데 오문만이 밤하늘을 유영했다. 공중에서 마주친 오문의 눈동자가 오직 저만을 바라보며 웃고 있는 듯했다.

영원할 것 같았던, 혹은 영원했던 그 순간은 무언가에 홀린 듯 황홀경을 넘나들었다.

그러다 오문이 팔을 뻗으며 바닥을 향해 추락하자 제 심장도 떨어졌다.

'죽으면 안 돼!'

제 안에서 그렇게 외치는 소리가 들렸다.

타악.

"……!"

다행히 떨어지던 오문이 줄을 잡고 매달렸다.

'하아. 저놈이……!'

무호는 오문을 괘씸한 눈으로 쏘아보았다. 사람의 심장을 여러 번 덜컹거리게 만들지 않는가.

모두가 가슴을 쓸어내리는데 오문만 여유로웠다.

'좋아!'

그때 다리 위에서도 이렇게 살 수 있었다. 그리고 그때는 줄이 끊어졌었다.

"하아!"

"오문! 이제 됐다. 그냥 돌아와!"

안도하는 사람들의 탄식 속에서 태자가 소리쳤다.

오문은 대롱대롱 매달린 채 태자의 얼굴을 똑똑히 보면서 싱긋 웃어주었다.

"……!"

태자의 미간이 좁아졌다.

웬만해선 표정이 변하지 않는 태자가 저로 인해 놀라는 모습을 보니 통쾌하다.

"너……!"

무호는 뭔가 감을 잡은 듯했다.

하지만 오문이 더 빨랐다. 오문은 소매에서 손가락만 한 단검을 꺼내 줄을 끊기 시작했다.

"오문!"

지붕 위의 사람들이 안절부절못했지만 오문은 그대로 줄을 끊었다.

휘릭.

줄과 함께 매달린 오문이 지붕에 걸쳐 놓은 사다리를 향해 돌진했다.

"너, 설마!"

영춘이 그제야 눈치를 챘지만 이미 늦었다.

오문은 그 사다리를 발로 차버렸다.

퍽— 터엉! 텅.

긴 사다리가 넘어지는 소리가 요란하게 들렸다.

"오문!"

"이게 무슨 짓이야!"

위에서는 다들 난리가 났지만 오문은 손목에 감긴 줄을 풀고 땅으로 뛰어내렸다.

'됐어!'

완벽했다. 뜻하지 않게 도망칠 기회가 생긴 것이다. 오문은 지붕에서 떨어진 고양이처럼 뒤도 돌아보지 않고 앞으로 내달렸다.

"젠장! 뭐가 이렇게 날래!"

영춘은 폭포에서 뛰어내리던 오문의 날렵한 모습이 다시 떠올랐다.

제가 잠시 잊고 있었다. 그때랑 다른 게 있다면 그때는 나무 사이를 뛰어다니는 다람쥐 같았고, 지금은 도둑고양이 같다는 것만 달랐다.

"또 감탄만 하고 있을 게냐?"

이 와중에도 태자의 음성은 크게 변하지 않았다. 하지만 태자를 돌아본 영춘은 흠칫 놀라고 말았다.

태자의 얼굴이 완전히 일그러져, 웃는지 우는지 알 수 없는 표정이 된 것이다. 확실한 건 아니지만 격한 감정의 소용돌이가 얼굴에 그대로 나타났다.

"또 폭포에서처럼 뛰어내리시겠다면 전 반대입니다. 여긴 맨땅이라 절대 안 됩니다."

하지만 무호는 뒷걸음치는 영춘의 어깨를 붙잡았다.

"전하! 여기선 안 된…… 으으악!"

크게 뒤로 물러났던 무호는 기어이 영춘을 끌고 뛰었다.

다행히 영춘이 생각한 것처럼 맨땅은 아니었다.

"아악!"

터억.

바로 옆 건물의 낮은 지붕으로 뛰어내려 기와 몇 개를 깨트렸다. 영춘은 찌릿하게 뼈를 타고 올라오는 통증에 몸서리쳤다.

"저는 높은 데는 딱 질색입니다!"

"그러니까 내려가자."

"허억!"

영춘이 아직 욱신거리는 다리의 통증을 다 달래지 못했는데 무호는 또 영춘을 끌고 뛰어내렸다.

"저는 이제 그렇게 팔팔한 나이가 아니란 말입니다!"

곧 서른을 바라보는 영춘의 절규는 동생뻘인 무호에게 전혀 통하지 않았다. 서른이 넘은 장우가 있었더라면 이해했을 것이다. 한 해 한 해 뼈가 삭아가는 게 어떤 건지를. 한창때처럼 남의 집 지붕 위로 뛰어내리고 그러면 안 되는 거라고!

'오문! 잡히기만 해봐라! 너 전하가 용서하셔도 내가 안 놔둔다! 두 번 다시 못 뛰게 다리를 분질러 놓고 말 테다!'

약이 잔뜩 오른 태자와, 그런 태자로 인해 곤욕을 치루는 영춘.

두 사람이 또다시 오문의 뒤를 죽어라 뒤쫓았다.

세 사람이 이 야밤에 쫓고 쫓기는 동안 그들 뒤를 밟는 또 다른 그림자가 있었다.

그들은 빨랐지만 은밀하게 움직였다. 정말로 그림자가 움직이듯 소리 없이, 그리고 무생물처럼 아무런 동요도 없이, 그저 지나가는 바람처럼 나아갔다.

오문은 두 사람이 쫓아오는 걸 보고 다리를 더욱 빨리 움직였다.

'지독한 사람들 같으니! 도망간 노비 하나 못 잡아 죽여서 안달이네!'

이미 한 번 겪어봤기 때문에 얼마 안가 따라잡힐 걸 예상했다.

'어디 숨을 데가 있었는데, 어디였지?'

책방에 다녀올 때 지나다니는 사람들이 하는 얘기를 듣고 숨기 좋겠다

했던 기억이 분명 있었다.

'아!'

극적으로 기억이 떠올랐다.

마을 밖의 작은 야산에 있는 연못가였다. 아이들이 종종 그곳에서 노는데, 한 아이가 속이 빈 썩은 나무에서 잠이 들었다가 그만 다른 아이들이 놔두고 갔다고 했다. 아이가 얼마나 작은지는 모르지만 안에서 잠이 들었다는 걸 보면, 제가 웅크리고 들어갈 수 있을 것 같았다.

'어디로 숨었는지 알지 못하게 더 서둘러야 해.'

오문은 연못가가 있는 산을 향해 방향을 틀었다. 아이들이 종종 노는 곳이라 했으니 높은 곳이 아닐 것이고, 사람들이 자주 드나드는 길. 그런 곳을 찾아야 했다. 따라잡히지 않으려고 미친 듯이 달리면서도 꼼꼼하게 사방을 둘러보며 길을 찾았다. 밤길이라 찾기가 쉽지 않아, 더욱 집중했다.

'찾았다!'

하지만 오문은 연못가로 바로 들어가지 않고 제 발자국을 다른 곳으로 향하게 찍어둔 뒤 나무를 타고 다시 연못가로 돌아왔다.

울창한 나무들 가운데 유독 큰 늙은 나무가 보였다. 아니나 다를까 커다란 구멍이 뚫린 나무는 속이 비어 있었다.

'이대로는 안 돼.'

이 안에 숨었다가는 구멍이 너무 커서 들킬 것 같았다. 물론 태자 일행이 이대로 지나쳐 발자국을 따라가 준다면 좋겠지만 만약의 경우를 대비해야 했다.

오문은 눈속임할 썩은 나무를 찾아, 나무껍질을 벗겨냈다. 그러고는 나무 안으로 들어가 껍질을 벗겨낸 나무의 속살을 갖다 댔다. 이러니 꼭 밖에서 보면 늙은 나무가 껍질이 크게 벌어져 속살이 드러난 것처럼 보였다.

'제발 그냥 지나가라.'

오문은 꽤 오래 그 안에서 버텼다.

연못가를 지나가는 인기척이 멀리서 느껴지기도 했지만 안에 웅크리고 앉아 절대 움직이지 않았다. 벌써 여러 번 어수선한 인기척이 오고간 것을 보면 태자의 수하들도 산에 깔린 것 같았다.

'조금만 더, 조금만 더.'

이제 아무런 인기척이 느껴지지 않는데도 오문은 인내심을 갖고 오래 앉아 있었다.

부엉이 소리, 풀벌레 소리밖에 들리지 않았다. 가끔 바람이 풀을 쓸고 가는 소리가 사람 옷깃이 스쳐 가는 소리 같아 깜짝깜짝 놀라곤 했다.

시간이 얼마나 흘렀을까.

번쩍 눈을 떴다. 긴장이 풀리자 잠이 든 모양이었다.

'어라? 얼마나 잔 거지?'

빈틈없이 구멍을 막아버린 터라 밖이 얼마나 어두운지 알기 힘들었다. 몸이 잘 움직여지지 않는 걸 보면 꽤 오래 지났다는 건 알 수 있었다. 밖에는 산새 소리 외에는 아무 소리도 들리지 않았다.

'이제 괜찮을 거야.'

오문은 구멍을 막았던 썩은 나무 속살을 치우고 밖으로 기어 나갔다.

'아! 눈부셔.'

밖은 매우 환했다. 태양이 바로 위에서 내리쬐고 있었다.

'오래도 잤네…….'

밖으로 다리까지 전부 빠져나온 오문은 태양이 뜨거워 엎드린 채 고개를 들지 못했다. 힘겹게 찡그린 눈을 크게 떠보려 애쓰며 몸을 일으키려 할 때였다. 땅을 짚은 오문의 손바닥 앞에 검은 가죽신이 나타났다.

"……!"

심장이 쿵 배꼽 아래로 떨어졌다. 소스라치게 놀란 오문이 잘 떠지지도 않는 눈을 뜨고 고개를 번쩍 들었다.

장신의 사내.

화려하게 잘 차려입은 공자가 새까맣게 그늘진 얼굴로 저를 내려다보고 있었다.

"또 보는구나."

오문은 아무 말도 할 수 없었다.

완벽한 패배였다.

제 11 장

뒤돌아보면 놈이 있다

오문을 쫓던 무호와 영춘은 어느 순간 오문의 발자국이 끊긴 것을 보고 속았다는 것을 알아차렸다.

"이 약삭빠른 놈!"

"일부러 이리로 유인했군. 멀리 가지 못했을 것이다."

무호는 침착하게 오던 길을 돌아갔다.

그런데 문득 이상한 기운이 다가옴을 느꼈다. 사람의 인기척인데, 그냥 보통 사람의 인기척이 아니었다. 일정하고 절도 있게, 최소한의 움직임만으로 이동하는 철저히 계산된 움직임. 그리고 기분 나쁘게 차가운 느낌.

"전하도 느끼셨습니까?"

무호가 우뚝 멈춰 서는 것과 동시에 영춘도 걸음을 멈추었다.

"그놈들이군."

"예. 오랜만에 봅니다."

익숙한 기운. 어린 시절부터 태자를 괴롭혀 왔던 자객들이었다. 그리고 그들의 정체도 알고 있다. 귀문. 그들을 어디서부터 소탕해야 할지를 모를 뿐이었다.

"우리가 일행과 떨어지길 기다렸나 봅니다."

"본의 아니게 유인을 한 셈이군."

이번 유람의 목적 중 하나가 바로 귀문을 소탕하는 일이었다. 이렇게 저를 찾아와 주니 고마울 뿐이었다.

무호와 영춘은 동시에 몸을 날렸다.

"……!"

어둠 속에서 검은 복면까지 쓴 채 은밀하게 움직이던 귀문의 살수들은 갑자기 자신들의 앞으로 날아들다시피 한 두 사내를 마주하고 소스라치게 놀랐다. 다짜고짜 검을 휘둘러오니 서둘러 무기를 들어 막았다.

'왜?'

귀문의 살수들은 왜 자신들이 공격을 받는지 이해할 수 없었다. 자신들은 분명 오문을 쫓고 있었다. 지붕에서부터 일어나는 모든 일을 지켜보았기에 오문을 쫓는 두 명의 사내가 있는 건 알고 있었다. 기회를 봐서 오문이 혼자 떨어지게 되면 없애거나 아니면 세 사람 모두를 죽일 셈이었다. 한데 앞서가던 두 사람이 주춤하는 것을 보았다.

'놓쳤군.'

갑자기 흔적이 사라졌다면 오문은 오히려 이 근방에 숨어 있을 것이다.

귀문의 살수들은 두 사내가 떨어져 나간 것을 다행으로 여기고 이 근방에서 오문을 찾기로 했다.

그렇게 흩어지려는 찰나, 갑자기 저 앞쪽에서 두 사람이 달려왔다.

그때만 해도 포기하고 그냥 가려나 보다 했다. 한데, 나무와 수풀 뒤에 몸을 가리고 있던 자신들 앞으로 정확하게 뚝 멈추더니 대뜸 검을 뽑았다.

'어떻게?'

왜 저희들을 공격하는가는 따라오는 수상한 자들을 추궁하려는 의도일 수 있었다. 어떻게 저희들을 찾았는가가 무서운 것이었다.

'언제부터 우리가 쫓고 있는 걸 안 거지?'

살수는 모두 다섯이었다. 오문 하나를 쫓기에는 많은 수였으나, 그간 오문을 쫓던 놈들이 전부 죽거나 놓치기만 했으니 그리 많은 수도 아니었다. 그런데 저들은 은밀하게 움직이는 자신들의 기척을 읽었을 뿐만 아니라 겨우 둘이서 덤벼 오고 있었다. 엄청난 실력자란 얘기였다.

'오문은 이자들과 대체 무슨 사연으로 얽힌 것인가!'

가장 먼저 무호를 맞닥뜨린 사내는 말로 해결해 보려 입을 열려던 순간, 무호의 음성을 듣고 입을 닫아야 했다.

"귀문의 벌레들을 오랜만에 잡아보는군."

"……!"

자신들을 알고 있다. 그리고 오랜만이라고 한다. 순간 살수는 무호의 일그러진 미소를 보며 커다란 오해를 하고 말았다.

'지금까지 오문이 살 수 있었던 건 이자들의 도움 때문이었어!'

무호의 생각과 달리 살수들은 그저 오문을 죽이러 왔다가 봉변을 당한 셈이었다.

살수의 눈동자가 경악으로 물든 순간 무호는 이들이 귀문에서 보낸 자들임을 확신하고 가차 없이 목을 벴다.

서걱.

뼈가 갈리는 소리조차 깨끗했다.

그와 동시에 영춘도 제 앞에 선 살수를 베었다.

"……!"

나무 위, 그리고 또 다른 나무 뒤에 숨어 있던 세 명의 살수가 동료의 죽음에 모습을 드러냈다.

무호가 손을 까딱거렸다.

"할 말이 없거든 그냥 덤벼."

이들을 잡아서 고문하는 수고 따위는 할 생각이 없었다. 여간해선 입을 열지 않는 살수들의 행태도 잘 아는데다가 그들의 자백을 다 믿기도 어렵기 때문이다. 무호는 그저 귀문이 이런 잔챙이들이 아닌 수뇌부를 보내주길 바라고 있었다.

세 명의 살수가 한꺼번에 무호에게 덤벼 왔다. 앞선 두 명이 얼떨결에 당해 버린 반면 이 세 명은 확실히 자신들만의 무기를 들고 전투태세를 갖추었다.

영춘이 무호을 엄호하듯 나아가 서자 무호 역시 그런 영춘의 옆에 섰다.

'대가리가 나올 때까지 베어주마.'

천천히 하나하나 잡아 죽이다 보면 알을 까는 여왕개미를 직접 만나게 되지 않겠는가.

한 살수가 두어 걸음이나 떨어진 곳에서 무호를 향해 지팡이처럼 생긴 것을 찔러 왔다. 전혀 닿을 거리가 아니었는데 지팡이는 봉처럼 길게 늘어났다.

무호는 당황하지 않고 검으로 쳐냈다. 봉은 쇠로 된 것인지 묵직하게 울리며 진동했다.

무호의 손아귀에도 찢어질 듯 통증이 느껴졌다.

그 사이에 다른 자가 뱀가죽을 꼬아 만든 듯한 채찍으로 영춘의 목을 감았다. 영춘은 목이 죄어 왔지만 채찍을 끊어낼 수가 없었다. 채찍이 질기기도 했지만 옆구리로 작은 손도끼가 날아들었기 때문이다.

다행히 방금 봉을 쳐낸 무호의 검이 채찍을 끊었다.

그 직후, 봉이 다시 무호의 옆구리를 노리며 파고들었다. 무호는 이를 피하지 않고 그대로 받아냈다.

퍽.

정통으로 맞았으나 무호의 표정은 덤덤했다. 살짝 비켜내며 날아오는 봉의 힘을 흘린 탓에 옆구리를 가격하는 소리가 다행히 그렇게 크지는 않았다. 무호는 자신의 옆구리를 타격한 봉이 빠져나가지 못하도록 팔로 단단히 끼운 뒤에 손으로 빼앗았다.

그러고는 상대가 피할 틈을 주지 않고 그대로 봉을 위에서 아래로 내리쳐 상대의 머리를 가격했다.

빠억—

뼈가 부서지는 끔찍한 소리가 들리는가 싶더니 무호는 그 봉을 허리 옆으로 휘둘렀다. 마치 가벼운 끈이라도 휘두르는 듯 자유자재로 방향을 바꾸면서도 어마어마한 힘이 실려 있었다.

손도끼를 휘두르던 사내는 갈비뼈 아래가 함몰될 정도로 봉에 얻어맞고 연이어 다시 목으로 날아온 봉에 목뼈가 꺾여 죽고 말았다.

무호가 새로 얻은 무기를 흡족하게 바라보고 있을 때 영춘도 피가 묻은 검을 털고 있었다.

"멍청한 놈입니다. 하필 봉으로 덤비다니."

태자는 특이하게도 검술보다 봉술을 더 좋아했는데, 영춘이 보기에는 때려잡는다는 것에 매력을 느낀 것 같았다. 어쨌거나 살수들이 태자에 대해 그 정도도 알아보지 않고 오다니 허술하기 짝이 없다고 생각했다.

"그나저나 이것들을 치워야 할 텐데 말입니다."

때마침 영춘의 고민을 해결해 줄 자들이 달려왔다.

한발 늦긴 했지만 아직 자고 있는 장우를 제외한 친위대가 모두 모였다.

"너희들은 여기를 치워라. 나는 가볼 데가 있다."

무호는 영춘만을 데리고 산을 거슬러 내려왔다.

그러다가 거슬리는 무언가를 발견하고 멈춰 섰다.

썩은 나무껍질.

산에는 흔한 것이지만 가늘어진 무호의 눈이 빛나고 있었다. 무호는 영춘을 기다리게 하고 풀 밟는 소리도 죽여가며 나무껍질이 떨어진 곳으로 갔다.

이 정도 크기의 나무껍질이 벗겨져 있는데 나무는 없다. 주변을 살피는데 유독 한곳만 풀이 누운 방향이 조금 다른 것 같았다.

늙어 껍질이 벌어진 커다란 나무.

무호는 팔짱을 끼고 의기양양하게 그곳을 바라보았다.

'제 발로 나올 때까지 기다려 주마.'

날이 밝고, 해가 하늘 꼭대기에 걸릴 때, 마침내 나무의 구멍이 열렸다.

아무것도 모르는 오문이 나무 밖으로 기어 나오는 걸 지켜보며 무호는 회심의 미소를 지었다. 그러고는 오문의 반갑게 인사를 건넸다.

"또 보는구나."

진심으로 반가웠는데 오문의 표정은 그렇지 않아 보였다.

도망친 지 하루도 못 돼 잡혀 온 오문은 무호의 온갖 협박에 시달리며

장장 이틀을 묶여서 지내야 했다. 먹을 것도 안 주고 불편하게 묶여 지내던 오문은 결국 항복을 선언했다.

"이번에 또 도망가다 잡히면 제 다리를 부러트리십시오. 아니, 두 번 다시 못 가게 그냥 다리를 잘라 버리십시오. 저 이제 도망가는 거 포기했습니다. 그러니까 좀 풀어주십시오!"

오문은 제 힘으로 태자를 벗어날 수 없음을 알았다. 그러나 그 때문에 도망가길 포기한 것은 아니었다.

'귀문의 살수를 죽였어!'

저는 저를 쫓고 있는 기척도 느끼지 못했었다. 귀문에서 아마 급이 높은 살수를 보낸 모양이었다.

그런 자들을 영춘과 둘이서 해치운 걸 알고는 좋은 생각이 떠올랐다.

'차라리 이분들 옆에 있는 게 안전하겠다. 이대로 혼자 다니다가는 하루도 못 가 죽을 거야.'

이제 약은 수로 도망 다닐 수 있는 그런 수준이 아닌 듯했다. 다행히 태자 일행은 귀문의 살수가 자신들을 노린다고 생각하고 있었고, 오문은 그들을 방패 삼아 몸을 지킬 수 있게 된 것이다.

'사유보에게 잡혀가고 나서는 그때 생각하자. 지금은 그냥 태자를 따라가는 편이 좋아.'

이제는 오히려 태자와 헤어진 이후를 걱정해야 할 판이었다. 그래서 오문은 매우 간절히 저를 믿어 달라 사정사정했다.

"너도 알다시피."

오문은 태자의 말이 끝나기도 전에 다급히 고개를 끄덕였다.

"예. 예."

"넌 나를 두 번이나 속였다."

몇 번인지 세어 보진 않았지만 오문은 그가 그렇다면 그렇겠지 고개를 끄덕였다.

“네. 잘못했습니다! 이제 정말 도망가지 않겠습니다.”

그런 오문을 바라보는 무호의 표정이 차갑게 굳어갔다. 무호는 오문을 붙잡고서도 어쩐지 기분이 좋지 않았다.

“얼마나 무서운 분들인지 잘 알았습니다. 정말입니다. 살려주십시오. 제발 살려주십시오!”

제가 사람을 죽이는 걸 직접 본 것도 아닌데, 오문은 공포에 질린 얼굴로 살려달라 빌고 있었다. 이렇게까지 저를 두려워하니 이상하게 불쾌했다.

제가 설마 저를 죽이기라도 한단 말인가? 잡아서 겁을 주긴 했지만 잔인한 고문을 한 적도 없었다. 그럴 거였다면 붙잡아 오지도 않았다. 그 자리에서 죽였으면 모를까.

무호는 빌고 있는 오문을 빤히 쳐다보았다.

거지 행세를 할 때부터 얼굴을 덮고 있던 상처가 이제 거의 아물었다. 처음 소면집에서 마주쳤던 곱상한 얼굴로 돌아왔다. 그동안 남몰래 오문을 지켜보던 무호는 나날이 고와지는 오문의 얼굴이 신경 쓰이고 있었다. 하지만 지금은 그냥 신경 쓰이는 정도가 아니라 혼란스러울 지경이었다.

어떻게 사내아이가 계집애보다 더 고울 수 있단 말인가.

저 역시 곱상한 얼굴로 인해 곤욕을 치르곤 했었지만, 저와는 조금 다른 곱상함, 여인으로 오해할 만한 그런 얼굴이었다.

무엇보다 화가 나는 것은, 누구보다 자신이 그런 시선을 혐오스러워하는 데, 제가 오문을 그런 눈으로 보고 있다는 것에 화가 나기도 했다. 그래서 영춘이 오문을 단련시키겠다 했을 때 제가 더 적극적으로 나서지 않았던가.

물론, 안쓰럽기도 했다. 어린 나이에 제대로 먹지 못하고 고생만 해서

성장이 더딘 듯했다. 잘 먹이고 단련을 시켜서 사내답게 키워 제 사람으로 만들어볼 작정이었다. 그렇게 오문이 좀 더 사내다워지면 이런 기분 나쁜 생각은 사라질 거라 여겼다. 제가 이러는 것은 오문이 가진 재주가 탐나고 어린 것이 기특한 데가 있어 호감이 가는 것뿐, 전혀 이상할 게 없다고.

그런데 그랬던 것이 이제는 그렇게 단순하지 않았다.

'내가 본 것은 뭐란 말인가.'

무호는 지금 오문의 얼굴을 뚫어져라 보고 있었다.

제가 본 것이, 제 눈동자에 맺힌 그 형상이 사라지지 않아 불안했다.

그날 밤, 제 안에서 무언가가 끊어져 버렸다. 아슬아슬 붙잡고 있던 이성의 끈일까? 애써 외면하고 있던 것을 한 순간에 깨달아 버린 것일까?

줄을 타던 오문의 모습은 무호가 지금까지 본 어떤 여인보다 아름다웠었다. 그것은 무호가 단 한 번도 겪어보지 못한 신비로운 경험이었다.

'내가 미치지 않고서야 이 어린 사내놈에게 그런 마음을 품을 수야 없지 않나!'

오문이 줄을 잡고 땅에 착지할 때는 가슴을 쓸어내리며 안도하기까지 했다.

그래서 쫓았다.

놓칠 수가 없어서 본능적으로 쫓았다. 오문이 도망친 노비라서가 아니라, 놓치고 싶지 않아서 쫓았다.

'이, 미친!'

자신이 그렇게 싫어하던 짓을 하고 있다. 하도 당해와서 제가 어떻게 돼 버린 건 아닌가 걱정스러울 지경이다.

그러니 이제 어찌해야 하나?

이 아이를 곁에 두고 서서히 미쳐 가야 하는 것인가? 아니면 제가 미치지 않은 것을 확인하기 위해서라도 곁에 두어야 하는가?

결국엔 어찌 되어도 곁에 두겠다는 욕심뿐이다.

이 아이를 어찌해야 할까? 어찌해야 도망가지 않고 내 옆에 있을까?

"풀어줘라."

"음……. 풀어줘도 괜찮을까요?"

영춘은 오문을 미심쩍은 눈초리로 보면서 썩 내키지 않아 했다.

사실 맘 같아서는 차라리 그냥 풀어주고 싶었다. 하지만 태자께서 오문에게 집착하니 어쩌겠는가. 도망쳤다 다시 잡혀 오는 건 오문에게 더 나빴다.

무호는 영춘의 말에 대답하지 않고 오문만을 바라보며 한 가지 제안을 했다.

"나하고 내기를 하자."

"예?"

"네가 사흘 이상 나에게서 벗어날 수 있다면 더 이상 너를 잡지 않을 뿐만 아니라 네 노비문서를 찾아 내가 태워주겠다."

오문은 눈을 깜빡거리다가 떨리는 목소리로 물었다.

"진심…… 이십니까?"

"물론, 네가 졌을 때는 그만한 각오를 해야겠지만."

"어떤……?"

"다리를 자르겠다고? 그건 안됐지만 다리를 못 쓰는 노비는 쓸 수가 없으니 좋은 생각이 아니다. 두 번 다시 도망쳐서 살 수 없도록 이마에 네 주인의 성을 낙인찍는 건 어떻겠느냐?"

그런 낙인이 이마에 찍히면 죽으면 죽었지, 평생을 수치스럽게 살아야 하는 데다 도망칠 수도 없게 될 것이다. 어찌 보면 더 잔인한 제안이었다.

"어……. 그럼 저야 손해 볼 게 없겠습니다."

무호는 그 대답이 오문다운 대답 같아 피식 웃고 말았다.
“뭘 몰라 겁이 없는 것인지…….”
“그렇지 않습니까? 도망치면 면천이고 도망치다 붙잡히면, 어차피 이번에 붙잡히면 살 길이 없는 건데……. 헤헤.”
“내가 널 산다면?”
“예?”
“사유보라는 네 주인에게서 너를 산다면, 그래도 방금 나와 한 내기를 계속 할 테냐?”
태자가 도망친 저에게 과분할 정도의 제한을 하고 있었다.
“어…… 그게…….”
오문은 머릿속이 복잡해졌다.

침상에서 일어난 장우가 기지개를 켰다. 햇살이 창으로 따사롭게 비추고 창가에는 새들이 지저귀고 있었다.
저도 모르게 입가에 온화한 미소가 걸렸다. 서강의 황무지와 너무 다른 평온한 풍경이었다.
‘후. 평화롭구나. 잠도 아주 푹 잤어. 꼭 사흘은 잔 것 같군.’
어찌나 잘 잤는지, 몸도 뻐근하고 심하게 허기가 졌다.
‘다들 먼저 일어났나 보군.’
아무래도 제가 젤 늦게 일어난 것 같았다.
일 층 식당으로 내려가 보니 모두가 앉아서 식사를 하다가 저를 발견하고 일제히 쳐다보았다. 장우는 늦잠을 잔 것이 멋쩍어 뺨을 긁적이며 태자를 향해 말했다.

"송구합니다. 잠이 깊게 들었던 모양입니다. 너는 왜 깨우지 않고 혼자 내려갔느냐?"

괜히 오문에게 타박하는데, 오문이 슬쩍 고개를 돌렸다.

"이놈이……."

그런데 뭔가 분위기가 묘했다. 다들 너무 말들이 없었다.

"앉지. 배고플 텐데."

"예."

다행히 태자가 별말 없이 자리를 권했다. 오늘따라 요리가 더 맛이 있었다. 겨우 하룻밤 사이에 먹는 음식인데 꼭 며칠 만에 먹는 음식처럼 배속이 요동치고 입이 달았다. 저도 모르게 허겁지겁 먹어대는데 태자가 다시 말을 건넸다.

"소동군의 군수가 찾아왔었다."

"아침부터 와서 또 시비를 걸었단 말입니까?"

"아침인 건 맞다만……."

"뭐라 시비를 걸었습니까?"

"시비가 아니라 청탁을 하러 왔다. 황성에서 벌써 우하현의 일을 조사 중이라는군. 눈치는 빨라서 이리로 왔다만 돌려보냈다."

"절 깨우시지 그러셨습니까. 송구합니다."

"아니, 네가 송구할 건 없고……. 실은 내가 며칠 전에 벌레 몇 마리를 잡아 죽였다."

"예?"

식사 중에 갑자기 웬 벌레 타령인가 장우는 잘 알아듣지 못했다.

"땅에 깊이 파묻긴 했는데 워낙 코가 예민한 놈들이라 곧 냄새를 맡고 몰려올 듯해."

"벌레라니요? 며칠 전이라면 언제……?"

무호는 장우가 너무 충격 받지 않도록 잘 말해주었다.

"삼 일 전, 네가 잠자리에 든 날."

"……."

장우는 멍한 눈으로 태자를 바라보다가 영춘과 다른 부하들을 스윽 둘러보았다. 설명을 요구하는 장우의 눈길에 모두들 부담스러워하며 시선을 피하는 것 같았다.

"자세한 건 이놈한테 들으면 된다."

태자는 고개를 돌리지 않으려는 오문을 앉아 있는 의자째로 돌려 장우를 마주보게 만들었다.

"이게 무슨……?"

"후……. 그게 말입니다."

오문은 한숨을 푹 쉬며 혼란스러워하는 장우를 향해 입을 열기 시작했다.

오문의 얘기를 듣던 장우의 온몸이 푸들푸들 떨렸다. 어린아이의 하독(독을 푸는 일)에 걸려 일행이 혈전을 치르는 동안 저는 태평하게 자고 있었다는 것이 수치스러웠기 때문이다.

그제야 모두가 저를 외면한 이유를 알 것 같았다. 장수의 자존심을 무너트릴 말을 어떻게 전해야 할지 몰라서였던 것이다.

"오문 너!"

오문은 의자에서 펄쩍 뛰어 도망치며 외쳤다.

"저 이미 많이 혼났단 말입니다!"

오문이 계단 위로 도망치는 것을 장우가 검까지 들고 쫓아갔다.

영춘이 그 모습을 걱정스럽게 보다가 태자에게 말했다.

"말려야 하지 않을까요?"

그러자 태자가 동문서답을 했다.

"귀엽군."

"……누가요?"

귀여운 자식들이 투덕거리는 걸 보는 듯한 말투였지만 영춘이 보기에는 어디에도 그런 모습이 보이지 않았다.

소동군을 나선 지도 나흘이나 지났다. 중간에 이틀은 거점이 아닌 다른 마을에서 묵었지만 오늘은 또 야영을 해야 했다.

노을이 지는 것을 바라보며 일행은 초원에 둘러앉아 오문이 해준 누룽지탕을 먹고 있었다. 모두 누룽지탕을 맛있게 먹고는 있지만 태자와 오문을 힐끗거리느라 바빴다.

분위기가 이렇게 된 것은 전부 태자 때문이었다.

벌써 며칠째 무호의 시선이 오문의 뒤를 졸졸 좇아다니고 있었다.

'지금쯤 답을 줄 때가 되지 않았나!'

오문은 며칠째 무호의 제안에 답을 해주지 않고 있었고, 무호는 애타는 심정을 감추지 못하고 노골적으로 오문을 노려보고 있었던 것이다.

그동안 제가 얼마나 오문에게 잘해주었던가!

무호는 자신의 배려가 오문에게 충분히 전해졌다 철석같이 믿고 있었다. 시동이 아니라 동생을 대하듯 해주었다. 사람을 억지로 매어 둘 수 없다는 걸 알고 있었다. 그래서 저를 좋아하고 따르게 만든 후에 데려가려 했건만 오문은 조금도 저를 따를 마음이 없었던 모양이다. 그렇게 잘해주었는데도 저를 배신하고 도망친 것은 물론, 저의 자비와 배려를 이렇듯 무시하고 있으니 말이다.

노비가 주인을 고르는 경우도 만무한데, 사유보 따위와 저를 놓고 이토록 고민해서 선택해야 할 정도란 말인가. 물론 무호는 사유보가 누군지도 모른다. 그러나 누가 되었든 제가 나을 거라는 답을 정해놓고 있었다.

'내가 원하면 다 내 것이 돼야 하는 게 아닌가?'

태자일 때나, 태자가 아닐 때나, 무호는 멋대로 살아왔기에 선택받길 기다리는 시간이 견디기 힘들었다. 매일 매 순간, 오문이 보이거나 보이지 않거나 언제 답을 해줄까 신경 쓰고 있었다.

그러나 오문은 생각을 좀 해보겠다 한 뒤로 저와 눈도 잘 마주치려 하지 않았다. 마주쳤다 하더라도 제가 입술만 달싹거리면 황급히 자리를 떠나곤 했다.

'일부러 답을 피하고 있어.'

제 노비가 되겠다 하면, 환궁한 뒤에 태자임을 밝히고 면천은 물론 관직까지 내릴 수 있었다.

'어리석은! 제 복을 차고 있군.'

오문은 뒤통수가 따가워 뒤를 돌아볼 수가 없었다.

'미치겠네. 왜 갑자기 날 사겠다는 거야. 나 당신 죽이려던 살수라고요.'

그렇지 않아도 태자가 귀문에 큰 반감을 가지고 있는데, 제가 귀문의 살수였다는 걸 알면 저를 통해 귀문에 대해 알아내려고 들 게 뻔하지 않나. 저는 아는 게 없으니 끔찍한 고문만 받다 죽게 될 것이다.

본래 황실의 사람들은 어제의 벗도 오늘의 적이 되곤 한다니, 자비를 바랄 수도 없었다.

물론 그 사실을 평생 들키지 않을 수도 있다. 하지만 걸리는 게 한두 가지가 아니지 않나. 태자의 노비가 된다는 건, 저더러 환관이나 궁녀가 되라는 것인데, 절 소년으로 알고 있으니 또 거짓말을 들키게 될 것이다.

'어떻게 거절하지? 미치겠네.'

오문은 거절할 말을 고르느라 여태 답을 주지 못하고 있었던 것이다.

잠시 후 오문은 근처 냇가에서 그릇을 씻으며 심란한 마음도 같이 흘려보내고 있었다.

'음……. 그냥 도망쳐 버릴까? 삼 일 정도면 가능할 것도 같은데…….'

지난번에 붙잡힌 건 아무래도 제가 수상하게 보인 탓이 컸다. 태자가 저를 그토록 주시하고 있을 줄은 몰랐기 때문이다.

'아니야. 지금은 더 주시하는데. 무슨 좋은 방법이 없을까?'

차라리 공자님의 노비가 되겠다고 믿음을 준 후에 도망치는 건 어떨까 싶었다.

"너."

"흐억! 깜짝이야!"

또 태자를 속일 궁리를 하던 중에 태자의 목소리가 바로 옆에서 들리니, 오문이 얼마나 소스라치게 놀라겠는가. 요즘 들어 심장에 무리가 가고 있었다.

"왜 나만 보면 놀라느냐?"

"왜 매번 기척을 숨기고 오십니까?"

"놀라지 말라고 '너' 라고 부르지 않았느냐?"

"부르기 전에 기척을 주셨어야지요."

"네가 둔한 것이다."

"후……. 예. 그런 것 같습니다. 한데, 또 무슨 일이십니까?"

'또' 라니!

무호는 불쾌했다. 제가 뭘 얼마나 찾아왔다고 또 사람을 귀찮게 하냐는 투로 대한단 말인가. 게다가 제가 왜 절 찾아왔는지 정말 몰라 묻는단 말인가!

그러나 이렇게 눈을 말똥말똥 뜨고 아무것도 모르겠다는 표정으로 대답을 기다리는 놈을 보면 정작 중요한 질문을 할 수가 없었다.

그래서 괜히 뜬금없는 소리가 튀어 나가고 만다.

"그…… 줄타기 말이다."

"예?"

"앞으로 절대 하지 마라."

"예? 왜요?"

"위험하니, 하지 마."

하늘을 나는 유혹적인 몸짓이 위험하다. 제가 아니라 다른 누군가를 또 유혹할지도 모른다. 저는 이성적이고 지극히 정상적인 성향을 가졌기에 떨쳐 낼 수 있지만 다른 놈들은 그렇지 않을 것이다.

무호는 속으로 그렇게 우기며 오문의 대답을 재촉했다.

"알아듣겠느냐?"

"이제 뭐, 줄 탈 일은 없는데요……."

"그래. 그럼 됐다."

"그 얘기 하러 오신 겁니까?"

"일부러 온 게 아니라 지나가다 생각 난 것이다."

"아…… 예."

"그러는 넌, 나한테 할 얘기가 없느냐?"

"음……. 여쭤볼 게 있긴 합니다."

무호는 그 대답이 무척 반가워서 저도 모르게 다급하게 물었다.

"무엇이냐?"

"내일 아침 식사는 뭘로 준비할까요?"

"……."

목이 탔다. 심한 갈증을 느낀 무호가 저를 빤히 들여다보는 오문에게 말했다.

"뭐든 좋다. 네가 해주는 거라면."

"……!"

무호는 제가 한 말이 어떻게 들리는지 모르고 있었다. 그저 말 그대로 오문이 해주는 음식이 맛이 좋다는 뜻이었다.

한데, 오문의 얼굴이 화악 붉어지니 의아한 생각이 들었다.

'기쁜가?'

칭찬 하나에 수줍어하는 것을 보면 남한테 좋은 소리도 별로 못 듣고 산 듯했다.

'불쌍한 놈. 앞으로는 칭찬을 많이 해줘야겠다.'

어쨌거나 기뻐하니 제가 다 뿌듯했다. 어쩐지 오문을 길들이는 좋은 법을 알아낸 것 같았다.

하지만 오문의 속은 달랐다.

'줄타기는 다칠 수도 있으니 앞으로는 절대 하지 마라.'

오문은 무호의 말을 그렇게 들었다.

'내 걱정을 해주고 있어!'

처음이었다. 그런 기분은. 진심으로 제가 다칠까 봐 안절부절못하는 듯한 다정한 마음이 느껴졌다.

'세상에! 그 무시무시하고 악명 높은 태자가 누굴 걱정한다고?'

저를 걱정하고 위해 주는 사람이 하필 태자라는 것만으로도 제가 뭔가 대단히 특별해진 기분이 들었다. 하지만 애써 아무렇지 않은 척 표정을 가다듬었다. 그냥 제가 해주는 음식이 먹고 싶으니 다치면 곤란해서 하는 말일지도 모른다. 아니, 그게 맞을 것이다.

그래서 오문은 잠시나마 저를 들뜨게 해준 감사의 뜻으로 태자에게 더욱 맛있는 음식을 해주고 싶어졌다.

"내일 아침 식사는 뭘로 준비할까요?"

한데 이어지는 태자의 대답에 오문은 더 이상 태연한 표정을 유지할 수 없었다.

"뭐든 좋다. 네가 해주는 거라면."

아, 이런! 어째서 저 차가운 목소리에서 꿀이 떨어지는 것 같을까?

무슨 뜻인지나 알고 하는 말입니까? 같은 말을 해도 이런 얼굴로는 그런 말을 함부로 하면 안 되는 법이다.

얼굴이 화끈거린다.

태자가 보았을까? 오문은 태자가 제 붉은 얼굴을 눈치채지 않길 바랐다.

"더워 보이는구나."

눈치채셨다!

"아, 좀……. 햇볕이 뜨거운 것 같습니다."

오늘은 후덥지근하긴 했지만 구름이 많은 날이었다. 횡설수설하는 제 입을 꿰매고 싶은데 다행히 태자는 수긍했다.

"나도 더워서 그런지 목이 타구나. 시원한 거라도 마시자."

"아, 예!"

오문은 방금 씻어놓은 그릇에 하천의 물을 담아 올렸다.

태자가 그릇과 저를 빤히 쳐다봤지만 굴하지 않았다. 시원한 거라고는 이런 것밖에 없지 않나?

"너도 한 잔 들고 이리 와 앉거라."

"예? 저 지금 할 일이 좀 많아서……."

"물 한 잔 마실 시간이 없진 않겠지."

태자는 바위에 앉아 물을 술처럼 천천히 마셨다.

자꾸만 오라는 손짓에 오문도 어쩔 수 없이 물을 떠다가 태자의 곁에 가 앉았다.

둘 다 말없이 물만 들이켜는데, 봄바람이 간질간질했다. 어색한 시간이 흐르는데 결국 물을 다 마셔 버린 태자가 대뜸 물었다.

"내 어디가 그리 마음에 안 드느냐?"

갑작스런 질문에 오문은 손사래를 쳤다.

"마음에 안 들다니요? 그런 거 없습니다."

"그럼 네가 고민할 이유가 없지 않느냐? 내가 널 사주겠다는데 어째서 고민하는 것이냐?"

"그건……."

"괜찮다. 개의치 말고 말해보거라."

"마음에 안 든다기보다는 저랑 좀 안 맞는 분 같으셔서."

괜찮다고 했던 무호의 눈썹이 꿈틀거렸다.

노비가 저와 맞는 주인을 고르다니, 괘씸했다. 아니, 것보다 제 어디가 저와 맞지 않는다는 건가!

"어떤 점이?"

"예를 들면…… 너무 높으신 분 같아서 겁이 납니다. 제가 모시기엔 너무 부담스러울 만큼 높은 분 같습니다."

"내가 높은 사람이란 것은 맞고, 그것은 겁먹을 이유가 없다. 그만큼 내가 널 지켜 줄 수 있다는 뜻이니까."

"지켜 준다고요? 저를 말입니까?"

오문은 믿기지 않는 소리를 들은 것처럼 물었다.

"주인이 제 노비를 지키는 것은 당연한 의무다."

"예. 그건 그렇지만, 어쨌거나 무서우신 분은 맞지 않습니까? 지, 지난번에 그 살수들도 그렇고…… 또 그 살수들을 가차 없이 죽이시는 것도……."

"지금도 무서우냐?"

"예?"

"지금 너와 이야기를 나누는 내가 무섭냐고 물었다."

"지금은 칼도 차고 계시지 않고……."

"그럼 앞으로 늘 칼을 차고 다니지 않겠다."

"아니, 뭘 또 그렇게까지……."

"본래 나는 칼보다 다른 걸 잘 쓴다. 봉이나, 그냥 주먹으로도 그런 놈들은 충분하다."

무호는 어깨를 펴며 자랑스러워했다. 칼이 무서우면 칼 없이 주먹으로 사람을 죽이는 법을 보여주겠다며 오문을 안심시켰다.

그러나 오문은 그의 호언장담에 어색한 미소를 지었다.

"그렇지! 너도 가르쳐 주마. 칼이 무서워서 검술이 싫었구나."

칼이 무서우면 여태 제가 요리는 어떻게 했단 말인가. 자꾸만 헛다리를 짚는 태자 때문에 오문의 표정은 갈수록 더욱 어두워졌다.

'아……. 이걸 어떻게 한담?'

고민하던 오문은 태자가 알아듣기 쉽도록 말을 골라 천천히 말했다.

"저는 음……. 그런 걸 배우고 싶지 않습니다. 그걸 배워 어디에 쓰겠습니까? 말이 나왔으니 말씀입니다만 자꾸 훈련 같은 거 시키고 그러시니 부담스럽습니다."

"어디에 쓰다니? 너는 강한 사내가 되고 싶지 않으냐? 강해지기만 하면 주방에서 잡일을 하지 않아도 된다. 내 밑에서 무사로 일할 수도 있어."

"글쎄요. 저는 요리하는 게 좋습니다. 그리고 별로 사내다워지고 싶지도 않습니다."

"뭐?"

"이대로가 좋습니다."

"왜? 어째서 이대로가 좋단 말이냐?"

태자는 오문의 말이 진심이 아니라 여기는 것 같았다.

오문은 좀 더 똑 부러지게 대답했다.

"제 나름의 장점이 있지 않습니까? 사람마다 가진 재주가 다 다른 법이니까요. 그렇게까지 강한 사내가 되려고 힘들게 노력하는 게 싫습니다."

"사내가 계집처럼 곱상하고 비실거리면 나중에 웃음거리가 된다."

"이미 전 클 만큼 컸고, 호위무사님 말대로 더 클 것 같지도 않습니다. 포기하고 살겠습니다."

"키가 작아도 네가 강한 사내가 되면 아무도 너를 무시 못할 텐데 왜 벌써 포기하려는 게냐?"

"지금까지 별로 무시당한 적도 없고, 그런 일을 겪는다 해도 참고 살겠습니다. 될지 안 될지 모르는 일을 죽도록 노력해서 기운 빼고 싶지 않습니다."

"비단 조롱당하는 것만이 문제가 아니다. 너같이 곱상한 놈들은…… 딱 희롱당하기 좋게 생겼단 말이다."

"희롱이요?"

"그래. 사내놈들이 네가 좋다고 덤벼드는 꼴을 당해보지 않아서 그러는 모양인데……."

무호의 말이 채 끝나기도 전에 오문이 끼어들었다.

"제가 사내들이 좋아할 얼굴입니까?"

"얼굴뿐만 아니라……!"

제 끔찍한 경험이 떠올라 열변을 토하던 무호는 무언가 이상한 기분이 들었다.

오문이 눈을 반짝이고 있지 않나. 심지어 약간 웃음기까지 머금고 있었다.

무호는 설마 하는 마음에 눈을 가늘게 뜨고 물었다.

"기쁘냐?"

"예? 아, 아니, 기, 기쁘긴, 누가요!"

그러자 오문이 화들짝 놀라, 당황한 듯 눈을 피하며 강하게 부정했다.

"크흠. 좋을 리가 있습니까……."

그러나 무호는 보고야 말았다.

오문이 무심코 머리카락을 귀 뒤로 넘기는 것을. 그 내보인 귀가 빨갛게 물든 것까지 보고 말았다.

"너……."

무호는 떨리는 음성으로 오문을 불렀다.

"예?"

"아니다……."

여기서 더 추궁했다가 어쩌면 못 볼 꼴을 보게 될지도 모른다는 불길한 생각이 들었다.

자신이 아는 오문은 순수한 아이였다. 한데, 지금 오문은 어쩐지…… 입에 담기 두려운 어떤 받아들이기 힘든 혐오감이 들기 시작했다.

'아니겠지. 원래 좀 계집애 같아서 그런 것뿐일 게다.'

방금 보았던 장면을 머릿속에서 애써 지워 버리고 무호는 자리를 털고 일어났다.

오문 역시 남은 그릇을 씻느라 바빠 보였다. 그러나 사실 오문은 물에 비친 제 얼굴을 들여다보며 방금 대화를 곱씹고 있었다.

'큰일 날 뻔했잖아. 들키면 어쩌려고 거기서 좋은 티를 내.'

태자가 눈치챈 건 아닌가 조마조마하면서도 오문은 제 얼굴에서 눈을 떼지 못했다.

'이게 예쁜 얼굴인가? 사내치고 곱다는 거면 욕인가? 아니면 사내들도 홀릴 정도로 곱다는 건가?'

제가 언제부터 이런 걸 신경 썼나 싶은데, 문득 기예단의 상 언니가 떠올랐다.

「여인은 자기를 꾸밀 줄 알아야 해. 얼굴이 곧 무기거든.」

종종 그런 말을 했었다. 하지만 상 언니는 예쁜 얼굴 때문에 종종 울었었다. 떠돌이 여인이 예쁜 건 무기가 아니라 독이었다. 그 때문인지 오문은 꾸미는 데 더욱 관심이 없어져 버렸다.

'여장을 안 한 지도 오래됐네…….'

상 언니가 입고 있던 옷과 장신구를 물에 비친 제 얼굴에 겹쳐 보았다.

어울리지가 않는다.

달거리를 하기 전부터 남장을 하고 있었으니, 이제 이러고 사는 게 너무 편해져 버렸다.

'열여덟이면…… 나도 이제 혼인을 해야 할 때구나.'

피식 웃음이 났다.

바랄 걸 바래야지. 혼인이라니. 언제 죽을지 모르는데 남들처럼 혼인을 떠올리고 있는 제가 한심했다.

'혼인 같은 거 안 해도 즐거운 일이 세상엔 많아.'

우울해질 것 같던 오문이 배시시 웃었다.

"와아!"

"시원하다!"

설거지가 끝나갈 무렵, 친위의 병사들이 웃통을 벗으며 하천으로 뛰어들었다.

"오문! 너도 더울 텐데 들어와라!"

"그래! 땀 좀 식히고 가자!"

"전 괜찮습니다. 벌써부터 더우면 여름엔 어쩌시려고요!"

오문은 사내들의 구릿빛 상체에 물방울이 흘러내리는 것을 훈훈한 눈길로 바라보았다.

'이런 좋은 구경 아무나 못 하지.'

오문은 다 끝낸 설거지를 새로 하면서 하천을 떠나지 않았다.

그런데 오문은 모르고 있었다. 저를 의미심장한 눈으로 지켜보는 한 쌍의 눈동자를.

조금 전 자리를 떠난 무호는 그릇을 씻는 오문의 눈이 제 부하들에게 가 있는 것을 지켜보고 있었다.

'그럴 리 없다. 그냥 동경하는 게다! 제가 저렇게 될 수 없을 것 같아 동경하는 것뿐이다!'

사내에게 반하는 사내라니!

오문을 제 곁에 두려면 절대 그런 일은 없어야 했다. 가뜩이나 제가 아름답게 느낀 사내라면 더욱 그랬다. 설사 그렇다 하더라도 무호는 지금 오문의 행동이 이해가 안 갔다.

'어째서 저런 놈들 따위에게 시선을 뺏기는 거지?'

수많은 사내들을 농락해 왔던 저를 두고 다른 사내들이 눈에 들어오다니, 어떻게 그럴 수 있단 말인가.

무호는 평생 느껴보지 못했던 자부심과 더불어 그 자부심에 금이 가는 기분을 동시에 받았다.

'이왕 동경을 할 거면 나만 동경해!'

그러다가 이내 얼굴을 일그러트렸다.

'내가 미쳐 가는구나.'

무호는 마음을 가라앉히고 다시 오문을 바라보았다.

'그런 건 용납 못해.'

무호가 용납할 수 없는 것이 사내를 좋아하는 오문인지, 다른 사내에게 빠져 있는 오문인지, 또는 이를 질투하는 자기 자신인지는 본인도 정확히 알 수 없었다.

날씨가 점점 따뜻해져서 밤에도 별로 춥지 않았다. 덕분에 일행은 야영을 하는 데 딱히 힘든 점이 없었다.

오문도 언제나 수레가 제 차지였기 때문에 짐 사이에 끼어 자긴 했지만, 그래도 아무도 신경 쓰지 않고 편히 잘 수 있었다.

오늘 밤에도 오문은 수레를 정리하며 제가 잘 자리를 만들고 있었다.

"어이!"

"히익!"

누군가 그런 오문의 엉덩이를 주물럭거리며 불렀다. 사내들끼리 흔한 장난이고, 제가 어려 보여서 귀여워 그런다는 걸 알지만 매번 깜짝깜짝 놀라곤 했다.

과민 반응을 보이면 의심 받을까 봐 늘 그냥 웃어넘기는데 오늘은 상대가 한 번으로 끝내지 않고 있었다. 그는 계속 엉덩이를 주무르며 약을 올렸다.

"넌 어째 항상 놀라냐?"

"어우. 간지럽습니다. 하지 마십시오."

"어쭈? 요놈 봐라. 귀여워해 주는데 빼기는?"

악의가 전혀 없었기 때문에 더 곤란했다. 차라리 그냥 조롱이었다면 정색하고 못 하게 했을 것이다. 한데 상대는 저를 정말 귀여운 동생 대하듯 했다.

"저도 이제 다 컸습니다. 자꾸 어리다, 어리다 하시는데, 열다섯이면 그렇게 어린 나이가 아니란 말입니다."

그렇다고 가만히 내버려 두기에는 장난의 정도가 점점 심해져서 이렇게 짜증이라도 내줘야 할 것 같았다.

"하! 몽정도 안 한 게 뭐가 어째?"

그러면서 갑자기 그가 오문의 뒤에서 팔로 오문의 목을 감아 조르기 시작했다.

"컥! 아우. 수, 숨 막혀요! 컥. 놔, 놔주세요!"

뒤에서 안긴 꼴이 된 것도 문제지만, 오문은 사내들의 골격과 많이 다른 여인의 몸이었다. 상대는 봐준다고 생각하고 장난처럼 하고 있지만 오문은 진심으로 괴로웠다.

"너 혼자 수레에서 편히 자니까 좋냐? 어? 이건 뭔 노비가 상전처럼 굴어."

"아우으…… 진짜…… 커억. 저 수, 숨막…… 저 죽어…… 요."

"이 정도로 사람 안 죽는다."

"죽어요! 컥."

그 굵은 근육질 팔이 오문의 여린 목을 조이는데 최소 혼절하고도 남을 힘이었다.

'당신들 힘에 대해 자각 좀 하라고!'

자기들끼리나 할 장난을 저같이 연약한 생물에게 똑같이 한다는 건 살인미수가 아닌가.

오문이 딱 죽겠다 싶을 때였다. 뭔가 깨진 게 아닌가 싶을 만큼 커다란 소리가 났다.

퍼억.

"억!"

그리고 단말마의 비명과 함께 목을 조르던 힘이 스르륵 풀려 버리고,

동시에 '쿵' 하고 땅으로 처박히는 소리가 났다.

"콜록. 콜록! 흐억."

목을 감싸고 정신없이 기침을 하면서 뒤를 돌아본 오문은, 눈을 뒤집고 혼절한 병사와 그 뒤에 서 있는 무호를 보고 화들짝 놀랐다.

기침이 멎을 만큼.

"고, 공자님께서 이렇게 하신 겁니까?"

잔뜩 화가 난 표정으로 무호는 긍정의 침묵을 했다.

"설마…… 저 구해주신 겁니까?"

"……."

무호는 뒷짐을 지고 턱을 쳐들었다.

그래, 내가 그랬다. 어떠냐? 나 좀 세지 않냐? 하는 듯이.

"장난 치고 있는데 사람을 이 지경으로 만드시면 어쩝니까?"

오문의 타박에 무호의 얼굴에 불쾌함이 서렸다.

"나도 장난이었다."

"허!"

누가 장난으로 사람이 눈을 까뒤집게 만든단 말인가. 죽일 의도가 있었다면 모를까!

질책 어린 오문의 눈빛을 읽었을까.

"이 정도로 사람 안 죽는다."

무호는 아까 그 병사가 한 말을 그대로 했다.

"그리고 너."

"예?"

"아까처럼 엉덩이를…… 그렇게 내밀고 있지 마라."

오문은 밤이라서 다행이라 생각했다. 뺨이 순식간에 시뻘겋게 붉어진 걸 들키지 않을 수 있어서.

"무, 무슨……! 일하는데 어떻게 빳빳이 서서 일하라는 겁니까?"

"지킬 힘이 없으면 조심이라도 해야지."

"아니, 그러니까……."

"너처럼 귀여운 놈은 가만두지 않으니까."

"……."

귀엽다는 단어가 태자의 입에서 나오니, 그렇게 어울리지 않을 수가 없다. 원래 이 단어가 그렇게 오글거리는 단어였던가.

손끝이 펴지지 않는데, 또 왜 주책없게 뺨이 씰룩대는가. 입을 열면 웃음이 날 듯했다.

"항상 뒤를 조심하라는 얘기다."

오문은 무호가 의미심장한 소리를 하고 어둠 속으로 사라지는 동안 그 자리에 못 박힌 듯 멍하니 서 있었다.

'제 뒤에 항상 전하가 계시던데요?'

이틀 뒤, 초원을 벗어난 일행은 또다시 산을 넘기 시작했다. 이제 이 산만 넘으면 또 마을이 나오는데, 지도가 잘못되었는지 가도 가도 산길이 끝나지 않았다. 아무래도 길을 잃은 듯했다.

"음. 일단 오늘은 이쯤에서 묵어가야 할 듯합니다. 내일 다시 길을 찾아보겠습니다."

영춘은 말을 하면서 힐끔 태자를 바라보았다.

태자는 영춘의 말에 고개를 끄덕이면서도, 시선은 수레 위에서 잠든 오문을 향해 있었다.

혼절한 병사가 깨어난 뒤로 오문에게 짓궂은 장난을 치는 자가 사라졌다. 다들 말은 안 하고 있지만 태자의 행동을 수상쩍게 여기고 있었다. 어딜 가나 오문을 좇고 있는 태자의 시선을 모를 리가 없기 때문이다.

한 가지 확실한 것은 태자가 오문을 많이 아끼고 있다는 것이다.

'내 거에 손대지 마.'

병사 하나를 죽일 뻔한 살벌한 경고는 말없이도 모두에게 잘 전달이 됐다.

그러나 영춘은 태자의 진짜 본심을 알 수 없어 머리가 복잡했다.

"오늘은 좀 씻어야겠다."

태자를 주시하던 영춘은 갑작스러운 태자의 중얼거림에 뜨끔 놀라며 저도 모르게 대뜸 묘한 말을 뱉어냈다.

"오문도 준비시킬까요?"

"응? 오문은 왜?"

다행히 태자는 이상함을 눈치채지 못한 듯했다. 영춘은 가슴을 쓸어내리며 말을 다듬었다.

"목욕 시중을 들 준비 말입니다."

무호는 대답을 주저했다.

'녀석이 씻겨 주면 기분이 좋긴 하지만…….'

아직도 오문만 보면 하늘을 날아오르던 아름다운 여인의 모습이 떠올랐다. 게다가 계집애처럼 굴던 오문의 행동이 찜찜했다.

"아니다. 혼자 있고 싶다."

태자가 혼자 씻으러 간 뒤 영춘이 일어날 생각을 않는 오문을 툭툭 건드렸다.

"야. 일어나!"

"음……. 벌써 다 왔어요?"

"벌써 같은 소리 하고 있네. 공자님은 씻으러 가셨으니, 저녁 준비나 해놓거라."

그러자 오문이 벌떡 일어나더니 잠이 확 달아난 얼굴로 다급히 물었다.

“예? 혼자서요? 왜요? 제가 시중을 들어야 하는데! 어휴. 깨우시지 않고요!”

오문은 영춘의 대답을 듣지도 않고 계곡물을 찾아 달려 나갔다.

“어…… 혼자 있고 싶다 하셨는데……. 음. 괜찮겠지 뭐.”

한편 오문은 물소리가 나는 곳으로 무작정 달려갔다.

‘잡힌 것도 억울한데, 이런 재미는 누려야지! 어! 저기 있다!’

작은 폭포가 있는 웅덩이에서 무호는 머리를 풀고 등을 돌린 채 팔에 물을 끼얹고 있었다. 풀숲을 헤치고 앞으로 나가려던 오문은 갑자기 태자가 뒤를 돌아보자 저도 모르게 나무 뒤에 숨고 말았다.

‘어라? 내가 왜 숨었지?’

당당하게 시중을 들러 왔다 말하면 되는데 왜 죄를 지은 것처럼 가슴을 졸이고 있는가 말이다.

‘뭐, 죄를 지은 건 맞지만.’

다시 씻는 소리가 들리자 크게 심호흡을 한 오문은 눈만 빼꼼 내놓고 무호를 훔쳐보았다.

‘병사들의 단체 목욕도 볼만했지만 역시, 우리 태자님만 못하지.’

세상에 완벽한 몸이 있다면 태자의 몸일 것이다. 사유보 그 망할 노인네 때문에 더럽혀진 눈이 태자 덕분에 정화되는 것 같았다.

땀을 씻어 내는 태자의 몸짓은 나른하면서도 어딘가 박력 있어 보였다. 귀찮은 듯 무심하게 몸을 쓸어내리고, 얼굴을 위로 훑으면서 긴 머리카락을 쓰다듬어 어깨 앞으로 돌렸다. 그 바람에 그의 등이 훤히 드러났다. 단단하고 곧게 내려오던 등허리 아래, 살짝 휘어져 움푹 들어간 곳에 물이 찰랑거렸다. 아슬아슬하게 드나드는 수면에 시선을 뺏기고 있을 때였다.

‘헉!’

갑자기 태자가 무섭게 고개를 홱 돌리며 제 쪽을 바라보는 게 아닌가. 재빨리 고개를 돌리긴 했지만 들켰는지 아닌지 확신이 서지 않았다.

'모, 못 봤을 거야!'

머리털이 쭈뼛거리고 놀란 심장이 쉴 새 없이 가슴을 두드렸다. 숨죽이며 기다리는데 다행히 다시 물이 참방거리는 소리가 들렸다.

'어휴. 다행이다.'

그러나 다시 돌아볼 용기가 나지 않아 나무에 등을 기대고 있어야 했다. 얼마쯤 지났을까. 태자가 물 밖으로 나오는 듯했다.

'벌써 다 씻으셨나?'

나오는 태자와 마주치면 곤란할 것 같았다. 동태를 살피느라 오문은 다시 몸을 돌려 계곡을 살폈다.

'어?'

그런데 이게 웬일일까. 태자가 사라졌다. 목을 빼고 더 찾아봐도 보이지 않았다.

"누굴 그리 찾느냐?"

"허억!"

오문은 다리에 힘이 풀려 버릴 정도로 놀라 땅에 주저앉고 말았다.

"쥐새끼처럼 뭐 하는 짓이냐?"

돌아 앉아 보니 태자가 허리에 수건만을 두른 채, 무시무시한 얼굴로 저를 노려보고 있었다.

오문은 고개를 푹 숙이고 일어났다.

"시, 시중들러 왔다가……."

"왔다가?"

태자의 매서운 추궁에 오문은 아랫입술을 안으로 말아 넣고 어쩔 줄 몰라 했다.

그러자 돌연 태자가 한 걸음 다가왔다.

"……!"

오문은 다가오는 태자를 피해 나무 뒤에 몸을 딱 붙이고 마른침을 꿀꺽 삼켰다.

태자는 오문의 바로 코앞에까지 다가와 아직도 물이 뚝뚝 떨어지는 양팔을 들어 오문이 기댄 나무에 갖다 댔다.

태자의 몸 안에 완전히 갇혀 버린 오문은 그의 가슴밖에 눈 둘 곳이 없어 안절부절못했다.

"왜? 이게 보고 싶어서 그러고 있었던 거 아닌가?"

"그게……."

오문은 천천히 고개를 들었다. 정말로 죄송하다는 듯이. 너무나 부끄럽다는 듯이, 커다란 눈망울을 들어 무호를 올려다보았다.

"일부러 그런 건 아닙니다."

무호는 자비를 바라는 오문의 눈동자와 잘근거리는 도톰한 입술을 내려다보며 아무 말도 하지 않았다. 무심한 듯 굳어 있는 눈가와 일자로 굳게 다물려 있는 입술은 무엇을 인내하고 있는 것처럼 단단했다.

오문은 그가 화를 참느라 이를 악물고 있다고 생각했다.

좀 더 빌어야 하는데, 두려움에 굳어버린 입술은 달싹이기만 하고 좀처럼 열리지 않았다. 입술을 달싹여 이를 물으려 할 때였다.

태자가 마치 무언가에 홀린 것처럼 고개를 숙였다. 충동적인 행위엔 더 이상 망설임 따위 없었고, 오문은 점차 가까워지는 얼굴에 깜짝 놀라 눈을 크게 떴다.

숨을 왈칵 들이켜는 사이, 차갑고 습기가 가득한 입술이 오문의 입술에 짓눌리듯 닿았다.

덜컹!

태자의 얼굴이 지나치게 가까워졌다는 것은 인식할 수 있었다. 하지만 그가 대뜸 입을 맞추어 올 줄은 몰랐기에, 준비되지 못한 심장이 화악 오그라드는 듯, 싸한 충격이 덮쳐 왔다.

뺨에 닿는 숨결. 몸을 겹치고 있는 단단한 몸. 그리고 헝클어진 머리카락 사이를 파고드는 단단한 손가락.

오문은 더 커질 수 없을 만큼 커진 눈으로 그대로 얼어버렸다. 태자의 몸을 밀어내고, 입술을 서둘러 닦아내야 한다는 것을 알면서도 그렇게 하지 못했다.

그녀가 어떻게 반응해야 할지 몰라 굳어 있는 사이, 태자가 입술을 뗐다. 그러더니 여전히 깊고 음울한 눈동자로 그녀를 내려다본다.

"헉……!"

그의 눈빛에 이제야 정신을 차린 오문이 숨을 쏟아 냈다. 그리고 손을 들어 그의 입술이 거칠게 닿았던 자릴 가렸다.

당혹감에 어쩔 줄 몰라 하는 오문을 한참 바라보던 태자가 싸늘한 얼굴로 말했다.

"왜? 여기까지는 원하지 않았나?"

"예에? 무, 무슨 말씀……!"

태자는 오문의 말을 더 들으려 하지 않고 딱 잘라 경고했다.

"그러니까 함부로 나돌아 다니지 마."

제 12 장
귀인의 횡포

오문의 입술이 부들부들 떨리고 있었다. 노려보고 있는 태자의 눈빛이 무섭도록 활활 타올라서도 아니고, 처음 당해보는 사내의 입맞춤에 놀라서도 아니었다.

부끄러웠다.

왜 그를 밀어내지 못했는가.

왜 물에 젖은 그의 입술의 감촉을 생생하게 기억하고 있는가.

자연스럽게 그를 밀쳐 내는 흉내라도 냈어야 하지 않았나.

그것뿐만이 아니었다. 심지어 저는 그 입술을 저도 모르게 머금었다.

태자가 입술을 뗀 건 바로 그때였다.

'눈치챘을 거야!'

제 실수를 깨달은 오문은 목까지 빨개져서 어쩔 줄 몰라 했다.

태자는 그런 오문을 경멸하듯 쳐다보고는 '휙' 찬바람을 일으키며 돌아섰다.

그가 사라지고 난 뒤에도 오문은 한동안 움직이지 못했다.

'왜? 자기가 먼저 그래 놓고 왜 나한테!'

그러다가 서서히 정신이 들면서 억울해지기 시작했다. 소매로 입술을 박박 문질러 봐도 뜨겁고 말캉한 그 촉감이 사라지지 않았다.

'당한 건 나잖아! 왜 자기가 화를 내? 태자면 다야? 가만있는 사람한테 무슨 짓이야!'

한참을 씩씩거리며 속으로 분통을 터트리던 오문은 불현듯 한 가지 사실을 깨달았다.

'아, 내가 가만있었던 건 아니지. 자길 훔쳐봐서 화가 난 거였지! 그래, 그건 화낼 만해.'

그렇게 이해하고 고개를 끄덕이던 오문은 제 입술을 만져 보다 고개를 갸우뚱했다.

'근데 화난 거랑 입 맞추는 거랑 무슨 상관이지? 내가 언제 입 맞추고 싶다고 했냐고!'

생각할수록 혼란만 깊어지고 있었다.

한편 오문에게서 뒤돌아선 무호의 살벌한 표정은 딱딱하게 굳어서 좀처럼 펴질 줄 몰랐다. 그러다가 오문에게서 한참이나 떨어지고 나자 눈 밑을 파르르 떨며 어금니를 으드득 갈았다.

'이 무슨 개 같은 짓을!'

무호는 오문에게 화가 난 것이 아니라 자신에게 화가 났다. 아무리 계집애처럼 생겨도 사내, 그것도 아직 어린놈에게 제가 무슨 인간 망종 같은 짓을 한 것인가.

무엇보다 용서가 안 되는 건 그 후의 태도였다.

'네가 계집애 같은 얼굴로 자꾸만 내 눈앞에서 알짱거리니까 이런 꼴

을 당하는 것이다. 그러니 앞으로 조심하거라!'

그런 식으로 경고한 것이나 다름없었다. 그 아이가 무슨 잘못이 있다고 말도 안 되는 억지로 윽박지른단 말인가!

그 아이가 저를 먼저 훔쳐봤기 때문에?

아니다. 그 아이는 피해자다. 몰래 제 몸을 보고 있었다고 해서 그런 짓을 당하고 싶다고 한 건 아니지 않나!

왜 그랬을까? 귀엽다고만 느꼈던 오문이 여인으로 보일 때부터 위험하긴 했었다. 하지만 이 정도는 아니었다. 이렇게까지 충동적으로 입술을 놀릴 만큼 저는 참을성 없는 놈이 아니었다.

그렇다면 꽤 오래 억누르고 참아 왔다는 것이다.

언제부터?

그 아이를 귀엽다고 여긴 후부터?

월궁항아처럼 아름답다 느꼈을 때부터?

대체 언제부터 제 안에 이런 욕망이 싹트고 있었단 말인가!

서강의 병영에서 저도 모르게 원치 않던 성향이 저절로 개발되기라도 한 것일까?

'제기랄!'

무호는 눈을 질끈 감았다.

저도 모르게 쌓여 있던 사내의 욕정이 꿈틀거리고 있었다. 그 욕정에 이끌려 오문의 입술을 탐한 것을 무엇으로 감출 수 있단 말인가. 누구의 탓도 아닌 제 탓이었다.

무호는 제 자신이 끔찍하게 느껴졌다.

사내의 입술이 그렇게 달짝지근할 줄 몰랐다. 사내의 얼굴에서 그런 향이 날 줄 몰랐다. 코에 닿는 오문의 살 냄새와, 야들야들한 입술의 촉감이 지워지지 않았다. 발끝부터 머리까지 관통하던 그 순간의, 폭발할 것 같은 저릿함이 수치스러웠다.

'망할! 내가 그동안 계집을 너무 멀리해서 이리 된 것인가!'

무호는 애써 변명 거리를 찾았다.

겁에 질려 부들부들 떨면서 저를 밀쳐 내지도 못하고 있던 오문의 얼굴이 떠올랐다.

'바보 같은 놈! 어째서 당하고만 있어! 밀쳐 내기라도 했어야지!'

또다시 괜한 오문에게 욕을 퍼붓고 자괴감에 빠지고 말았다. 오문은 노비인 데다 아직 어린데, 갑작스럽게 충격적인 일을 당했으니 밀쳐 낼 틈이 없었을 게 아닌가.

'그래. 그놈은 그냥 얼어붙어……! 잠깐!'

자책과 분노를 넘나들던 무호는 격앙된 감정이 조금씩 사그라지면서 더욱 선명한 기억에 시달렸다. 그러다 보니 조금 전까지는 몰랐던 사실을 깨달았다.

'그러고 보니 그놈도 입술을 달싹거렸던 것 같은데?'

확실하진 않지만 오문이 제 입술에 반응해 함께 입을 맞추려고 한 느낌이 났다.

분명 그랬다. 입술을 쓰다듬어 보니 그 느낌은 더욱 선명했다.

천천히 다시 기억을 떠올려 본다.

놀란 듯 벌어졌던 입술이 천천히 오그라든다. 마치 제 입술을 베어 물 것처럼.

'아아! 제기랄!'

떠올리면 떠올릴수록 자괴감이 든다.

오문이 저를 탐했든, 아니든, 그게 다 무슨 소용이란 말인가!

그 아이가 본래 사내를 좋아하는 놈이건 아니건 그런 게 중요한 게 아니다. 지금 가장 저를 괴롭히는 것은 그 아이의 입술을 느꼈다는 것이다.

보드랍고 달콤한 향이 나는 입술에 제 몸이 뜨겁게 반응했다는 것이다.

'아—! 아아! 대체 어쩌자는 거냐!'

이렇게 떠올리는 것만으로도 다시 몸이 달아오를 만큼.

일행은 큰 난관에 부딪쳤다. 사흘이나 지나도 산을 넘지 못했는데, 지금에야 그 이유를 알 수 있었다.

"여긴…… 이틀 전에 지나온 곳 같습니다."

장우가 머리를 긁적이며 말했다.

조금만 더 신경 썼다면 알 수 있었을 것이다. 바닥의 수레바퀴 자국이라든가, 소나무가 휘어진 방향이라든가, 지나온 길임을 알 수 있는 단서가 도처에 있었다.

한데 일행 모두가 이제야 그것을 알아차렸다. 태자의 눈은 오문에게만 가 있었고, 영춘은 태자만을 보고 있었고, 저는 그 세 사람을 살피느라 정신이 없었다.

문제의 오문은 종종 넋을 잃고 있거나 수레에서 잠을 잤으니 누구 하나 길에 집중하지 않았던 것이다.

사실 오늘이라도 그것을 알게 된 것도 태자가 오문에게서 시선을 거두었기 때문이다.

오문은 어젯밤부터 얼굴에 열이 나고 기운이 없어 보였다. 쉬라고는 했지만 정말 몸이 많이 안 좋은지, 하루 종일 수레 안에서 번데기처럼 잠을 자고 있었다.

이상한 것은 태자였다. 아끼는 오문이 몸이 좋지 않은데, 괜찮냐는 말 한마디도 없을뿐더러, 신경조차 쓰지 않는 듯했다.

그 때문에 일행의 분위기는 무거웠다.

'오문 하나 때문에 이렇게나 분위기가 달라지다니…….'

장우는 오문이 오고부터 일행의 분위기가 밝아졌다는 것을 깨달았다.

'하필 이럴 때 아프다니.'

태자가 오문을 신경 쓰지 않을 정도로 심기가 불편해 보이는 것은, 분명 길을 잃어서가 아니겠는가. 그러니 이럴 때 오문이 황당하고 발칙한 소리를 나불거려 줘야 하는 것이다.

'개똥도 약에 쓰려면 없다더니!'

장우는 태자의 불호령을 기다리며 오문을 원망했다. 그런데 태자는 아무 말도 없었다.

"정말 길을 잃다니……. 이상합니다. 산 하나를 넘는 게 이렇게 어려울 리가 없는데……."

대신 길 안내를 맡았던 영춘이 멋쩍게 말하며 지도를 다시 보았다. 지도에는 산길까지 자세히 나와 있지 않기 때문에 애초에 이 산을 들어선 것 자체가 잘못된 게 아닌가 해서였다.

"표식을 남기고 이동한다."

무겁게 입을 다물고 있던 무호가 마침내 명을 내렸다. 그러자 병사들이 눈치껏 이동 중에 나무에 기호를 새겨 표식을 남겼다.

그리고 잠시 뒤, 장우는 절망적인 얼굴로 말했다.

"하아……! 큰일입니다. 정말로 길을 잃은 것 같습니다."

같은 길을 돌고 있진 않았다. 그런데 길이 없다. 표식을 피해 다른 길로 가면 갑자기 길이 끊어지고 낭떠러지가 나오지 않나, 그게 아니면 지금처럼 울창한 대나무 숲으로 들어갔다.

"낭패입니다. 어쩌다 이렇게 된 건지……. 귀신에 홀린 기분입니다."

영춘도 이제 자책보다는 걱정이 앞섰다.

다들 망연자실하며 앞으로의 일을 의논했다. 차라리 돌아가는 게 낫지 않나 싶어도 이제 돌아가는 길을 찾을 수 있을지도 문제였다. 여러 가지 의견이 나왔지만 일단은 너무 지쳤으니 적당한 곳에서 묵어가기로 했다.

"자, 그럼 일단 평지를 찾…… 어?"

그렇게 뒤를 돌아본 일행은 지금껏 수레에서 자고 있던 오문이 사라진 것을 발견했다.

"이놈이 또 도망을……!"

"오문!"

장우와 영춘은 괘씸하기보다 걱정이 되었다. 이 요상한 산에서 혼자 길을 잃고 헤매면 큰일이었다.

"오문! 어서 나와! 이 산은 위험해!"

멀리 가지 못했을 것이다. 일행은 다 함께 오문을 부르며 찾기 시작했다.

그때 갑자기, 여태 조용하던 태자가 대나무 숲을 뒤흔들 정도로 우렁찬 음성으로 외쳤다.

"오문! 당장 나오지 못해!"

모두들 그 소리에 찔끔 놀라 입을 다물었다. 잠시지만 고요한 대나무 숲에 바람이 스쳐 가는 소리만 들렸다.

그런데, 숲 저 안쪽에서 조그만 인영이 헐레벌떡 뛰어나오는 게 보였다.

"후우……."

영춘이 그 모습을 보고 안도의 한숨을 내쉬었다.

장우는 오문의 얼굴이 보이자마자 화를 냈다.

"네 이놈! 또 도망치려 했느냐!"

그러자 오문이 숨을 헐떡이며 달려와 등 뒤에 맨 자루를 보였다.

"하악. 하아……. 아, 아닙니다. 이, 이거…… 하아……."

자루 안에는 연한 죽순들이 담겨 있었다.

"하아……. 헤헤. 죽순 철이라서……. 캐다 보니 너무 멀리 가버렸습니다."

다들 화도 내지 못하고 황당하게 오문을 쳐다볼 때였다.

"엇! 자, 잠깐만요. 왜, 왜 이러십……!"

태자가 말에서 내려 오문의 손목을 잡아끌고 대나무 숲 깊숙이 들어가버렸다.

"수상한데……."

장우가 두 사람이 사라진 방향으로 고개를 갸웃거리며 의심스러운 눈길을 보냈다.

"수상하긴요? 전하께서 크게 혼을 내시려고 그러시는 모양인데요."

영춘은 이런 쪽으로는 눈치가 둔한 편이었다.

대나무 숲으로 들어가 일행과의 사이가 꽤 멀어지자 무호는 억세게 잡아끌던 오문의 손목을 밀치듯 거칠게 놓아주었다.

"저 도망치려던 게 아니었습니다."

오문이 울상을 지으며 무호가 놓아준 손목을 어루만졌다.

'아픈가?'

이 와중에도 무호는 오문의 손목을 너무 세게 잡았나, 무슨 사내아이 뼈대가 이렇게 약한가 걱정하고 있었다.

"저…… 믿어주십시오. 그냥 죽순 요리를 좋아하실 것 같아서, 캐다 보니 너무 멀리 와버린 겁니다. 저도 어찌나 놀랐는지……."

오문의 웅얼거림에 다시 정신이 퍼뜩 든 무호가 대뜸 소리쳤다.

"너는 죽순 따위가 생각이 나더냐!"

"……예?"

"아무렇지 않게 잘 자고, 어찌 그리 멀쩡할 수 있어!"

"어……."

오문은 태자의 뜻밖의 말에 당황했다.

그날 밤 입맞춤 이후로 화를 내며 저를 피한 건 태자였다. 저만 보면 싸늘하게 노려본 후 말을 걸어도 대답도 않고 스치듯 지나간 게 몇 번인지 모른다.

저는 되도록 아무 일도 없었다는 듯, 아니, 먼저 사과를 할 의향도 있었다. 먼저 잘못한 것은 자신이었으니까. 입맞춤을 당한 건 제 신분이 그러하니 항의할 수도 없으니까.

그런데 말할 기회조차 주지 않아 점점 태자를 대하기가 무안하고 겁이 났다. 저라고 잠이 오겠는가. 자는 척 수레에 숨어 있는 것만이 최선이라 그리한 것뿐이었다.

한데 이제 와서 왜 아무렇지 않냐 화를 낸단 말인가.

"저기…… 저는…… 그, 그냥……."

오문은 바보처럼 말을 더듬었다.

무호는 오문의 답을 크게 기대하지 않았다. 그가 듣길 원하는 답은 아직 질문조차 하지 않았기 때문이다.

"단도직입적으로 묻자."

"무, 물으십시오."

"너, 사내가 좋으냐?"

"예, 예?"

"화내지 않겠다. 대답하거라."

"아니, 저, 그게 갑자기……."

"질문이 어렵군. 말을 바꾸지."

"……?"

"사내와 여인, 둘 중 누구에게 끌리느냐?"

"고, 공자님……!"

"편견은 없다. 그런 자들을 많이 봐 왔다. 너를 괴물 보듯 하진 않겠다. 약조하마. 그러니 솔직히 말해다오."

솔직히 말해달라는 태자의 호소력 짙은 목소리에 오문은 그만 마음이 흔들렸다. 저는 멀쩡한 여인이었다.

여인보다는 사내가 끌리는 게 당연했다.

그리고 제가 여인이 좋다고 하면 저는 두 번 다시 태자 앞에 여인으로 나서지 못할 거라는 생각이 문득 복잡한 머릿속을 비집고 들어왔다.

'하. 그게 왜? 계집인 걸 고백하려고? 언제?'

멍청한 생각이었다. 한데 이 이상 거짓말을 늘리고 싶지 않았다. 언젠가, 정말 언젠가 자신의 정체가 밝혀지게 되면 그때 자연스레 오늘의 대답을 그가 기억해 주길 바라는 마음에서였다.

"……예. 사내가…… 더 좋습니다."

"……!"

화내지 않겠다던 태자는 큰 충격을 받은 얼굴로 오문을 쳐다보았다.

침묵이 한참이나 두 사람 사이를 지나갔다.

태자가 불안한 듯 눈을 찡그리며 어렵게 말을 꺼냈다.

"너, 너는…… 그래서 너는…… 누군가를 좋아해 본 적이…… 있느냐?"

무호답지 않게 더듬거리며 어렵게 물었다.

그러자 오문이 펄쩍 뛰며 손사래를 쳤다.

"아, 아닙니다! 여태 한 번도 그런 적 없습니다! 제가 목욕하시는 모습을 훔쳐본 것 때문에 오해하시는 거라면 절대 그런 거 아닙니다. 그, 그냥 너무 멋져서요! 아니, 원래는 훔쳐보려던 게 아니었습니다. 제가 왜 숨어 버렸는지, 갑자기 돌아보셔서 당황해 가지고……. 그냥 시중을 들러 간 거였는데.”

오문은 억울하다는 듯 한참이나 횡설수설했다. 말이 없는 태자가 자신을 믿지 않는 것 같아 더욱 애절하게 자책까지 곁들여 태자에게 흑심이 없었음을 주장했다.

“그래. 알겠다.”

오문이 더 이상 할 말이 없어질 때까지 기다려 준 태자는 담담하게 대답했다.

“정말이십니까? 제가 공자님께 아무 사심이 없었다는 걸 믿어주시는 겁니까?”

“믿는다.”

“하아……. 다행입니다.”

“다행이지. 한 가지 네게 더 좋은 소식이 있다.”

“예?”

“우리는 함께할 수 없겠다.”

“……!”

“네가 원하던 대로 너를 사겠다는 말은 없던 것으로 하마.”

오문은 멍한 얼굴로 태자를 볼 뿐이었다.

제가 원하던 대로 태자와 함께할 수 없게 되었는데, 버림받은 듯 마음이 허해지는 것은 어째서란 말인가. 그러나 오문은 서운함을 감추고 어색하게 웃으며 말했다.

“자, 잘 생각하셨습니다.”

무호는 대답하지 않고 일행이 있는 곳을 향해 걷기 시작했다.

오문도 무호의 뒤를 따라 걸었다.

그래서 무호는 보지 못했다.

오문의 표정이 얼마나 쓸쓸해졌는지.

오문도 보지 못했다.

무호의 표정이 얼마나 참담한지를.

터덜터덜 일행이 있는 곳으로 돌아온 두 사람은 더 이상 자신들 문제를 생각할 겨를이 없었다.

"공자님!"

영춘이 환한 얼굴로 기다렸다는 듯이 달려왔다.

"다행입니다. 저기 저분들이 길을 알려주시겠답니다!"

무호와 오문은 동시에 낯선 사람들에게 고개를 돌렸다.

화려한 가마와, 가마를 수행하는 십 수 명의 일꾼들과 무사들이 서 있었다. 그리고 가마 안에서 화려한 의복을 입은 여인이 발을 뻗으며 나왔다.

그녀가 가마 밖으로 몸을 전부 드러내자 사내들이 숨을 크게 들이마셨다.

여인은 무척이나 화려하고 성숙한 미를 뽐내고 있었다. 나이는 서른 중반으로 보였다. 짙은 화장과 매혹적인 향기가 대숲의 청량한 향을 가렸다. 여인은 매우 고혹적인 미소를 머금으며 정중하게 허리를 숙여 인사를 건넸다.

"이곳은 제 사유지인데, 어쩌다 여기까지 오셨습니까?"

여인의 음색 또한 매우 영롱했다.

"사유지?"

무호가 인사도 없이 대뜸 물었다.

"예. 몇 년 전에 홀몸이 되어 이곳에서 지아비의 무덤을 지키며 살고 있습니다. 저 혼자 사는 곳이라 외부 침입이 없도록 길을 막아놓았는데 어찌 들어오셨는지 모르겠습니다."

여인의 음성을 눈으로 볼 수 있다면 낭창낭창한 버드나무 가지가 바람에 흔들리는 모습일 것이다. 부드러우면서도 낭랑한 음성 때문인지 무호의 표정이 부드럽게 풀어졌다.

"아. 실례했습니다. 저희가 길을 잘못 든 모양입니다. 놀라게 해드려서 송구합니다. 부디 저희가 나갈 수 있는 길을 알려주실 수 있겠습니까?"

무호는 더 이상 정중할 수 없을 만큼 정중하게 부탁했다.

오문은 어쩐지 배알이 꼬였다.

'사내들이란! 예쁘면 잘해주는구나.'

어쩔 수 없는 일 아닌가. 사내를 좋아하는 사내 따위에게 다정하게 대해 줄 놈이 몇이나 있겠나. 아름다운 여인에게 잘해주는 것이 너무나 자연스러운 일인데…….

'정혼자도 있으면서.'

태자의 밝힘증을 욕하기에는 너무 옹졸한 것 같아 오문은 그의 의리 없는 행동을 욕했다.

'그런데 저 여인은 너무 노골적이잖아. 유혹하려는 게 저렇게 잘 보이는데 왜 다들 모르지?'

상 언니가 가끔 돈 많은 공자님들 앞에서 끼를 부릴 때랑 크게 다르지 않았다. 상 언니보다 조금 더 성숙하고 요염하게 행동한다는 것만 다를 뿐이었다.

'내가 상관할 바는 아니다만…….'

오문은 어쩐지 저 여인에 대한 제 감정이 비단 질투 때문만은 아닌 것 같았다.

'뭔가 찜찜한데…….'

이런 깊은 산중에 미모의 여인이라니 뭔가 감이 안 좋았다.

"밤이 너무 깊었습니다. 오늘 밤은 저희 집에서 묵어가시고 내일 일찍 떠나시는 것이 어떻겠습니까?"

오문은 낯선 사람들에게 베푸는 여인의 친절함이 점점 더 의심스러워졌다.

'뭐야, 이거? 이야기책에 나오는 여우 귀신 같은 건가?'

여인 혼자 살아서 길을 막을 만큼 경계가 심한 사람이 검을 찬 무인들더러 묵어가라 하는 게 앞뒤가 안 맞지 않나. 비명을 지르고 도망가거나 당장 쫓아내야 옳았다.

그렇지 않냐고 영춘의 얼굴을 돌아보는데, 찌푸린 얼굴을 기대했던 오문은 크게 실망했다. 영춘이 무척이나 잘됐다는 얼굴을 하고 있었기 때문이다. 장우는 영춘보다 한 술 더 떴다.

"저는 괜찮은 생각 같습니다."

기가 막혔던 오문이 마지막으로 태자를 바라보았다. 제 도주로까지 꿰고 계신 분이니 이 정도쯤은 금방 수상하다 여기실 게 아닌가.

"보시다시피 우리는 무장한 사내들입니다. 이런 놈들을 집에 들여도 괜찮다는 말씀이십니까?"

역시 태자는 달랐다.

'예! 그렇게 예리하게 딱 잘라 거절하십시오.'

오문이 안도하는데 여인이 이번엔 눈웃음까지 지으며 말했다.

"이렇게 늠름하고 멋진 분들께서 하룻밤이라도 저를 지켜주실 테니 저야 든든하지 않겠습니까?"

보통 여우가 아니었다. 하지만 너무 노골적이고 뻔뻔해서 누구나 그녀의 유혹을 알아차릴 수 있을 듯했다.

"그렇게 말씀해 주시니, 하면 염치불구하고 하룻밤 묵어가도 되겠습니까?"

오문은 태자의 대답을 의심했다.

'잠깐! 뭐라고?'

이렇게 쉽게 넘어가는 분이셨단 말인가? 아니면 알면서도 좋아서 넘어가 주는 것일까?

"귀한 분들 같은데 저 같은 과부의 집에 머물러 주신다니 더 영광이지요. 하면 저를 따라오시지요."

여인이 가마에 오르고 다 함께 움직이기 시작하자 오문이 말에 오르려는 영춘의 소매를 붙잡았다.

"왜?"

"이, 이상하지 않습니까?"

"뭐가?"

"낯선 무사들한테 너무 친절하게 구는 게 말입니다. 이런 깊은 산중에 집이라니……."

그러자 지나가던 장우가 오문을 나무랐다.

"지아비를 여의고 그 무덤을 지키는 여인을 어찌 의심하느냐? 낯선 이들의 어려움마저도 지나치지 않는, 아주 마음이 선한 여인이 아니냐."

삼 년 전, 장우의 아내는 아이를 출산하다 죽고 말았고, 장우는 아직 아내를 잊지 못하고 있었다. 그랬기에 아직 지아비의 곁을 떠나지 못하고 있는 여인의 마음을 백번 이해할 수 있었다.

"그래. 형님 말씀이 맞다. 그리고 너도 생각해 보아라. 저 여인과 저 잔챙이들이 우리를 뭐 어쩌겠느냐?"

"그 말씀도 옳긴 합니다만……."

"여기서 젤 수상한 사람은 사실 너 아니냐."

장우와 영춘 두 사람이 그렇게 타박을 놓는 탓에 오문은 더 말할 수가 없었다. 그러다 힐끗 곁눈질로 태자의 눈치를 살폈지만 태자는 이야기를 전부 들었음이 분명한데도 뒤로 눈길 한 번 주지 않았다.

'그래. 틀린 말도 아니지. 귀문의 살수도 둘이서 잡았다는 분들인데 세상 무슨 걱정이 있겠어. 내가 너무 예민하게 구는 거겠지…….'

저만 이 상황이 달갑지 않은 것 같아서 오문은 시무룩한 표정으로 수레에 올랐다. 꼭 제가 죄도 없는 여인을 시기하여 탐탁지 않게 여기는 듯한 불쾌감이 들었다.

과부의 집은 일행이 몇 번 길이 막힌 줄 알고 돌아섰던 커다란 바위 뒤였다. 바위는 알고 보면 바로 뒤가 텅 비어서 수풀만 헤치면 길이 나왔다. 본래 그런 것인지, 속임수로 만든 것인지는 알 수 없지만 이 산은 잘못 들어서면 길을 잃기 십상인 듯했다.

산이 자신의 집이라고 한 과부의 집은 정말로 으리으리했다.

말이 혼자 사는 것인지, 부리는 종도 여럿 있었고, 건장한 무사들이 곳곳을 지키고 있었다.

'궁을 짓고 사는구나. 여기서는 이 여인이 여왕님이시겠군.'

오문이 그 집에 들어서며 처음 든 생각은 딱 그랬다. 사람이 오지 않는 인적 드문 곳에 숨어서 거대한 궁전을 짓고 주인으로 사는 것이 딱 그랬다.

"차린 건 없지만 많이 드십시오."

거대한 식탁 위에는 오문이 여태 본 적이 없는 호화로운 요리가 가득했다. 황제의 식탁에나 오를 것 같은 요리들이었다. 그것들은 하나같이 아름답게 장식되어 미각뿐만 아니라 시각까지 사로잡았다. 거기다가 달콤한 향이 나는 귀한 술까지 준비되었다.

하룻밤 묵어갈 낯선 이들에 대한 기분 좋은 호의라기보다 거나한 대접에 가까웠다.

“이건 좀 지나친 게 아닌가 싶습니다. 저희는 하룻밤 폐를 끼치는 것인데 이런 대접을 받을 이유가 없습니다.”

태자는 무례하다 싶을 정도로 남의 호의를 딱 잘라 거절했다.

그러나 과부는 사람을 대하는 게 능수능란하여 조금도 무안한 기색이 없었다.

“외롭게 지내다 보니 이런 멋진 분들과 함께 식사를 할 수 있게 되어서 들뜨고 말았습니다. 저의 허영심을 지적해 주시니 몸 둘 바를 모르겠습니다만 이왕 차린 것을 어쩌겠습니까? 부담 갖지 마시고 드셔주십시오.”

청산유수처럼 흐르는 말에 태자가 마지못해 젓가락을 들었다.

“하면 감사히 먹겠습니다만, 참으로 신기합니다. 저희가 도착할 때를 맞추어 이 많은 음식이 준비되다니 말입니다.”

“실은 길을 헤매고 계신 분들이 있다는 연락을 받고 제가 미리 준비해 두라 일렀습니다.”

“아!”

“조금 더 일찍 뵙고 나가는 길을 알려 드렸어야 했는데, 어떤 분들인지 궁금해서, 혹 나쁜 마음을 품고 의도적으로 오신 분들이라면 크게 혼을 내 줄 생각이었습니다.”

“다행히 저희가 다른 의심을 사지 않았군요.”

이제야 태자도 의심을 내려놓은 듯 미소로 화답했다.

여인도 살포시 웃으며 음식을 권했다.

다들 배가 고파 젓가락을 움직이기 시작했고 오문도 맨 끝에 앉아 막 젓가락을 들었다.

“한데, 저 끝에 앉은 아이는…….”

모두의 시선이 오문에게 쏠렸다.

"제 시동입니다."

"그렇습니까. 귀여운 아이입니다. 많이 예뻐하시는 모양이지요. 주인과 겸상을 하는 것을 보면."

여인이 웃으며 다정하게 말하긴 했지만, 여기가 어디라고 함께하느냐, 하는 질책으로 들렸다.

오문은 얼른 젓가락을 내려놓고 일어났다.

"죄송합니다. 제가 배가 너무 고파 이성을 잃었습니다."

"아니, 뭘 그렇게까지……. 난 그냥…… 궁금해서 물어본 것인데."

"아닙니다. 당연히 제가 낄 자리가 아닌 것을요."

오문이 손사래를 치자 태자가 싸늘한 목소리로 말했다.

"그래. 너는 나가 있는 게 좋겠다."

항상 함께 식사를 했는데 나가라고 하시니 조금이 아니라 많이 서운했다. 딴에는 그가 제 편을 들어주며 앉아 있으라 말해주길 기대했는지도 모른다.

오문은 애써 밝은 얼굴로 밖으로 나왔다.

나오자마자 땅이 꺼져라 한숨을 쉬는데, 시녀가 저를 불렀다.

"얘. 너 배고프지?"

"아, 예."

"따라와. 우리 같은 것들 먹는 밥은 따로 있어."

오문은 낯선 곳에서 태자 일행과 떨어져 있는 것이 조금 불안했지만 다들 괜찮다는데 저만 아까부터 예민하게 군 것 같아 그냥 시녀를 따라갔다.

"이런 데서 밥을 먹습니까?"

오문은 자꾸 어두운 곳으로 저를 데려가려는 시녀가 의심쩍어 가는 길에 멈춰 섰다.

"따라오라면 따라올 것이지 무슨 말이 그렇게 많아?"

오문은 그녀의 강압적인 태도에 눈살이 찌푸려졌다. 무엇보다 오문은 목적지도 알려주지 않는 모르는 사람을 무작정 따라가지 않았다.

잔말 말고 따라오라는 말을 듣자 오문의 경계심이 커져 버렸다.

"저는 그냥 굶겠습니다."

"뭐? 야! 거기 안 서?"

아무래도 이상했다. 굶겠다는 사람을 굳이 세워 밥을 먹이려는 의도도, 당황하는 시녀의 태도도.

"……!"

그 순간 오문은 저를 덮쳐오는 악의를 느꼈다. 그것이 무엇인지 알 겨를도 없었다. 돌연 제 눈앞에서 튀어나온 검은 인영이 다짜고짜 오문을 붙잡아 수건으로 입을 틀어막았기 때문이다.

오문은 저항할 틈도 없이 금방 정신을 잃고 말았다. 그런데 정신을 잃어 가는 찰나의 순간에 저도 모르게 이 같은 걱정을 떠올리고 있었다.

'태자는…… 어떡하지?'

아무것도 모른 채 방심하고 있는 그가 당장 어찌 될지 모르는 자신보다 더 걱정되었던 것이다.

오문이 나간 방에서는 식사가 한창이었다. 모두들 하루 종일 힘들었기 때문에 맛있게 먹고 있었다. 그런데 술에는 아무도 손을 대지 않았다.

그걸 본 과부가 술병을 들고 무호에게 권했다.

"아주 좋은 술이랍니다. 마실 기회가 없어 집에 두기만 했는데, 오늘에서야 저도 맛볼 수 있게 되었습니다."

하지만 무호는 손을 들어 술을 거절했다.

"난 술을 마시지 않습니다."

"어머! 사내대장부께서 술을 마시지 않는다니, 무슨 중대한 결심이라도 하신 것입니까?"

"결심이 아니라 본래 일을 할 때는 한 방울도 마시지 않습니다."

"세상에! 아무리 일할 때라지만 술을 즐기지 않는 사내가 있다는 것은 알아도 입에도 대지 않는 사내는 처음 봅니다."

무호는 술을 마시고 이성을 잃는 것을 아주 싫어했다.

주로 그런 놈들이 시비를 걸어 싸움이 나거나 했고, 무엇보다 장난 삼아 제 몸을 더듬는 경우가 많았기 때문이다. 술자리에서 더러운 꼴만 봤던 무호는 저 역시 그런 꼴이 될까 봐 제가 스스로 마시고 싶을때가 아니면 웬만해서는 술을 가까이 하지 않았다.

"참. 그러고보니 지금은 일 할 때가 아니라 쉬는 중이 아닙니까?"

"일하는 중입니다."

무호의 이상한 변명에 과부는 조금 당황한 듯했지만 이내 아무렇지 않은 척 웃어 보이더니 아랫사람을 불러 뭐라 소곤거렸다.

그랬더니 금세 어여쁜 여인들이 줄줄이 들어왔다.

"저 같은 과부가 술을 따른 것이 술맛을 떨어뜨린 건 아닌가 해서요. 부족하지만 이 아이들이 성심껏 술시중을 들 것입니다."

여인들은 각자 친위대의 병사들 곁에 앉았다. 그러고는 술병을 들고 사내들이 술잔을 잡기를 기다렸다.

하지만 어찌 된 일인지 아무도 술잔을 드는 이가 없었다.

분위기가 싸해지자 과부가 걱정스러운 표정과 목소리로 기죽은 듯 물었다.

"혹…… 제 아이들이 마음에 안 드십니까?"

그러자 무호가 대답했다.

"제 부하들은 제 앞에서 술을 마실 수가 없습니다."

"예?"

"저는 술자리 자체를 싫어합니다."

물론 부하들은 술을 좋아했다. 다만 무호의 앞에서만 마시지 못하는 것이었고, 지금이 바로 그런 상황이었다.

그러자 과부의 얼굴이 새빨개졌다. 무안을 당한 과부는 붉어진 뺨에 손등을 갖다 댄 채 말까지 더듬었다.

"어, 어머나. 제, 제가 너무 들떴나 봅니다. 이를 어째! 눈치도 없이……. 저를 얼마나 천박하게 보셨을까!"

"아닙니다. 이해합니다. 기분이 좋아 그러신 듯하니, 혼자라도 한잔하십시오."

정중하게 들리지만 냉정한 말이었다. 그러나 과부는 불쾌해하지 않고 매우 귀여운 표정으로 콧소리를 내며 고개를 절레절레 흔들었다.

"으으응. 아닙니다. 저도 술을 잘 못하는걸요. 그나저나 준비한 요리들은 입에 맞으십니까?"

거듭 거절을 당한 과부는 아까와 같은 여유로운 표정은 사라졌지만 눈치 없이 더 술을 권하지는 않았다.

"예. 모두 먹어본 적 없는 훌륭한 맛입니다."

무호도 정중하게 응수했다.

그러나 무호는 그 많은 요리 중에 유독 죽순만큼은 손을 대지 않았다.

오문의 뺨 위로 물방울이 뚝뚝 떨어졌다. 규칙적인 차가움이 아픔으로 느껴질 무렵 오문은 슬며시 눈을 뜰 수 있었다.

그러나 반듯하게 누운 오문의 축 처진 몸은 좀처럼 힘이 들어가지 않았다. 정신을 차리려고 눈을 깜빡이는데 느낌이 불길했다. 손가락을 움직일 수 있게 되었는데도 몸이 일으켜지지 않았고, 사방이 음습하고 썩은 비린내가 진동했다.

'뭐야, 여기…….'

오감이 점점 또렷해지자 오문은 제가 천장을 보고 사지가 벌어진 채 묶인 것을 알았다.

이 기분 나쁜 냄새는 피가 썩은 냄새이며, 제가 누운 곳은 마치 생선도마처럼 물기가 축축하게 젖어 있었다.

아주 깊숙한 어둠 끝까지 바닥 치는 듯한 불쾌한 공포감이 꿈틀거렸다.

"뭐야. 이놈 깼잖아."

"……!"

사내의 투덜거리는 소리가 오문의 감각을 완전히 깨웠다.

"어머나. 그러네?"

밥을 주겠다고 데려갔던 시녀가 놀란 듯이 말했다. 그러자 키가 작고 매우 마른 사내가 신경질적으로 소리쳤다. 저를 덮쳤던 그 사내인 듯했다.

"약을 더 많이 탔어야지!"

"늘 하던 대로 했어. 더 하면 애들이라서 자칫 죽을지도 모른다고."

두 사람이 티격태격 다투는 동안 오문은 주변을 둘러보고 제 상황을 완전히 인지했다. 땅굴을 판 것 같은, 흙과 돌로 된 벽에 횃불 몇 개가 걸려 방을 붉게 비추고 있었다. 저는 나무로 된 거대한 도마 위에 팔 다리가 묶여 있었고, 방 안에는 커다란 나무통이 수십 개가 쌓여 있었는데 하나같이 검붉게 칠해져 있었다.

'피다…….'

오문은 그 진한 붉은 염료가 피라는 것을, 아까부터 신경 쓰이던 썩은 비린내의 정체가 저것이라는 것을 한 번에 알아차릴 수 있었다. 하지만 이곳이 뭘 하는 곳인지, 제게 무슨 일이 일어날지는 추측할 수 없었다.

물론 좋은 일은 아닌 듯했다.

"다시 재워. 소리 지르면 골치 아파."

오문은 데굴데굴 굴리던 눈동자를 방금 말한 사내 쪽으로 돌렸다.

"제게 무슨 짓을 하려는 겁니까?"

사내는 길고 가는 대나무의 한쪽 끝을 창처럼 뾰족하게 깎으며 무심하게 말했다.

"뭘 하긴, 죽이려는 거지."

늘 죽음을 염두에 두고 살아온 오문은 그 정도 말에 놀라지 않았다.

"왜요? 알고나 죽읍시다."

태연한 말에 오히려 놀란 것은 그들이었다. 사내는 당황한 듯 말을 더듬었다.

"주, 죽을 놈이 그걸 알아서 뭘 하게?"

"제가 궁금한 건 못 참아서요."

그러자 시녀가 짜증을 냈다.

"야. 우리도 좋아서 이런 짓 하는 거 아니거든? 길게 시간 끌지 말고 그냥 죽어. 괜히 알면 무섭기만 하잖아. 누나가 아프지 않게 다시 재워 줄게."

"좋아서 하는 짓이 아니면 왜 합니까? 누가 시켰습니까?"

"어휴. 이놈 정말 말이 많네! 그래, 시켰다. 우리 주인마님이 시켰어."

"왜요?"

"너같이 곱고 예쁘게 생긴 소년들의 생피로 목욕하면 젊어진대. 우리 마님은 세상에서 젤 무서워하는 게 늙는 거라서 말이야."

"호. 그게 효험이 있대요?"

"뭐? 그, 글쎄. 뭐 있는 것 같기도 하고……. 넌 지금 그게 중요하니?"

"그럼 그 마님은 다른 사람은 안 죽입니까?"

"다른 사람?"

"네. 뭐 저 같은 소년들만 필요해서 죽이고 다른 사람들은 무사히 보내주냔 말입니다."

"너 혹시 위에 네 주인을 걱정하는 거니?"

"걱정이라기보다는……."

"하. 웃기는 애네. 주인에 대한 충성심이 대단하구나? 어려서 그런 거야? 멍청한 거야?"

"그냥 궁금해서요. 아무튼 다른 사람들은 안 건드립니까?"

"건드리기야 건드리지. 사람 혼을 쏙 빼놓을 테니까."

"예?"

"네 주인은 네가 여기서 죽어가는 것도 모를 거야. 지금쯤 혼이 빠져나갈 정도로 좋아서 며칠이고 몇 달이고 여기서 묵어가자 할걸? 그러다가 가진 재산을 전부 가지고 오겠다고 나가겠지. 그러고서는 두 번 다시 우리 마님을 못 보게 되지. 마님은 몇 번 맛본 남자는 금세 질려하시거든."

"아—! 그럼 지금쯤 아— 주 좋은 시간을 보내고 계시겠네요."

오문은 태자가 꼴사납게 놀아나는 것을 직접 보지 못한 것이 안타깝긴 했지만 속이 다 시원했다.

'고아한 척 구시더니, 결국 음탕하고 사악한 계집한테 구걸하는 꼴이 되시겠군. 흥! 내가 수상하다 할 때 내 말을 들었어야지!'

뭐 어쨌든 그가 죽지는 않는다 했다. 한 나라의 태자나 되는 자이니, 그가 원하면 과부를 궁으로 데려가면 될 일이고, 뭐가 됐든 태자에게는 행복한 결말이 될 것이다.

누굴 걱정할 처지는 못 되지만 그래도 오문은 제가 살렸던 태자와의 연을 떠올리며 그래도 그가 무사하길 바랐다.

"이제 알았으면 시작하자."

시녀가 약이 묻은 수건을 가져왔다. 오문을 다시 기절시킬 셈이었다. 그리고 사내는 오문을 찔러 피를 뽑기 위해 대나무의 속을 파내고 있었다.

문득 오문은 또 한 가지 의문이 들었다.

"근데 왜 싫은 일을 하면서까지 굳이 죄를 짓는 거죠?"

그 질문에 두 사람 다 흠칫했다.

오문은 그들의 얼굴에 스친 암울한 그림자를 놓치지 않았다.

"협박당하는 건가요?"

시녀가 한숨을 쉬었다.

"동생이 빚으로 팔려갔는데, 내가 이 일을 하지 않으면 동생이 죽어. 그리고 저 사람은 딸이 죽을 거야."

"아……."

이해는 했지만 오문은 납득할 수 없었다.

"그렇다 하더라도 앞으로 계속 이렇게 살 건가요?"

"도망치란 거니? 그럴 수 있으면 진작했어. 그리고 우리야 이미 죄를 지었다지만 우리가 하지 않으면 또 다른 누군가가 하겠지. 그래서 이러고 있는 거야."

"그럼 그 여자를 죽이세요."

"뭐?"

"어차피 누군가를 죽여야 한다면 그 여자를 죽여요. 그럼 되잖아요."

그러자 사내가 버럭 소리를 질렀다.

"살고 싶어 용쓰는구나! 괜히 사람 마음 어지럽히지 마! 넌 뭐 하고 있어! 얼른 재우지 않고! 마님 목욕 시간 맞춰야 하는 거 몰라?"

"날 죽여도 돼요. 지금 당장 결정 내리라는 게 아닙니다. 너무 늦지 않게 천천히 생각해 보시고 가서 도움을 청해요."

"뭐?"

"저랑 같이 오신 분들이 도와주실 겁니다."

사내는 콧방귀를 꼈다.

"그 사람들이 우릴 도와준다고? 하! 넌 마님이 얼마나 무서운 사람인지 몰라. 그 여자는 관청에도 줄이 닿아 있고 큰 도박장까지 운영해서 날고 긴다는 사내놈들을 다 주무르고 있어."

"그래. 그뿐인 줄 알아? 네 주인도 마님한테 빠져서 너 같은 노비 하나 사라졌다고 눈 하나 깜빡하지 않을 거야. 우리 같은 것들 죽는다고 높은 분들이 대수롭게 여기는 줄 아니?"

시녀가 울분을 토하자 오문이 말했다.

"그분은 좀 달라요. 도와주실 겁니다. 그리고 엄청 강한 분이시거든요."

오문은 제가 아직 태자를 믿고 있는 것이 씁쓸했지만 그가 과부의 정체를 알게 된다면 그녀를 용서하지 않을 거라 확신했다. 그런 지저분한 일을 그냥 넘어갈 분이 아니니까.

'나와 함께는 못 하겠다 했으니, 내가 죽은 걸 아까워하지는 않겠지.'

그것이 못내 씁쓸했지만 태자 덕분에 얼마 전 귀문의 추격에도 목숨을 건졌으니, 며칠이라도 목숨이 연장된 게 아니겠는가.

"어려서 뭘 모르는군. 마님의 명으로 시동을 죽였다 고하면 죽는 건 우리다. 우리가 전부 덮어쓰고 죽을 게다! 네 주인이 우리 말을 믿어 줄 것 같으냐?"

사내의 물음을 듣던 오문은 불현듯 뭔가 떠올랐다.

"어? 지금 시동이라 하셨지요?"

"뭐?"

"그러니까, 소년의 피만 필요한 것이죠?"

"그, 그런데?"

"그럼 저는 죽을 필요가 없겠습니다."

"뭐?"

"약조 하나만 지켜 주시면 제가 두 분을 살려 드리겠습니다."

"무슨……!"

오문은 제가 계집이라는 사실을 숨겨주면 두 사람을 도망치게 해주겠다고 제안할 참이었다. 그동안 저는 태자에게 자초지종을 말하고 도움을 요청하려 한 것이다.

하지만 두 사람은 그동안 여주인의 무서운 면모를 너무 많이 봐 왔다.

"읍!"

시녀는 오문의 입을 수건으로 틀어막으며 말했다.

"미안! 네 말을 더 듣고 있다간 정말 큰일 날 것 같다!"

사내는 오문이 완전히 정신을 잃기 전에 황급히 오문의 손목을 깊이 찔렀다.

"……!"

오문은 굵은 대나무관이 손목을 통과하는 아픔을 생생히 느끼며 동시에 혼절하고 말았다.

"후우……."

두 사람은 죄책감이 가득한 얼굴로 주저앉았다.

오문의 팔에 연결된 대나무 관에서 피가 뚝뚝 흘러나와 나무통을 채우기 시작했다.

"말도 안 되는 소리에 흔들리지 마. 어린놈 말처럼 세상이 그리 쉬운

게 아니다."

"알아요."

두 사람은 스스로에게 당부하듯 그렇게 말을 주고받았다.

한숨을 쉬고 돌아서던 시녀는 오문의 손목에서 반짝거리는 것을 발견했다.

'이게 뭐지?'

무척 특이하고 귀해 보이는 옥패가 오문의 손목에 감긴 끈에 달려 있었다. 그녀는 그것이 곧 주인 없는 물건이 될 거라는 걸 알고 자신이 가지기로 했다.

"뭐 해?"

"아무것도 아니에요."

그렇게 말하며 그것을 풀고 있을 때였다. 갑자기 계단을 밟고 누군가 아래로 내려오는 소리가 들렸다.

"누구지?"

"어떡해요? 마님이 찾으시나 봐요. 우리가 너무 늦은 거 아닐까요?"

"그럴 리가. 아직 술자리도 다 안 끝났을 텐데."

"그럼…… 누가?"

쾅.

"……!"

시녀는 곧 안으로 들어온 사람이 누군지 알 수 있었다. 두 사람은 너무 놀라서 입을 벌리고 그대로 얼어붙었다.

반면 이곳에서 벌어진 일을 직접 목격한 무호는 오문의 팔에 꼽힌 대나무를 보고 눈이 크게 벌어졌다. 나무통으로 흘러내리는 오문의 피가 무호의 눈동자마저 시뻘겋게 물들인 것처럼 보였다.

무호는 얼른 오문에게 달려가 제 소맷자락을 찢어 오문의 손목에 칭칭 힘주어 감아주었다. 그 와중에 반쯤 풀린 오문의 옥패가 떨어지자, 그것이 무엇인지 볼 겨를도 없이, 일단 주워서 품속에 넣고는 대나무 관을 뽑아버렸다.

오문의 손에 감긴 천이 금방 붉게 물들기 시작하는 것을 보고 무호는 피가 거꾸로 솟는 기분을 느꼈다.

사실 무호는 과부를 수상하게 여기고 있었으나 그녀가 무슨 짓을 하려는 지 그 의도가 궁금해서 속아주고 있었다.

장우도 영춘도 마찬가지였다.

애초에 산 어디에도 들어오지 못하도록 길을 막은 흔적이 없었다. 오히려 이쪽 길로 오도록 유도당한 기분이었다. 그러나 태자가 이렇게 나올 때는 의도한 바가 있을 테니 장단을 맞춰준 것뿐이었다.

그런데 아니나다를까. 오문을 방에서 쫓아내고 얼마 후, 무호는 술과 여인들에게서 사내를 유혹하는 최음향 냄새를 맡았다.

하는 짓들이 가소로워, 정녕 이게 다인가 여길 때였다.

죽순을 캐고 좋아하던 오문의 천진난만한 얼굴이 떠올랐고, 갑자기 여길 나가 오문이 해주는 죽순 요리를 먹고 싶다는 생각이 간절해졌다.

그렇게 일어나려는데, 과부가 그들을 붙잡았다.

"어딜 그리 바삐 가신단 말입니까?"

"내 시동을 불러 달라 했습니다. 좋은 말 할 때 이것 놓으시지요."

"어머나. 박력 있으십니다. 저는 그런 사내를 좋아한답니다."

과부는 노골적으로 무호의 허리를 안고 안겨들었다. 그녀의 크고 유혹적인 가슴이 무호의 단단한 가슴을 짓눌렀지만 무호는 경멸하듯 과부의 팔을 잡아 땅에 패대기쳤다.

"이게 무슨 짓입니까!"

"다시 말하지. 내 시동은 어디에 있나?"

무시와 경멸에 자존심이 상한 과부가 얼굴을 일그러트리고 기분 나쁜 미소를 지었다.

"킥. 어쩐지 이상하다 했더니. 고자가 아니라 비역질하던 놈이었네."

무호가 그녀에게로 한 발 다가갔다.

"이를 어쩌나? 아직 살아 있을지 모르겠는데."

이죽거리는 그녀의 얼굴은 다가오는 무호에 대한 두려움이 전혀 없었다.

그리고 무호 역시 저를 두려워하지 않는 여인에게 숨겨진 한 수가 있지 않을까 경계하는 기색이 없었다.

그는 가차 없이 그녀의 몸을 발로 찼다.

"허억! 컥!"

과부는 무호가 앞뒤 따지지 않고 이렇듯 무식하게 덤벼 올 줄 몰랐기 때문에 부지불식간에 당한 발길질에 괴로워했다.

"커흑. 꺼으으……."

"다시 묻지. 내 시동은 어디 있느냐?"

"후……으……. 네놈 시동보다 네놈 걱정부터 하는 것이 좋을 게다. 아무도 없느냐! 이놈들을 당장 죽여라!"

여인에게서 그 말이 나오길 모두 기다리던 참이었다.

친위대의 대원들에게서 흉흉한 살기가 뿜어져 나왔고, 잠시 후, 아름다운 요리상은 순식간에 피로 물들었다.

"후……."

무호는 한숨을 뿜어 분노를 삭이며 오문을 천천히 안고 일어섰다.

"우, 우리는 시키는 대로 했을 뿐입니다."

"그, 그렇습니다. 시켜서……. 어쩔 수 없이……."

오문을 해하려던 두 사람은 서늘한 무호의 기운에 눌려 뒷걸음질 쳤다.

그러나 얼마 가지 못했다.

"헉!"

그들의 뒤에는 영춘이 막고 있었기 때문이다.

"저, 저희는 그저……!"

"아악!"

무호는 한 팔로 검을 휘둘러 두 사람을 한 번에 베어버렸고, 두 사람은 그 자리에서 뼈까지 갈라져 죽고 말았다.

"헉! 그리 죽이시면 어쩝니까! 중요한 증인들입니다."

"어설프게 살려두면 이놈들이 죄를 다 덮어쓸 수도 있다."

그들에게는 살아서 심문을 받는 것이 더 괴로울 수도 있겠으나, 사실 무호는 그래서 그들을 죽여준 것이 아니었다. 오문의 몸에서 피를 보게 한 그들을 용서할 수 없었기에 죽여 버린 것이었다. 시킨다고 잔인하게 사람을 해하는 놈들을 살려둘 이유가 없었다.

"과부의 재산을 전부 몰수하라. 땅문서 등 가져갈 수 있는 것은 전부 긁어모아 처분해."

"빈털터리를 만들라고요?"

"그래. 남은 도박장과 그밖의 것들은 현물이 돌지 않으니 곧 망할 것이다."

"아!"

가진 것이 없는 과부를 아무도 도와줄 수 없을 테니 증거를 조작하거나 누군가에게 죄를 덮어씌우긴 힘들게 될 것이다.

"오문은 어떻습니까?"

"다행히 아직은 피를 그리 많이 흘리진 않았다. 지혈하고 상처 부위만 잘 치료해 주어라."

"예. 알겠습니다."

무호는 조금 주저하다가 영춘에게 오문을 넘겼다.

"어이구? 이놈 왜 이리 가볍습니까?"

"보기에도 가벼워 보인다."

"그래도 너무 가벼운데요?"

"쓸데없는 소리 말고 서둘러라."

하마터면 큰일 날 뻔했다. 조금만 늦었어도 오문은 돌이킬 수 없는 강을 건너고 말았을 것이다.

설마 그녀가 오문을 노리고 있을 줄은 생각도 못했기에 오문을 그렇게 내보낸 것이 무호는 너무나 후회스러웠다.

제 13 장
자유의 몸

무호 일행은 과부의 재산을 몰수했다. 그들에게 그런 권한은 없었으나 일행은 마치 도적떼처럼 거침없이 집을 털었다.

수많은 노비문서들은 전부 불태워 기녀처럼 살던 대부분의 어린 시녀들을 풀어주었다. 시녀들과 일꾼들을 감시하던 무사들은 과부와 한통속인 것과 다름없으니, 과부와 함께 개처럼 끌고 마을로 내려갔다.

조용하던 죽곡현은 이른 아침 찾아온 낯선 자들로 시끄러워졌다.

마을 사람들은 피 칠갑을 한 무사들이 한 무리의 사람을 끌고 오는 것을 보고 경악하거나 놀랐다.

무호 일행은 순식간에 몰려든 구경꾼들을 지나 죽곡현의 현청에 끌고 온 죄인들을 던져 놓고 풀려난 시녀들을 대동해 현감을 만났다.

무호는 자신을 서강 태수의 아들이라 밝히고(태수가 알면 성을 갈 만큼 싫어할지도 모른다) 유람을 나온 길에 이런 일을 당했노라 설명했다.

현감은 자신이 감히 서강 태수에게 아들이 맞냐 따져 물을 수도 없을 뿐더러, 어느 미친놈이 그런 사기를 칠까 해서 반신반의 하면서도 믿어줄 수밖에 없었다. 더군다나 이 많은 무사를 때려잡아 온 이들의 무력은 진짜가 아닌가. 태수의 아들 정도가 아니라면 이런 무력을 가진 자들을 수하로 부릴 수 없을 것이다.

"이보시오! 현감! 이 무도한 자들을 벌하시오! 한밤중에 혼자 된 여인의 집에 쳐들어와 날 겁탈하려 했으며 나의 재물을 모두 빼앗아갔소! 당장 이 도적 무리들을 잡지 않고 뭘 하고 계시오!"

앙칼진 여인의 음성에 현감은 눈살을 찌푸렸다. 그는 여인을 잘 알고 있었다. 그 역시 여인으로부터 재물을 얻고 부정한 것을 눈감아 준 적이 몇 번 있었기 때문이다.

"죄인은 그 입을 다물라!"

현감은 큰 소리로 과부를 나무랐다. 나설 자리도 모르고 날뛰는 계집이 한심하기 짝이 없었다. 빼내준다해도 지금은 아니었다. 게다가 재물도 빼앗겼다면 더욱 그녀를 빼내줄 이유가 없지 않나.

"뭐, 뭐라고요? 이보시오 현감! 그대가 나에게 받아……!"

"여봐라! 저 간악한 년이 더 입을 놀리지 못하게하라!"

현감은 과부가 저와 관련짓지 못하도록 했다. 몸부림치며 격렬하게 저항하던 과부는 이내 탈진해 기절하고 말았다.

이를 본 무호가 속으로 코웃음을 치며 물었다.

"아는 여인인가?"

"그, 그럴 리가 있겠습니까?"

"그래도 여인의 말을 들어보는 게 어떻겠나? 저 여인이 내가 재물을 빼앗았다고 주장하니, 나 역시 같이 심문을 받도록 하지."

"아, 아닙니다! 저 때려죽일 년이 헛소리를 지껄이는 것이 분명합니다. 피해자들이 수두룩한데, 그들의 하소연을 듣는 것으로 충분하지 않겠습니까."

권력자 앞에 허리를 조아린 현감은 자신이 저 죽일 년을 탈탈 털어 조사하겠노라, 망극한 일을 당하게 해 죄송하다 몇 번이나 사죄를 올렸다.

"현감의 뜻이 그렇다면 난 이만 가보겠네. 아, 참. 마을에서 사라진 아이가 몇이나 되는지 조사하고 저 과부의 집 근처, 특히 대나무 밭을 샅샅이 파도록 하는 것이 좋겠네. 내 시동이 처음 당한게 아닐 듯 해."

"예. 예! 반드시 그리하겠습니다. 그렇지 않아도 요즘 아이들이 실종하는 사건이 잦아져 큰 근심이었습니다."

"갈 길이 바빠 어찌 처리되었는지는 오는 길에 다시 확인해 볼 것이다."

"시, 시동을 치료하고 떠나시는 것이……."

무호는 수레 위에 잠든 오문을 힐끗 쳐다보았다.

전장을 누빌 때는 부하와 동료들이 더 심한 상처를 입는 것을 종종 보아 왔다. 팔이 잘려 나가도 그들은 어쩔 수 없이 반대 팔로 검을 들어야 했다.

그렇기 때문에 오문의 상처 정도는 무호에게 아무것도 아닌 것처럼 보였다. 이미 빠른 조치로 피도 멎었고 깊이 찔리긴 했지만 염증만 생기지 않게 잘 처치해 주면 괜찮을 것 같았다. 이제 약에서 깨어나기만 하면 되는 것이다.

한데, 그런 줄 알면서도 무호는 오문의 손목에 감긴 시뻘겋게 물든 천을 볼 때마다 가슴이 쿵 하고 철렁 했다.

'내가 더 일찍 알았어야 했다.'

얼마나 무서웠을까.

얼마나 저를 원망했을까.

가뜩이나 매몰차게 쫓겨나서 마음이 상했을 것인데.

저는 오문에게 확실히 보여주고 싶었다. 저는 여인을 좋아하는 평범한 사내라고. 그러니 제가 했던 입맞춤을 잊으라고.

그래서 더 매몰차게 대하며 오문의 앞에서 과부에게 더 다정하게 대했다. 과부의 속셈을 알아낼 셈이었다면 굳이 그렇게까지 하지 않아도 되었었는데 말이다.

"의원을 부르겠습니다."

무호가 대답이 없자 긍정으로 받아들인 현감이 재빨리 의원을 부르겠다 했다.

무호는 반대하지 않고 오문에게 갔다. 오문을 안아 올리려던 그는 문득 아까 떨어진 것이 생각났다. 제 품에 넣어뒀던 것을 꺼내 보니 조그만 반쪽짜리 옥패가 가죽끈에 매달려 있었다. 옥패의 문양을 보려는데 오문의 신음 소리가 들렸다.

"으…… 음."

무호는 마치 죄를 지은 사람처럼 허둥지둥 오문의 반대쪽 손목에 그것을 감아주었다.

그러고 나니 오문이 담요를 뒤척이며 눈을 떴다.

"어……. 어?"

눈을 뜬 오문의 첫마디가 그것이었다.

"그래. 안 죽었다."

무호는 오문이 무슨 생각을 하는지 알 것 같았다.

"어떻게……?"

"그렇게 됐다."

무호가 제대로 된 설명을 한 것은 아니지만 오문은 왠지 그가 저를 구해준 것을 알 것 같았다.

"감사…… 합니다."

무호는 오문의 인사가 괜히 낯 뜨겁고 어색했다.

"곧…… 의원이 온다는구나."

그러자 오문은 제 손목을 살펴보더니 아무렇지 않게 말했다.

"이 정도는 괜찮습니다."

"상처가 덧날 수도 있다."

"괜찮습니다."

"괜찮은지 아닌지는 의원이 보면 알 것이다."

"이보다 더 심하게 다친 적도 있었습니다. 이만한 걸로 바쁜 의원님을 오라 가라 하고 싶지 않습니다."

"피를 많이 흘렸다."

"그만큼 고기를 많이 먹으면 됩니다."

"쓸데없는 고집을 부리는군."

무호는 자꾸 단호하게 의원을 거절하고 괜찮다고 말하는 오문이 마음에 걸렸다. 어쩐지 저를 대하는 태도가 냉정하게 느껴졌다.

강아지처럼 저를 잘 따르던 걸 생각하면 갑자기 멀어진 듯, 아니, 갑자기 아이가 훌쩍 커 버려 다른 사람이 된 것만 같았다.

"천한 노비가 이 정도 상처로 의원님을 오라 가라 하는 것이 잘못된 겁니다. 의원님도 불쾌하실 겁니다."

제가 언제부터 그리 착실하게 노비 행세를 했다고 이러는지, 무호는 속으로 울컥했다. 화를 낼까 하다가 '천한 노비'라는 말이 자꾸만 마음에 걸리고 가슴을 찌르르하게 만들었다.

제가 잘못한 것일까?

"혹……."

무호는 말을 꺼내길 망설였다.

"예?"

"내게 서운한 것이냐?"

오문은 가슴이 뜨끔했지만 아무렇지 않은 표정으로 무호를 바라보았다.

의원을 부르는 건 제가 계집인 걸 들킬까 봐 반대했지만, 무호의 말을 듣고 보니 사실은 서운함 때문이었던 것이었다.

'데리고 다니기 끔찍한, 가까이 하고 싶지 않은 천한 노비.'

그가 저를 딱 그렇게 대했었다.

물론 저도 그가 절 오해하고 있기 때문이라는 건 알고 있다. 제가 그 오해를 풀어줄 수 없다는 것도. 하지만 그렇다고 해서 사람을 대하는 태도가 그렇게 변해 버리는 것은 마음으로 이해할 수 없었다.

"절 구해주셨는데 서운하다니요? 그런 거 아닙니다."

하지만 오문은 웃어주지 않았다.

그가 계속 신경 쓰면 좋겠다는 못된 마음이 들었기 때문이다.

죽곡현을 떠난 일행은 잘 닦여진 길만을 지나갔다. 가는 길 내내 드문드문 작은 마을도 있었고 간단히 요기를 할 수 있는 객점도 있었다.

손을 다친 오문이 물을 묻히지 않도록 일행은 되도록 객잔에서 묵어갔고, 그러지 못할 때도 식사만큼은 객점에서 했다. 그래서 오문은 꿀 같은 휴식을 취하며 아무것도 하지 않고 편안히 올 수 있었다.

하지만 그게 썩 마음 편한 것은 아니었다. 태자와는 필요 이상의 대화를 나누지도 않았고 그는 여전히 저를 피했다.

그리고 가장 신경 쓰이는 것은 제 오른팔에 감긴 옥패였다.

'분명히 왼팔에 있었는데, 누가 바꿨지?'

왼쪽 손목의 상처를 처치하면서 바꿔놓은 모양이었다. 알아보니 가장 먼저 처치해 준 사람은 태자라고 했다.

'노비가 이런 귀한 걸 갖고 있는데 왜 아무 말도 안 하지? 심지어 다시 매줬잖아.'

간자로 의심받기 딱 좋은 상황이 아닌가. 마치 은밀한 조직의 증표 같은 그런 옥패였다. 한데 추궁은커녕, 묻지도 않았다.

'에이. 물어보지 않으면 잘됐지, 무슨 걱정이야?'

지금 걱정해야 할 것은 따로 있었다. 사유보가 살고 있는 수성촌이 가까워지고 있다는 것.

'근데 그 늙은이가 아직 살아 있긴 할까?'

지금으로서는 도망갈 길이 막막하고 태자도 저와 함께하기 힘들겠다 했으니, 사유보가 죽길 바라는 게 최선이었다. 그 욕심 많은 늙은이가 저를 보면 죽이진 않을 것 같지만, 또 사람을 시켜 매를 놓을 것 같았기 때문이다. 게다가 이번엔 정말 도망가지 못하게 철저하게 감시할 듯했다.

"잠시 쉬었다 가자."

무호의 명에 일행은 말에게 풀을 먹이며 잠시 여유로운 시간을 만끽했다.

오문은 돌보아야 할 말도 없었기 때문에 나무 그늘에 앉아 앞으로의 일을 생각했다.

"편해 보이는구나."

그런 오문에게 태자가 다가왔다.

오문이 깜짝 놀라 몸을 일으키는데 태자가 그 옆에 털썩 앉으며 말했다.

"앉거라."

"……."

엉덩이를 떼고 엉거주춤 서 있던 오문이 다시 땅에 엉덩이를 붙였다.

"손목은 좀 어떠냐?"

"공자님께서 보살펴 주신 덕에 많이 나았습니다."

잔뜩 예의를 차린 말을 무호는 믿지 않았다.

"……!"

그는 대뜸 오문의 손목을 붙잡고 붕대를 풀었다. 대나무에 깊숙이 찔려 상처는 아직도 시뻘겋게 부어 있었다.

"아프겠군."

"별로……. 견딜 만합니다."

오문이 부끄러운 듯 손목을 빼려 하자 무호가 힘주어 손을 잡아 새 붕대를 감기 시작했다.

'사람을 벌레처럼 볼 땐 언제고…….'

오문은 태자 몰래 입을 삐죽이고 있었지만 싫지 않은 눈치였다.

무호는 붕대를 감으면서 갑자기 태연한 목소리로 물었다.

"왜 묻지 않느냐?"

"예?"

"그 옥패 말이다."

"……!"

"내가 얘기를 꺼낼 때까지 모르는 척할 셈이었느냐?"

"……옥패가 왜요?"

오문은 전혀 생각하고 있지 않았다는 듯이 시치미를 뗐다.

"네가 가질 만한 물건이 아닌데도 내가 의심하지 않을 거라 생각했느냐?"

"제 것이니까요. 본래 제 것이라 의심 받을 거란 자각조차 못 했습니다."

"원래 네 것이었다?"

"예. 제 부모님 것입니다."

"부모님이…… 라면?"

"돌아가셨습니다."

무호는 오문이 본래 노비가 아니었다는 얘기를 들었지만 이런 좋은 옥패를 가질 만큼 신분이 높다는 얘기는 들은 바가 없었기 때문에 고개를 갸우뚱했다.

"너는 기예단 출신이라 하지 않았느냐?"

"부모님을 잃은 뒤에 갈 곳이 없어 기예단에 몸을 의탁했습니다."

"부모님은…… 본래 귀족이었느냐?"

"……모릅니다."

"모르다니?"

"기억이 안 납니다."

"날 놀리는 게냐? 무시하는 게냐?"

오문은 또 거짓말을 하게 된 것이 미안했지만 어쩔 수 없다 여겼다.

"정말 모릅니다. 부모님이 돌아가셨다는 건 알겠는데, 다른 건 기억이 나지 않습니다. 정말로 기억이 하나도 안 나서 떠돌아다니다가 기예단을 만난 겁니다."

"어찌 돌아가셨느냐?"

"그것도 잘……. 그냥 제가 기억하는 건 부모님은 돌아가셨고 세상에 나 혼자 남았다, 그거밖에 없습니다. 처음부터 그랬습니다."

무호는 오문의 처연한 음색을 믿을 수밖에 없었다. 사실 무호는 영춘에게도 오문의 옥패에 대해 말하지 않았다. 만약에, 만에 하나 오문이 간자이거나, 정체를 알 수 없는 불온한 조직의 일원이라면 몰래 눈감아주고 싶었기 때문이다.

'나와 함께하지 않으려 한 걸 보면 이놈의 뒤에 누군가 있다 해도 이상할 게 없지.'

무호는 그동안 혼자 많은 고민을 했다. 오문은 영특하고 눈치가 빨라서 제가 싫어하는 내색을 한 이후로는 아예 제 근처에 오려고도 하지 않았다. 예전에는 배시시 잘 웃어놓고, 이제 저를 보고 웃지도 않을 뿐만 아니라 제 시야에 들어오지 않으려고 애쓰는 것이 보였다. 제가 그러길 원했고 오문은 그것을 충실히 따랐다. 그런 오문을 보고 무호는 한 가지 중요한 사실을 알게 되었다.

'저 아이는 내게 아무런 사심이 없다.'

녀석에게 사심이 있었던 것은 저였다. 자신이 점점 오문을 곁에 두고 싶어 하고 오문과의 입맞춤을 잊지 못하고 있는 것이 큰 문제일 뿐, 오문은 제게 일말의 관심이 없었다.

그래서 오문이 살갑게 다가오면 녀석과 더 가까워지는 것이 겁이 나 매몰찼던 것이다. 그런데 오문이 제게 다가오지 않고, 제게 관심조차 없어 하자 서운하고 신경 쓰였다.

다가오지 않으면 잘된 일 아닌가.

제가 먼저 가까이 오지 못하도록 그 아이를 무섭게 다그쳤다. 그래 놓고서 오문이 저만큼이나, 아니, 제 반의 반도 저를 생각해 주지 않는 것에 화가 나고 있으니 참으로 우스운 꼴을 하고 있었다.

'괴로운 건 나뿐이구나!'

별반 달라지게 없는 오문을 보니 허탈함마저 들었다. 오문이 저를 어찌 대하든 문제가 제게 있는 이상 방법이 없었던 것이다. 그래서 무호는 차라리 이렇게 된 거 오문이 원하는 대로 해주기로 마음먹었다.

혹, 오문이 솔직히 털어놓는다면, 도울 일이 있으면 도와주고 싶었다. 심지어 오문이 간자이거나 불온한 조직에 가담한 상태라면 그곳을 떠나

평범하게 살 수 있도록 해주고 싶었다. 한데, 이런 대답은 생각도 못했기에 사실인지 아닌지를 판단하기가 어려웠다.

"그…… 문양을 보여줄 수 있겠느냐?"

무호가 한참 만에야 어렵게 물었다.

오문은 그가 아직 문양을 보지 못했다는 사실을 알았다. 또한 그가 태자이기 때문에 문양을 보여줄 수가 없었다.

'장목현 대인이 이건 이 나라 문양이 아니라고 하셨어. 태자 전하는 알아보실 지도 몰라. 만약 적국의 것이라면 난 또 간자로 몰리게 돼.'

고민하던 오문은 일단은 잡아떼기로 했다.

"보실 필요 없습니다. 제가 이미 알아보고 다녔습니다."

"그래? 그래서 뭘 좀 알아냈느냐?"

"예. 이 옥패는 그냥…… 조악하게 만들어진 졸부의 것이랍니다."

"뭐?"

"제 부모님은 재물이 많은 상인이었던 모양입니다. 귀한 옥이 들어와서 귀족들 흉내라도 내고 싶었나 보지요. 우스꽝스러운 문양을 새기고 어머니와 반쪽씩 나눈 것 같습니다. 아마 산적 따위에게 목숨을 잃었겠지요."

"너는…… 그것으로 납득할 수 있느냐?"

"예. 납득했습니다. 저 같은 게 귀족의 자제일 리는 없지 않겠습니까? 그럼……."

오문은 더 할 말이 없다는 듯이 일어났다.

그러자 무호가 떠나는 오문의 등 뒤로 나직이 물었다.

"어쩌고 싶으냐?"

뜬금없는 물음에 오문이 돌아보았다.

"나와 함께 가겠다면 데리고 가겠다."

그러자 오문은 최근 들어 전혀 보여주지 않던 미소를 지었다.

"함께할 수 없다 하지 않으셨습니까?"

"네가 나를 마음에 두지 않으니 상관없다는 결론을 내렸다."

"그런 제약을 두어야 한다면 제가 싫습니다."

"무슨 뜻이냐?"

"사람이 사람을 좋아하게 되는 것이 자기 의지로 되는 건 아니지 않습니까. 제가 사랑을 갈구한 것도 아니고 제 맘대로 누군가를 사랑해서도 안 된다면 차라리 그런 사람은 가까이 하지 않겠습니다."

오문은 똑 부러지는 말로 무호의 제안을 거절했다.

무호는 아무 말도 못하고, 돌아서는 오문을 붙잡지 못했다.

수성촌이 가까워졌다.

무호는 수성촌에 들어가면 오문의 일을 처리하고 이만 헤어지겠노라 했다.

영춘과 장우는 태자가 오문을 아낀다고 생각했기 때문에 크게 놀라는 눈치였다. 최근 두 사람 사이가 뭔가 이상하다고는 느꼈지만, 그 미친 과부에게서 오문을 구해냈을 때도 그렇고, 태자는 여전히 오문을 아끼는 것 같았다. 태자가 본래 좀 무뚝뚝한 성정이라 그가 오문을 멀리하는 것은 표도 나지 않았다.

다만 오문이 태자를 피하고 있는 것만큼은 확실히 느껴졌으니, 얼마 전에 태자의 제안에 오문이 답을 하지 않은 것이 문제라고 생각했다. 그렇기 때문에 태자가 결국 오문을 포기하기로 한 모양이라 여겼다.

영춘은 태자 몰래 오문에게 다가가 옆구리를 찔렀다.

"야. 너 아직 우리 공자님께 대답을 안 드렸어?"

"무슨 대답이요?"

오문은 시치미를 뗐다.

“공자님께서 널 사주겠다 하셨잖아. 대답 안 했어?”

“싫다고 했습니다.”

“왜? 너 바보냐? 그 댁에서 한 번 도망쳤던 너를 집 나간 자식처럼 반기고 잘해줄 것 같아?”

“죽이지 않으면 다행이겠지. 반쯤 죽일 수는 있겠군.”

어느새 슬그머니 다가온 장우도 끼어들어 겁을 주었다.

“제가 아니라 공자님께서 싫다 하셨습니다.”

“뭐? 그럴 리가!”

영춘이 펄쩍 뛰자 오문이 다시 말했다.

“제게 조건을 거셨는데, 저는 그 조건을 받아들일 수가 없었습니다. 해서 그냥 없던 일로 하기로 했습니다.”

“조건이 뭔데? 왜 못 받아들여?”

“그런 게 있습니다.”

“말해. 도대체 그게 뭐길래 이 좋은 기회를 차버린단 말이냐?”

영춘과 장우가 다그치자 오문은 그건 말할 수 없는 일이라 일축했다. 하지만 사실 오문은 제 바보 같은 결정을 후회하고 있었다.

‘괜한 자존심을 내세워서는! 그냥 데리고 가달라고 하지!’

저를 데려가 주지 않아도 된다, 그렇게 자존심을 세우느라 했던 말은 돌이킬 수 없는 참담한 결과를 낳았다.

제가 했던 말을 떠올릴 때마다 부끄러워 미칠 것 같았다. 그 순간 왜 그렇게 말한 건지 아무리 생각해도 황당하고 이해 불가였다.

‘이건 마치 내가 당신 좋아할 수도 있는 거지, 사람 마음 가지고 이래라 저래라 하지 마라, 그딴 식으로 경고한 거나 다름없잖아!’

그 뒤로 부끄러워서 태자 앞에서 얼굴을 들 수가 없었다. 이제 어색함을 떠나 다가가기가 거의 불가능해졌다. 사내를 좋아한다 밝혔을 때부터 경멸하듯 내치려 한 사람인데, 당신을 좋아하게 될지도 모른다 했으니 이제 징그러워하고 있을 것이다.

그러니 알아서 피해 줘야 하지 않겠나. 저를 거둬달라고 다시 한 번 부탁할 수는 없지 않겠나.

'솔직한 것도 때와 장소를 가려야지!'

그냥 자존심 문제가 아니었다. 저는 그렇게 생각하고 있었다.

좋아하면 어때서? 제 마음을 움직이는 것만큼은 누구도 관여할 수 없는 저의 자유 아닌가.

오문은 남몰래 한숨을 쉬었다.

'더럽게도 꼬였네.'

어디서부터 어떻게 풀어야 할지 모를 만큼 저와 태자는 시작부터 꼬여 있었다.

사유보의 집은 크게 바뀐 게 없었지만 한층 더 으리으리해진 것 같았다. 짧지만 만정이 떨어진 사유보의 집에 다시 들어가게 되자 오문은 급격하게 말수가 적어지고 표정이 어두워졌다.

무호는 일행을 문밖에 세워 두고 영춘과 오문만 데리고 안으로 들어갔다. 도망친 노비 일로 주인을 만나겠다 하니, 하인은 노골적인 시선으로 무호를 아래위로 훑어보았다. 무호가 매우 좋은 옷을 입었다는 것을 확인한 하인은 그제서야 사유보에게 안내했다.

"이 아이가 이 댁에서 도망친 노비라던데 맞소?"

사유보는 거만하게 앉아 무호와 오문을 번갈아 보았다.

오문은 아직 죽지 않고 살아 있는 구역질 날 것 같은 얼굴을 마주보았다. 사유보는 그때보다 더 추하게 늙었고 더 살이 쪄 있었다. 마치 이 저택처럼.

그는 찌푸린 얼굴로 오문을 한참이나 쳐다보다가 '아!' 하는 표정을 지었다. 그러고는 곧이어 죽일 듯이 노려보다가 또다시 위에서 아래로 훑어보더니 의미심장한, 그리고 기분 나쁜 미소를 지었다.

마치, 잘 왔다 이년, 어디 한번 죽어봐라, 하는 듯한 표정이었다.

"오문……. 기억나는구먼. 괘씸한 년이었지."

오문은 가뜩이나 작은 사유보의 눈이 실처럼 가늘어진 것이 꼴 보기 싫어 고개를 돌렸다.

그런데 무호가 대뜸 물었다.

"이 아이 얼마요?"

"응?"

사유보 역시 의아한 표정이었다.

"도망친 노비를 잡아왔으니 사례금을 달라는 것인가?"

시키지도 않은 짓을 해놓고 뭘 바라냐는 말투였다.

"이 아이를 내가 사겠소."

"……!"

오문은 뜻밖의 말에 깜짝 놀라 태자를 쳐다보았다.

"도망쳤던 노비를 사서 어찌 쓰려고?"

"죽이든 살리든 내가 알아서 하니, 내게 파시오."

"흐음. 값만 맞는다면 얼마든지 팔 수 있지. 얼마를 줄텐가?"

"처음 이 아이를 산 값의 두 배를 주겠소."

"그때와는 다르지. 어린애와 지금이 같을 수가 있나. 이제는 제법 커서 일도 부리기 쉬운데."

"얼마를 원하오?"

"네 배."

"좋소."

"……."

도둑놈 심보였다. 오문은 저 같은 걸 어디에 쓰겠냐고 했던 사유보가 말을 바꾸어 쓸 만하니 값을 올리라 했을 때 이미 울컥했다. 한데 태자는 표정 하나 바꾸지 않고 사유보의 요구를 들어주었다. 그가 태자라서 그에게는 그깟 돈이 푼돈이라는 건 알지만 탐탁지 않았다.

'사유보 따위가 이득을 보는 건 싫은데!'

어째서 그런 흥정을 해버리는지 속이 답답했다. 사실 두 배만 준다고 해도 사유보는 좋다고 하고 저를 팔았을 인간이니 말이다.

영춘이 건네는 돈을 받아 챙긴 사유보가 탐욕스러운 표정으로 물었다.

"한데, 이 아이 어디 쓰려고 하는지, 내 진심 궁금해서 물어보고 싶군."

"어디든."

무호는 더 이상 대화를 하고 싶지 않은 내색을 비쳤으나 사유보는 이를 아는지 모르는지 자꾸만 말을 걸었다.

"잠자리에 쓰기에는 영…… 뻣뻣한지라……."

"……!"

오문은 가슴이 철렁했다. 사유보는 일부러 그런 소리를 하는 것이다. 제가 지금 남장으로 속이고 있다는 것을 알고 당황하는 제 표정을 살피고 있었다. 등으로 식은땀이 나 태자의 눈치를 살폈다. 한데 그는 화내지도, 의아해하지도 않고 태연하게 말했다.

"이 아이도 보는 눈이 있고 취향이라는 게 있으니 당연한 거 아니겠소?"

"……!"

오문은 크게 놀랐다가 곰곰이 생각해 보니 태자가 저를 남색을 밝히는 놈으로 알고 있음을 떠올렸다.

'다행이라 해야 할지…….'

태자는 사유보가 말한 의도를 다르게 알아들은 것이다. 들키지 않아 다행인 데다가 사유보 앞에서 제 편을 들어준 태자가 고마웠다.

한편 사유보는 그가 잘못 알아들은 줄은 모르고 무호가 당연히 계집임을 알고 하는 소리라 여겼다.

사유보의 늘어진 뺨이 푸르르 떨렸다. 가뜩이나 외모에 자격지심이 있어, 그것을 어리고 힘없는 계집을 상대로 풀던 인간이었다. 깎아놓은 옥처럼 젊고 잘생긴 공자가 자신 있게 하는 말에 삐뚤어진 심성이 더욱 배배 꼬이고 말았다.

"흥! 자신하지 마시오. 저 아이, 조심하시는 게 좋을 게요. 언제 뒤통수를 치고 도망칠지 모르니."

"그런 걱정은 안 하셔도 될 것 같소."

무호는 오문의 노비문서를 살펴본 후 갑자기 그것을 갈기갈기 찢어버렸다.

"공자님!"

"이, 이게 무슨……!"

오문도 놀라고 사유보는 더욱 놀란 듯했다.

"넌 이제 도망칠 이유가 없다."

"어…… 저……."

오문은 무슨 말을 해야 할지 알 수 없었다.

무호가 인사도 없이 나가자 오문도 서둘러 그를 뒤따라갔다.

"공자님!"

오문은 뒤도 돌아보지 않고 떠나는 태자를 불렀지만 그는 돌아보지 않았다.

"잠시만요, 공자님!"

태자는 사유보의 집을 나가 기다리고 있던 일행 앞에 도착해 말에 오르고 나서야 오문을 바라보았다.

"따라오지 않아도 된다."

"왜, 왜 이러시는 겁니까?"

"무엇이?"

무호는 오문이 왜 저를 버리냐고 물어주었으면 했다. 따라오고 싶다고 매달린다면 데려갈 의향이 있었다. 아니, 그래 주길 은근히 바라고 있었다. 그러나 오문의 대답은 무호가 기대한 것과 달랐다.

"왜 저 같은 것한테 그런 큰돈을 쓰십니까! 왜 사유보 같은 인간한테 그런 큰돈을 주시냔 말입니다!"

오문은 원망하듯 외쳤다.

무호는 짧은 한숨을 쉬었다.

차라리 잘된 것이다. 처음 의도대로 오문을 가까이 하지 않는 것이 나았다. 오문을 만나기 전 저는 지극히 정상적인 사내였으니.

"그동안 네가 해준 요리에 대한 상이다."

"……."

오문은 멍한 표정을 지었다.

정말 그게 다란 말인가?

"다시는 노비로 전락하지 마라. 영리한 놈이니 알아서 잘하겠지만. 가자."

무호는 부하들과 함께 떠났다. 영춘이 뒤를 돌아보며 다급히 손을 흔들어주었다.

하지만 오문은 누구에게도 인사를 하지 못했다.

'뭐야, 이게…….'

기뻐야 했다. 원하는 대로 되어서 아주 기뻐야 했다.

그런데 이 기분은 뭐란 말인가? 겨우 한 달 조금 넘는 시간을 태자의 시동으로 보내고 보니, 노예근성이 몸에 배어버린 것일까.

'이제…… 어디로 가지?'

본래 혼자였다.

혼자 아무렇지 않게 잘 살아왔다.

어디로 갈지, 어떻게 살아야 할지 늘 제가 정했다.

'모르겠어. 어디서 뭘 하고 살아야 할지 전혀 모르겠어…….'

오문은 한참이나 넋을 놓고 서 있었다.

많은 사람이 오문의 곁을 지나갔다. 저 혼자 세상에 남겨진 듯한 고독감이 밀려왔다.

'왜지? 기예단 사람들하고 헤어졌을 때도 이렇지는 않았는데…….'

알 수 없는 기분에 빠져 움직일 수 없게 된 오문이 무심코 욱신거리는 손목으로 눈을 돌렸다.

'아!'

그리고 깨달았다.

'내가 의지하고 있었구나…….'

저보다 강한 사람들. 저를 아이처럼 아끼고 보호해 주던 사람들. 저는 아직 그토록 편안 잠자리를 가져 본 적이 없었다. 그들은 오문이 가져 본 적 없는 튼튼한 울타리였다. 마지막까지 저를 구해주고 간 태자가 그리워질 것만 같았다.

'차라리 잘됐다. 태자와 정이 들어 어쩌려고. 그러다 궁으로 가봐. 큰일이지.'

가슴이 찌르르 아프고 허전했다. 하지만 이렇게 되는 게 옳았기에 오문은 걸음을 옮겼다.

'후……. 진짜 국경이나 넘어 볼까. 이 길로 쭉 북으로 가서 국경을 넘

는 것도 괜찮을 거야.'

귀문이 거기까지는 쫓아오지 않길 바라며 오문은 걸음을 재촉했다.

그런데 막 서너 걸음을 뗐을 때였다. 오른쪽 골목에서 갑자기 한 무리의 사람들이 우르르 튀어나와 오문의 입을 틀어막고 골목으로 끌고 갔다.

"으— 우, 읍!"

오문은 격렬하게 몸부림치며 저항했다.

"쉿!"

"……!"

어디서 들어본 목소리. 오문이 고개를 번쩍 쳐들었다.

"쯧. 왜 다시 잡혀 와서는."

무사는 안타까운 듯 말했다.

오문은 그의 얼굴을 기억했다. 사유보의 호위 대장.

"이번에 널 잡아가지 못하면 난 지난번에 너를 놓아준 책임을 져야 한다. 그러니 나를 너무 원망 마라."

역시 그가 저를 놓아주었던 것이다. 그러나 다시 저를 잡아가면 무슨 소용이란 말인가. 오문은 그를 원망스럽게 쏘아보았다.

수성촌은 나름 번화한 곳이었다. 그러나 썩 살기 좋고 민심 좋은 마을은 아니었다. 뜨내기들이 자주 드나들어 장사를 하기는 좋았지만 온갖 잡스러운 사건 사고가 많이 일어나고 거리도 그리 깨끗하지 않았다. 황성 주변에 비해 관원들의 단속이 적다 보니 객점, 객잔, 주루, 기루, 창관 등이 많이 몰린 탓이었다. 특히 뒷골목 쪽에는 허름한 객잔과 창관이 많았다. 바쁘고 가난한 사람들이 이용하는 곳이었다.

그중 유난히 허름해서 외관만 봐도 눈살이 찌푸려지는 곳이 있었다.

한데, 이 객잔에 하루도 아니고 벌써 열흘째 묵고 있는 손님들이 있었다.

'백골'이라는 때 묻은 깃발을 보물처럼 들고 다니는 기예단 사람들이었다. 낮에는 공연을 하고 밤에는 이곳에서 숙식을 해결하는 중이었는데, 그 생활도 오늘로 마지막이었다.

한편 그들이 묵고 있는 허름한 객잔과는 급이 다른, 수성촌의 가장 화려한 고급 객잔에는 벗겨 먹기 좋은 호구 손님이, 그것도 단체로 찾아왔다.

그 단체 손님의 돈 씀씀이에 감동한 객잔 주인은 그들이 떠날까 봐 노심초사하며 최선을 다해 모시고 있었다. 하지만 그 손님들은 오늘 떠날 준비를 하고 있었다.

전혀 만나지 못할 것 같던, 만날 일 없을 것 같던 극과 극의 손님들이 마주치게 된 것은 공교롭게 떠나는 시각이 같았기 때문이라 할 수 있겠다.

수성촌을 떠나는 백골기예단의 발걸음은 무거웠다. 그들이 우울한 표정으로 고급 객잔을 스쳐 지나갈 때였다.

갑자기 상이 분해 죽겠다는 듯 고함을 쳤다.

"아악! 오문 이 재수 없는 계집애 같으니!"

"놀래라! 갑자기 왜 소리를 질러!"

맏이인 금이 지나가는 사람들 눈치를 보며 상을 나무랐다.

그러나 상은 발까지 동동 굴리며 짜증을 냈다.

"소리라도 안 치면 울화통 터져 죽을 것 같아 그런다! 왜! 그러게 내가 좀 일찍 오자고 했지! 며칠만 더 일찍 왔으면 오문 데려갈 수 있었잖아!"

"야, 그럼 어떡하냐! 벌이가 그렇게 좋은데 어떻게 와! 차라리 그 동네에서 더 벌어서 왔으면 그 돈으로 지금 오문을 살 수 있었겠다!"

"아니지! 일찍 왔으면 충분히 살 수 있었지! 그리고 여기까지 왔으면 얼굴이라도 보고 가야지! 나가란다고 그냥 나오냐! 걔가 거기서 무슨 일을 당할 줄 알고! 잘 있나 보고는 와야 할 거 아냐!"

"들여보내 줘야 들어가지! 안 들여보내 주는데 어떻게 들어가냐고!"

두 사람이 큰 소리로 싸우기 시작하자 지나가는 사람들의 이목이 집중됐다.

특히 막 기루를 떠나려던 무호 일행은 웬 젊은 남녀가 삿대질을 하고 싸우는 광경과 마주쳤다.

단주 광두는 유난히 부릅뜬 눈으로 노려보는 한 무리의 무사들을 보고 두 사람을 말리기 시작했다.

"아이구, 이것들아. 이런 데서 싸우고 지랄들이냐. 눈치도 없이!"

"단주는 빠져! 이게 다 누구 때문인데! 그 어린애를 노름빚에 판 주제에!"

"내가 팔았냐? 엉? 지가 가겠다고 했지!"

이제 아픈 데가 찔린 광두까지 나서서 버럭 소리를 질렀다.

"그럼 내가 갔어야 했네? 어? 오문 그 착한 게 나 대신 간 거니까 내가 갔어야 했네!"

원래 한 성질 하는 상이 바락바락 대들자 첨과 화는 안절부절못했다.

저희들을 노려보던 군사들이 무서운 얼굴로 다가오는데 다리가 후들후들 떨려 싸움을 말리지도 못한 것이다.

"우리도 그동안 할 만큼 했어! 몸값 마련한다고 죽어라 일하고, 먹고 자고 입는 거 거지보다 못했다고! 봐! 첨 마른 것 좀 보라고. 그 통통하던 놈이 살이 다 빠졌잖아!"

"혀, 형……. 저기, 그게 중요한 게 아니라 뒤 좀……."

갑자기 이름이 불려 금의 손에 끌려 온 첨은 애처롭게 금을 불렀다. 그러나 흥분한 금은 첨의 목소리를 듣지 못했다.

"오문, 오문, 오문! 이게 그만하자! 우리 인생도 개 못지않게 지친다고!"

금의 막말에 발끈한 상이 도끼눈을 하고 반박하려 할 때였다.

상은 금의 뒤로 다가오는 건장한 사내들에게 놀라 뒤로 주춤 물러났다.

그제야 금도 살기와 같은 무거운 분위기를 느끼고 천천히 뒤를 돌아보았다.

"헉!"

그리고 그는 감히 범접할 수 없는 위엄과 무력이 느껴지는 무인들의 기에 짓눌려 한마디도 하지 못하고 얼어붙었다.

"방금 뭐라 했느냐?"

"……?"

가장 무서운 기운을 내뿜는, 그러나 소름 끼치게 아름다운 미공자가 물었다. 그러나 그 질문은 다들 알아듣기 어려운 질문이었다. 방금 했던 말이 너무 많았기 때문이었다.

공자가 다시 물었다.

"오문. 네가 세 번이나 부른 이름이 오문이 맞느냐?"

"예? 예……. 그, 그렇습니다만."

"혹, 그 오문이 줄타기를 하던, 지금은 열다섯이 되는 소년을 말하는 것이냐?"

금은 멍한 눈으로 천천히 고개를 저었다.

"아니더냐?"

상대는 눈살을 찌푸리며 다그쳤다.

"줄타기를 하는 것은 맞습니다만, 이제 열여덟이 됐고…… 그리고, 계집입니다."

"아……. 그렇군. 흔한 이름은 아닌데……."

원수라도 만난 듯 다가오던 사내들은 찾는 사람이 아님을 알자 미련 없이 돌아섰다.

그들이 각자 갈길로 떠나는 동안 기예단 사람들은 아무도 움직이지 못했다. 침묵을 깬 건 가장 나이 어린, 오문과 동갑인 화였다.

"저, 우리도 이제 그만 가보자. 사유보라고 했나? 오문의 주인이? 그 댁에서 이러고 있는 줄 알면 우리 가만 안 둘 거야. 좋은 말로 할 때 꺼지라고 했다면서. 무서워. 가자. 응?"

떠나던 무리가 갑자기 뚝 멈춰 섰다. 그리고 또다시 그 미공자가 살얼음 같은 얼굴로 돌아보며 물었다.

"사유보? 지금 사유보라 했나?"

서늘한 미공자, 무호의 얼굴에서 시퍼런 냉기가 뿜어져 나왔다.

고급 객잔 안으로 강제로 끌려오다시피 한 백골기예단은 오문에 대해 알고 있는 전부를 털어놓았다. 처음에는 이런 무시무시한 사람들이 오문을 찾는다니 혹 오문에게 무슨 피해가 갈까 봐 말을 하지 않으려 했지만 영춘이 잘 달래 말을 하게 했다.

"그러니까 네놈들 말은, 오문이 계집이라는 게냐?"

영춘이 믿을 수 없다는 듯 다그치자 광두가 고개를 조아리며 말했다.

"예, 예! 트, 틀림없는 계집입니다."

"그, 그럼 다른 사람이겠지. 이름이 같은…… 나이도 다르니까 그렇겠지요?"

영춘은 불안한 목소리로 태자와 장우를 바라보며 물었다.

그러나 두 사람은 말이 없었다.

줄타기를 하던 어린 곡예사가 단주의 도박 빚을 대신해 사유보에게 팔려갔다는 사연이 너무나 절묘하게 잘 맞아 떨어졌다. 오문이 지금까지 성별과 나이를 속였다면 가능한 일이었다. 그런데 다른 점은 나이와 성별뿐만이 아니었다. 이들이 오문을 다시 되찾을 목적으로 돈을 모아 왔는데, 사유보가 오문을 창관에 팔아버렸다는 것이다.

오문은 더 이상 사유보의 노비가 아니었다. 그런데 어찌 팔려갈 수 있단 말인가. 정말로 사유보에게 오문이란 이름의 노비가 둘일 수도 있지 않나.

장우도 의문을 제기했다.

"사유보가 너희들에게 거짓으로 오문을 팔았다고 한 것은 아니고?"

"아닙니다. 저희가 그 창관에 찾아가서 오문을 다시 사겠다 했더니, 이 돈으로는…… 사, 사흘은 데리고 놀 수 있겠다며……."

단주 광두가 울화가 치미는지 입술을 깨물었다.

그러자 상이 눈물까지 글썽이며 분해했다.

"오문 그 아이는 왜 그리 재수가 없는지 모르겠습니다. 팔려갔으면 그냥 노비로 팔려갈 것이지, 사유보 그 못된 늙은이의 동녀로 팔려가질 않나! 차라리 처음부터 기루에 팔려갔으면 지금쯤 창관에 팔려가진 않았을 겁니다. 예쁘고 영리하니, 최고의 기녀가 되었으면 모를까!"

동녀로 팔렸었다는 말에 무호가 눈썹을 치켜들었다. 만약 두 오문이 동일인이라면 사유보와 나눈 대화가 이제야 이해되는 것이다.

「잠자리에 쓰기에는 영…… 뻣뻣한지라……」

그것이 그냥 오문과 저 사이를 의심하여 떠본 것이 아니라 제 경험을 주절거린 것이다.

'추악한 늙은이 같으니!'

그 오문이 제가 아는 그 오문이라면 무호는 견딜 수 없이 화가 날 것 같았다.

'힘없는 어린 여아를 사서 그런 구역질 나는 짓을 하다니?'

추행당한 경험이 있는 무호는 마치 제가 당한 것처럼 피가 거꾸로 솟는 듯했다.

'그러니 오문이 남장을 하고 다닌 게지! 사내라면 이가 갈리고도 남을 것이다!'

무호는 만약 사유보의 오문이, 제가 아는 그 오문이 맞다면 사유보 그 놈을 갈아 마시고 말리라 다짐했다. 하지만 마음속에 꿈틀거리던 분노는 머릿속을 울리는 오문의 수줍은 듯한 목소리에 싱겁게 가라앉았다.

「사내가…… 더 좋습니다.」

정말 동일인이 아닌 것일까.

다시 오문의 화상이라도 그려야 하나 하는데 오문의 인상을 떠올리던 중 팔목에 있던 옥패가 떠올랐다.

"혹……."

지금까지 차분히 경청하고 있던 무호가 입을 열자, 긴장한 기예단 사람들은 그의 말에 집중했다.

"혹, 오문의 팔에 옥패가 있지 않더냐? 반쪽짜리 작은 옥패인데……."

영춘과 장우는 태자가 무슨 소리를 하는가 싶은 표정이었다. 다른 기예단 사람들도 마찬가지였다. 그런데 갑자기 첨이 뭔가 떠오른 표정으로 팔을 번쩍 들었다.

"예! 예! 저, 저 봤습니다! 오문이 옥패를 갖고 있는 거 제가 봤습니다!"

"그래? 확실한가!"

무호가 반가움에 큰 소리로 말했다. 그러자 첨은 더욱 크게 말했다.

"예! 확실합니다! 밤에는 빛도 나는 신기한 옥 아닙니까!"

무호는 천천히 고개를 주억거리며 활짝 웃었다.

"그래, 그랬단 말이지. 그 오문이, 그 오문이란 말이지……."

무호의 웃는 표정이 너무나 섬뜩하여 기예단 사람들은 자신들이 오문에 대해 말한 것이 잘못한 일이 아닌가 걱정스럽게 서로를 마주보았다.

"사유보 이놈을 어찌 갈아 마셔야겠느냐?"

영춘은 고개를 돌렸다.

'아이고. 사달이 났다!'

태자의 눈동자가 벌어지고 있었다. 태자가 사유보를 찢어죽이고도 남을 만큼 화가 났다는 것이다.

영춘이 대답하지 않고 물러나니 장우가 대답을 해야 했다. 장우는 서강에서 종종 이런 태자를 본 적이 있었다. 이럴 때 태자를 달래는 방법은 하나밖에 없었다.

"당장 사유보 그자를 잡아들이겠습니다."

태자를 분노케 한 원인을 태자 앞에 안기는 것. 그것 말고는 방법이 없었다. 물론 언제나 그 뒤처리를 맡아야 하는 장우는 제 살을 깎는 심정으로 그렇게 말해야 했다.

"아니지. 우선 오문 그놈부터 잡아야지. 감히 날 속여? 요망한 계집 같으니!"

무호는 기쁜 듯 환하게 웃으며 욕을 했다. 그 모습에 기예단 사람들은 울상이 되어 부들부들 떨었다. 눈앞의 미공자는 오문을 잡아 어떻게 요리할까를 떠올리며 잔인하게 웃는 듯 보였다. 아무래도 자신들이 큰 실수를 한 것 같아 참담한 기분이 들었다.

어둡고 허름하고 좁은 방구석에서 오문은 무릎을 감싸고 힘없이 앉아 있었다.

오문이 아무리 온갖 일을 겪으며 살았다지만 이런 수치스러운 일을 겪어본 것은 또 처음이었다. 얼굴에 귀신처럼 분칠을 하고 쥐를 잡아먹은 듯 입술은 새빨갛게, 눈두덩이부터 눈꼬리까지는 새파란 색을 발라놓아 본래 얼굴을 찾기도 힘들었다.

게다가 입고 있는 옷이 가관이었다. 옷을 입은 건지 벗은 건지, 옷이라고도 할 수 없는 민망한 천 쪼가리를 걸쳐야만 했다. 가슴 언덕과 팔이 훤히 드러나고, 세로로 찢어진 치마는 허벅지를 가려 주지 못해 구석에 웅크리고 앉아 최대한 몸을 가리고 있어야 했다.

'왜 기녀들이 도망치지 못하는지 알겠다.'

이런 꼴을 하고 멀리 갈 수나 있겠는가. 제대로 뛰지도 못할뿐더러 도망치는 천기를 누가 구해줄까. 더 험한 꼴을 당하지 않으면 다행이었다.

방에는 오문과 비슷한 행색을 한 여인들이 여기저기 너부러져 힘없이 벽에 기대 있거나 바닥에 누워 있었다. 그녀들은 도망은커녕 삶의 의지도 없어 보였고 눈동자는 시커멓게 죽어 있었다.

오문은 저도 얼마 후면 저렇게 될지 모른다는 생각이 들었다.

이딴 옷을 입지 않으려고 버텨보았지만 덩치 크고 험상궂어 보이는 사내들이 몽둥이를 들고 위협했다. 쓸데없이 힘을 빼면 더욱 힘들어질 것 같아 시키는 대로 순순히 옷을 갈아입긴 했는데, 겪어보지 못한 일이라 정신이 멍했다. 설마 하니 이런 곳으로 흘러들어 올 줄 몰랐던 오문은 기가 막혔다.

기루에도, 기녀에도 급이 있었다.

고급 기루의 기녀들은 대가 댁의 첩실로 들어가기도 할 만큼 재녀인 데다가 콧대가 높아 손님들도 함부로 할 수 없었다. 반대로 창관에서 몸을 팔며 하루하루 먹고사는 천기들이 있었다. 오문 정도면 글도 알고 얼굴도 제법 고운 편이라 고급 기루까진 아니어도 웬만한 기루에 들어갈 수 있었다. 하지만 어릴 때부터 기루에 들어와 교육을 받은 것도 아닌 데다, 오문처럼 납치와 다름없는 경로로 팔려온 계집들은 천기가 되는 경우가 허다했다. 팔려온 첫날부터 교육도 필요 없이 바로 손님을 맞이하는 그런 천기.

국법으로는 엄연히 사사로이 사람을 사고파는 일을 금지하고 있음에도 벌건 대낮에 이런 일을 당했다.

'사유보! 이 개 같은 늙은이! 복상사나 당해 버려라!'

태자에게서 저를 비싸게 팔아 큰돈을 받았음에도 사유보는 저를 납치하여 창관에 팔았다.

옹졸한 복수였다.

그를 받아들이지 못하고 도망쳤음에도 자유를 얻은 저를 괘씸하게 여긴 것이다.

'돈을 그렇게 받아 처먹고 이런 짓을 하다니, 짐승만도 못한 인간 같으니!'

권력을 가진 형님을 배후로 두고, 제 권력도 아닌 배경을 믿고 이런 무서운 짓을 아무렇지 않게 저지르는 자라니!

대체 그간 얼마나 많은 죄를 짓고 살았을까. 도망칠 때 그를 죽이고 왔어야 했을까? 그런 하찮은 인간 때문에 제 인생이 밑바닥까지 온 것이 기가 막혔다.

「다시는 노비로 전락하지 마라. 영리한 놈이니 알아서 잘하겠지만.」

태자의 당부가 있은 지, 채 일다경도 지나기 전에 당하고 말았다. 노비보다 더 나쁜 길로.

분했다.

태자가 기껏 큰돈을 들여서 저를 구해주었는데, 사유보는 저뿐만 아니라 태자까지 속인 것이다. 그것이 너무 분해서 당장에라도 사유보를 찾아가 멱살을 쥐고 싶었다.

'후……. 어떻게 도망가느냔 말이지.'

사유보는 창관에 오문을 팔아넘길 때 약삭빠르고 음흉한 계집이라며 도망치지 못하게 잘 감시하라는 말을 거듭 강조했다.

「그래도 사내 후리는 재주는 있는 년이라 도망치지만 않게 잘 감시하면 곧 창관의 명물이 될 것이다. 크크크. 오문. 너도 곧 알게 될 것이야. 나한테 귀여움받으며 사는 것이 극락이라는 것을. 내 가끔 널 부를 테니, 그때 다시 보자꾸나.」

덕분에 오문은 손발에 수족갑까지 차고 있었다.

'사유보. 내가 여기서 나가면 네놈은 꼭……'

오문이 눈을 빛내고 있을 때였다. 덜컥, 방문이 열리고 어둡던 방 안이 밝아졌다.

"너. 이리 나와."

"……!"

오문은 험상궂은 장정이 부르자, 저는 아니겠지, 하는 얼굴로 두리번거렸다.

“너! 너 나오라고!”

“저, 저요? 전 오늘 처음 왔는데요?”

“그러니까! 나오라고! 처음 왔으면 교육을 받아야 할 거 아니야!”

“교…… 육이요?”

교육이라니, 썩 좋지 않은 예감이 들었다.

오문은 훈련과 교육을 빙자로 한 것들치고 고달프지 않은 기억이 별로 없었다. 귀문에서도 그랬고, 태자 일행과도 그랬다.

“그래! 교육도 안 받고 손님 받을래? 눈치 빠른 년이라더니 뭐 이리 못 알아들어! 빨리빨리 안 나와?”

오문은 그밖에도 여러 상스러운 욕을 들어 먹으며 억지로 끌려 나갔다.

“너, 도망갈 생각은 행여나 꿈도 꾸지 마라. 재수가 좋아서 문밖에까진 나갈 수 있을지 모르겠는데, 여기 나가는 순간 너는 두 번 다시 다리를 못 쓸 줄 알아! 알겠어?”

언제 어느 때고 이성을 잃지 않는 것이 오문의 장점이었다. 오문은 그를 향해 생긋 웃어주며 말했다.

“하긴, 이런 일 하는데 다리 정도는 못 써도 상관없겠네요.”

마치 남의 일인 것처럼.

제 14 장

값비싼 하룻밤

오문은 홍등이 켜진 방 안으로 끌려왔다.

조금 전까지 오문이 있던 방에 비하면 나름 창도 있고, 침상과 탁자까지 갖추고 있었다. 그렇다고 해서 쓸 만한 방이라 부를 수 있는 상태는 아니었다. 오래 묵은 먼지와 퀴퀴한 냄새가 진동하는 방이었다.

그뿐만이 아니었다.

이 방에 들어선 순간부터 퀴퀴한 냄새를 지우려는 듯 독한 향기가 진동했기 때문이다. 그 향기 속에는 기분 나쁜 어떤 향이 섞여 속이 울렁거렸다.

'최음향!'

각종 독과 미약을 익힌 오문은 미미한 최음향을 용케 알아차렸다. 해가 될 정도는 아니었지만 자주 맡으면 중독이 되고 말 그런 향이었다.

'이래서 아까 그 여인들의 눈빛이 탁했구나.'

마치 썩은 동태 같은 눈빛으로 흐트러져 있던 여인들은 피폐해진 삶에 자포자기한 것만은 아니었던 것이다.

"흐흐. 창관으로 굴러들어온 년치고는 참으로 풋풋하구나."

방 안에는 누군가가 오문을 기다리고 있었다. 교육을 받으러 간다고 했으니 누가 기다리고 있는 것은 놀랍지 않았다. 오문이 놀란 것은 저를 교육할 자가 힘이라고는 하나도 없어 보이는 빼빼 마르고 키가 작은 노인이었기 때문이다. 사유보처럼 생식기능이 다해 동녀를 들이는 것과는 경우가 달랐다. 싸구려 술을 벌컥벌컥 들이켜는 늙은이의 눈동자에 욕정이 번들거렸다. 색욕에 병적으로 집착하는 그런 자의 눈빛이었다. 비쩍 말라 광대뼈가 튀어나오고, 코는 시뻘건 데다 언제 씻은 건지 알 수 없는 늙은이의 기름때 낀 얼굴은 사유보와는 다른 혐오감을 느끼게 했다.

"동녀로 팔려갔던 아이라기에 나를 부른 모양이더만, 나는 동녀가 필요한 그런 늙은이와는 차원이 다르다. 그러니 안심하거라. 흐흐."

무엇을 안심하라는 건가. 오문은 차라리 사유보가 낫다고 느낄 정도였다. 그의 탁한 눈빛이 비치는 속살을 훑고 지나갈 때마다 오문은 징그러운 벌레가 기어 다니는 듯해 몸서리를 쳐야 했다.

"어서 와서 앉지, 왜 그렇게 서 있느냐? 응? 자, 자. 겁내지 말고 이리 와 한잔 받거라. 내가 교육해 주는 것이 너한테는 아주 행운이다. 연륜이란 게 괜히 나온 말이 아니거든. 내 이 집 단골이라 네가 내 눈에 들면 앞으로 아주 편해질 것이다."

천기를 품은 연륜이 무슨 자랑거리라고 가슴을 떵떵거리는지, 오문은 실소를 금치 못했다. 그런데도 늙은이는 눈치도 없이 마냥 헤죽거렸다.

"이 술이 참 향긋하구나. 수줍어 말고 이리 와 잔 받거라. 응? 요년, 참. 감질나게 구는 것이 명기일세."

향긋한 주향이 느껴질 리가 없었다. 구역질을 하지 않는 것이 다행이었다. 오문은 슬쩍 창가를 보았다. 삼 층이긴 하지만 천장이 낮은 편이었다. 그렇다고 뛰어내려도 멀쩡할 정도는 아니라서 다른 수를 생각하고 있었다.

“요년, 고집은! 기어이 내가 널 데려가라 이 말이로구나!”

늙은이가 갑자기 오문의 손목을 끌어당겼다.

“……!”

순간 오문은 반사적으로 술병을 들어 올려 그의 머리를 내리쳤다.

카창—

“컥!”

술병이 깨지고 쏟아진 술을 뒤집어쓴 늙은이의 추레한 몸이 의자 위에 축 늘어졌다.

“후…….”

노인을 이렇게 거칠게 다루고 싶지 않았던 오문이 한숨을 쉬며 늙은이에게 다가갔다.

‘찝찝하지만…….’

거지 소굴에서 뒹굴 때는 차라리 괜찮았다. 여러 가지 의미로 지저분한 늙은이의 옷으로 갈아입으려니 여간 꺼려지는 게 아니었다. 썩 내키지 않았지만 머뭇거릴 시간이 없었다. 어서 옷을 갈아입고 창밖으로 나가야 했다.

‘붙잡히면 다리를 못 쓴다고? 하! 안 붙잡히면 그만이지.’

지난번에는 지붕 위를 지키고 있던 태자 때문에 붙잡혔으나 이번에는 태자 같은 자가 없었다. 제가 도망갈 경로를 미리 예상하고, 지붕 위에 올라가 낚시를 하듯 저를 기다리는 무모하고 정신 나간 인간이 없는 것이다.

‘그럼 얼마든지 도망가 주지.’

결심을 하자 오문의 손은 망설임 없이 늙은이의 저고리부터 풀어나갔다. 그런데 하필!

똑똑.

“……!”

별안간 문을 두드리는 소리가 나자 오문은 재빨리 축 처진 늙은이의 손을 제 어깨 위로 올리고 등으로 그의 얼굴을 가렸다.

"저, 어르신. 죄송합니다만 잠깐 들어가도 되겠습니까?"

"무슨 일입니까?"

밖에서 저를 이 방으로 데려온 사내의 거친 목소리가 들리자 오문이 대신 대답했다.

"응? 왜 네가 대답하느냐? 어르신은?"

"어르신은 지금…… 지금…… 말씀을 하실 상황이……."

"네 이년! 네가 무슨 짓을 한 게지!"

호통과 함께 문이 벌컥 열렸다.

"헉!"

안으로 들어온 사내는 오문이 노인의 옷을 벗기는 모습을 보고 크게 놀라 멈칫하고는 기특하다는 듯이 말했다.

"오호! 오늘 처음 들어온 년이 제법이구나!"

칭찬을 들은 오문이 억지 미소를 지으며 물었다.

"무슨…… 일이십니까?"

"한창 바쁜데 죄송합니다. 어르신. 이 아이는 또 불러 드릴 테니 잠시만 내보내 주십시오. 제가 더 잘해 드리겠습니다. 하하."

사내가 우락부락한 덩치에 어울리지 않게 손바닥을 비벼대며 굽실거렸다. 어떻게 이 위기를 넘길까 빠르게 머리가 돌아가는데, 갑자기 늙은이의 손이 툭 떨어졌다.

"……!"

"헉! 네 이년! 네가 기어이!"

방 안으로 뛰어 들어온 사내는 그 큰 손으로 오문의 뺨을 내리칠 기세였다.

"얼굴은 때리면 안 되는 거 아닙니까!"

오문이 다급하게 말하자 사내가 부들부들 떨며 손을 거두었다.

"너, 너……. 너 이년, 일단 오늘 밤 지나고 보자. 어? 너는 이런 교육을 받을 게 아니라 나한테 좀 맞아야겠다!"

"일단 나중에 얘기하지요. 저 부르러 오신 거 아닙니까?"

"이……! 너! 잘 들어! 너 이번에도 실수하거나 허튼 수작 부렸다가는 네년 죽고 나 사는 거야. 이번 손님은 보통 손님이 아니란 말이다. 잘못 보였다가는 아주 끝장이야. 알아들어?"

"그렇게 대단한 손님이 창관에 왜 옵니까?"

"이게 씨! 낸들 알아? 어디서 꼬박꼬박 말대꾸야! 이걸 확 그냥!"

"알겠습니다. 잘할게요. 어디로 가면 되는데요?"

오문은 마음에도 없는 대답을 건성건성 티 나게 던졌다.

"이대로는 안 돼!"

"뭐가요?"

"그분 입맛에 안 맞으신단다."

"예?"

"화장이며, 옷이며, 그분이 다 따로 준비를 해놓으셨으니, 넌 깨끗이 씻고 옷을 갈아입고 와."

오문은 또 웬 변태 같은 놈인가 싶어 인상을 쓰면서 속으로 이죽거렸다.

'사내들은 참 이상하지. 아무거나 입으면 어때? 어차피 벗을 거!'

오문의 표정을 읽은 사내가 다시 한 번 당부했다.

"손님께서 결벽증이 있으신 듯하더라. 깨끗하게, 아주 깨끗하게 묵은 때를 말끔히 벗겨내고 오란 말이다. 알겠어?"

도대체 그렇게 깔끔하신 분이 더러운 창관에 왜 왔냐고 손님을 보면 꼭 따져 물으리라, 오문은 다짐했다.

잠시 후, 창관 안쪽 깊숙이 들어온 오문은 욕조통에 들어가 따뜻한 물에 몸을 담갔다. 물이 따뜻해서 하루 종일 긴장하고 있던 오문은 졸음이 몰려왔다. 그러다가 누군가 들어오는 소리를 듣고 정신이 번쩍 들었다.

'이렇게 넋 놓고 있다간 끝장이다.'

얼른 고개를 들고 두리번거리는데 차가운 손이 오문의 어깨에 손을 올렸다. 오문은 흠칫 놀라 고개를 돌렸다.

"괜찮은 애가 들어왔다더니, 너야?"

말을 건넨 여인은 깡마른 몸에, 검은 옷을 걸치고 붉은 띠를 매고 있어 매우 음침한 분위기를 풍기고 있었다.

특히나 그녀의 한쪽 얼굴이 심한 화상으로 검게 일그러져 처음 마주친 사람은 놀랄 수밖에 없었다. 아무리 강심장인 오문이라도 갑자기 마주 본 얼굴에 화들짝 놀라 눈을 부릅뜨고 말았다.

"놀라긴? 기루에는 예쁜 년들만 있는 줄 알아?"

여인은 비틀린 입술을 더욱 비틀며 빈정거렸다.

"……."

오문은 그녀에게 미안해서 아무 말 않고 순순히 그녀가 하는 대로 내버려 두었다. 물론 머리는 도주 계획을 세우느라 바삐 돌아가고 있었다.

"왜 가만히 있어?"

"예?"

물수건을 들고 오문의 몸을 닦기 시작한 여인이 갑자기 물었다.

"오자마자 사고 쳤다면서? 또 할 거야?"

"아니요."

그러자 여인이 빈정거렸다.

"다들 이렇지. 반항하다 얻어맞고 도망치다 붙잡혀 오고, 그 난리를 치다가도 날 보고 나면 다들 너처럼 잠자코 있더라고. 왜? 날 보니까 그래도 자기들 처지가 더 낫다 싶은가 보지?"

여인은 심사가 단단히 꼬이고 비틀려 있었다.

"똑같이 팔려온 처지인데, 추한 몰골 덕에 노비보다 못한 신세지. 너도 좀 있으면 날 버러지 취급하며 부려 먹겠지. 그래야 네 처지가 나은 것처럼 안심이 되거든. 지네들이야말로 썩어가는 몸뚱이나 굴려 먹는 주제에."

악담을 퍼붓던 여인이 등짝을 세게 문질렀다.

"어떤 정신 나간 공자가 이딴 창관에 큰돈을 쏟아부었을까 했더니 그럴 만했네. 망가지기 전에 한 번은 비싸게 팔아먹을 만해."

"창관에 큰돈을 냈다고요?"

"흥! 왜? 너를 위해 돈을 썼다니까 감동받았어?"

여인은 이죽거릴 뿐만 아니라 오문을 씻어주는 척하며 억세게 꼬집거나 살을 박박 문질러 댔다. 사람들에게 받아온 조롱과 멸시를 이런 식으로 화풀이하는 것 같았다.

"이건 뭐야?"

계속 투덜대며 오문을 씻기던 여인은 오문의 손에 칭칭 감긴 옥패를 보게 되었다. 여태 그녀가 하는 대로 내버려 두었던 오문이지만 옥패에 닿는 그녀의 손을 쳐냈다.

"이건 건드리지 마십시오."

"왜? 내가 뺏어서 팔아먹기라도 할까 봐?"

그녀는 코웃음을 치며 약 올리듯 말했다.

"아주 소중한 건가 봐? 어쩌나. 하루도 못 가서 뺏길 텐데. 보아하니 귀한 옥 같은데, 저놈들이 그런 걸 그냥 놔둘 리가 없거든. 어때? 밖에 있는 저 짐승 같은 놈들한테 뺏길 바에야 차라리 날 주는 게? 크크큭."

여인이 기분 나쁘게 웃어 대기 시작했다. 별로 재밌는 말 같지 않은데도 눈물까지 흘리며 웃고 있는 것이, 이제 보니 정상은 아닌 듯 보였다.

그 여인을 보니 오문은 제 어머니가 생각났다. 그녀도 미쳐서 비참하게 살다가 결국 죽지 않았던가. 오문은 손목에 묶어두었던 옥패를 풀었다.

"그래요. 그럼 가져가요."

"……!"

"이제 필요 없는 물건입니다. 탐나면 가지세요."

오문은 만약 창관에서 나간다면 더 이상 아버지를 찾지 않을 생각이었다. 게다가 창관에서 나갈 수 있을지도 알 수 없는 노릇 아닌가. 제 인생은 어쩌면 여기까지 일지도 몰랐다.

"주, 중요한 거 아니었어?"

"필요한 사람이 가지는 게 맞을 듯합니다."

여인은 침을 꼴깍 삼키며 떨리는 손으로 옥패를 건네받았다. 한참이나 그것을 들고 멍하니 서 있던 여인이 갑자기 눈살을 찌푸리며 고개를 갸우뚱했다.

"이거 어디서 본 것 같은데……."

"네?"

그 중얼거림에 오문의 눈이 번뜩였다.

"흠……. 이상하다. 어디서 본 것 같은데……. 어릴 때 본 건가."

"어릴 때요? 어릴 때 언제요? 어디서 봤는지 기억 못하십니까?"

"글쎄, 나 어릴 때, 내가 아주 어릴 때, 큰 불이 나서 막 정신이 없었거든. 그때 본 것 같기도 하고……."

불길을 떠올린 여인의 얼굴이 고통스럽게 일그러졌지만 오문은 더욱 다그쳤다.

"잘 생각해 보세요. 불길에서 이걸 봤단 말인가요? 이걸 누가 가지고 있었는데요? 어디서 불이 난 건데요?"

"아…… 으……. 기분 나빠! 그만 물어봐!"

“잘 보세요! 이거 어디서 본 겁니까? 어릴 때 어디서 살았는데요?”
오문은 아예 옥패를 든 그녀의 손목을 잡고 눈앞으로 들이밀었다.
“왜 이래! 이거 놔! 모른다고! 본 것 같다고 했지, 봤다고 했니?”
“흔한 물건이 아닙니다! 다시 잘 보세요!”
“몰라! 그냥 얼굴이 뜨거워서 뛰어다니다가 정신이 드니까 끌려오고 있었단 말이야! 어릴 때 일은 하나도 기억 안 난다고!”
“그러니까 어디서 뛰고 있었냐고요!”
“몰라. 기억 안 나! 그냥 북천 땅에서 날 데리고 왔다고 하는 말은 들었지만!”
“북천 땅?”
오문의 뇌리에 장 대인의 말이 떠올랐다. 이 나라에서는 옥패의 주인을 찾기 어려울 거라는! 북천 땅이라면 단왕부가 다스리는 곳이고, 국경과 인접한 곳이어서 아직도 잦은 전투가 벌어지는 곳이었다. 그렇다면 이 여인도, 저도 국경 너머 부안국에서 이리로 넘어왔을 가능성이 높았다. 불이 났다는 것을 보면 국경에서 빈번히 일어나는 충돌 때문일 것 같았다.
‘옥패를 본 것인지, 봤다면 어찌 본 것인지는 확실치 않지만.’
어쨌거나 제가 부안국 사람일지도 모른다는 정황이 생긴 것이다.
“흥! 그게 다 무슨 상관이라고 이러는 건데! 너나 나나 이제 여기서 꼼짝도 못해!”
여인의 말이 맞았다. 오문이 그녀의 손목을 놓아주었다. 어차피 오늘 당장 떠날 수 있는 상황도 아니었으니까.

뒷짐을 진 무호는 잠깐 사이에 많이 달라진 방을 둘러보며 미간에 주름을 세웠다.
“크흠. 이 정도로 만족하십시오. 가구며 이불까지 당장에 싹 새로 장만

하느라 힘들었다 합니다."

영춘이 송구하다는 듯 말했으나 무호의 주름은 좀처럼 얕아지지 않았다.

이 창관에서 가장 최고급 방을 얻었으나 무호의 미적 감각으로는 최고급이란 말을 용서할 수 없었다. 때문에 큰돈을 던져 주며 진정한 최고급으로 만들어놓으라 지시했다. 먼지 하나 없이 쓸고 닦는 것은 물론, 조잡한 가구와 천 쪼가리들을 당장 교체하라 한 것이다.

이럴 거면 차라리 다른 고급 기루에 하룻밤 묵는 것이 더 저렴하고 효율적이었을 테니, 창관 사람들이 보기에 무호는 최고의 호구 손님이었다.

"그 불쾌한 냄새는 사라졌군."

무호는 방 안에 진동하던 정체불명의 미향이 비위생적이고 조잡한 내부 장식보다 더 참을 수 없었다. 때문에 냄새가 밴 가구와 장식 등을 모조리 바꾸라 한 것이었다.

물론 무호는 여전히 마음에 안 든다는 표정으로 방 안 구석구석을 살피며 서성거리다가 말했다.

"넌 언제까지 예 있을 것이냐?"

"예? 언제까지라니요?"

"할 일이 없거든 가서 자거라."

"저는 언제 어디서고 전하를 보필해야 할 의무가 있습니다. 비록 여기가 창관이고 오늘 밤 전하께서 무슨 일을 하실지는……."

"꺼져."

영춘을 쫓아낸 무호는 다시금 초조하게 방 안을 돌아다녔다. 문 밖에서 그가 기다리던 소리가 들릴 때까지.

"공자님. 분부하신 대로 준비해 왔습니다요."

따로 주문해 둔 술과 요리가 차례차례 들어왔다. 그리고 모든 요리가 채워진 후 눈을 가린 오문이 마지막으로 들어왔다.

"……!"

오문은 지금까지 입던 사내 옷이 아닌, 어깨를 드러낸 하늘거리면서도 색이 고운 옷을 입고 나타났다. 요물 같았던 망측한 화장을 지우고 뽀얗고 매끄러운 뺨에 살짝 선홍빛 분을 발랐을 뿐이다. 여인인 오문의 얼굴을 처음으로 제대로 마주한 무호의 얼굴이 일순 경직되었다.

'하! 이런……!'

선이 고운 그녀의 얼굴은 무호의 눈에 들어와 박혀 그의 가슴을 '쿵' 찧었다.

못 알아 볼 수 없었다.

완벽한 여인의 얼굴을 하고 있지만 정말 그 오문이 맞았다. 여인의 얼굴을 하고 옅은 화장을 하고 있지만 사내아이로 함께 다닌 오문의 얼굴이 확실했다.

'고얀 녀석!'

무호는 쓰다듬는 듯한 시선으로 오문의 얼굴을 더듬어 갔다. 눈이 가려져 있긴 했지만 앙증맞은 입술과 오똑한 코, 그리고 키와 체형이 그래도 설마했던 오문과 일치했다.

한 가지만 빼고.

무호의 시선은 오문의 얼굴에서 아래로 내려왔다. 긴 목덜미와 깊은 쇄골을 지나, 보일 듯 말 듯, 아담하지만 봉긋하게 모아진 가슴으로.

'그래. 잘도 숨겼구나.'

무호는 문 앞에 가만히 서 있는 오문에게 다가갔다.

앞이 보이지 않는 오문은 누군가가 제 앞에 서는 것을 느끼고 숨을 들이마셨다.

'무슨 꿍꿍이지? 이건 대체 무슨 신종 변태 짓이야? 왜 눈을 가려!'

앞이 보이지 않으니 너무 답답했다. 보이는 게 있어야 반항을 하든, 도망을 치든, 구슬리든 대책을 세울 게 아닌가.

저를 들여보낸 사람이 신신당부하길 허락이 있기 전에는 절대 눈가리개를 풀지 말라 했다. 손이 근질근질했지만 일단은 참아 보기로 했다. 섣불리 움직였다가는 이도 저도 안 되니, 참을 수 있을 때까지는 참는 편이 좋았다.

'헉.'

갑자기 사내가 양손을 모아 치마를 잡고 있던 오문의 손목을 잡았다. 그러고는 그녀를 끌고 앞으로 나아갔다. 한데 오문은 넘어지지 않게 부드럽게 끌어주는 손길에 당황하고 있었다.

'하아……. 이 사람은 도대체 뭐야? 종잡을 수가 없네.'

변태처럼 제 취향에 맞춰 계집을 치장시키고는 눈까지 가리고 들어오라기에 엄청나게 긴장하고 있었다. 가학적인 취미를 가졌거나, 또는 상상할 수 없는 기괴한 성향이 있는 줄 알았다. 그래서 제대로 된 기루가 아닌 이런 창관을 골랐구나 이해했다. 한데 그의 손은 너무 따뜻하고 심지어 믿음직스럽다는 착각마저 들었다. 마치 그 손이, 안심해라, 나만 믿어라, 하는 것만 같았다.

'손이 커. 그리고…… 검이나, 무기를 많이 잡은…… 글만 읽은 어리숙한 공자님이 아니란 건데, 어라? 이 손은 검보다 다른 걸 잡은 손인데…….'

손에 박힌 굳은살이 검을 잡았을 때 생기는 것과 조금 위치가 달랐다.

'검을 잘못 배웠나?'

검을 잡는 법이 처음부터 잘못되었나 어리둥절했다. 분명 검을 잡을 때 생기는 굳은살도 맞기 때문이다.

몇 걸음 옮겨 간 후 오문은 사내가 제 어깨를 누르는 것을 느꼈다. 종아리에 차갑고 딱딱한 것이 닿는 걸 보니 의자 앞인 듯했다.

'앉으라고? 이 공자님은 말을 못하시나?'

이상한 게 한두 가지가 아니지만 일단 침상이 아닌 의자에 앉게 되어서 안심이었다.

"읍!"

오문은 입에 닿는 축축한 무언가에 화들짝 놀라서 의자에서 벌떡 일어났다. 하지만 곧 사내의 완력에 다시 의자에 앉게 되었다.

"우읍! 시, 싫어!"

그러고는 강제로 입이 벌어지더니 아까 그 축축한 것이 입안으로 쏙 들어왔다.

"우윽!"

눈을 가려 오감이 더 예민해진 덕에 오문은 축축하고 미끌미끌한 촉감에 기겁했다. 뱉어내려고 반항하는데, 어느 순간 입안에서 달콤하고 향긋함이 번졌다.

'어? 이거 과일이잖아!'

엄청나게 달고 입안에 넣자마자 녹아내려 버렸다. 여태 오문이 먹어본 적 없는 비싼 과일 같았다. 저도 모르게 입술에 남은 달콤한 과즙을 핥았다.

그러자 사내가 또다시 입술에 과일을 들이밀었다.

오문은 자존심도 위기감도 생각지 않고, 단 맛에 이끌려 넙죽 받아먹었다.

'맛있어! 정말 맛있어!'

사내가 무슨 의도인지는 모르겠지만 일단 이 맛을 포기할 수 없었다. 이런 건 먹을 기회가 있을 때 먹어두어야 했다. 어떤 것은 새콤하고 아삭하고, 어떤 것은 진하고 부드럽고, 또 어떤 것은 달짝지근하게 입에 달라붙었다. 오문은 그가 주는 대로 계속계속 받아먹었다.

무호는 어이가 없었다.

'너는 긴장이라는 걸 안 하느냐?'

오문이 과일을 어찌나 맛있게 먹는지, 제 손까지 먹어버릴 기세였다.

'정체불명의 손님을 맞이할 판에 맛을 느끼는 것이 신기하다!'

무호는 오문이 생각보다 반항도 하지 않고 주는 대로 받아먹으니, 괘씸하게 느껴졌다. 제가 아니라 다른 사내가 와서 이러고 있어도 똑같이 행동하지 않았겠는가.

'그리 나온다면!'

무호는 오문의 입에 넣어주려던 동그란 열매를 제 입에 물었다.

그러고는 열매를 문 채로 오문의 입가에 다가가자 오문은 또 열매인 줄만 알고 그것을 덥석 물었다.

'어?'

오문이 뭔가 이상하다고 느꼈을 때는 차갑기만 했던 열매가 따뜻하고…… 그리고 어디선가 느껴본 말캉한 촉감을 깨달았을 때였다.

"허억"

오문은 재빨리 뒤로 물러나 외쳤다.

"이게 무슨 짓입니까!"

무호는 대답 대신 오문의 한 손을 붙잡았다. 오문이 다른 손으로 안대를 벗어 던지려 하자 무호는 방을 밝히던 붉은 등불을 꺼트려 버렸다.

창관이 다 그렇지만 창문은 조그맣고, 그 조그마한 창문마저도 일부러 열지 않는 이상 다 막혀 있었다. 그래서 달빛도 새어 들어오지 않는 방은 무척 어두웠다. 덕분에 오문은 안대를 벗었음에도 상대의 얼굴이 잘 보이지 않았다.

"말을 하십시오! 말도 않고 어둠 속에서 이러는 건 비겁합니다!"

무호는 창관의 손님에게 도리를 따지는 오문이 우스웠다.

'진작 이러던가. 여태 주는 대로 얌전히 받아먹더니 제 볼일이 끝났다고 돌변하는군.'

무호는 더 이상 참지 못하고 오문에게 바짝 다가와 그녀의 팔을 제게로 잡아당겼다.

"헉!"

화들짝 놀란 오문이 헛바람을 들이켜며 무호의 가슴팍에 안겼다.

무호는 그런 오문을 번쩍 안아 올렸다.

"이 무슨……!"

그러고는 침상 위로 냅다 던져 버리고 저 역시 그 위로 올라갔다.

"윽! 왜, 왜 이러십니까! 자, 잠깐만요! 잠깐 제 얘기 좀 들어보시고……!"

무호는 발버둥 치며 인정에 호소하는 오문을 인정사정없이 거칠게 대했다. 조금 전 그녀의 손을 다정하게 이끌어주던 사람과 동일인물이라 보기 힘들었다. 그는 오문의 몸 위로 올라가 팔을 짚고 엎드렸다.

"흡……!

무호가 그녀의 뺨을 쓰다듬었지만 오문은 더 이상 발버둥치지 않았다. 대신 싸늘한 목소리로 말했다.

"내 몸에 손대지 마십시오."

무호는 하마터면 '손대면 어쩔 거냐' 물을 뻔했다.

아무 힘도 없는 주제에 큰소리치는 것이 귀엽다고 해야 할지, 안쓰럽다 해야 할지, 시도 때도 가리지 않는 오문의 당돌함은 지금 같은 경우에는 독이 되고 있었다. 사내들은 지금처럼 오문이 독기를 품고 경고한다 해서 물러서지 않는다. 오히려 그것을 더 자극적으로 느낄 뿐이었다.

'대책 없는 놈.'

무호는 오문의 경고를 무시하고 그녀의 옷고름에 손을 가져갔다.

"건드리지 말라 했습니다."

두 번째의 경고마저 재차 무시한 무호가 옷고름을 스륵 풀었다.

"……!"

무호는 진심으로 놀라 웃고름을 다 풀지도 못하고 그대로 얼어붙었다.

제 목에 서늘하고 날카로운 쇠가 닿았다. 오문이 제 머리에 꽂은 장식을 뽑아 무호의 목에 갖다 댔기 때문이다.

무호는 그 빠른 몸짓보다 오문이 내민 머리꽂이의 정체를 보고 더 기겁했다.

'과도…… 를 머리에 꽂아?'

재치 있다기에는 제정신이라 볼 수 없었다. 누가 머리꽂이를 과도로 대신할까. 자칫 제 두피가 잘릴지도 모르는데!

무호는 그만 피식 웃고 말았다.

'이제야 너답구나. 이렇게 나와야 재밌지.'

저와 다닐 때는 도망치지 못해 안달이던 녀석이 이럴 때는 경계심도 없는 것을 보고 화나려던 참이었다. 오문이 이렇게 벗어날 준비를 해온 것이 무호는 기특하게 느껴졌다.

그러자 오문이 칼을 더 바짝 갖다 대고 매섭게 경고했다.

"비웃지 마십시오. 내가 못 찌를 것 같습니까?"

"상당히 실용적인 머리꽂이군."

"……!"

오문은 목소리를 듣고 깜짝 놀랐다. 아무래도 그 목소리는 태자와 꼭 닮았기 때문이다. 상대의 얼굴을 뚫어져라 살폈다. 점점 어둠에 익숙해진 눈에 가장 빛나는 그의 안광과 높이 솟은 코가 보였다.

'닮은 것 같긴 한데……'

하지만 태자가 이런 곳에 올 리가 없었다.

"엇!"

그러는 사이 무호는 오문의 손에서 칼을 빼앗아 버렸다.

"도, 돌려주십시오!"

"말 같지도 않은 소리를 하는군."

무심한 눈길로 날카로운 칼끝을 바라보던 무호가 그 칼끝을 오문의 턱 아래로 가져갔다.

꿀꺽.

저도 모르게 긴장한 오문의 목울대가 칼끝에 스치고 있었다. 이제 이 사내가 태자를 닮았건 아니건 호기심을 가질 때가 아니었다.

무호는 빙글빙글 웃으며 칼날을 겨눈 채 오문을 한참이나 쳐다보았다.

오문은 지지 않고 그의 안광을 똑바로 마주 보았다.

그러자 무호가 피식 웃음 지으며 서서히 칼날을 위로 움직였다. 그녀의 뺨으로 차가운 칼날을 갖다 대고 칼날로 뺨을 쓰다듬었다. 예리하게 선 칼날은 오문의 여린 뺨을 살짝 긋기만 해도 피가 배어나올 것 같았다.

오문은 침을 꿀꺽 삼켰다.

"손님을 맞으러 온 기녀가 칼을 숨겨 들어오다니, 짜릿하군."

무호는 오문의 반응이 재밌어 계속 이죽거렸다.

그 일반적이지 않은 변태스러운 반응에 오문의 얼굴이 하얗게 질렸다.

"도, 도대체 제게 무슨 짓을 하려는 겁니까?"

"무슨 짓이라니? 기루에 와서 기녀를 사는 것이 죄더냐?"

첫 손님을 기절시켜 도망치려던 오문의 계획은 완전히 틀어졌다. 그는 아까 그 늙은이처럼 만만한 상대가 아닌 듯했고 도망칠 길이 없어 보였다.

오문이 입을 열지 않자, 무호가 그녀의 도발적인 눈빛을 가소롭게 웃어넘기며 말했다.

"한데, 기녀가 손님에게 칼을 들이댄 것은 큰 죄지. 다행히 미수로 끝났으나 이는 명백히 살인의 의도를 품은 것이다."

"죽일 생각은 없었습니다. 전 그냥 그 칼로 절 보호하려고 했을 뿐입니다!"

무호는 식칼로 오문의 뺨을 툭툭 건드리며 재밌다는 듯 말했다.

"보호? 하! 손님을 괴한 취급하다니!"

"누가 제 손님이란 말입니까?"

"몰라서 묻느냐? 내가 돈을 주고 너의 하룻밤을 샀다. 하니, 너는 순순히 오늘 밤 내 것이 돼야 하는 것이지. 이런 비수를 품고 손님을 맞아서야 되겠느냐?"

오문의 눈에 독기가 서렸다.

"인신매매는 국법으로 엄히 다스리고 있습니다. 한데, 여인들을 버젓이 사고파는 것으로 모자라 미약으로 심신을 피폐하게 망가트리기까지 하는 일이 버젓이 일어나고 있지요. 이곳이 어떤 곳인 줄 알면서도 드나드는 손님 같은 작자들이 있기 때문 아니겠습니까? 하니, 여인들을 사고파는 무뢰배나 손님 같은 놈들이나 다 같은 놈들이지 뭐겠습니까."

"그렇지. 더러운 인간 망종들이지."

오문이 그렇게까지 노골적으로 말한 적은 없지만 무호는 속 시원하게 정의를 내렸다.

오문은 당황했다. 욕을 먹은 공자가 화를 내지 않고 오히려 제 말을 거든다. 의도를 알 수 없어 더욱 두려운 자였다.

"더러운 인간 망종인 이몸이 너와의 하룻밤을 위해 이 기루를 통째로 빌렸다. 내가 이제 너와 뭘 하고 싶을까?"

"제가 알아야 합니까?"

"어디 한번 생각해 보거라. 내가 왜 이런 번잡스러운 짓을 했을지 궁금하지 않느냐?"

"귀하신 공자께서 밤일만은 떳떳하지 못한 데가 있나 보지요."

"뭐?"

"소문이 나면 곤란한 변태적인 취향이시거나."

"……."

무호는 갑자기 말이 없어졌다. 그리고 그녀의 뺨에서 칼을 치워 바닥으로 던졌다.

캉, 하고 칼이 떨어지는 소리에 놀라 오문의 어깨가 흠칫 떨렸다.

"……!"

"변태적인 취향이라……."

그의 목소리에서 심상치 않은 무겁고 음산한 기운이 느껴졌다. 오문은 꼼짝도 할 수 없는 공포에 사로잡혔다. 그의 한 팔이 서서히 올라갔다. 어둠 속에 팔이 가려져 그의 커다란 손과 긴 손가락이 올라가는 모습은 괴기스럽기까지 했다. 오문은 잔뜩 긴장한 채 그 손이 무슨 짓을 할까 주시했다.

그리고…….

따악!

그의 주먹이 대뜸 그녀의 머리에 알밤을 먹였다.

"윽!"

"어린 계집이 못하는 소리가 없구나!"

갑작스럽게 머리를 얻어맞은 오문은 말을 잃었다. 아파서가 아니었다.

'어리다고?'

오문이 말을 않는 이유를 무호는 알고 있었다.

"그리고 너. 연장은 함부로 쓰지 마라. 음식 하는 녀석이 과도를 사람한테 쓸 생각을 하다니."

"무, 무슨……! 잠깐! 설마!"

오문은 저에 대해 알고 있는 상대의 정체를 믿을 수가 없었다.

찰싹.

화들짝 놀라 양손을 번쩍 들어 뺨을 때리는 소리가 날 정도로 다급하게 무호의 뺨을 감쌌다.

"……!"

뜻밖의 행동에 무호는 당황했지만 곧 오문이 제 얼굴을 더듬자 그냥 내버려 두었다. 오문은 제가 무슨 짓을 하고 있는지 모르는 것 같았다. 그저 너무 놀라서 손을 더듬어 얼굴을 찾아가고 있었다.

'어……. 이 눈썹. 그래, 이 정도로 숱이 많았어. 그리고 코도…… 입술도…… 말도 안 돼. 어떻게?'

오문은 제가 하도 태자 생각을 많이 해서 미친 게 아닌가 싶었다. 그러나 다행히 그렇지 않았다.

"이쯤 되면 확인은 끝났을 텐데, 너무 노골적으로 즐기는 게 아니냐?"

그 말에 제가 한 짓을 깨달은 오문이 얼른 손을 치웠다.

"고, 공자님?"

무호는 대답은 않고 침상에서 내려갔다.

오문도 벌떡 일어나 앉아 어둠으로 걸어가는 그의 등을 쳐다보았다. 무호가 등불을 켜자 그의 넓고 높은 어깨가 보였다. 믿을 수 없었다. 천천히 돌아서는 그의 잘난 얼굴을 보고도.

"어, 어떻게……?"

오문의 멍청해 보이는 표정을 보고 무호는 팔짱을 끼고 피식 웃었다.

"어떻게라니? 사내가 기루에 와 기녀를 사는데 이유가 필요한가?"

능청스러운 대답에 오문은 눈을 일자로 뜨고 무호를 흘겨보았다.

"비싼 값을 치른 기녀가 하필 저 같은 것이라 안타까우시겠습니다."

"안타깝다 뿐이겠느냐? 입만 열면 거짓말을 나불거리고, 거지들과 뒹굴던 더러운 사내놈을 안을 뻔했는데?"

"……!"

오문은 제 치부를 드러내며 동시에 그를 속인 일까지 그의 입에서 튀어나오자 입을 다물 수밖에 없었다.

무호가 그런 오문에게 천천히 다가오면서 중얼거렸다.

"열여덟 먹은 계집이라?"

오문은 그를 똑바로 볼 수 없어서 고개를 숙였다.

"사, 사정이 있어서……!"

"그럼 그 사정을 들어볼까? 아니면……."

"……!"

오문의 앞에 선 무호가 그런 오문의 턱을 잡아 제 얼굴을 보도록 돌려놓았다.

"또 뭘 속였는지부터 들어볼까?"

"……어, 없습니다. 그런 거."

"믿을 수가 있어야지."

"……."

오문은 그의 눈을 마주하고 도저히 속이는 게 없다고 말할 수가 없었다.

'제가 당신을 죽이려고 했던 귀문의 살수입니다. 저는 귀문 때문에 도망치고 있습니다. 제가 그리 말하면 저를 믿으시겠습니까? 아니요. 저를 귀문에서 보낸 사람이라고 또 다른 의심을 하시겠지요. 황실의 일에 인정을 둘 리가 없으니까요.'

무호는 할 말이 많은 듯한 오문의 커다란 눈동자를 말없이 응시했다.

오문은 분명 속이는 게 있었다. 그녀의 눈빛이 말하고 싶지만 말할 수 없다고 이해해 달라는 듯 간절하게 올려다보고 있었다.

"그래. 그건 차차 알아 가면 될 일. 나는 오늘 밤 너와 따로 할 일이 있으니 서두르지 않겠다."

"따로 할 일이라니요?"

"뭘 묻느냐? 비싼 돈을 주고 산 하룻밤을 내가 뭘 할 것 같으냐?"

무호가 음흉한 얼굴로 오문에게 바짝 다가왔다.

그러나 오문은 피하지 않고 고개를 쳐들며 당돌하게 말했다.

"대체 저와 뭘 어쩌고 싶단 말씀이신지 전혀 모르겠습니다. 제가 오늘 밤 공자님을 모시길 바란다면 목에 칼이 들어와도 거절하겠습니다."

"네게 거절할 권리 같은 게 있을 것 같으냐? 너는 내게 팔렸다."

"기, 기어이…… 저와 밤을 보내시겠다는…… 그런 말씀이십니까?"

"너무 좋아 그러느냐?"

"조, 좋긴 누가요!"

"내숭은. 그간 사내 행세를 하면서 원없이 즐긴 것을 모를 줄 아느냐? 내 목욕 시중을 그리 들고 싶어 했으니, 다른 시중도 좋아할 듯싶은데?"

늦은 밤 창관에서 흔히 볼 수 있는 풍경 중 하나가 술에 취해 진상을 부리며 기녀들을 희롱하는 자들이다.

오늘 이 창관에도 그런 자가 있었다. 고급 기루라면 모를까, 이런 곳에서는 창기의 목숨을 위협하는 일 정도가 아니면 딱히 나서서 뭐라 하는 사람이 없었다. 창관에 오는 작자들이란 맘껏 주사를 부리고 계집을 원없이 희롱하는 재미로 오는 질 나쁜 자들이 대다수였기 때문이다.

"어디 보자. 네년 손도 한번 잡아보자!"

코가 시뻘게진 술주정뱅이는 원래도 종종 이곳에서 진상을 부리던 자였으나 오늘은 특히 더했다.

그는 오늘 다른 손님이 있는 방이건 쉬고 있는 기녀 방이건 상관 않고 마구 들어가 괜히 기녀들의 손을 잡아보겠다고 난리였다. 그러다가 상대가 있는 기녀라면 한 대 얻어맞고 나오기 일쑤. 맞고 나면 술이 깰 만한데도 그 짓을 멈추지 않았다.

“정말 여기 있는 게 맞아?”

그는 무언가 찾는 듯 중얼중얼거리며 다니다가 혹시나 하는 마음에 주방까지 내려갔다. 주방에서 옷을 걷어붙이고 분주하게 일하고 있는 계집애들의 손목을 훑어보았다.

‘에이. 없잖아! 애초에 이게 말이 돼? 창관에서 일하는 창기 따위가 그런 비싼 물건을 갖고 있을 리가 만무하지!’

사내는 오늘 낮에 수상한 자들에게 끌려가 한 가지 일을 의뢰받았다.

한 창관에 있는 창기에게서 야광 빛이 나는 손톱만 한 반쪽짜리 옥패를 가져와 달라는 것이었다. 그리고 그 계집은 죽이라 했다. 사람을 죽인다는 게 찜찜했지만 창기 하나 죽는다고 관에서 적극적으로 수사할 리가 없었고 그들이 제안한 액수가 어마어마했기 때문에 사내는 그 일을 하기로 했다.

우선은 옥패를 가진 계집부터 찾아다니는데 아무래도 자신이 속은 느낌이었다. 온 방 안을 열어 보고 심지어 주방 계집까지 찾아보지 않았던가. 그는 그냥 그만두자 하고 주방의 뒷문을 통해 밖으로 나갔다. 한데, 그의 눈이 휘둥그레졌다. 웬 계집이 밖에서 히죽거리고 앉아 빛이 나는 옥패 목걸이를 들고 있는 게 아닌가.

‘이것 봐라! 찾아다닌 보람이 있네? 이거 한 번에 해치울 수 있게 됐어!’

일단 찾고 나중에 몰래 해치울 생각이었는데, 이렇게 어둠 속에 홀로 앉아 있는 것을 발견했으니 한 번에 해결할 수 있게 된 것이다.

적당히 오른 취기가 사람을 죽인다는 죄책감을 날려 주고 있었다. 그는 조심스럽게 계집의 뒤로 걸어갔다. 그리고…….

“컥! 읍!”

뒤에서 팔로 계집의 목을 껴안더니 온 힘을 쥐어짜 그 목을 졸랐다.

“커억…….”

숨 막히는 괴로운 소리를 내며 계집은 손을 위로 뻗어 손톱으로 사내의 목을 긁어 댔다. 하지만 무의미한 저항이었다. 이내 그녀는 목이 푹 꺾어져 죽고 말았다.

"에이 씨. 곱게 죽을 것이지."

사내는 제 목에 난 상처를 기분 나빠하며 여인이 들고 있던 옥패를 들었다.

"이야. 이거 정말 엄청 귀한 옥인가 본데? 그놈들이 나한테 준다던 대가에 비해 어마어마한 물건인 거 아니야? 슬쩍 더 불러봐?"

그러다가 땅에 죽어 있는 계집을 보는데 한쪽 얼굴의 화상이 심했다.

"에이. 꿈에 나올까 무섭네."

사내는 시신을 끌고 나무가 있는 쪽으로 갔다. 시신의 목에 밧줄을 매어 근처 나무에 매달기로 한 것이다. 계집이 자살한 것처럼 위장하기 위해서였다.

바스락.

"헉!"

그런데 그때 갑자기 누군가 다가오는 소리가 들렸다. 몸을 피할 겨를도 없이 그는 그 누군가와 딱 마주치고 말았다.

"뭐, 뭐야!"

영춘은 화들짝 놀라 소리쳤다. 볼일이 있어 잠깐 내려왔다가 소피를 보러 나왔더니 살인 현장을 목격한 것이다.

"이놈! 사람을 죽였더냐!"

"헉!"

영춘이 눈에 불을 켜고 달려들자 사내는 있는 힘껏 도망치기 시작했다. 이를 놓칠 영춘이 아니었다. 그를 쫓던 중 영춘은 사내의 손에 은은한 옥색 빛을 발하는 목걸이가 달랑거리는 것을 보게 되었다.

'저건……!'

기예단의 첨이란 놈이 말한 오문의 옥패처럼 빛이 나는 작은 옥패가 아닌가. 호기심을 느낀 영춘은 도망치는 사내에게서 옥패부터 뺏어 들었다.

"그, 그건 안 돼!"

그러자 사내가 도망치다 말고 뒤돌았고, 이를 놓칠세라 영춘이 그의 머리를 가격했다.

퍽—

그는 단 한 방에 눈을 까뒤집고 혼절해 버렸다.

"뭐야. 싱겁게. 쯧."

영춘은 옥패를 찾으러 온 살인범이 맥없이 기절해 버리자, 그의 목덜미를 끌고 창관 안으로 들어왔다.

영춘과 마주 친 사람마다 비명을 질러댔다.

"관에 신고해 주게. 이자가 사람을 죽이는 것을 보았네."

살인범과 옥패를 가진 영춘은 의기양양한 목소리로 말했다.

무호는 자포자기한 듯 지친 표정의 오문을 흐뭇하게 바라보았다. 그녀의 목을 타고 내려온 땀방울이 가슴을 적셔 얇은 옷이 딱 달라붙어 있었다. 그리고 더 아래로 내려온 무호의 시선이 그녀의 배 앞에서 멈추었다.

오문이 양손으로 공손히 들고 있던 커다란 그릇. 무호는 그 그릇에서 시선을 떼지 못했다.

오문이 그것을 무호의 앞으로 가져다 놓았다. 뚜껑을 열자 새하얀 뜨거운 김이 그녀의 얼굴을 덮었다.

'이 야밤에 이게 다 무슨 짓이람?'

깨끗이 씻고 예쁜 옷으로 갈아입고 처음으로 그의 앞에 여인으로 분해 섰거늘, 그가 제게 원하는 것은 제가 그의 시동일 때와 별반 다르지 않았다.

더운 주방의 열기 속에 후다닥 음식을 해다 바치려니 꾸민 것이 아무 소용이 없게 되었다.

'다행이라 해야 할지……. 서글퍼 해야 할지…….'

그의 까탈 덕분에 깨끗하게 새로 장만한 창관의 주방에서 오문은 헛헛한 웃음을 지으며 죽순을 데쳤다. 향기로웠던 옷에서는 이제 기름 냄새밖에 나지 않았다. 계집인 게 밝혀지는 순간 무언가 큰일이라도 날 것처럼 여겼던 제가 어리석게 느껴졌다.

아니면 무슨 다른 걸 기대했을까?

곱게 차려 입고 어느 여인과 다름없는 모습을 본 그의 눈에 저를 다시 보는 놀람과 경탄의 빛을 기대하기라도 한 것일까?

"향은 그럴듯하군."

무호의 말에 오문은 허탈하고 어이없다는 한숨을 내뱉었다. 그가 젓가락을 들자 마침내 오문이 입을 열었다.

"이것 때문에 부르신 거라면 이제 나가봐도 되겠습니까?"

"글쎄다. 일단 이것부터 먹고 나서 생각해 보자."

그릇에 담긴 죽순볶음은 가리비와 야채를 넣고 볶은 평범한 음식이었다.

무호는 비릿하게 웃던 입술을 열어 죽순을 먹기 시작했다. 천천히 씹으며 맛을 음미하는 무호의 표정에 고뇌가 서렸다.

젓가락을 내려놓은 무호가 주먹을 말아 쥐자 오문의 표정 또한 점점 일그러졌다.

'죽순볶음 먹으면서 왜 세상 시름을 다 떠안은 얼굴이 되는 건데?'

짧은 인생이지만 세상 여기저기에서 온갖 사람을 만나고 다닌 오문에게조차 태자는 감당하기 힘든 인물이었다.

"맛이…… 없습니까?"

무호는 고개를 저었다. 그가 지금까지 먹어본 죽순 요리 중 가장 맛있었고 가장 평이한 맛이었다. 아삭하면서도 부드러운 죽순의 식감이 일품이었고 양념 또한 간이 적당하고 깊은 풍미가 느껴졌다.

하지만 그뿐이다.

전혀 특색이라고는 없는. 오문의 음식이 전부 그랬다. 그래서 무호는 고민할 수밖에 없었다.

'네 요리가 정말 맛이 있는 건지, 내가 너를 데려갈 핑계를 찾는 건지 알 수가 없다.'

오문은 태자가 왜 이러고 있는지 이해할 수 없었다.

"뭐…… 다른 문제가 있습니까?"

태자가 검지를 오문을 향해 뻗더니 가까이 오라는 듯 두어 번 까딱거렸다.

'그냥 말로 하면 안 돼?'

이미 충분히 가까이 있건만 얼마나 더 가까이 오란 뜻인가 오문은 잔뜩 경계하며 한 발 다가갔다.

그러자 무호가 그윽한 눈을 들어 엄한 표정으로 오문을 바라보았다.

"기녀 생활이 할 만하더냐?"

"……."

오문은 대답할 수 없었다. 너무 당연한 것을 묻는 것도 그렇지만…….

"왜 대답이 없느냐?"

"제 첫 손님이 공자님이셔서 아직 잘 모르겠습니다."

창관에 들어온 지 이제 이틀밖에 되지 않았기 때문이다.

"그럼 넌 아주 재수가 좋구나."

"예?"

"첫 손님으로 나를 만났으니."

"아!"

"아? 그걸 이제 깨달은 것이냐?"

"아, 그게 아니라, 그러고 보니 첫 손님은 다른 자였는데 공자님과 똑같은 소리를 했거든요."

오문이 밝은 목소리로 하는 말에 무호는 버럭 화가 치밀었다.

"뭐? 나 말고 다른 손님을 맞았다는 게냐!"

"왜, 왜 화를 내십니까?"

"그 손님은 지금 어디 있느냐!"

"그 손님은 왜요……."

"왜긴……!"

무호는 제 것에 함부로 손을 댄 그자를 죽여 버리겠다 말할 뻔하다 곧 입을 다물었다.

"왜 찾으시는지는 모르겠지만 공자님께서 갑자기 절 불러오시는 바람에 그 손님은 다른 기녀와 좋은 시간을 보내고 있을 겁니다."

"아! 그래?"

아무 일도 없었다는 것을 깨달은 무호가 금세 평정심을 찾았다. 그리고 그가 무슨 말을 더 하려고 할 때였다.

쾅. 쾅.

"고, 공자님!"

밖에서 영춘이 다급하게 문을 두드리는 소리가 들렸다.

『2권에 계속…』